Über die Autorin

Candace Robb studierte Mittelenglische und Angelsächsische Literatur und ist Doktor der Philosophie. Seit ihrer Studienzeit beschäftigt sie sich mit mittelalterlicher Literatur und Geschichte. Ihre Romane erwuchsen aus ihrer Faszination für die Stadt York und das turbulente 14. Jahrhundert. Neben ihrer eigenen schriftstellerischen Tätigkeit veranstaltet sie Kurse in kreativem Schreiben, vor allem im Bereich Kriminalliteratur. Ihre Bücher sind in zwölf Ländern und zehn Sprachen erschienen.

BASTEI LÜBBE

CANDANCE ROBB IM
TASCHENBUCH-PROGRAMM:

13 548 Die Rose des Apothekers
13 654 Die Kapelle des Erzbischofs
13 763 Das Geheimnis der Nonne

Candace Robb

Das Rätsel von St. Leonhard

Mörderische Intrigen
in der Zeit Edwards III

Roman

Ins Deutsche übertragen
von Hans Freundl

BASTEI
LÜBBE

BASTEI-LÜBBE-TASCHENBUCH
Band 13 900

Erste Auflage: Oktober 1997

Deutsche Lizenzausgabe 1997 by
Bastei-Verlag Gustav H. Lübbe GmbH & Co.,
Bergisch Gladbach
Originaltitel: The Riddle of St. Leonard's
Lektorat: Iris Schmidt
Titelbild: Archiv für Kunst und Geschichte
Umschlaggestaltung: QuadroGrafik, Bensberg
Satz: KCS GmbH, Buchholz/Hamburg
Druck und Verarbeitung: Brodard & Taupin,
La Flèche, Frankreich
Printed in France
ISBN 3-404-13900-3

Der Preis dieses Bandes versteht sich einschließlich der
gesetzlichen Mehrwertsteuer.

Inhalt

Danksagung

Ich danke Lynne Drew und Evan Marshall, die mir zur Seite standen während dieses schwierigen Jahres, in dem ich das vorliegende Buch schrieb. Charles Robb bin ich dankbar für die geduldige Hilfe bei Computerproblemen, seine sorgfältige Erstellung der Karte, die Fotografien der wichtigsten Schauplätze und für seine konstruktiven Fragen, die mich bei meinen Recherchen leiteten. Lynne, Evan und Victoria Hipps danke ich für die gründliche und kritische Bearbeitung des Manuskripts.

Dank schulde ich auch Patricia H. Cullum für ihre ausführlichen Studien über das St.-Leonhard-Hospital und ihre Geduld mit meinen Fragen. Ferner Jeremy Goldberg, Joe Nigota, Carol Stenton und den Mitgliedern von Mediev-l, Chaucernet und H-Albion dafür, daß sie meine Anfragen mit Fakten und bibliographischen Angaben beantworteten. Sollten im Buch irgendwelche Fehler auftauchen, so bin ich allein dafür verantwortlich.

Die Recherchen zu diesem Roman wurden an den Originalschauplätzen in York durchgeführt, in der Morrell Library der Universität von York, der British Library sowie den Bibliotheken der Universität von Washington; daneben verwendete ich umfangreiches Material des York Archaelogical Trust und von meinen Kollegen aus dem Internet.

Für Tante Mae, die für mich
immer viel mehr als eine Tante war.

Owen Archers York

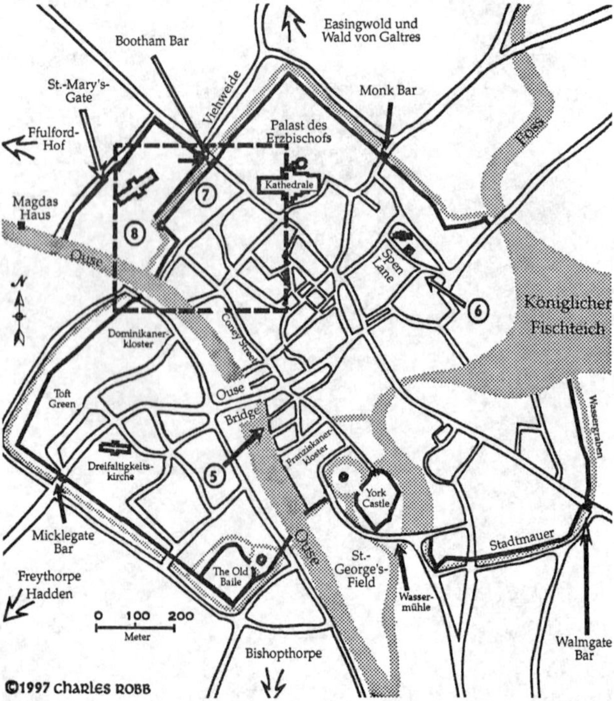

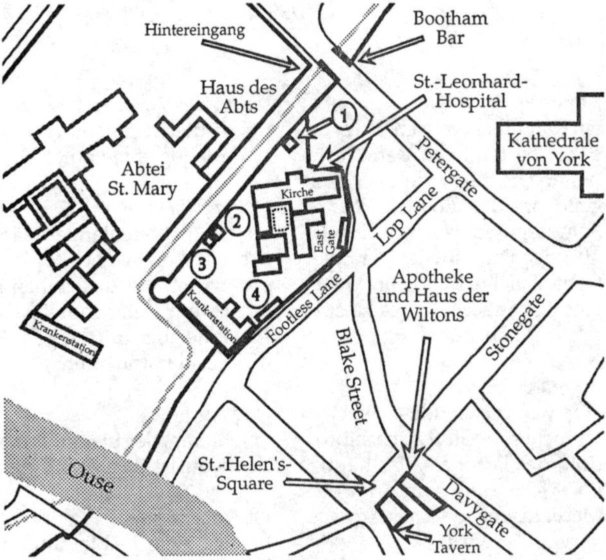

1 Haus des Hospitalmeisters

2 Warrenes Haus

3 Taverners Haus

4 Water Gate des St.-Leonhard-Hospital

5 Anlegesteg

6 St. Saviourgate

7 St.-Leonhard-Hospital

8 Abtei St. Mary

Glossar

Almosenpfleger
ein Kanoniker, dessen Aufgabe darin bestand, an der Pforte (wahrscheinlich am Water Gate an der Footless Lane) Almosen (Speise und Trank) auszugeben sowie Kranke, Gebrechliche, Blinde und Bettlägerige außerhalb des Hospitals aufzusuchen

Ambra
ein wohlriechendes, wachsähnliches Stoffwechselprodukt des Pottwals, das häufig im Meer treibt und in der Medizin wegen seines Aromas verwendet wird

Barnhous
das Kellergewölbe in der Krankenstation des St.-Leonhard-Hospitals, in dem die Waisenkinder untergebracht waren

Einnehmer der Königin
Beamter im Haushalt der Königin, der ihre Einkünfte eintrieb und ihrem Schatzmeister übertrug; er besaß außerdem das Recht, vor jedem Gerichtshof des Landes als Anwalt der Königin aufzutreten

Gog und Magog
biblische Begriffe; Gog und das Land Magog waren Feinde Israels; man glaubte, die Herrschaft des Antichristen werde durch die Rückkehr von Gog und Magog eingeläutet

Houppelande
weites, oft bodenlanges männliches Obergewand, das geschlitzt ist, um das Gehen zu erleichtern, manchmal auch nur knielang; mit langen Ärmeln und vorne offen

Jongleur
Spielmann, der Lieder vortrug und Kunststücke vorführte

Kassenverwahrer
Leiter jener Abteilung im Kanzleigericht, der die Gebühren für Urkunden und Briefe zuflossen, die unter dem großen Siegel ausgefertigt wurden; rechnete die gesamten Einnahmen jährlich mit dem Schatzamt ab

Laienschwester
eine Frau, die in einen Orden eintritt und ein Habit trägt, jedoch hauptsächlich mit körperlichen Arbeiten beschäftigt wird und von Exerzitien und Chorpflichten befreit ist

Lammas
1. August; an diesem Tag hielt der Erzbischof von York regelmäßig einen Jahrmarkt ab

Leman
Geliebte, Mätresse

Manqualm
alte angelsächsische Bezeichnung für Seuche, Pest

Martini
Fest des Hl. Martin am 11. November

Petercorn
wichtige Einkommensquelle des St.-Leonhard-Hospitals, die abhängig war vom Ertrag der Getreideernte

Pflegschaft
eine Pension oder Unterstützung durch eine kirchliche Einrichtung, wodurch dem Begünstigten ein Dauerwohnrecht eingeräumt wurde; häufig durch Geld oder die Schenkung von Grundstücken oder Häusern erkauft

Schweinsgalle
Galle des Schweins, wurde im Mittelalter als Arznei verwendet

Sext
die für den Mittag angesetzte Zeit des Stundengebets

Süßwasser
ein medizinisches Bad aus Malve und süß duftenden Kräutern

Vesper
die sechste der die Tageseinteilung bestimmenden kirchlichen Stunden (ursprünglich eine Stunde vor Sonnenuntergang, später Mitte des Nachmittags)

Cellerar
der Kellermeister, der die Vorräte an Fleisch und Nahrungsmitteln verwaltete; im St.-Leonhard-Hospital häufig auch Stellvertreter des Hospitalmeisters

Prolog

York, im Juli des Jahres 1369

Der alte Mann trat mit vorsichtigen Schritten aus der Tür der Krankenstation. Er schonte sein rechtes Bein bei den ersten Schritten, dann, als der stechende Schmerz, der ihn noch am Vortag geplagt hatte, ausblieb, wagte er, stärker aufzutreten und ließ schließlich sein rechtes Bein ausschwingen. Er verspürte ein Ziehen im Knie, doch in seinem Alter mußte man in jedem Gelenk mit einem Ziehen rechnen. Walter de Hotter überquerte den Hof der Krankenstation, ging zu dem großen Tor und wieder zurück, dann noch einmal und trat schließlich hinaus auf die Blake Street. Er freute sich auf diesen Gang. Heute abend würde er wieder in seinem eigenen Bett schlafen. Nicht daß das Bett im St.-Leonhard-Hospital unbequem gewesen wäre. Oder schmutzig. Es war, um ehrlich zu sein, sogar sauberer als seines. Doch das Bett eines Mannes ist etwas Besonderes, und Walter freute sich darauf, diese Nacht wieder in seiner eigenen Bettstatt zu verbringen.

Jedesmal, wenn Walter die Krankenstation wegen einer Verletzung aufsuchte, überlegte er, ob er wohl wieder in sein Bett zurückkehren würde. Er wußte, daß seine Tage gezählt waren. Neunundsechzig Jahre war er jetzt: ein gutes Alter, ein ehrwürdiges Alter. Und für einen unbeholfenen Mann, dem häufig Mißgeschicke widerfuhren, ein recht bemerkenswertes Alter. Er hatte eine gute Frau gefunden und das Geschäft vorangebracht, das ihm sein Vater vererbt hatte, hatte wertvollen Grundbesitz in der Stadt erworben, besaß nun mehr Häuser, als seine Kinder jemals würden nutzen können, und hatte jenes, in dem er wohnte, dem Hospital versprochen im Austausch für einen Pflegeplatz. Diese Vereinbarung hatte er nach dem Tode seiner Frau getroffen; solange sie gelebt hatte, hatte sie seine Wunden versorgt und diese Aufgabe auch sehr gut gemeistert. Doch ohne sie fühlte Walter sich verloren. Wer sollte nun seine verstauchten Knöchel kühlen, lindernde Salben auf Verbrennungen auftragen und sie verbinden? Seine Kameraden in der Kaufmannsgilde hatten ihm versichert, sie würden sich um ihn kümmern. Und dieses Versprechen würden sie auch einhalten, denn die Gilde sorgte für ihre Mitglieder. Doch er wollte niemandem zur Last fallen. Er war nicht schwächlich, nur tolpatschig. Tom Merchet, der Wirt der York Tavern, hatte ihn auf die Idee mit der Pflegschaft gebracht. Walter würde ihm dafür ewig dankbar sein. Als Pflegebewohner des St.-Leonhard-Hospitals würden ihm Essen und Kleidung sowie ein Bett zur Verfügung gestellt werden, wann immer er eines benötigte – und dies war das Wichtigste für ihn, denn er brauchte ziemlich häufig ein Bett. Nicht für lange. Nie für besonders lange. Aber immer wieder erlitt er Knochenbrüche oder verrenkte sich Gelenke – so wie neulich den einen Ellbogen. Das geschwollene Knie war die jüngste Verletzung. Und er hatte die nötige Behandlung im St.-Leonhard-Hospital erhalten, weil das Hospital nach seinem Tode durch die Vermietung seines Hauses schönes Geld würde verdienen können. Walter erschien dies mehr als gerecht.

Und er war immer noch am Leben und wieder auf den Beinen, Gott sei es gedankt, und freute sich darauf, nach Hause zu kommen. Er würde ein leeres Haus betreten, was ihm zwar gar nicht behagte, aber es würde nicht lange leer bleiben, so Gott wollte. Sein ältester Sohn und Erbe des Geschäfts war mit seiner Familie in ihr kleines Haus in Easingwold gezogen und hatte angekündigt, er werde dort einen Laden eröffnen. Peter hatte Angst vor der Pest, um die Wahrheit zu sagen. Wer konnte ihm dies verdenken? Eines Sonntags hatte Walter während der Messe erfahren, daß ein Kind in der vorhergegangenen Nacht an der Pest gestorben war, und bis zum folgenden Sonntag waren weitere fünf Menschen in der Stadt der Seuche erlegen, einer davon ebenfalls ein Pflegebewohner von St. Leonhard, der arme alte John Rudby. Walter verübelte seinem Sohn diese Vorsichtsmaßnahmen nicht. Und auch Peter hatte nichts dagegen einzuwenden gehabt, daß sein Vater ihr Stadthaus in der Blake Street dem Hospital vermacht hatte.

Der Abend hatte sich über die Stadt gesenkt, und die Straßen waren dunkel, wenngleich der Himmel, den man zwischen den Gebäuden sehen konnte, wenn man den Kopf streckte, noch blau war. Walter tastete sich vorsichtig voran, obwohl ihm der Weg nur allzu vertraut war. Auf glitschigen Straßen konnte man bei jedem Schritt ausgleiten, und die Schwestern hatten ihn warnend darauf hingewiesen, daß der Verband um sein Knie ihn nicht vor einer schweren Verrenkung bewahren würde. Doch sein Bauch war gefüllt, und das Herz wurde ihm leicht bei dieser Rückkehr nach Hause. Wieder einmal hatte er einen schrecklichen Sturz gut überstanden. Gott war ihm gnädig.

An der Tür seines Hauses hantierte Walter mit seinem Schlüssel. Schließlich schwang die Tür auf. Er trat hinein in die Dunkelheit und war froh, daß es nicht allzu muffig roch. Doch dann stutzte er. Vielleicht hatte er an einigen Fenstern an der Rückseite des Hauses die Läden nicht geschlossen. Er hatte unter starken Schmerzen gelitten, als er zum Hospital aufgebrochen war.

Als er sich durch den Raum tastete, konnte er das Abendlicht sehen, das durch die Ritzen drang. Er hatte die Läden also doch geschlossen. Aber seine Erleichterung währte nur kurz. Die Tür zum Garten stand sperrangelweit offen und ließ das silbrige Licht der Dämmerung hereinfallen. Er konnte sich nicht vorstellen, daß er so gedankenlos gewesen sein könnte. Es mußte jemand in das Gebäude eingedrungen sein. Vielleicht in der Annahme, er habe das Haus verlassen. Das passierte jetzt überall in der Stadt; Peter war nicht der einzige, der vor der Pest die Flucht ergriffen hatte. Verlassene Häuser wurden zu Heimstätten für die Sterbenden. Das beunruhigte Walter. Wenn die Leiche eines Pestopfers die Luft im Haus verseucht hatte, würde auch er bald erkranken. Er suchte nach dem Beutel mit süßlich duftenden Kräutern, die er in der vorigen Woche in der Wilton-Apotheke erstanden hatte, und hielt ihn sich vor die Nase, während er vorsichtig weiterging. Doch dann stolperte er über etwas, und der Beutel fiel ihm aus der Hand. Er kroch auf dem Boden umher und stieß dabei auf einen Schemel, der hier nicht hätte stehen sollen. Gott sei Dank hatte er sich nur langsam bewegt, aber er hätte nach unten schauen sollen, nicht zu der geöffneten Tür. Doch dann glaubte er, draußen eine Bewegung wahrnehmen zu können.

Ein Eindringling würde nun wissen, daß er zurückgekommen war – das Knarren des Schlüssels, der Schemel. Er mußte sich vorbereiten. Walter nahm den Schemel und kroch zur offenen Tür. Da hatte sich tatsächlich etwas bewegt. Ein Mann war in Walters Küchengarten.

»Was sucht Ihr hier?«

Der Mann wirbelte herum und machte ein paar rasche Schritte auf die Tür zu. »Wer seid Ihr?«

»Das möchte ich Euch fragen. Ich bin Walter de Hotter, und das ist mein Haus, das ist mein Garten, und …« Als Walter den Schemel über seinen Kopf hob, präsentierte er dem Einbrecher seine Brust, die sich nun gerade dort befand, wohin der Mann sein Messer geschleudert hatte. »Gütiger Himmel!« Walter ließ den Schemel fallen, griff sich ans Herz und spürte, wie klebriges Blut herausschoß. Und dann legten sich starke Hände um seinen Hals und drückten immer fester zu …

An dem Abend, an dem Walter de Hotters Leichnam gefunden worden war, wimmelte es in der York Tavern von Menschen, die sich aufgeregt unterhielten, um sich von ihren eigenen Ängsten abzulenken. Bess Merchet betrachtete dies mit gemischten Gefühlen.

Der Alte Bede wiederholte murmelnd die häufig genannten Zahlen. »Zwei Pflegebewohner des St.-Leonhard-Hospitals sterben innerhalb von drei Wochen. Beide besitzen Stadthäuser, die nach ihrem Tod dem Hospital zufallen sollen. Das Hospital steckt in Schwierigkeiten, braucht Getreide, und die Kanoniker haben nun plötzlich Mieteinnahmen, stimmt's?«

Bess ärgerte sich über Bedes Ungenauigkeit. »John Rudby ist an der Pest gestorben. Und der arme Walter ist schon immer über seine eigenen Füße gestolpert.«

»Wirklich? Der arme Walter ist also in ein Messer gestolpert und hat sich dann selbst erwürgt?« Der Alte Bede lachte, bis er einen Hustenanfall bekam.

Bess warf ihm ein Tuch zu. Doch er war nicht der einzige, der an diesem Abend über diesen Vorfall redete. Sie mochte solche Gerüchte nicht. Auch ihr Oheim wohnte im St.-Leonhard-Hospital, sein bester Freund ebenfalls. Wahrscheinlich konnte es nicht schaden, für die beiden heute abend ein Gebet zu sprechen.

1

Ein Ruf steht auf dem Spiel

Nachdem im Süden des Landes vor vierzehn Tagen die Pest ausgebrochen war, waren die meisten Regierungsvertreter aufs Land geflohen. In Westminster würden die Staatsgeschäfte lahmgelegt bleiben, bis die Zahl der Seuchenopfer wieder zurückginge. Die Kaufleute, die es sich nicht leisten konnten, ihre Geschäfte zu schließen, und jene, die für sie arbeiteten, waren gezwungen, hinter verriegelten Türen oder angetan mit Masken gegen den Pesthauch in der Stadt auszuharren.

Auch andere Menschen wurden durch ihre Pflichten von der Flucht abgehalten. Zu ihnen gehörte Richard de Ravenser, Kassenverwahrer und Einnehmer der Königin, doch auch er hoffte, gegen Ende der Woche nach Norden aufbrechen zu können, um sich mit den beunruhigenden Vorgängen im St.-Leonhard-Hospital in York zu befassen, von denen ihm einer seiner Kanoniker in einem Brief berichtet hatte. Ravenser war Vorsteher dieses großen Hospitals.

Ebenso unangenehm war ihm die Vorladung nach London, die er kürzlich von seinem Oheim John Thoresby, dem Erzbischof von York, erhalten hatte. Es erschien ihm unpassend, daß sein Oheim gerade zu dieser Zeit nach London reiste, wo er besser daran getan hätte, im einigermaßen sicheren Bishopthorpe zu bleiben. Ravenser machte der kurze Ritt von Westminster nach London nichts aus, doch er hätte gerne gewußt, worum es seinem Oheim ging. Wahrscheinlich war er erst vor kurzem angekommen, denn Ravenser hatte noch nichts davon gehört, daß sich sein Oheim in der Stadt aufhielt. Das bedeutete, daß es sich um eine dringende Angelegenheit handeln mußte, die Thoresby mit ihm besprechen wollte. Er sollte Thoresby zur Sext in seinem Hause aufsuchen, was ihm gerade noch genug Zeit ließ, ein Pferd satteln zu lassen.

Wacholderholz brannte in einem Kohlenbecken neben John Thoresbys Sessel. In einer Hand hielt er eine Ambrakugel. Das Fenster, das zu seinem kleinen Garten hinausging, war geschlossen. Und an diesem Morgen hatte er auch auf das Bad verzichtet, nach dem er sich sonst so sehr sehnte. Er war entschlossen, die Pest zu überstehen und die Marienkapelle an der Kathedrale von York fertigzustellen, wie er es gelobt hatte.

Thoresby war nach London gereist, um die Übertragungsurkunden seines Palastes in Sherburne zu studieren. Er wollte herausfinden, ob er das Recht besaß, das Gebäude niederreißen zu lassen, um mit diesen Steinen seine Kapelle fertigzubauen. Doch an diesem Morgen war eine Nachricht eingetroffen, die er gleich mit seinem Neffen Richard de Ravenser besprechen mußte.

Ravenser war gut beraten, daß er genau zur gewünschten Zeit eintraf. Thoresby war bereits ungeduldig geworden. Nicht so klug war jedoch die Garderobe, die Ravenser gewählt hatte: eine teure, blaue Houppelande aus Seide und hellgrüne Beinkleider. Die Seide würde durch den starken Schweiß in Mitleidenschaft gezogen werden. Kaum zu glauben, dachte Thoresby, daß ein solch schlanker Mann bei dem kurzen Ritt von Westminster derart ins Schwitzen kommen konnte.

»Du könntest den Pfauen in den Gärten Konkurrenz machen«, meinte Thoresby. Es war nicht festzustellen, ob Ravenser errötete, denn er war bereits ziemlich rot angelaufen. Rotgesichtig, schwitzend und aufgedonnert wie ein Pfau – und dennoch wurde dieser Mann Thoresby von Jahr zu Jahr ähnlicher, wenngleich er einen verkniffeneren Zug um den Mund hatte und in seinen Augen mehr Verzweiflung stand.

»Euer Gnaden«, sagte Ravenser und verbeugte sich, »ich bin so schnell gekommen, wie es mir möglich war.«

»Blieb denn keine Zeit mehr, etwas Eleganteres anzuziehen?«

Überrascht schaute Ravenser ihn an. »Ich gebe zu, ich habe mich angekleidet, während ich auf mein Roß und meine Eskorte wartete.« Ravenser blickte zweifelnd an seiner Kleidung hinab. »Habe ich eine schlechte Wahl getroffen?«

»Ich höre, daß du nach meiner Position strebst. Entspricht das der Wahrheit, Richard?«

Ravenser warf einen Blick zu einem Stuhl. »Darf ich?«

»Natürlich, du bist sicher müde vom Ritt.« Thoresby beobachtete, wie sein Neffe sich seine Gewänder glattstrich und die Ärmel ausschüttelte, so daß sie sich über die Stuhllehnen legen konnten. Seine Vorliebe für Eleganz paßte zum königlichen Hof, nicht aber zum Kanzleramt oder zur Kirche. »Wein?«

Der Einnehmer der Königin blickte arglos auf. »Das wäre sehr freundlich.« Thoresby vermutete, daß es Ravensers Lächeln war, ein Lächeln, das man bei einem Mann in seiner Position nicht vermutete, das die Königin für ihn eingenommen hatte. Es ließ ihn als ein Unschuldslamm inmitten einer Welt zynischer, machtbewußter Minister erscheinen.

»Wenn es zutrifft, daß sich deine Ambitionen auf die Kirche beziehen, solltest du dich auch wie ein Mann der Kirche gewanden«, sagte Thoresby.

Ravenser wirkte verblüfft. »Eure Bemerkung über die Pfauen war nicht scherzhaft gemeint?«

»Ganz und gar nicht.«

Ein Diener trat aus einer Ecke des Raumes näher, schenkte mit Wasser verdünnten Wein in zwei italienische Glasbecher ein und bot einen davon Ravenser auf einem Tablett an. Er nahm ihn und trank durstig. Der Diener blieb neben ihm stehen, um den Becher nachzufüllen.

Nachdem er ihn ein zweites Mal geleert hatte, seufzte Ravenser zufrieden und zog ein Leinentuch heraus, um sich den Mund abzuwischen.

Thoresby hob das Schreiben mit einer Fingerspitze an und bedeutete dem Diener, es Ravenser zu reichen. »Das habe ich heute morgen erhalten. Ich dachte, du würdest dich darüber mit mir unterhalten wollen.«

Ravensers Augen fielen auf das Ende des Briefes. Er runzelte die Stirn. »Roger Selby, Bürgermeister? Was ist mit William Savage?«

»Er ist letzten Mai gestorben. Hast du das nicht erfahren? Selby hat am Namenstag von Sankt Barnabas den Amtseid abgelegt.«

»Gott sei Dank«, murmelte Ravenser.

»Weshalb? Ich habe Savage immer für einen vernünftigen, ehrbaren Mann gehalten.«

»Sein Amt war ihm zu Kopf gestiegen.«

»Nein, sein Herz hat ihn im Stich gelassen.« Thoresby gestattete sich ein schwaches Lächeln.

Ravenser zuckte zusammen.

Thoresby fragte sich, was wohl zwischen dem Toten und seinem Neffen vorgefallen sein mochte. Doch er mußte auf die Angelegenheit zu sprechen kommen, deretwegen er Ravenser einbestellt hatte. »Lies den Brief, Richard. Wir müssen darüber reden.«

Als Ravenser Selbys Schreiben überflog, lief er rot an. Thoresby erkannte, daß sein Neffe sich wieder gefangen hatte. Schließlich legte Ravenser den Brief auf den kleinen Tisch, stützte sich auf einen Ellbogen und legte das Kinn in die Hand. Nun wirkte er nicht mehr so elegant.

»Der Ruf der kirchlichen Einrichtungen in York liegt mir sehr am Herzen, Richard. Was weißt du über diese Honoria de Staines?«

»Gütiger Himmel, Oheim, sie ist eine Laienschwester, einfach eine Dienerin der Schwestern, die sich um die Kranken kümmern.«

»Und man hat ihr erlaubt, in der Zeit, in der sie nicht im Hospital beschäftigt ist, ihrem früheren Beruf nachzugehen?«

»Nein! Savage hat das Krankenhaus grundlos verleumdet. Die Laienschwestern leben zusammen in einem Haus, das zum Hospital gehört. Es würde auffallen, wenn sich eine von ihnen etwas zuschulden kommen lassen würde, dessen bin ich sicher.«

»Sie soll den Männern sehr gewogen sein, wie es heißt. Ihr Ehemann ist für den König in den Krieg gezogen und nicht mehr zurückgekehrt.«

»Was ist mit dieser Frau?«

»Wie ist sie ins Hospital gekommen?«

Ravenser erhob sich, trat hinter seinen Stuhl, legte die Arme auf den Rücken und schüttelte den Kopf. »Das ist alles unnötig. Doch wenn man irgend jemandem einen Vorwurf machen kann, dann Don Cuthbert, meinem Cellerar, der mich in meiner Abwesenheit vertritt. Er hält es für seine Aufgabe, Sündern eine neue Chance zu geben. Als Mistress Staines zu ihm kam und ihm ihre Bitte vortrug, hielt er es für seine Christenpflicht, sie aufzunehmen. Ich habe ihn deswegen belobigt.«

Konnte Ravenser so naiv sein? »Ich nehme an, sie hat ihn durch eine kleine Spende dazu bewogen, sie aufzunehmen?«

»Cuthbert würde sich dadurch nicht beeindrucken lassen.«

»Ich kann mich an diesen heiligen Mann nicht erinnern.«

»Das ist auch nicht verwunderlich. Er verläßt das Hospital nur sehr selten.«

»Und es hat nichts auf sich mit der Beschuldigung, daß sie noch immer mit Männern verkehre?«

»Nein, Euer Gnaden.« Ravenser hob seine Stimme leicht.

»Du fühlst dich bedrängt. Aber hast du auch an das

Gerede gedacht, das entstehen könnte? Hast du Cuthbert ermutigt, in anderen Fällen ähnlich großzügig zu verfahren?«

»Mir sind keine anderen Fälle bekannt geworden.«

Einem anderen Vollmachten erteilen. Eine nachlässige Einstellung. »Und was sagst du zu den Bemerkungen über die finanziellen Schwierigkeiten des Hospitals?«

Ravenser fuhr sich über die Stirn. »Ihr wißt Bescheid über dieses Problem, Euer Gnaden. Aber wie es allgemein bekannt werden konnte ...« Er schüttelte den Kopf.

Thoresby betrachtete seinen Neffen. Sollte er ihm Ratschläge erteilen oder ihn die Suppe allein auslöffeln lassen?

Ravenser räusperte sich. »Ich habe die Königin um eine Audienz gebeten. Ich werde sie ersuchen, nach Norden reisen zu dürfen, um diese Gerüchte zum Verstummen zu bringen.«

Ausgezeichnet. Dadurch würde sich der Mann für einen höheren Posten empfehlen.

Ravenser zog ein Schreiben hervor. »Es gibt noch etwas. Mein Almosenpfleger, ein Mann, dem ich vertraue, hat mir von einem weiteren Gerücht berichtet.« Er reichte Thoresby den Brief.

Der Erzbischof las den Bericht Don Erkenwalds, in dem dieser Ravenser darüber informierte, daß Gerede über Todesfälle entstanden sei, die auf wundersame Weise die finanziellen Nöte des Hospitals gelindert hätten. Thoresby faßte seinen Neffen scharf ins Auge. »Kannst du schwören, daß es sich hier um nichts weiter als Gerüchte handelt?«

Ravenser legte seinen Kopf in die Hände. »Gütiger Herr im Himmel, ich weiß nicht mehr weiter.«

»Genug. Ich werde morgen selbst nach Windsor reisen. Falls du auch eine Einladung erhältst, kannst du gerne auf meiner Barkasse mitfahren.«

Ravenser spähte durch seine Finger.

Thoresby nickte ihm zu.

Ravenser hob den Kopf und lächelte. »Es ist sehr freundlich von Euch, mir ein solches Angebot zu unterbreiten. Wie kann ich Euch danken?«

»Du kannst mir danken, indem du diese Angelegenheit aufklärst, bevor noch größerer Schaden angerichtet wird, Neffe.«

Ravenser verbeugte sich, noch immer höflich lächelnd, doch Thoresby hatte ein gewisses Unbehagen in den Augen des Mannes entdeckt. Gut. Er hatte begriffen, daß Thoresby hier seine eigenen Interessen verfolgte. Er wollte nicht, daß sein Neffe ihn für einen völlig uneigennützigen Verbündeten hielt.

Don Erkenwald, dem Almosenpfleger des St. Leonhard, waren die Mutmaßungen über Walter de Hotters Tod zu Ohren gekommen. Sie beunruhigten ihn. Seit mehreren Monaten kursierten in der Stadt Gerüchte über die finanziellen Schwierigkeiten des Hospitals, und nun hatte sie jemand durch neue Mußmaßungen kräftig geschürt. Über John Rudbys Tod hatte niemand lange nachgedacht, doch beim Tod von Walter de Hotter handelte es sich zweifelsfrei um Mord. Walter hatte zwar in der Stadt gewohnt, doch er war überfallen worden, als er gerade aus dem Hospital zurückgekehrt war. Durch seinen Tod drohte der ohnehin angeschlagene Ruf des Hospitals noch weiteren Schaden zu nehmen.

Die Situation erforderte mehr Aufmerksamkeit, als sein Ordensbruder, der für das Hospital verantwortlich war, ihr beimaß. Wie hatten seine Mitbrüder Don Cuthbert zum Cellerar wählen und ihn damit übergehen können? Dieser schwächliche Kanoniker hatte sich mit der Erklärung des Bailiffs zufriedengegeben, wonach Walter einen Einbrecher überrascht haben könnte, und weigerte sich, weiter über diese Angelegenheit zu sprechen. Insbesondere hatte er sich dagegen gesträubt, Richard de Ravenser, den Vorsteher des Hospitals, von den Gerüchten in Kenntnis zu setzen.

Als er Sir Richard darüber informierte, schrieb Don Erkenwald, daß auch die finanziellen Schwierigkeiten des Hospitals bekannt geworden seien. Ravenser mochte in Westminster als Kassenverwahrer und als Einnehmer der Königin stark beschäftigt sein, doch zweifellos würde ihm der Ruf seines Hospitals nicht gleichgültig sein. Erkenwald hoffte, daß sich sein Herr auf eine Reise in den Norden vorbereitete, um sich mit den wichtigen Familien der Stadt zu treffen und ihnen zu versichern, daß alles seine Ordnung hatte. Man durfte nicht zulassen, daß Lügen die gute Meinung der Leute über das Wirken des Hospitals zunichte machten, erst recht nicht jetzt, da die Kaufmannsgilde eigene elegante Säle baute und ihre Kranken und Alten in der Krypta untergebracht waren. Dabei handelte es sich um jene Kaufleute, auf deren großzügigen Spenden St. Leonhard angewiesen war.

Bei seinen Rundgängen unter den Armen fragte Erkenwald regelmäßig, ob sie im Zusammenhang mit dem Tod Walter de Hotters irgend etwas gesehen oder gehört hätten, das mehr als ein Gerücht sei. Eines Nachmittags, als er sich Zeit genommen hatte, um bei den Schießständen am St.-George's-Field ein wenig zu üben – seine Gelübde hinderten ihn nicht daran, seine militärische Ausbildung fortzusetzen –, holte er den Rat eines Mannes ein, der als der beste Späher von ganz Nordengland galt.

Während er seinen Bogen entspannte, hörte Owen Archer interessiert zu – bis Erkenwald zum Motiv kam.

»Ein angesehener Kaufmann soll ermordet worden sein, um den Ruf eines konkurrierenden Hospitals zu ruinieren?« fragte der große einäugige Mann grinsend. »Ihr solltet wieder zu den Soldaten gehen. Die viele Beterei hat anscheinend Euren Verstand aufgeweicht.«

Erkenwald lachte über diese Bemerkung. »Es gibt

einige unter uns, die eher behaupten würden, ich bete zu wenig. Deswegen haben sie wohl Cuthbert mir vorgezogen. Für ihn ist Beten die Antwort auf alles. Immer wenn uns wieder ein Teil unseres Besitzes abhanden kommt, läuft er in die Kirche und betet. Wahrscheinlich glaubt er, Gott habe sich entschlossen, die Reichtümer des St. Leonhard anderweitig zu verteilen.«

»Ich habe noch nie von Diebstählen gehört.«

»Nun, so soll es auch sein. In dieser Frage bin ich mit Cuthbert einer Meinung. Ich glaube, die Information, daß es einen Dieb in unserer Mitte gibt, würden die Kaufleute wohl nur zu gern ausnutzen, da sie doch selbst alle Diebe sind, nicht wahr?«

»Was ist denn abhanden gekommen?«

Erkenwald brauchte nicht zu schwindeln. Er wußte, diese Geschichte würde nicht ausgeplaudert werden, aber Archer würde vielleicht eine bestimmte Vorgehensweise dahinter erkennen.

»Kostbare Dinge natürlich. Ein goldener, fein gedrechselter Kelch, eine verzierte silberne Meßbuchhülle, Becher aus italienischem Glas und ähnliches.«

»Und Don Cuthbert fällt nach derartigen Verlusten nichts anderes ein, als zu beten?«

»Er tut sonst fast nichts.« Doch Erkenwald bemerkte, daß sich Owens Aufmerksamkeit nun auf seinen Köcher mit den Pfeilen richtete. Das machte nichts. Er hatte ihm die Information mitgeteilt. »Ich danke Euch, daß Ihr mir zugehört habt, Hauptmann.«

»Verzeiht, aber ich bin in Eile. Meine Kinder reisen morgen aufs Land. Ich habe noch viel zu tun.«

»Schickt Ihr sie zu Mistress Wiltons Vater?«

»Ja.«

»Um sie vor der Pest in Sicherheit zu bringen?«

Owen drückte auf die Narbe unterhalb seiner Augenklappe. »Dumm, nicht wahr? Als ob der Tod nicht auch aufs Land hinausziehen könnte.«

»Schon, aber dennoch ist es eine kluge Vorsichtsmaßnahme.«

»Gott sei mit Euch, Don Erkenwald.«

Als Owen sich entfernte, fiel dem Kanoniker auf, daß der Bogenschütze die Schultern hängen ließ, was ihm sonst gar nicht entsprach. Seine Kinder wegzuschicken, mußte eine schwierige Entscheidung für ihn gewesen sein.

John Thoresby und Richard de Ravenser saßen ruhig auf der Barkasse, die flußaufwärts auf der Themse fuhr. Die Nachmittagssonne hatte das Wasser des Flusses aufgeheizt, doch an ihrem Platz unter dem Sonnensegel umfächelte eine kühle Brise ihre aufwendig gearbeiteten Gewänder. Die Soldaten hatten weniger Glück; sie standen schwitzend in der prallen Sonne. Thoresby beobachtete die Schwäne auf dem Fluß, geisterhafte Schatten inmitten des Schilfs, das am Ufer wuchs. Er spürte, daß sein Neffe ihn musterte. Hoffte er seine Zukunft im Gesicht seines Oheims zu finden? Die Leute sprachen häufig über die Erscheinung der beiden Männer: Aufgrund ihrer äußeren Ähnlichkeit wirkten sie wie ein und derselbe Mann in unterschiedlichen Lebensabschnitten, in der Jugend und, es mußte gesagt werden, im hohen Alter. Doch das war eine Täuschung. Innerlich besaßen sie keine Gemeinsamkeiten. Ravenser genoß die Fahrt; er lächelte und winkte einer Dame zu, die auf einer entgegenkommenden Barkasse saß und sich von einem Lautenspieler unterhalten ließ. Thoresby war an diesem Tag weniger fröhlich gestimmt, denn er reiste zu seiner vermutlich letzten Audienz bei Königin Phillippa.

Windsor Castle flirrte in der Sommerhitze; die dicken Steinmauern dampften und verströmten eine feuchte Kühle. Überall brannten duftende Feuer, um die Pestbazillen fernzuhalten, und erzeugten in manchen Gängen einen leichten Nebel. Ständig wurden Messen abgehalten für die Menschen, und einmal am Tag bewegte sich eine Prozession von der St.-Georg-Kapelle über den unteren Burghof durch das Normannentor und über den oberen Burghof, wobei vor den königlichen Gemächern Dankgebete gesprochen wurden, bevor die Prozession wieder zur Kapelle zurückkehrte. Diener, die auch nur die geringsten Anzeichen von Fieber zeigten, wurden aus der Burg gewiesen. Nur jene, die unverzichtbar waren oder vom König oder der Königin gerufen wurden und gesund zu sein schienen, hatten Zugang zu den königlichen Gemächern.

Ravenser trat mit einem beklemmenden Gefühl in das Gemach der Königin. Wenn er früher hier erschienen war, hatte die Königin ihn einbestellt, und es war um Angelegenheiten gegangen, die die Königin betrafen. Dieses Mal war es anders. Diesmal war er in eigener Sache hier und hatte durch ein Schreiben selbst um eine Audienz gebeten. Am schlimmsten war jedoch, daß ihm die Angelegenheit im Grunde viel zu belanglos erschien, um die Königin damit zu behelligen, die bald sterben würde.

Doch sie hatte ihn generöserweise eingeladen. Nun winkte sie ihn mit einer roten, dick angeschwollenen Hand an ihr Bett.

»Majestät«, sagte Ravenser und kniete an ihrer Seite nieder.

»Kommt her. Ich habe nicht mehr viel Zeit für solche zeremoniellen Dinge, mein lieber Einnehmer.«

»Verzeiht, daß ich Euch hier belästige ...«

Sie seufzte und bedeutete ihm zu schweigen. »Ich kann mich im Augenblick nicht ausführlich mit Staatsangelegenheiten beschäftigen. Ich habe gebetet und glaube, es ist Gottes Wille, daß Ihr in den Norden reist und Euer Haus in Ordnung bringt. Es ist am besten, wenn Ihr Euch in einer solchen Zeit nicht am Hof oder in der Stadt aufhaltet.«

»Majestät, Ihr seid äußerst freundlich. Ich werde die Schatzkammer in meiner Abwesenheit meinem besten Schreiber anvertrauen.«

Die Königin ließ den Kopf wieder auf die weichen Seidenkissen zurückfallen. Eine Hofdame machte sich bemerkbar und führte Ravenser hinaus.

Tränen glitzerten in den Augen der Königin. »Mein lieber John, alter Freund.« Sie drückte Thoresbys Hand, ließ sie wieder los. »Betet für mich.«

»Dasselbe erbitte ich von Euch.«

»Steht Edward zur Seite, wenn ich nicht mehr bin. Er braucht Euch.«

Thoresby verschwieg, daß der König ihn seit langem nur noch in seiner Funktion als Erzbischof empfangen und zu keinerlei anderen Angelegenheiten mehr um Rat gefragt hatte. Hier war dafür weder die Zeit noch der Ort. Doch eine Bitte hatte er. »Laßt mich Euer Beichtvater sein. Ich werde bei Euch bleiben, bis ...« Er brachte es nicht über die Lippen.

Phillippas Augen füllten sich mit Tränen. »Nein, das könnte ich nicht ertragen. Bei Wykeham würde es mir nicht so schwerfallen.«

Dann stimmte es also. William von Wykeham, der Lordkanzler und Bischof von Winchester, sollte die Königin in ihren letzten Tagen begleiten. Thoresby hatte es nicht glauben wollen. Um seine Enttäuschung zu verbergen, erzählte er der Königin von seiner Absicht, die Marienkapelle fertigzustellen.

»Es tut mir leid um Sherburne. Ist es nicht ein schönes Haus?«

»Ich habe viele solcher Häuser. Doch die Kathedrale besitzt noch keine Marienkapelle. In den Steinbrüchen in der Nähe von York gibt es nicht die Steine, die ich brauche. Und ich möchte die Kapelle jetzt fertigstellen. Damit Ihr in den Norden kommen und sie sehen könnt.«

Phillippa tätschelte seine Hand. »Das wird mir nicht mehr möglich sein, werter Freund. Viele, die jünger waren als ich, sind schon gestorben. Nun bin ich an der Reihe. Gebe Gott, daß Richard sich wieder erholt, wenn ich gegangen bin.« Ihr ältester Sohn, der Schwarze Prinz, litt seit zwei Jahren an einer auszehrenden Krankheit. Ihr zweiter Sohn Lionel, der Herzog von Clarence, war im vergangenen Jahr gestorben, und die Ehefrau ihres dritten Sohnes, die anmutige Blanche, Herzogin von Lancaster, war im Herbst gestorben. Viele Leute sagten, der Kummer habe der Königin das Herz gebrochen.

»Ich werde bei Euch bleiben, ob nun als Beichtvater oder nicht.«

Phillippa schloß die Augen und zuckte unwirsch mit ihrer geschwollenen Hand. »Ihr müßt in den Norden. Stellt Eure Marienkapelle fertig. Vielleicht wird York dadurch von der Pest verschont.«

Am Abend vor ihrer Abreise speisten Thoresby und Ravenser an der Tafel des Königs. Als ihnen der Braten vorgesetzt wurde, eilte ein Bote in den Saal. Er ging auf den König zu und kniete sich hinter dessen Sessel nieder. Edward drehte sich steif um, beugte sich zu ihm und nickte. Der Bote begann mit leiser Stimme seine Nachricht vorzubringen. Doch Edward sah offensichtlich keinen Anlaß zu besonderer Diskretion. Er riß die Hände hoch und rief: »Sehr gut! Sehr gut! Dafür hast du dir ein paar Goldmünzen verdient, bei Gott.« Während der Bote zu einem Platz an einem der niedrigeren Tische geführt wurde, wandte Edward sich seinen verwirrten Gästen zu.

»Sie hat eine Tochter entbunden. Mistress Alice hat heute abend einer gesunden Tochter das Leben geschenkt.« Der König erhob sich mühsam. Er umklammerte mit einer Hand die Rückenlehne seines Sessels, erhob mit der anderen seinen Becher und rief aus: »Laßt uns auf Mistress Alice trinken!« Dabei hefteten sich seine Augen auf Thoresby.

Der Erzbischof hob ebenfalls seinen Becher. »Danken wir Gott, daß die Geburt gut verlaufen ist«, brachte er heraus, ohne an der Galle zu ersticken, die in ihm aufstieg.

Alle tranken auf das Wohl von Alice Perrers und ihrer Tochter.

2

Die Manqualm

Die beiden kämpften sich schwitzend durch das hohe Gras am Flußufer. Es ging kein Lüftchen, das ihnen ein wenig Kühlung gebracht hätte. Als sie das Boot an Land zogen, scheuchten sie Frösche auf, die lauthals protestierten. Nachdem sie das Boot an einem jungen Baum festgemacht hatten, stapften sie über das gelbbraune Feld zu der Hütte. Nesseln verfingen sich an seinen Beinkleidern und an ihren Röcken, als wollten sie ihr Vorwärtskommen behindern. Schnaken und Fliegen umschwirrten sie, rochen ihren Schweiß und folgten ihnen in einer summenden Wolke. Grillen zirpten aufgeregt, als sie näher kamen. Nicht weit entfernt wieherte ein Pferd und stampfte auf.

Owen Archer und Magda Digby tauschten unbehagliche Blicke; das Gehöft erschien ihnen viel zu ruhig. Es fehlten die Geräusche, die man hier vermutete: die Geräusche einer Familie, die hier ihrem Tagwerk nachging – das Pfeifen einer Sichel, die durch das hohe Gras schnitt, das Poltern eines Eimers, der gegen die Brunnenwände stieß, während er an einem knarrenden Seil heraufgezogen wurde, das Kreischen von spielenden Kindern. Man hatte Owen und Magda zwar gesagt, daß ihnen ein ruhiger Empfang bereitet werden würde, doch sie hatten gehofft, Duncan Ffulford und seine Familie bei der Arbeit vorzufinden.

Owen blieb am Rande des Feldes stehen und verscheuchte die Fliegen von seinem Gesicht, während er seinen Kopf von einer Seite zur anderen drehte, um den Hof zu betrachten; er konnte dazu nur sein rechtes Auge verwenden, das linke war erblindet und mit einer Klappe bedeckt. Daher mußte er sich mit der Hälfte des Sehvermögens zufriedengeben, mit dem er einst gesegnet gewesen war. Er nahm ein strohgedecktes Haus wahr, dessen Tür weit offenstand; aus der Öffnung in der Mitte des Daches stieg kein Rauch auf. Auf dem staubigen Hof stand ein Karren ohne Pferd, der aussah, als sei er soeben zur Abfahrt bereitgemacht worden. Hinter dem Haus lagen eine Scheune und weitere Außengebäude, in denen abgesehen von dem ungeduldig scharrenden Pferd alles ruhig war.

Owen wendete sich an seine Begleiterin. »Möchte gern wissen, wo das Kind geblieben ist.« Der Fischer hatte behauptet, ein Mädchen habe am Flußufer gekauert und ihm, als er vorüberfuhr, zugerufen, seine Mutter und die beiden Geschwister seien tot und ihr Vater sei zu krank, um sie zu begraben.

Magda legte eine knorrige, sonnengebräunte Hand vor die Augen und blickte zu der Scheune hinüber. »Habt Ihr das Tier gehört, Vogelauge?«

»Ja.«

»Wahrscheinlich ist das Kind bei ihm.«

»Sollen wir zuerst zu dem Mädchen gehen?«

»Nein. 's ist am besten, wir erfahren gleich das Schlimmste. Also ins Haus. Aber legt zuerst Euren Schutz an. Es geht kein Wind, der die Dämpfe vertreiben könnte.« Aus einem Beutel, den sie umgehängt hatte, zog Magda zwei mit Kräutern gefüllte, duftende Stoffbeutel hervor, reichte eines davon Owen und drückte sich das andere selbst vor den Mund und die Nase. Diese sollten sie vor dem Gifthauch schützen, der die Krankheit verbreitete.

Owen blickte zweifelnd auf den Duftbeutel hinunter. »Und wer hält uns das vors Gesicht, während wir die Toten begraben?«

Magda reagierte mit einem unwirschen Schnauben auf seinen Einwand. »Bedeckt Euer Gesicht, streitsüchtiger Waliser. Dieser Schutz ist immer noch besser als gar keiner.« Ohne weitere Worte zu verlieren, überquerte die schmächtige Hebamme den staubigen Hof und trat in das Haus.

Owen drückte den Duftbeutel vor sein Gesicht und folgte ihr, da er in der Vergangenheit schon häufig festgestellt hatte, daß Magdas Ratschläge nicht die schlechtesten gewesen waren. Er duckte sich, um unter dem niedrigen Türrahmen hindurchzutreten.

Innen war es dunkel. Nur durch die Ritzen im Strohdach und in den Wänden fielen einige Lichtstrahlen in das Haus und machten den Staub sichtbar, der durch ihre Bewegungen aufgewirbelt wurde, sowie die Fliegen, die die vier Leichen umschwärmten – zwei Kinder, die auf einer Holzpritsche neben einer Frau gebettet waren, und ein Mann, der am Boden neben den Überresten eines Feuers lag. Magda kauerte sich am Bett nieder und hob mit einem Stock die Decke an, um die Leichen genauer in Augenschein zu nehmen. Sogar durch das duftgetränkte Kräutersäckchen konnte Owen den Verwesungsgestank riechen, es würgte ihn, und er ging wieder in den Hof hinaus, um Luft zu holen.

Magda gesellte sich zu ihm. »Das ist die Manqualm, Vogelauge.«

Owen bekreuzigte sich. »Suchen wir nach dem Mädchen. Sie kann uns vielleicht sagen, wo wir hier einen Priester finden.«

Magda hatte die Hände in die Hüften gestemmt und blickte hoch zu Owen. »Ihr wollt im Ernst einen Priester auftreiben, der Gebete für die Toten spricht? Wollt Ihr soviel Zeit vertun?«

»Sie starben, ohne gebeichtet zu haben, davon bin ich überzeugt. Und sie sollten in geweihter Erde begraben werden. Es ist meine Pflicht als Christenmensch, alles zu tun, was in meinen Kräften steht, um dafür zu sorgen, daß ihre Seelen ihren Frieden finden. Ich weiß, Ihr denkt anders, Magda, aber das ist meine Überzeugung. Und es war auch ihre. Ich muß es versuchen.«

Magda widersprach ihm nicht, vielleicht aus Dankbarkeit dafür, daß er sich bereit erklärt hatte, sie auf diesem Gang zu begleiten. Auf dem Weg zur Scheune blieb sie bei dem Karren stehen. »Duncan wollte seine Familie auf den Karren laden und sie dann begraben? Oder zu einem Priester bringen? Oder dachte er daran, damit zu fliehen?« Magda berührte den Karren und legte ihre Stirn daran, als sei sie plötzlich müde. »Aber das Schlimmste kommt erst, Vogelauge. Eure Lucie wird von morgens bis abends arbeiten, ebenso wie Magda, und was wird es nützen?«

»Kommt, Magda, suchen wir das Kind.« Owen ging an dem Karren vorbei und steuerte auf die Scheune zu. Das Pferd begann abermals zu wiehern und zu stampfen. Als er ein Ohr an das Tor legte, konnte er das Geräusch eines zweiten Lebewesens wahrnehmen. Er hörte das Rascheln von Stroh. Vielleicht stammte es von dem Pferd, vielleicht vom Kind.

Das Scheunentor war durch die Feuchtigkeit, die vom Fluß heraufdrang, verzogen. Owen mußte seine ganze Kraft einsetzen, um es aufzustoßen. Als er hineinspähte, erblickte er eine alte Mähre in einer Box. Er näherte sich ihr langsam, während er leise auf das aufgeregte Tier einredete. Als er vor dem Pferd stand, griff er nach einem Tuch und rieb das Tier ab, bis es sich beruhigte.

Magda war ihm gefolgt.

Owen tätschelte die Stute. »Duncan Ffulford ging es besser, als ich dachte. Er besaß immerhin ein Pferd.«

»Ja, und er war stolz darauf. Dank der guten Pflege sieht man ihr die Jahre kaum an. Aber nun seid still, Vogelauge.« Magda stand in der Mitte der Scheune und lauschte. Ihr vielfarbiges Gewand schien in dem fahlen Licht zu flimmern. »Sie ist oben.« Magda bedeutete Owen, ihr vorauszugehen. »Sie heißt Alisoun.«

Als Owen von dem Pferd zurücktrat, kniff es ihn sanft in den Arm, um ihn zurückzuhalten. Sogar das Tier versetzte die unnatürliche Ruhe auf dem Gehöft in Angst. Owen stieg die Leiter zum Heustock hoch und hielt dabei den Kopf gesenkt, um sich gegen eine Gabel oder ein Messer zu schützen. In einer derartigen Situation würde ein Kind alles tun, um sich zu verteidigen. Als Owen das obere Ende der Leiter erreicht hatte, sagte er mit sanfter Stimme: »Ganz ruhig, Alisoun. Ich komme in friedlicher Absicht.« Er hielt seine Hände hoch, um dem Kind zu zeigen, daß er keine Waffe hatte. »Ein Fischer hat uns gesagt, daß du Hilfe brauchst.« Er betete, daß es tatsächlich Alisoun war, die sich hier oben aufhielt.

»Wer seid Ihr?« fragte eine kindliche Stimme.

Erleichtert antwortete er: »Owen Archer, Hauptmann der Garde des Erzbischofs und Ehemann von Mistress Wilton, der Apothekenmeisterin von York.« Er war nicht sicher, welche Angabe das Kind am ehesten beruhigen würde.

»Kommt langsam herauf.«

»Darf ich meine Hände an die Leiter legen?«

»Langsam.«

Owen gehorchte, hob den Kopf, stieg eine, dann eine zweite Sprosse nach oben und verharrte, als er auf gleicher Höhe mit dem Mädchen war. Es stand an der Mauer, den Rock gerafft, den Oberkörper leicht vorgebeugt, und hatte einen kleinen Bogen mit Pfeil schußbereit gespannt. »Dreht Euch um, damit ich die linke Seite Eures Gesichts sehen kann.«

Owen drehte sich zu dem Licht, das aus einem Loch im Dach hereinströmte, so daß das Mädchen seine vernarbte linke Wange und die lederne Augenklappe sehen konnte.

Ohne seine Haltung zu verändern, fragte das Mädchen: »Wer ist bei Euch?«

»Magda Digby, die Flußfrau.«

Da trat Alisoun an die Leiter heran und warf einen Blick nach unten. »Was wollt Ihr hier?«

Owen war versucht, das Kind wegen seines unverschämten Tons zurechtzuweisen, doch Magda ergriff das Wort, bevor er etwas sagen konnte. »Magda kommt, um die Familie zu beerdigen und ein neues Heim für dich zu finden.«

»Das hier ist mein Heim.«

»Ja, das ist es. Aber du brauchst eine Mutter, die sich um dich kümmert, du kleine Hexe.«

»Hütet Eure Zunge«, warnte Owen.

Magda reagierte nicht auf diese Bemerkung. »Du machst Magda dafür verantwortlich, daß es deiner Mutter nach Toms Geburt schlechtging, ja. Aber du brauchst dir keine Sorgen zu machen. Magda möchte nicht deine Mutter spielen.«

Alisoun ließ den Bogen sinken. Sie starrte hinunter in das Stroh. »Dann ist mein Vater also tot?«

»Ja, Gott erbarme sich seiner Seele«, sagte Owen. »Wir müssen sie zu einem Gottesacker bringen und brauchen einen Priester. Kannst du mir den Weg zeigen?«

Das Kind zuckte mit den knochigen Schultern. »Der Priester wollte nicht kommen, als Vater ihn darum gebeten hat.«

Das überraschte Owen nicht; in Pestzeiten hörte man so etwas häufig. »Wenn du mich zu ihm bringst, werde ich ihn überreden, seine Pflicht zu tun.«

»Ich möchte auch Eure Frau nicht als Mutter haben.«

Owen hätte das widerspenstige Kind am liebsten schroff angefahren, beherrschte sich aber. Er mußte seine Aufgabe erfüllen und mit dem Kind fertig werden. »Wir werden uns über deine Zukunft unterhalten, wenn wir deine Familie beerdigt haben. Jetzt bring uns zu dem Priester.« Er stieg die Leiter hinab.

Nach einigen Minuten folgte Alisoun ihm. Am Fuße der Leiter ließ sie ihren Rock hinuntergleiten, schüttelte das Heu und den Staub ab, glättete ihr geflochtenes Haar und blickte Owen trotzig an. »Meine Zukunft geht nur mich etwas an.«

Darüber konnte man sich später unterhalten. »Komm, Kind, wir haben viel zu erledigen.«

Alisoun rollte die Augen und ging langsam zur Tür. Als Owen ihr hinterherschaute, bemerkte er, wie dürr sie war, und erkannte, daß sie Hunger haben mußte. »Sollen wir ihr zuerst etwas zu essen besorgen?« fragte er Magda.

»Verschwendet nicht Eure Zeit mit dem Kind, Vogelauge. Sie wird es uns schon sagen, wenn sie etwas will.«

»Ist sie immer so widerspenstig?«

»O ja. Nehmt Euch in acht vor ihr.«

Owen ging zu der Stute. »Ich werde sie vor den Karren spannen.«

»Magda wird sich um die Toten kümmern.«

Als Owen das Pferd aus der Scheune führte, stand Alisoun im Hof und blickte ihm ungeduldig entgegen. Owen fiel auf, daß das Mädchen es vermied, den Karren und das Haus anzuschauen. Die Situation ging ihr ziemlich nahe, wenngleich sie dies geschickt zu verbergen verstand. Als er sich an dem Wagen zu schaffen machte, versuchte er, mit ihr zu reden. »Ich möchte wetten, du kannst den Bogen nicht nur wie ausgebildeter Bogenschütze halten, sondern auch genauso gut damit schießen, habe ich recht?«

»Ich kann Kaninchen und Eichhörnchen erlegen. Warum wollt Ihr das wissen?«

»Ich habe zuerst gefragt.«

»Ich will darauf nicht antworten.«

Schweigen. Dann sagte Alisoun unvermittelt: »Mein Vater hat es mir beigebracht.«

»Um dich zu verteidigen?«

»Warum sonst?«

»Gab es irgendwelche Schwierigkeiten?«

Alisoun hatte die Hände in die Hüften gestemmt und bedachte Owen mit einem herausfordernden Blick. »Ihr seid ziemlich neugierig.«

»Und du bist ziemlich unhöflich. Wir passen gut zusammen.«

Das Mädchen senkte den Kopf, drehte sich um und setzte sich auf den Boden. Owen fand es angenehm, daß sie nichts mehr sagte. Er führte das Pferd mit dem Karren näher an das Haus heran, damit er die Toten besser aufladen konnte.

Zuerst dachte Owen, in der steinernen Kirche hielte sich niemand auf, doch als er nach vorne ging, entdeckte er den Mann, der vor dem Altar ausgestreckt auf dem Boden lag. Er wandte sich an Alisoun. »Wie heißt er?«

»Vater John.«

Owen näherte sich dem Priester. »Vater John?« Die Gestalt regte sich, erhob sich aber nicht und antwortete auch nicht. Owen kniete sich neben dem Mann nieder und flüsterte ihm zu: »Verzeiht, daß ich Euch bei Eurer Andacht störe, aber ich bitte Euch, mich an das Grab von vier Eurer Gemeindemitglieder zu begleiten.«

Der Kopf drehte sich, ein Auge richtete sich auf Owen, und der Priester erhob sich mühsam. Owen grinste zu dem kleinen, korpulenten Mann hinunter, der nach Zwiebeln und Bier stank. »Sucht zusammen, was Ihr braucht. Wir dürfen keine Zeit verlieren.«

Vater John warf einen Blick auf Alisoun. »Sind sie gestorben?«

»Das wißt Ihr doch.«

»Der Herr möge sich ihrer erbarmen.« Vater John bekreuzigte sich. »Wie lange sind sie schon tot, mein Kind?«

»Ich bin nicht Euer Kind.«

»Sie sagt, Ihr hättet Euch geweigert, sie aufzusuchen, als ihr Vater Euch darum gebeten hat, Vater John. Warum habt Ihr das getan?« fragte Owen.

Das fleischige Gesicht bekam Falten um die Augen und den Mund, als der Priester seine gefalteten Hände auf die Brust drückte und zurückwich. »Woher kommt Ihr?«

»Aus York.«

»Ah. Dann habt Ihr doch bestimmt die Anzeichen bemerkt? Daß der Wind aus dem Süden wehte. Daß an gewissen Tagen der Himmel dunkel blieb, es aber nicht regnete. Und daß so viele Fliegen auftauchten. Ich sah es als meine Pflicht an zu beten. Als Duncan Ffulford zu mir kam und den Pesthauch an diesen geheiligten Ort brachte, betete ich für seine Seele und für die Seelen seiner Angehörigen. Aber ich konnte sie nicht berühren, denn sonst hätte auch ich dahingerafft werden können und mich nicht mehr um die übrigen mir anvertrauten Seelen kümmern können.«

Owen packte den Priester am Kragen und hob ihn hoch. »Ihr habt einen bequemen Weg gefunden, um Euer Gewissen zu beruhigen, Priester. Ihr verdient es nicht, dieses Gewand zu tragen. Aber da Ihr der einzige Geistliche seid, der uns zur Verfügung steht, müssen wir eben mit Euch vorliebnehmen.«

Vater Johns Gesicht war dunkelrot angelaufen. »Es ist eine Sünde, sich an einem Priester zu vergreifen«, japste er.

Owen ließ ihn herunter.

Der Priester begann zu taumeln, stützte sich an der Säule neben sich ab und rappelte sich schwer atmend wieder auf.

»Was Ihr bis jetzt kennengelernt habt, war nur noch gar nichts«, sagte Owen. »Ich kann auch noch ganz anders. Wir verlangen von Euch lediglich, daß Ihr Euren Pflichten als Geistlicher nachkommt.«

Später, als Owen die Gräber aushob, fragte er sich, was über ihn gekommen war. Es sah ihm gar nicht ähnlich, einen Priester so zu behandeln. Hatte ihn das Mädchen so durcheinander gebracht? Oder lag es an der Verwirrung, die die Pest mit sich brachte? War er vielleicht auch schon infiziert? Er betete zu Gott, er möge ihn, falls dies der Fall sei, sterben lassen, bevor er wieder zu seiner Familie zurückkehrte. Als der Priester vortrat, um über den offenen Gräbern seine Gebete zu sprechen, ertappte Owen sich dabei, daß er ebenso stark für seine eigene Familie betete wie für die Seelen der Familie Ffulford. Magda stand ruhig und mit geschlossenen Augen daneben und hatte eine Hand um das Handgelenk der anderen gelegt. Sie betete nicht, so sagte sie jedenfalls immer, doch ihre in sich gekehrte Haltung deutete darauf hin, daß sie sich zumindest auf irgend etwas konzentrierte. Worauf?

Und was war mit dem Mädchen? Owen fühlte sich in gewisser Weise schuldig, daß er sich so wenig um sie kümmerte. Trotz ihrer Widerborstigkeit durfte er nicht vergessen, daß sie ein Kind war, das seine gesamte Familie verloren hatte. Er warf einen Blick hinüber zum anderen Ende der Gräber, wo Alisoun gestanden hatte. Sie war weg. Er schaute sich um, konnte sie aber nirgends entdecken.

Bald liefen sie alle drei umher und riefen das Kind bei seinem Namen.

Doch das Mädchen blieb verschwunden. Und die Sonne begann schon unterzugehen.

»Der Fluß ruft«, sagte Magda. »Hat das Kind hier irgendwo Verwandte?«

Vater John legte die Stirn in Falten und blickte zu Boden. »Es gibt viele Ffulfords in der Gemeinde.«

Owen hielt es für sinnlos, die Suche weiter fortzusetzen. Das Kind hatte seinen Wunsch zum Ausdruck gebracht, sich selbst um eine neue Unterkunft zu bemühen. »Ich bitte Euch, Vater John, geht zu ihren Verwandten und unterrichtet sie, in welcher Lage sich das Mädchen befindet.«

Der Priester runzelte die Stirn, nickte dann jedoch. »Natürlich, das ist meine Pflicht.« Er warf einen Blick zu dem Karren und dem Pferd. »Ich werde mich darum kümmern.«

Das konnte Owen sich lebhaft vorstellen. »Sagt ihren Verwandten, daß sich das Pferd und der Wagen auf dem Gehöft befinden, Priester.« Er entfernte sich, machte dann aber kehrt, um noch eine letzte Warnung anzubringen. »Ich komme zurück, um zu überprüfen, ob das Mädchen in Sicherheit ist. Und auch das Pferd.«

»Es wird alles zu Eurer Zufriedenheit geregelt werden, Hauptmann.«

Im Boot schien Magda kurz davor einzunicken. Owen ruderte schweigend flußabwärts und kniff die Augen vor der tiefstehenden Sonne zusammen, die die braunen Fluten der Ouse beschien. Er dachte über die Ffulfords nach. Bisher war in York ein halbes Hundert Menschen an der Pest gestorben, die meisten davon alte Leute oder kleine Kinder. Doch heute hatte er zwei Opfer gesehen, die ungefähr so alt waren wie seine eigene Frau. Beide waren sehr dünn gewesen, vermutlich eine Folge der Mißernte im vergangenen Sommer.

»Wind aus dem Süden. Fliegen. Der Priester hat sie als Vorboten der Pest bezeichnet. Aber welche Rolle spielt die schlechte Ernte?« sagte Owen laut zu sich selbst. »Kann Hunger die Leute so sehr schwächen, daß sie der Seuche leichter zum Opfer fallen?«

Magda öffnete ein Auge. »Das Mädchen zeigt keine Anzeichen der Krankheit.« Sie zog eine kleine Flasche aus dem Beutel an ihrer Hüfte, öffnete sie und reichte sie Owen, der das Rudern kurz unterbrach und einen Schluck daraus nahm. Dann trank Magda. »Gab mal eine Zeit, da hättet Ihr von Magda überhaupt nichts angenommen, Vogelauge.«

Und das war noch nicht so lange her. Owen grinste. »Vielleicht hatte ich damals keinen Durst.«

Die Flußfrau ließ ihr bellendes Lachen ertönen. »Ja, das mag sein.« Sie nahm einen weiteren Schluck und steckte die Flasche weg. »Magda würde viel geben, um zu erfahren, was die Manqualm immer wieder zurückruft, Vogelauge. Eine schlechte Ernte?« Sie legte den Kopf schief und dachte nach. »Jedesmal ist sie einer schlechten Ernte gefolgt. Das ist unbestritten. Aber nicht jede Mißernte zieht sie nach sich. Euer Priester sagt, es ist die Geißel Gottes, der Euch für Eure Sündhaftigkeit straft.« Sie grinste und zeigte ihre weißen Zähne, die deutlich von der gebräunten Lederhaut abstachen.

Trotz ihres hohen Alters besaß sie noch fast alle Zähne, nur einen hatte sie schon als Kind verloren. Niemand wußte, wann das gewesen war. Magda weigerte sich, darüber Auskunft zu geben. Doch die Leute in York erzählten sich, sie lebe schon seit der Zeit von König Canute auf ihrem Felsen am schlammigen Ufer der Ouse nördlich der Stadt. Aus dieser Zeit stamme auch das umgedrehte Wikingerboot, das ihr als Dach diente. Owen wußte, daß dies nicht möglich war, doch zweifellos war Magda schon ziemlich alt. Und sie besaß die Weisheit einer Heilerin, die sich ihr Leben lang um Kranke gekümmert und mit der Entbindung von Kindern beschäftigt hatte. Sie lebte zwar wie ein tugendsamer Christenmensch, war aber keine Christin und betrachtete die Lehren der Kirche als unzureichend, als abergläubische Entschuldigungen für den gesunden Menschenverstand. Für eine gefährliche Einstellung, die jedoch tief verwurzelt war. Owen schätzte ihren klaren Verstand, ihr praktisches Denken und ihre forsche Art, die frei von jeglicher Angst war.

»Aber wie erklären Eure Priester den Tod von Kindern, Vogelauge?« Magda lächelte nun nicht mehr.

»Meiner Ansicht nach sollen dadurch die Eltern bestraft werden, Magda, nicht das Kind. Man sagt, glaube ich, ein solches Kind sei zu gut für das Leben; Gott entscheide sich, diese Kinder unmittelbar zu sich in den Himmel aufzunehmen, um zu verhindern, daß ihre reinen Seelen in der Welt beschmutzt werden.«

Magda schnaubte. »Dann läßt Euer Gott also nur die Unwürdigen auf der Erde? Pah!«

Owen fühlte sich unbehaglich bei dem Gedanken, Magda eigentlich zustimmen zu müssen. War das nicht Blasphemie? »Wir können Gottes Ratschluß nicht immer erkennen.«

Magda schüttelte den Kopf. »Ihr laßt Euch von diesem Unsinn nicht allzusehr beeindrucken. Immerhin wart Ihr klug genug, Eure Kinder nach Freythorpe Hadden zu schicken.«

»Wirklich?« Gleich nachdem die ersten Gerüchte über das Ausbrechen der Pest aufgekommen waren, hatte Lucie den Wunsch geäußert, ihre Kinder aus der Stadt zu bringen. Vor acht Jahren war Martin, ihr erstes Kind, an der Pest gestorben, das einzige Kind, das sie mit Nicolas Wilton, ihrem ersten Ehemann, gehabt hatte. Daher hatte Lucie den Plan entwickelt, Hugh und Gwenllian auf das Gut ihres Vaters auf dem Lande zu schicken, wo auch dessen tüchtige und umsichtige Schwester Phillippa lebte. Doch dabei gab es ein Problem: Lucie stillte noch ihren Sohn Hugh, der im vergangenen Winter auf die Welt gekommen war, und als Apothekenmeisterin konnte sie in einer solchen Zeit die Stadt nicht verlassen. Wie sollte sie aber unter den gegebenen Umständen eine zuverlässige Amme finden?

Aber dann war Magdas Enkelin Tola mit ihrer Tochter Emma und ihrem zweijährigen Sohn Nym aus dem Moorgebiet in die Stadt gezogen, nachdem ihr Ehemann von einem Wildschwein zu Tode getrampelt worden war. Lucie hatte sich mit der jungen Witwe angefreundet und sie gebeten, Hughs Amme zu werden.

Sie hatte Owen nur schwer dafür gewinnen können, seinen einzigen Sohn von Tola aus der Stadt bringen zu lassen. Es stimmte, daß angesichts des Todes, der nun in der Stadt lauerte, viele Menschen sich veränderten, in ihrer Verzweiflung unberechenbar wurden, sich zu Gewalttätigkeiten hinreißen ließen. Vielleicht waren die Kinder in jeglicher Hinsicht auf dem Land sicherer. Aber …

»Das Land hat die Ffulfords nicht gerettet«, dachte Owen laut, »und auch Tolas Mann nicht«.

Magda, deren Kinn wieder auf die Brust herabgesunken war, öffnete ein Auge, blinzelte zu Owen hoch und grunzte mitfühlend. »Tola und Nym sind am besten fern von Magdas Haus aufgehoben, wohin so viele Kranke strömen. Bei einer Apothekerin ist das nicht viel anders.«

»Die Kranken kommen nicht in die Apotheke.«

»Nein. Aber die, die sie behandeln … Sie werden oft selbst krank. Warum grübelt Ihr über Eure Entscheidung nach? 's ist beschlossen.«

Alle Eltern durchlebten eine schwierige Zeit, denn die Seuche schien Kinder am meisten zu gefährden. Doch für Lucie war es doppelt schwer, nachdem ihr erstes Kind bereits der Pest zum Opfer gefallen war. Die Hoffnung, Gottes Gnade möge ihre Familie verschonen, vermochte sie nicht zu beruhigen.

Wieviel schlimmer aber mochte es Alisoun Ffulford ergehen, die beide Elternteile und alle ihre Geschwister verloren hatte?

»Gibt es noch weitere Angehörige in Alisouns Famlie, Magda?

Die Flußfrau schreckte auf. »Was?« Sie hielt sich eine Hand vor die verschlafenen Augen.

Owen wiederholte seine Frage.

»Nein. Die Eltern, die drei Kinder, das war alles.« Magda legte ihren Kopf wieder zurück.

»Was hat sie also in der Scheune bewacht?«

Magda brummte und rieb sich die Augen. »Sich selbst. Ihr kostbares Pferd.«

»Warum ist sie davongelaufen?«

»Warum sollte sie Fremden vertrauen, he? Geduld, Vogelauge. Das Mädchen wird zu Magda kommen oder zu Euch, wenn sie dafür die Zeit für reif hält.«

»Wie wollt Ihr das wissen?«

Magda legte den Kopf nach hinten und schloß die

Augen. »Manche Dinge können gar nicht anders sein, Vogelauge.«

Während Owen weiterruderte, kreisten seine Gedanken um das von Fliegen wimmelnde Gehöft.

Das Boot begann gefährlich zu schaukeln, als Magda sich plötzlich aufsetzte und den Horizont musterte. »Feuer in der Stadt. Könnt Ihr es nicht riechen im Wind, Vogelauge?«

Owen atmete tief, weil ihn das Rudern anstrengte. Aber er roch in der Luft nicht mehr Rauch als sonst auch. »Auch im Sommer machen die Leute oft Feuer, Magda.«

Die Flußfrau runzelte die Stirn. »Nein. Das hier ist ein größeres Feuer.«

3

Einige Dinge geraten aus den Fugen

Nachdem sie die Läden weit aufgestoßen hatte, blieb Bess Merchet mit geschlossenen Augen und zurückgelegtem Kopf am Fenster stehen, in der Hoffnung, eine frische Brise würde ihr den Staub vom Gesicht wehen. Aber auch hier war die Luft beinahe so stickig wie in ihrer Schlafkammer. Wie sollte eine Frau bei der Putzarbeit neue Kräfte schöpfen? »Möge der Herr dafür sorgen, daß bald der Herbst kommt«, murmelte sie, als sie sich vom Fenster zurückzog.

Aber was war das? Sie hielt inne und lauschte. Da. Sie hörte es wieder. Zwischen dem üblichen Geratter der Karren auf dem Pflaster, dem Lärm von spielenden Kindern, dem Geschrei der Straßenhändler, dem Hämmern eines Schmieds, zwischen all diesen vertrauten Geräuschen eines Sommertages in York, und trotz des Lärms, den die Mädchen unten veranstalteten, die die Küche der Schenke saubermachten, vernahm sie Rufe und Schreie und ein Glockengeläut, das eine heraufziehende Gefahr ankündigte.

Bess kehrte ans Fenster zurück. Und als sie tief einatmete, merkte sie, daß die Luft rauchgeschwängert war, wie die Luft mitten im Winter. Dank ihres guten Aussichtspunkts zwei Stockwerke über dem Erdboden konnte Bess schließlich zwischen den Kaminen und Giebeln der Nachbarhäuser eine Rauchwolke entdecken, die über dem St.-Leonhard-Hospital aufstieg.

Zunächst dachte sie an eine Feuerbestattung. Sie erinnerte sich, daß während der ersten Pestepidemie in Scarborough an der windigen Nordseeküste die Luft an manchen Tagen dick vor Rauch gewesen war, weil man die Toten verbrannt hatte. Sie war damals mit ihrem Sohn

Peter schwanger gegangen und hatte befürchtet, der Gestank könne ihn in ihrem Leib in ein Ungeheuer verwandeln. Doch verglichen mit damals waren bislang nur verhältnismäßig wenige Leute an der Seuche gestorben.

Dann fiel ihr Oheim Julian ein, der ein kleines Haus innerhalb der Mauern des Hospitals besaß. Er hantierte sehr unvorsichtig mit Lampen und Kerzen, vor allem wenn er angetrunken war, was zu jeder Tages- oder Nachtzeit der Fall sein konnte, da er nun keiner geregelten Arbeit mehr nachging.

Bess blickte sich in ihrer Kammer um, die sie zur Hälfte saubergemacht hatte, und kam zu dem Schluß, daß sie es damit bewenden lassen konnte. Sie duldete keinen Schmutz in den Bettkammern, ob es sich nun um die der Gäste oder ihre eigene handelte, doch in diesem Falle mußte die Aufräumarbeit warten, bis sie sich davon überzeugt hatte, daß ihr Oheim in Sicherheit war. Ungeduldig riß sie sich den Schleier vom Kopf, der ihr dichtes Haar gebändigt hatte; die Röte verblaßte im Lauf der Zeit, doch sie besaß immer noch volles Haar, worauf sie sehr stolz war. Sie ersetzte den Schleier durch eine ihrer gestärkten und mit Schleifchen versehenen Hauben.

Das St. Leonhard nahm eine große Fläche am nördlichen Rand der Stadt ein, grenzte an die Footless Lane, die Abtei St. Mary und die Lop Lane und erstreckte sich fast bis nach Petergate. Das östliche Torhaus stand am Ende der Blake Street und überspannte in einem hohen Bogen, an dem eine Statue des heiligen Leonhard angebracht war, die Straße. Die Kirche und die Unterkünfte der Augustinermönche nahmen die nordöstliche Hälfte des Bezirks ein; in der anderen Hälfte lagen die Krankenstation mit ihren beiden Kapellen und die übrigen Gebäude, in denen eine Schule, ein Gästehaus, eine Gerberei, eine Mälzerei, Stallungen, Werkstätten, Küchen und die Unterkünfte des Personals und der Pflegebewohner untergebracht waren. Es erschien fast wie eine kleine Stadt, die sich selbst mit dem Nötigsten versorgte. York war stolz auf das St. Leonhard, das von Athelstan gegründet worden war, noch bevor Wilhelm der Normanne in den Norden vorgedrungen war, und als das größte Hospital außerhalb Londons galt.

Als Bess unter dem Bogen hindurchging, bot sicn ihr eine chaotische Szene: Menschen rannten umher wie wild gewordene Bienen, die man ausgeräuchert hatte, liefen hierhin und dorthin, prallten gegeneinander, als habe der Rauch sie blind gemacht; überall klirrten und schepperten wassergefüllte Eimer und Töpfe, mit denen man den Brand zu löschen versuchte. Bess bahnte sich ihren Weg zur Krankenstation, schüttelte alle ab, die sich an sie klammerten und und wirres Gestammel von sich gaben. Doch dann erkannte sie, daß die Krankenstation und ihre beiden Kapellen noch unversehrt waren; der Rauch kam von der Nordmauer, entweder aus der Schule oder aus einem der Häuschen der Pflegebewohner – wozu auch die Unterkunft ihres Oheims gehörte.

Entschlossen drängte sie sich durch die Menge, setzte ihre linke Schulter als Rammbock ein, hatte bald die Schule passiert und kämpfte sich weiter voran. Dann erblickte sie Julians Haus, das an der linken Seite verkohlt, ansonsten aber unversehrt war. Das Nachbarhaus jedoch war nur noch eine ausgebrannte Ruine. Davor lagen zwei Gestalten, von denen eine sich unter den fürsorglichen Händen zweier Frauen wand, unter denen Bess Honoria de Staines erkannte, eine ehemalige Bedienstete ihres Oheims, die nun Laienschwester war. Der zweite Mann lag reglos unter dem gebeugten Haupt eines der augustinischen Kanoniker.

Als Bess näher kam, sah sie, daß ein Großteil der Kleidung des reglosen Mannes verbrannt, sein Körper verkohlt und sein Gesicht bis zur Unkenntlichkeit entstellt war. Don Erkenwald sprach Gebete für die Seele des

Toten. Bess bekreuzigte sich und ging zu dem zweiten Mann hinüber, der sich aufzustehen bemühte, um den beiden Frauen zu entrinnen. »Oheim Julian! Gott sei Dank!« Sie mußte fast lachen, als sie sah, wie er mit den beiden Frauen rang, die ihm zu helfen versuchten. Doch als er sich umdrehte, sah Bess, daß sein Gesicht mit blauen Flecken und Schnittwunden übersät und sein weißes Haar an einer Seite angesengt war. Beide Hände waren von den Fingerspitzen bis zu den Handgelenken eingebunden, und Bess erkannte, daß es ihn beinahe auch so schlimm erwischt hätte wie den anderen Mann, um den der Priester betete. »Was ist passiert, Oheim?«

»Sag Anneys und Honoria, sie sollen sich um Laurence kümmern.« Julians Stimme klang heiser. Er rappelte sich auf und stieß die beiden Frauen zur Seite.

»Don Erkenwald ist bei ihm«, sagte Bess, als sie erkannte, daß es sich bei dem Toten um Laurence de Warrene handeln mußte, den ältesten Freund ihres Oheims. Als ehemaliger Soldat wußte Erkenwald, wann jemand tot war. Er hätte für Laurence Hilfe geholt, hätte auch nur die geringste Hoffnung bestanden, ihn zu retten.

»Erkenwald versteht nichts von ärztlicher Behandlung«, sagte Julian und trat einen Schritt auf Bess zu. Als er sein Gewicht auf das linke Bein verlagerte, schrie er vor Schmerzen auf und stürzte.

Bess fing ihn auf und legte ihn mit Hilfe der Frau, die er Anneys genannt hatte, vorsichtig auf den Boden. »Leg dich hin und bleib ruhig, Oheim.« Bess schüttelte den Kopf, als sie seine versengten Haare betrachtete. »Warst du im Haus, als das Feuer ausbrach?«

Julian schloß die Augen und legte eine seiner verbundenen Hände auf die Stirn. »Ich war im Haus von Laurence.«

Bess erblickte zwei Männer, die sich mit einer Trage ihren Weg durch die Menge bahnten, und winkte sie herbei. »Bringt ihn sofort in die Krankenstation.«

Julian fuhr sie an: »Kümmert euch lieber um Laurence!«
Honoria berührte Julians Wange. Er stieß sie weg.

»Die Männer sollen ihn hochheben«, sagte Bess, packte die Frau an der Schulter und zog sie weg. Als sie ihren Oheim stöhnen hörte, drehte Bess sich um und rief den Trägern zu: »Geht vorsichtig mit ihm um!«

Honoria packte Bess am Arm. »Ich bin eine Laienschwester in diesem Hospital und muß mich nicht so behandeln lassen.«

»Ich weiß, was Ihr seid«, erwiderte Bess. »Und auch, was Ihr vorher getan habt.« Die Leute sagten, ihr Ehemann habe sie verlassen, um nicht in Konkurrenz zu ihren Liebhabern treten zu müssen.

»Ich habe gut für Master Taverner gesorgt, als ich ihm diente.«

»Davon bin ich überzeugt.« Bess wandte sich der anderen Frau zu, die ebenfalls ein einfaches dunkles Gewand und einen weißen Wimpel trug. »Seid Ihr auch eine Laienschwester?«

Die Frau nickte. Sie war älter als Honoria – aus ihren ergrauenden Augenbrauen und den Falten in ihrem Gesicht schloß Bess, daß sie schon jenseits des gebärfähigen Alters war – und machte einen sehr tüchtigen Eindruck.

Aber sie war dennoch nur eine Dienerin. »Wo sind Eure Oberen?« fragte Bess. »Verdient mein Oheim es nicht, daß sich eine der Nonnen um ihn kümmert?« Er hatte gutes Geld bezahlt, um diese Unterkunft im Hospital zu erhalten, und konnte daher die bestmögliche Behandlung beanspruchen.

»Wir waren gerade in der Nähe«, sagte Anneys. »Dame Constance ist vor uns zur Krankenstation gegangen, um für Master Taverner ein Bett vorzubereiten.«

»Aha.« Die Mutter Oberin. Das war schon besser. Bess schaute zu, wie Honoria ihre Röcke raffte und der Trage hinterhereilte. Sogar in ihrem schlichten Gewand gelang es ihr, die Blicke der Männer aus der Menge auf sich zu ziehen.

Auch für Laurence de Warrene war inzwischen eine Bahre gebracht worden. Nachdem Don Erkenwald von seiner Aufgabe erlöst worden war, gesellte er sich zu Bess und Anneys. Der Kanoniker war ein muskulöser Mann mit Narben im Gesicht, die von seinem früheren Leben kündeten. Bess war es immer schon seltsam vorgekommen, daß er Almosenpfleger geworden war. »Beide Frauen wurden von unseren Schwestern ausgebildet und sind mit unseren Patienten vertraut, Mistress Merchet.«

»War Laurence schon tot, als Ihr ihn gefunden habt?«

Erkenwald nickte kurz. »Ich glaube, er war schon tot, als Euer Oheim ihn aus dem Haus zog.«

»Dann müßte Julian es also wissen?«

»Es ist schwierig für ihn, sich damit abzufinden, daß Gott ihm seinen besten Freund genommen, ihn selbst aber verschont hat.«

Daß er es nicht wissen wollte, war wohl zutreffender. »Was ist hier passiert?«

»Ihr wißt, daß Master Warrenes Frau vor einigen Tagen an der Pest gestorben ist?«

Bess nickte.

»Ihm wurde geraten, alles zu verbrennen, was sie während ihrer Erkrankung angerührt hatte – ihre Kleider, das Bettzeug …«

»Eine einfache Aufgabe, die schrecklich schief gegangen ist«, sagte Anneys.

Bess beachtete die Frau nicht. »Hat man ihm aufgetragen, die Sachen im Haus zu verbrennen?« fragte sie den Almosenpfleger.

Er lächelte bei dieser Vorstellung. »Wir sind keine Dummköpfe, Mistress Merchet. Der Stapel war hier draußen im Hof aufgeschichtet und angezündet worden. Wie das Haus Feuer fangen und wie die beiden Männer in Mitleidenschaft gezogen werden konnten, weiß ich nicht.«

Plötzlich wurde er durch eine Person aus der Menge abgelenkt. »*Domine*«, murmelte er und hielt den Atem an. »Da kommt der kleine Cuthbert.«

Die Menge hatte sich geteilt, um einen kleinwüchsigen Mönch durchzulassen, der zielstrebig vorwärts schritt, die Hände in die Ärmel geschoben und das Gesicht angewidert verzogen, während er seine Blicke über die rauchenden Trümmer schweifen ließ.

»Was ist hier geschehen, Erkenwald?« fragte der Neuankömmling mit hoher, durchdringender Stimme.

Anneys nutzte die Gelegenheit und machte sich davon.

Bess konnte es ihr nicht verübeln. Don Cuthbert verkörperte den Typus des kleinen, besonders empfindlichen Menschen, der sich zu einem Tyrannen entwickeln konnte, wenn man ihn mit Macht ausstattete.

»Für Master Warrene wart Ihr zuständig, Don Cuthbert«, sagte Bess.

Cuthbert zuckte zusammen, als habe er einen Schlag erhalten, und wandte sich Bess mit einer Miene zu, die seine Überraschung darüber auszudrücken schien, daß sie überhaupt sprechen konnte.

Nun, sie würde ihn noch einiges mehr hören lassen. »Wart Ihr es, der auf den Gedanken gekommen ist, ihm eine solche Aufgabe zu geben, obwohl er erst kürzlich seine Frau verloren hatte?«

Der Kanoniker starrte sie an, als versuche er, sich an ihren Namen zu erinnern. »Was hatte der Tod seiner Gemahlin mit diesem Feuer zu tun, gute Frau? Und was geht Euch das an?«

»Ihr Oheim, Master Taverner, wurde verletzt, als er Master Warrene zu retten versuchte«, erklärte Erkenwald.

»Ah.« Der Cellerar schloß die Augen und verneigte sich leicht vor Bess. »Verzeiht mir, das wußte ich nicht. Wir werden unser möglichstes tun für Euren Oheim.«

Und damit dachte er, sie loswerden zu können. Bess hielt kurz inne, bis sie genügend Luft geholt hatte, um nicht ins Stocken zu geraten, und richtete sich zu voller Größe auf, so daß sie auf den Kanoniker hinunterschauen konnte. »Eure Worte trösten mich nicht sonderlich, nachdem ich nun erfahren mußte, wie Ihr mit dem trauernden Freund meines Oheims umgegangen seid. Natürlich könnt Ihr Euch nicht vorstellen, wie jemandem zumute ist, der seine Lebensgefährtin verloren hat. Aber wenn Ihr großzügige Spenden von Laien annehmt, um diesen einen schönen Lebensabend zu ermöglichen, dann solltet Ihr Euch vielleicht auch einmal mit solchen Dingen befassen.« Damit drehte Bess sich um und stapfte aus dem Hof des Hospitals.

Als sie die Blake Street entlangging, blieb sie bei Walter de Hotters Haus stehen, dessen Fenster und Türen verrammelt waren, um Eindringlinge fernzuhalten. Nun war dem Hospital das Vermögen eines weiteren Pflegebewohners zugefallen. In bedrückter Stimmung kehrte sie zu ihrer Schenke zurück.

Auch Don Erkenwald war alles andere als froh gestimmt. Er dankte dem Herrn für seine Voraussicht, an Sir Richard zu schreiben. Vor kurzem hatte er einen Brief des Vorstehers erhalten, in dem dieser einräumte, daß es nun für ihn an der Zeit sei, nach Norden zu reisen und sein Haus in Ordnung zu bringen. Hoffentlich kam er bald.

4

Eine Rabenmutter?

Magda hatte Owen weggescheucht, als er ihr angeboten hatte, ihr dabei zu helfen, das Boot an ihrem Felsen an der Ouse an Land zu ziehen. »Beeilt Euch, geht nach Hause, Vogelauge.«

Nahe Bootham Bar bestätigte der Torwächter Magdas Vermutung, daß ein Brand ausgebrochen war.

»Ja, Hauptmann Archer. Es heißt, das Feuer soll in der Nähe vom großen Hospital angefangen haben.«

Das war das St. Leonhard. Aber was bedeutete ›in der Nähe‹ genau?

Owen lief die Stonegate entlang. Als er zum St.-Helen's-Square gelangte, von wo er die Apotheke sehen konnte, hielt er inne, um Atem zu holen und sich wieder zu sammeln. Der Rauch stieg weiter im Norden auf. Die Leute, die aus der Apotheke kamen, hatten Arzneien abgeholt und schleppten nicht Eimer mit Wasser herbei. Gott meinte es gut mit ihnen.

Nachdem seine Sorgen verflogen waren, wurde Owen sich seiner schmutzigen Kleidung bewußt. Sein Obergewand und die Beinkleider waren vom Graben mit Erde verschmiert. Er ging die Davy Street hinab. Neben dem Laden stieß das schmale Ende seines großen Hauses an die Straße, wobei jedoch das überhängende obere Stockwerk nur über ein einziges winziges Fenster verfügte. Ob im Haus alles in Ordnung war, konnte er von der Straße aus nicht erkennen.

»Hauptmann Owen, willkommen zu Hause. Habt Ihr das kleine Mädchen gefunden?«

Owen blinzelte, da sich sein Auge noch nicht an das Dämmerlicht im Eingang angepaßt hatte. Am anderen Ende des kleinen Durchgangs stand eine nur schemenhaft wahrnehmbare Gestalt, auf die durch die Fenster des Saals Licht fiel. An der Stimme hatte er erkannt, daß es Kate war, ihr neues Dienstmädchen, eine jüngere Schwester von Tildy, ihrer Haushälterin und Amme, die sich nun bei Gwenllian und Hugh auf Freythorpe aufhielt. Kate war eine eifrige Schülerin, doch konnte sie nie Ruhe geben. Owen ging ihr unablässiges Geschnatter allmählich auf die Nerven. »Ja, Kate, wir haben das Mädchen gefunden und ihre Familienangehörigen begraben. Ist zu Hause alles in Ordnung? Wurde niemand bei dem Brand verletzt?«

Kate schüttelte den Kopf. »In St. Leonhard hat's gebrannt. Das Haus eines Pflegebewohners hat Feuer gefangen. Er ist tot und sein Haus nur noch eine Ruine.«

»Wer war der Mann?«

»Master Warrene.«

»So schnell nach dem Tod seiner Frau. Das sind schwere Schicksalsschläge für eine Familie.« Und auch für das St. Leonhard. John Rudby, Walter de Hotter, Laurence und Matilda de Warrene – damit waren nun vier Pflegebewohner gestorben. Das würde den Gerüchten neue Nahrung geben. »Mistress Lucie und Jasper sind im Geschäft?«

»Ja, Hauptmann.«

»Gott sei Dank sind alle wohlauf.« Owen bekreuzigte sich, und Kate tat es ihm gleich. »Nun muß ich mich saubermachen, bevor ich Mistress Lucie gegenübertrete. Bringst du mir bitte einen Eimer Wasser hinauf in den Söller?«

»Sofort, Hauptmann!« Kate eilte davon und wurde für einen Augenblick im Licht der Flügelfenster deutlich sichtbar. Sie war eine kleine, rundliche und kräftige junge Frau, doch recht flink und behende, hatte rosige Wangen, ungebändigtes blondes Haar und einen fast schon komisch großen Mund, der immer zu lächeln schien, selbst wenn sie schlief.

Als Owen zum Söller hinaufstieg, wurde ihm klar, daß

ihre Unbeschwertheit aus einem ganz besonderen Grund seine Wertschätzung verdiente: In der gegenwärtigen Situation fanden nur wenige Leute einen Anlaß zum Lachen oder zur Fröhlichkeit. Eine düstere Stimmung hatte sich nach der Wiederkehr des Großen Sterbens über die Stadt gelegt. Auch Kate blieb davon nicht unbeeinflußt – vor einigen Tagen hatte sie vor Freude und Erleichterung geweint, nachdem sie von einem Besuch bei ihren kleinen Geschwistern zurückgekehrt war, die sie zu Hause zurückgelassen hatte. »Sie sind alle gesund und munter, Mistress Lucie«, hatte sie gerufen und ihre Herrin umarmt. Lucie hatte an diesem Abend gesagt, ihr komme es vor, als hätten sie eine Tochter adoptiert, nicht ein neues Dienstmädchen eingestellt. Owen hatte bei dieser Bemerkung gelächelt. Und dann waren sie verstummt und hatten an ihre eigene abwesende Tochter gedacht.

Owen trat in die Apotheke, in der es hoch herging. Lucie und ihr junger Gehilfe Jasper arbeiteten zusammen hinter der Theke. Ein halbes Dutzend unterschiedlich gestimmter Kunden wartete darauf, bedient zu werden. In der Luft vermengten sich Düfte verschiedenster Art. Am vorhergehenden Tag war es ähnlich gewesen, als Owen den ganzen Nachmittag damit verbracht hatte, die vielfältigen Schutzmittel gegen die Pest auszugeben, die von der Kundschaft verlangt wurden. Da gab es Duftbeutel, ähnlich wie jener, den Magda ihm gereicht hatte; Ambrakugeln für die Wohlhabenden, die man sich vor die Nase hielt, um das Eindringen des Pesthauches zu verhindern; faulig riechende Kräuter, die man in Eingängen und unter Fenstern ausstreute; süße Kräuter, die in Bettkammern verteilt werden sollten, um den Teufel abzuwehren; mit Essig getränkte Schwämme, die auf die Nase gedrückt wurden – dies waren nur die geläufigsten Mittel. Jeden Tag kamen neue Rezepte hinzu.

Lucie sprach mit ruhiger Stimme und hatte ihre Hände unter Kontrolle, doch ihr Gesicht war aschfahl, und auf ihrer Stirn standen Schweißperlen. Sie hatte gerade einen Kunden abgefertigt und wollte nun Mistress Miller begrüßen. Owen schlüpfte hinter die Theke, zog Lucie zur Seite und bat sie, für einen Augenblick in die hintere Kammer zu kommen.

»Ich habe hier Kunden zu bedienen, wie du siehst«, erwiderte sie mit leiser, aber fester Stimme, während sie sich die Stirn mit dem Ärmel abwischte.

»Jasper kann das einen Moment alleine machen. Es gibt etwas, worüber wir reden müssen.«

Lucie zeigte Interesse, zögerte aber weiterhin. »Wir kommen kaum nach, auch wenn wir beide arbeiten.«

»Dann werde ich ihm helfen, während du dich draußen im Garten ein wenig ausruhst«, sagte Owen.

Lucie schaute ihn an, runzelte die Stirn und wandte sich dann an Mistress Miller, die so verloren wirkte, daß Owen sich schämte, daß er für diese Unterbrechung gesorgt hatte.

»Geht es wieder um die Beschwerden von Master Miller?« fragte Lucie.

Die bleiche Frau nickte, beugte sich vor und sagte leise: »Ja, immer noch diese Gallensteine, Mistress Wilton. Harry hat die Süßwasser-Bäder genommen, sie lindern seine Schmerzen in der Nacht, so daß er schlafen kann.«

»Das ist ein langsamer, schmerzhafter Prozeß, fürchte ich.«

Die Frau des Müllers schüttelte den Kopf. »Oh, ich bin nicht gekommen, um mich zu beklagen, Mistress Wilton. Harry sagt jeden Abend ›Gott segne die Apothekerin‹. Ich bin hier, um neue Malve zu holen. Der Topf ist heruntergefallen, und der Hund hat alles gefressen.«

Als Lucie sich umdrehte, um den Malvenkrug zu holen, sah Owen, daß sie sich ein Lächeln verkneifen mußte.

Er lehnte sich über den Ladentisch. »Wie ist es dem Hund bekommen?«

»Schlecht! Er hat Durchfall bekommen«, antwortete Mistress Miller, lachte laut auf und hielt sich eine Hand vor den Mund, um ihre fauligen Zähne zu verbergen, während sie weiterlachte.

»Das kann ich mir denken«, meinte Owen.

Lucie schob ihn beiseite. »Braucht Ihr auch etwas für den Hund?«

»Nein, Mistress Wilton. Er wird schon von selbst wieder werden.«

Als Lucie die Arznei einpackte, beugte Mistress Miller sich abermals nach vorn. »Im Pflegeheim sind zwei gestorben«, flüsterte sie, »zwei kleine Kinder.«

Lucie bekreuzigte sich. »Verbrennt Ihr Wacholderholz oder Rosmarin?«

Mistress Miller nickte. »Rosmarin. Aber mir ist etwas aufgefallen. Ich habe Leute mit Beuteln vor den Nasen gesehen ...«

»Viele halten das für hilfreich, aber ich kann nichts versprechen.«

»Ich möchte ihn nicht von den Gallensteinen kurieren, um ihn dann wegen der Pest zu verlieren. Zwei Beutel. Und ein langes Bittgebet in der Kathedrale.«

Nachdem Lucie Mistress Millers Waren eingepackt hatte, flüsterte sie Jasper etwas zu. Der Junge nickte, ohne von seiner Arbeit aufzublicken. Dann führte Lucie Owen durch den Schnurvorhang. Im Arbeitsraum, der ihnen früher als Küche gedient hatte, drehte sie sich mit besorgtem Gesichtsausdruck um. »Nun, was ...« Sie hielt sich am Tisch fest und griff sich mit der anderen Hand an den Kopf. »O mein Gott. Mir ist schwindlig.«

Owen war sofort neben ihr und stützte sie. »Du bist schon seit dem frühen Morgen auf den Beinen, hast die Beutel genäht. Es ist warm, und die Gerüche im Laden sind dir zuviel geworden.« Er führte sie in den Garten hinaus zu einer im Schatten liegenden Bank. »Setz dich hierher, ich hole Wasser.«

Lucie klammerte sich einen Augenblick an Owen und ließ sich dann auf die Bank sinken. »Du hattest keine Neuigkeiten.«

»Keine allzu bedeutenden.«

Sie holte tief Luft und strich sich über die Stirn. »Du bist gerade zur rechten Zeit gekommen.«

»Du vergißt alles um dich herum, wenn du im Laden stehst.«

Lucie drückte ihre Finger auf die Stirn. »Du mußt Jasper helfen.«

»Ich schicke Kate zu dir und gehe dann zu Jasper.«

Lucie strich Owen sachte mit dem Handrücken über die Wange. »Hast du das Kind gefunden und seine Angehörigen?«

»Ja.«

»Pest?«

Owen nickte. »Vier sind gestorben. Das Mädchen hat als einzige überlebt.«

Lucie bekreuzigte sich. »Mir wird es gleich wieder bessergehen.« Sie versuchte aufzustehen.

Owen hielt sie zurück. »Trink zumindest ein wenig von dem Wasser und warte, bis der Schwindel aufhört.«

»Eigentlich bin ich nur müde.« Lucie lehnte sich an den Baum. »Sie sind alle verrückt. Jeden Tag wollen die Leute neue Mittel ausprobieren. Und jemand wie Mistress Miller muß unter ihnen warten.«

»Sie hat immerhin auch Duftbeutel gekauft.«

»Ja. Sie hat der Unterhaltung zugehört, während sie wartete.« Lucie schloß die Augen. »Der arme Harry Miller.« Sie kicherte. »Der arme Hund!«

Sie lachten so schallend, daß Kate angelaufen kam, um nachzusehen, was los war.

Spät am Abend hatten Lucie und Owen sich in ihrem Ehebett aufgesetzt. Durch das geöffnete Fenster, das zum Garten hinausging, wehte ein Luftzug herein, der Lucies Haar umfächelte und ihre Schultern kühlte, eine angenehme Erfrischung nach der Hitze des Tages. Doch Owens Blut war noch immer in Wallung. An den meisten Abenden gab Lucie sich den Liebkosungen ihres Ehemannes hin, doch heute abend nicht. Sie hatte sich vielmehr von ihm weggedreht.

»Rieche ich nach Grab?«

»Mir ist warm.«

»Ich rieche nach Grab.«

Lucie drehte sich zu ihrem Mann um. Er war nackt, nur ein leichtes Tuch bedeckte seine Beine, und roch nach dem Lavendel- und Minzebad, das sie ihm verordnet hatte, um all die Gerüche abzuwaschen, die ihn zu verfolgen schienen. »Du riechst so frisch wie die Nachtluft draußen im Garten, Liebster. Du bist nur ziemlich heiß.«

Owen griff nach ihrer Hand und küßte die Innenfläche. »Was du heute nachmittag gesagt hast, daß alle verrückt sind …«

Lucie kuschelte sich an ihn und legte den Kopf an seine Schulter. »Hm.«

»Ich habe heute einen Priester kennengelernt, der genauso verzweifelt war wie die Kunden in deinem Laden.«

Lucie erstarrte. »Du meinst, draußen auf dem Land.«

»Ja.«

»Auf dem Land ist es immer noch sicherer.«

»Das wollte ich damit nicht bestreiten.«

»Erinnerst du dich an die Fremden, die letzte Woche die Coney Street herunterkamen und verkündeten, das Ende der Welt stehe bevor? Du hast gesehen, wie die Leute sich aufführen, wie sie sich auf die Brust schlagen, umherspringen und heulen, als seien sie von Dämonen besessen.« Der Papst hatte zwar vor zwanzig Jahren die Flagellanten verurteilt, doch diese Büßer, die sich selbst züchtigten, sorgten überall, wo sie auftauchten, für einen großen Menschenauflauf. »Es ist wieder so wie damals. Auch wenn sie schon längst weitergezogen sind, hält sich die Verrücktheit noch lange. Tom hat erzählt, an diesem Abend ist es in der Schenke zu einer Rauferei gekommen. Kinder sind in dieser Zeit in der Stadt alles andere als gut aufgehoben.«

»Das habe ich auch nicht behauptet.«

»Du hast auf dem Land eine Familie gefunden, die an der Pest gestorben ist und einen Priester, der zuviel Angst hatte, um seine Pflicht zu tun.«

»Die Angst ist überall.«

»Am schlimmsten ist es in der Stadt.«

»Solche Leute könnten auch an Freythorpe Hadden vorbeikommen.«

»Vielleicht. Aber wahrscheinlicher ist, daß sie durch die Städte ziehen. Sie brauchen ihr Publikum.«

»Aber …«

Lucie wandte sich von Owen ab und ließ sich auf ihr Kissen zurückfallen.

»Ich wollte nicht wieder einen Streit wegen der Kinder anfangen«, sagte Owen.

Lucie griff nach seiner Hand.

Owen küßte die Hand und beugte sich über sie.

Lucie spürte die Veränderung seiner Stimmung, ein plötzliches Drängen. Sie drehte den Kopf, um zu ihm hochzusehen. »Du hast so ein Funkeln in deinem Auge.«

»Ein Funkeln?« Owen hob ihre Decke an, doch Lucie schob seine Hand weg. »Ich vergaß«, flüsterte Owen, »ich bin zu heiß.«

Aber Lucie hatte sich bereits wieder zu ihm gedreht. »Ich hatte nicht vor, den ganzen Sommer im Zölibat zu leben. Wenngleich man sagt, daß sich die Poren für den Pesthauch öffnen, wenn Mann und Frau sich einander hingeben.«

»Glaubst du das?«

Sie begann mit einer Hand langsam seine Brust auf und ab zu streichen, dann seinen Rücken ... »Ich weiß nicht, was ich denken soll, aber ich muß einfach daran glauben, daß Gott nicht all unser Glück zerstören will, denn sonst würde ich wahnsinnig werden.«

Als Owen am Morgen aufwachte, saß Lucie auf der Bettkante und starrte auf die gegenüberliegende Wand. Er fragte sich, ob sie wohl an Martin dachte, ihren erstgeborenen Sohn. Wäre er damals nicht an der Pest gestorben, wäre er heute neun Jahre alt. Älter, als Jasper gewesen war, als sie ihn aufgenommen hatten.

Lucie warf ihm einen Blick und sah, daß Owen wach war. »Hugh hat große Ähnlichkeit mit dir«, sagte sie.

»Bis auf die roten Haare. Die stammen von meinem Bruder Dayfydd.« Owen zog sie in seine Arme und küßte sie auf die Stirn. »Beten wir darum, daß er dein Herz und deinen Verstand besitzt.«

Lucie schob ihn weg. »Mit all diesen Sorgen und Zweifeln kann ich nicht schlafen.« Ihre Stimme zitterte.

Owen strich ihr das Haar aus der Stirn. »Nichts ist sicher in dieser Zeit, Liebste. Aber wir haben getan, was wir für das beste gehalten haben.«

Nicht wir, dachte Lucie, ich habe es getan. Das bedrückte sie. Dies und ein Traum, der immer wiederkehrte. Sie hatte ihn das erste Mal in der Nacht vor der Abreise der Kinder geträumt. Ihr erster Mann, Nicholas, war darin erschienen, und nachdem sie aufgewacht war, hatte sie nicht wieder einschlafen können. Sie hatte in Hughs Korb geschaut. Seine zarten Haare bildeten einen leuchtenden Halbkreis im Mondlicht. Sie hätte ihn am liebsten hochgehoben, ganz eng an sich gedrückt und ihm ins Ohr geflüstert, wie inständig sie darum betete, daß er zu einem gesunden jungen Mann heranwachsen würde. Doch dadurch hätte sie ihn aufgeweckt, und er brauchte seinen

Schlaf, bevor er die Strapazen der Reise würde erdulden müssen. Nun aber bereute sie es zutiefst, daß sie damals ihrem Wunsch nicht nachgegeben hatte.

Der Traum handelte von dem schrecklichen Schweigen, in das Nicholas verfallen war, nachdem ihr Sohn an der Pest gestorben war. Abend für Abend hatte Nicholas nach Martins Tod unter der Linde im Garten gesessen und mit ausdruckslosen Augen ins Leere gestarrt. Weder sprach Nicholas in solchen Momenten mit Lucie, noch würdigte er sie eines Blicks. Tagsüber war er dagegen einigermaßen umgänglich. Eines Morgens aber hatte er seinen Becher plötzlich abgestellt und Lucie scharf angeschaut. »Ich werde es dir nie verzeihen, daß du in der Nacht nach Martins Tod geschlafen hast. Wie konntest du zu solch einer Rabenmutter werden?«

Lucie hatte verwirrt reagiert. Hatte er vergessen, daß sie in den drei vorhergehenden Nächten, in denen Martin noch hatte leiden müssen, kaum Schlaf gefunden hatte? Daß sie die schmerzhaften Pusteln des Jungen ständig mit Malve eingerieben hatte, um das Gift herauszuziehen, daß sie seine fieberheiße Stirn und seinen Hals mit kalten Kompressen gekühlt hatte? Sie war danach so müde gewesen, daß sie förmlich zusammengebrochen war, nachdem Martin schließlich gestorben war.

Hatte Nicholas das alles vergessen?

Später hatte er sich bei ihr entschuldigt. Immer und immer wieder. Er habe es nicht so gemeint, sagte er. Sein Kummer habe ihn dazu getrieben, solche häßlichen Dinge zu sagen. Es sei alles falsch. Sie sei die beste Mutter, die es gebe.

Doch was war das für eine Mutter, die ihre Kinder wegschickte, während sie selbst in der Stadt blieb, um weiter ihren Geschäften nachzugehen? Gwenllian und Hugh würden sich ängstigen. Sie brauchten sie. Wie hatte sie das nur tun können? War sie vielleicht doch eine Rabenmutter?

Owen störte ihre Gedanken. »Es sind auch meine Kinder, Lucie. Wäre ich davon überzeugt gewesen, daß es sicherer wäre, sie hierzubehalten, hätte ich mit aller Kraft dafür gekämpft.«

Lucie holte tief Luft. Mit etwas ruhigerer Stimme fragte sie: »Hast du etwas von Erzbischof Thoresby gehört?«

»Nein, nichts. Ich vermute, er verbringt den ganzen Tag in den Gemächern der Königin und betet für sie. Und abends wird er in seinem eigenen Gemach beten. Er hat keine Zeit, seinem Verwalter zu schreiben.« Owen war der Verwalter von Bishopthorpe, dem Sitz des Erzbischofs südlich von York.

»Der Tod der Königin wird ihm sehr nahegehen«, meinte Lucie.

»Es gab eine Zeit, da hätte ich mich insgeheim darüber gefreut«, sagte Owen. »Aber jetzt bemitleide ich ihn.«

»Solange du seine schlechte Laune nicht ausbaden mußt.«

»Ja, so ist es.«

»Hast du von dem Brand gestern erfahren?«

»Magda hat das Feuer gerochen. Ich hatte Angst um dich.«

Lucie berührte Owen am Genick. »Und ich habe mir um dich Sorgen gemacht, als du auf dem Fluß warst.«

5

Ein schlechtes Gewissen

Reisegefährten, die viel Zeit miteinander verbringen und auf engem Raum zusammenleben, unterhalten sich häufig über Dinge, über die sie sonst nicht reden würden. Als Richard de Ravenser mit seinem Oheim, Erzbischof Thoresby, auf ihrer Reise nach York in einem Gasthaus speiste, brachte der Neffe den Mut auf, zu fragen: »Was ist zwischen Euch und Mistress Alice Perrers vorgefallen? Hattet Ihr … Hattet Ihr gehofft …« Doch der eisige Blick seines Oheims brachte Ravenser zum Verstummen.

Thoresby spießte ein Stück Fleisch auf, kaute es, spülte es mit einem Schluck Wein hinunter, stützte sich mit einem Ellbogen auf dem Tisch ab und faßte seinen Neffen scharf ins Auge. »Wie kannst du als Mann der Königin eine solche Frage stellen? Jeder Atemzug, den die Perrers in der Nähe der Königin tut, verpestet die Luft. Das hat sie umgebracht.«

»Aber es ist doch der König, der …«

»Schweig, du Dummkopf! Das ist verräterisches Geschwätz!«

Ravenser blickte nervös um sich. »Das kommt nicht aus meinem Herzen.«

Thoresby schob seine Platte beiseite, reichte sein Messer dem Diener, der hinter ihm stand, und griff nach einem Leintuch, mit dem er sich sorgfältig den Mund abwischte. »Wenden wir uns einem erfreulicheren Thema zu. Deinen Schwierigkeiten in York.«

»Ich halte sie für ganz und gar nicht erfreulich.«

»Ah. Aber sie sind lösbar.«

»Wie denn? Die Einkünfte von Petercorn fallen jedes Jahr niedriger aus. Das liegt nicht nur an den schlechten Ernten. Der König entläßt immer mehr Leute aus ihren

Verpflichtungen.« Ravenser spürte, wie sich das Abendessen in seinem Magen umdrehte, wenn er an diesen Alptraum dachte. »Und dann hattet Ihr mir dieses Jahr großzügigerweise die Einnahmen aus dem Lammas-Jahrmarktangeboten. Die Pest hat diese Hoffnung zunichte gemacht.« Er wischte sich über die Augenbrauen. »Aber das Schlimmste sind die Pflegebewohner. Ihr wißt, wie lange ich mich gegen den Verkauf von Pflegschaften gesträubt habe. Eine bequeme, aber gefährliche Einnahmequelle. Und nun wenden sich meine Warnungen gegen mich.«

»Eine Ironie des Schicksals, davon bin ich überzeugt. Ich fürchte, du kannst dich nicht darauf verlassen, daß die Kanoniker den Leuten erklären, du hättest dich gegen den Verkauf von Pflegschaften ausgesprochen.«

»Wohl kaum.«

»Wie konnten solche Gerüchte entstehen, Richard? Wer hat herumerzählt, daß du in finanziellen Schwierigkeiten steckst?«

Diese Frage hatte Ravenser befürchtet. Er kannte zwar den Urheber nicht, doch er hatte eine Vermutung, wer das Gerücht am Leben erhielt. Es fiel ihm nicht leicht, seinen Oheim zu belügen. Doch unter den gegebenen Umständen hielt er dies für das beste: Der Mann war inzwischen tot, und man vergaß das Ganze am besten. »Nur die Kanoniker können davon Kenntnis haben.«

»In der Tat.« Thoresby ließ diese Worte einen Moment lang nachklingen. Ravenser bemerkte den Zweifel in seiner Stimme. »Vertraust du deinen Kanonikern? Du hast seit Jahren mit ihnen Auseinandersetzungen.«

Tief Luft holen, ruhig bleiben. Ravenser entschloß sich, nur Dinge zu sagen, die der Wahrheit entsprachen. »Ich vertraue darauf, daß sie begreifen, wie wichtig ein guter Ruf für das St. Leonhard ist. Doch die Leute unterhalten sich. Ein Diener hört ein solches Gespräch mit. Oder ein Pflegebewohner. Ich habe Leute abgewiesen, die Pflegschaften kaufen wollten. Sie verstehen oft nicht, in welcher Lage ich mich befinde. Aber Ihr wißt genausogut wie ich, daß man Leute, die einem Gerücht Glauben schenken wollen, ganz gleich, wie absurd es auch sein mag, schwerlich davon abbringen kann.«

Thoresby bedeutete seinem Diener durch einen Wink, Wein nachzuschenken. »Ich habe daran gedacht, dieses hinterhältige Gerücht könnte vielleicht einen politischen Zweck verfolgen. Hältst du das nicht auch für möglich?« Er stellte diese Frage in einem einschmeichelnden Ton.

»Ich wünschte, ich wüßte es.«

»Ja.«

Ravenser starrte auf seinen Becher hinab. Wie konnte sein Oheim wissen, daß er ihm nicht alles erzählt hatte? Er fragte sich, ob sein Oheim wohl hören könne, wie sich sein Magen verkrampfte.

Er konnte sich nicht erklären, weshalb er so lange zögerte, seine Vermutungen seinem Oheim zu offenbaren, einem Mann, der wesentlich mehr Erfahrung besaß als er. Vielleicht konnte der Erzbischof ihm einen Lösungsweg aufzeigen. Oder ihm versichern, daß seine Schuldgefühle unbegründet waren. Ravenser hob seinen Becher und trank. Das war unklug. Er spürte, wie es in seinen Gedärmen zu rumoren begann. »Entschuldigt mich bitte.« Er stand auf.

Thoresby deutete mit einem Kopfnicken auf die Reste des Mahls. »Fettes Fleisch. Soll dich jemand begleiten? Einer meiner Männer …«

»Das ist nicht nötig«, erwiderte Ravenser und eilte hinaus.

Diese Episode überzeugte ihn schließlich davon, daß er seinem Oheim von einer lächerlichen Auseinandersetzung mit William Savage berichten mußte, dem verstorbenen Bürgermeister.

Savage war bei ihrem Treffen zu warm gekleidet gewesen für diesen Apriltag, denn er trug seine schwere Amtstracht und einen Hut. Eine törichte Formalität bei diesem Wetter, hatte Ravenser gedacht.

»Sir Richard.« Savage verbeugte sich leicht. Er war blond, hatte blaue Augen und ein rotes Gesicht und sah selbst im Winter aus, als habe er sich zu lange in der Sonne aufgehalten. Er war groß, aber nicht stattlich, ein Mann, der in den Gewändern des Bürgermeisters eine eindrucksvolle Erscheinung abgab. Ravenser bemerkte, daß er mit einer Hand ein Leintuch umklammerte, um sich damit die Stirn abzuwischen. »Habt Dank dafür, daß Ihr Euch zu dieser Begegnung bereitgefunden habt«, sagte Savage. »Ich bin Euch wirklich sehr dankbar.«

Hatte Ravenser überhaupt eine andere Wahl gehabt? Er hatte über diese Möglichkeit nicht nachgedacht. »Bitte, macht es Euch bequem.« Ravenser deutete auf einen Stuhl, der am Fenster stand. »Nehmt Platz und laßt Euch Wein einschenken.«

Savages Gewändern entwich ein muffiger Geruch, als er sich setzte und sich über die Stirn fuhr.

Als der Wein eingeschenkt und der Diener gegangen war und der Bürgermeister noch immer keine Anstalten machte, sich zum Zweck seines Besuches zu äußern, beugte Ravenser sich zu ihm. »Kommt Ihr in einer amtlichen Angelegenheit, Bürgermeister?«

Savage setzte seinen Becher ab und ließ seine Hand und seine Augen eine Weile darauf ruhen, als versuche er, seine Gedanken zu ordnen. Dann schaute er auf und begegnete Ravensers neugierigem Blick. »Ich komme wegen einer privaten Angelegenheit, Sir Richard. Die Mutter meiner Gemahlin ist vor kurzem Witwe geworden. Wir kümmern uns zwar um sie und bemühen uns, ihr in dieser schwierigen Zeit zu helfen, soweit es in unseren Kräften steht, doch sie braucht mehr Zuwendung, als wir ihr geben können.« Der Gesichtsausdruck des Bürgermeisters veränderte sich kaum merklich, er zog die Augenbrauen hoch und die Mundwinkel nach unten. »Wir hoffen, nein, wir beten darum, daß Ihr sie im St. Leonhard aufnehmt …« Er hob seine behandschuhte Hand, als Ravenser den Mund öffnete, um etwas zu sagen. »Wir werden einen guten Preis bezahlen, Sir Richard. Wir bitten nicht um eine Gefälligkeit.«

Sie baten nicht um eine Gefälligkeit. Doch Ravenser wußte sehr gut, daß in Savages Haushalt mühelos noch eine weitere Person versorgt werden konnte und genügend Personal bereitstand, das sich um die Witwe kümmern konnte. Der Bürgermeister wollte einfach nur vermeiden, daß ihnen die Mutter seiner Frau zur Last fiel, wenn sie später einmal krank wurde. »Verzeiht, Master Savage, aber ich muß Euch enttäuschen. Das Hospital verkauft keine Pflegschaften mehr.«

Die blauen Augen des Bürgermeisters verengten sich, während sich sein Mund einen Spaltbreit öffnete. Er riß flehentlich seine Hände hoch. »Gewiß, Sir Richard, aber in bestimmten Fällen …«

»Ich muß Euch abermals enttäuschen. Sogar Seiner Majestät, unserem König, wurde die Bitte abgeschlagen, seinen Höflingen Pflegschaften zu gewähren.« Ravenser nickte, als er bemerkte, wie überrascht sein Gast reagierte. »Ihr seht also, mein Entschluß steht fest. Es ist eine Frage des Überlebens. Der Verkauf von Pflegschaften schien eine gewisse Zeitlang eine sichere Einkommensquelle zu sein, doch er hat sich als schwerer Fehler erwiesen. Die Qualität unserer Pflege scheint das Leben zu verlängern, Ihr versteht? Und da für eine Pflegschaft ein fester Betrag bezahlt wird … Nun, offen gesagt, die Pflegebewohner leben einfach zu lange, beanspruchen mehr Geld, als sie eingebracht haben und haben sich daher zu einer Belastung für das Haus entwickelt.« Als Ravenser dies sagte, hörte er im Geiste die Stimme seines Oheims Thoresby, der ihn davor warnte, seine Beweggründe allzu offenherzig darzulegen.

Savage lehnte sich zurück und kratzte sich an der Schläfe, während er Ravenser mit kaltem Blick musterte.

Ravenser versuchte, wieder Boden gutzumachen, indem er die Unterhaltung für beendet erklärte. »Ich bin dankbar für Euer Verständnis. Gibt es noch etwas anderes, was Ihr mit mir besprechen wolltet?«

Ein höfliches Schnauben. Dann beugte Savage sich vor. »Ihr irrt Euch, Sir Richard. Ich verstehe ganz und gar nicht. Ich habe den Eindruck, daß es hier genügend Platz für eine ältere Dame gibt, die gewiß nicht so lange leben wird, daß sie Euch zur Last fallen könnte, Gott stehe ihr bei. Und ich werde, wie ich schon sagte, einen vernünftigen Preis bezahlen.«

Ravenser überlegte, was er erwidern sollte. Sollte er die begonnene Erklärung weiterführen und darauf hinweisen, daß die Aufnahme einer weiteren Pflegeperson zu einer neuen Flut von Gesuchen führen und, was noch schlimmer war, den König erzürnen würde? Denn dann würde er sich auch bereit erklären müssen, einen der alten Höflinge des Königs aufzunehmen, für den dieser wohl kaum etwas bezahlen würde, wenngleich er dies schon mehrmals in Aussicht gestellt hatte. Savage würde dagegen einwenden, der König werde wohl einsehen, daß die Bedürfnisse des Bürgermeisters von York erfüllt werden müßten, aber William Savage war dem König noch nie persönlich begegnet.

»Sir Richard?« Savage wartete auf die Fortsetzung der Unterhaltung.

Ravenser schüttelte den Kopf. »Ich kann keine Ausnahme machen, Master Savage, nicht einmal für Euch.« Und jedes Jahr ein neuer Bürgermeister. Bei diesem Gedanken wurde ihm schlecht.

Das Gesicht des Bürgermeisters rötete sich noch mehr. Der muffige Geruch verstärkte sich. Er reckte sein Kinn hoch, ließ den Blick seine lange, dürre Nase hinuntergleiten und faßte Ravenser ins Auge. »Ich habe den Verdacht, daß Ihr mir nicht Eure wahren Gründe genannt habt.«

»Meine Gründe sind nicht …«, platzte Ravenser heraus, brach jedoch den Satz gleich ab. Wie unverschämt dieser Mann war! Er bemühte sich, seine Fassung wiederzugewinnen, und fragte dann mit ruhigerer Stimme: »Ihr wollt mir doch nicht unterstellen, ich würde Euch belügen?«

Savage hatte die Güte, sich ein wenig zu winden. »Nein, nein, das liegt mir fern. Aber es gibt noch etwas anderes, von dem ich hoffte, ich würde es hier nicht zur Sprache bringen müssen.«

»Und was wäre das?«

Savage blickte sich im Raum um, als wolle er sich vergewissern, daß sie niemand belauschte. »Es geht um eine Frau, die Ihr als Laienschwester beschäftigt. Eine Frau von zweifelhaftem Charakter. Honoria de Staines.«

Ein Tiefschlag. »Mistress Staines. Sie hat Buße getan und ist einer unserer besten Dienerinnen.«

»Manche Leute würden diese Behauptung mit Verwunderung zur Kenntnis nehmen, Sir Richard. Mit großer Verwunderung«

»Habt Ihr etwas Schlechtes über sie gehört?«

Der Bürgermeister grinste. »Das dürfte Euch doch nicht überraschen. Man hat sie gesehen. Sogar mit einigen Eurer handverlesenen Pflegebewohner.« Er erhob sich, erfüllte die Luft mit muffigem Geruch und verbeugte sich leicht vor Ravenser, der ebenfalls aufstand.

»Könnt Ihr mir einen Beweis liefern?«

Savage schnaufte. »Ich werde doch die Quelle vertraulicher Mitteilungen nicht preisgeben.«

»Dabei dürfte es sich wohl eher um eine Quelle von Lügen handeln.«

Savage wurde ungehalten. »Nehmt Euch in acht, Sir Richard. Ich weiß, daß das Hospital in finanziellen Schwierigkeiten steckt wegen der Rückgänge in Petercorn. Wenn Ihr Wert legt auf das Wohlwollen der freien Bürger der Stadt, müßt Ihr es Euch verdienen. Indem Ihr jene Leute, die im Hospital arbeiten, mit Bedacht auswählt. Indem Ihr Euch als wertvolles Mitglied der Gemeinschaft erweist.«

Ravenser hatte Mühe, sich zu beherrschen. »Würdet Ihr mir freundlicherweise mitteilen, wer Euch über unsere Finanzen informiert hat?«

»Darüber spricht man überall in der Stadt. Man muß sich nur auf die Straße stellen und die Ohren offenhalten. Ich dachte, das wäre allgemein bekannt.«

»Ich verstehe.«

Savage schüttelte den Kopf. »Ich bleibe bei meiner Vermutung, daß Eure Weigerung, meine Schwiegermutter aufzunehmen, mit Eurer Befürchtung zusammenhängt, ich könnte zuviel Einblick in die Vorgänge im St. Leonhard erhalten.«

Ravenser konnte nun nicht mehr an sich halten. »Master Savage, es ist weithin bekannt, daß Eure Schwiegermutter ein Tyrann ist. Ihr möchtet verhindern, daß sie die Herrschaft über Euren Haushalt übernimmt, deshalb versucht Ihr, mich dazu zu bringen, sie bei uns aufzunehmen.«

Savages Gesicht hatte mittlerweile eine beängstigend dunkelrote Farbe angenommen. »Das ist ganz gewiß nicht der Zweck, den ich hier verfolge!«

Ravenser hatte daraufhin den Kopf geschüttelt. »Master Savage, wer nimmt es hier wohl mit der Wahrheit nicht sonderlich genau?«

Unter lautem Rascheln seiner Amtsgewänder war Savage danach aus dem Raum gestürmt.

Thoresby lauschte dem Bericht seines Neffen mit wachsender Verzweiflung. »Um Himmels willen, Richard. Savage hatte recht. Du bist von den Freien der Stadt abhängig. Und du hast dir den Mann zum Feind gemacht, der dich vor ihnen hätte in Schutz nehmen können.

Kannst du dich denn überhaupt nicht beherrschen?« Aus dem verblüfften Gesichtsausdruck schloß er, daß Ravenser Mitleid erwartet hatte.

Und jetzt erkundigte sich Roger Selby, der neue Bürgermeister, nach der Frau. »Warum ist diese Laienschwester so wichtig? Weshalb verteidigt Ihr sie? Warum soll ich sie behalten?«

»Hat nicht auch Maria Magdalena Vergebung erlangt, als sie sich dem Herrn anschloß?«

Ravenser stöhnte. »Ihr seid ein Mann Gottes, Oheim. Seht Ihr denn nicht, daß es gut war, was Cuthbert getan hat?«

»Cuthbert hat sich seinen Platz im Himmel verdient durch sein Bestreben, Gutes zu tun, Richard, doch er hat nichts getan, was dir hätte nützen können. Du mußt dich selbst darum kümmern, wenn du weiterkommen willst.«

Thoresby wurde nicht recht schlau aus seinem Neffen. Seine elegante, eindrucksvolle Erscheinung stand in solch krassem Gegensatz zu seiner Einfältigkeit.

6

Beunruhigende Entwicklungen

Bess Merchet erschien früh am Morgen in der Krankenstation und setzte sich an das Bett ihres schlafenden Oheims. Julian Taverner wirkte alt und gebrechlich. Ein Netz von Adern zog sich über seine Wangen, die Nase und die Augenlider. Die Haut an seinem Hals war faltig. Er besaß noch immer üppiges Haar, ein charakteristischer Zug seiner Familie, das mittlerweile jedoch schlohweiß geworden war. Es lockte sich kräftig, als sei es am vorhergehenden Abend gewaschen worden. Die versengten Enden waren abgeschnitten worden. Das war lobenswert, denn auf andere Weise konnte man Rauch nicht aus den Haaren beseitigen. In einem der Betten, die durch Stellwände getrennt waren, schrie eine Frau auf. Eine schwarzgekleidete Schwester, die sich den Schlaf aus den Augen rieb, eilte vorüber. Schliefen sie während ihrer Dienstzeit? Bess gefiel dieser Gedanke nicht. Auch die Spinnweben an den Dachsparren und der starke Urin- und Schweißgeruch, der in der Luft hing, gefielen ihr nicht, wenngleich das Bett ihres Oheims und auch er selbst frisch rochen. Während sie am Bett gewacht hatte, war Don Cuthbert in der Tür aufgetaucht; sie hatte ihn jedoch weggescheucht, indem sie angefahren hatte: »Seht Ihr denn nicht, daß er schläft?« Vielleicht wäre es am besten, ihren Oheim aus dem Heim zu nehmen und ihn in ihrer Schenke gesund zu pflegen. Sie hatte oben eine Schlafkammer für Verwandte, die gleich neben ihrer lag. Dort würde er gut untergebracht sein.

Julian Taverner warf den Kopf im Schlaf hin und her, dann wachte er auf, stöhnte und rieb sich den Hals mit seiner eingebundenen Hand. Seine Augen waren gerötet. Er blinzelte und schaute Bess verschlafen an. »Honoria?«

»Nein, hier ist Bess, deine Nichte.« Honoria hätte noch gefehlt.

Don Erkenwald steckte den Kopf durch die Tür. »Gott sei mit Euch, Master Taverner, Mistress Merchet. Darf ich hereinkommen?«

Bess gefiel die massige Gestalt des Kanonikers und auch seine Höflichkeit. Aber sie wollte allein mit ihrem Oheim reden. »Ich möchte nicht unfreundlich sein, aber wir hatten seit dem Brand noch keine Gelegenheit, uns zu unterhalten. Ich hoffte, ein paar persönliche Worte mit meinem Oheim wechseln zu können.«

Julian, der noch immer verschlafen dreinblickte, fuchtelte mit seiner bandagierten Hand umher. »Ich habe kein Gefühl in der Hand mit all diesen Verbänden. Liegt auf der Wunde auf meinem Hinterkopf noch immer ein Tuch, Nichte?«

Bess straffte sich. »Von einer Kopfwunde höre ich zum ersten Mal, Oheim.«

Erkenwald trat näher. »Diese Wunde interessiert mich.«

»Wirklich? Dann seid Ihr der erste, der sich darum kümmert«, sagte Julian verdrießlich.

Bess beugte sich über ihren Oheim. »Es liegt ein Tuch auf deinem Kopf. Laß mich die Wunde sehen, Oheim.«

»Es genügt, wenn du sie betastest.« Julian führte Bess' Finger zu einer beträchtlichen Beule im unteren Teil seines Hinterkopfs.

»Heilige Maria Muttergottes! Wie ist das denn passiert?«

»Es hat so stark geblutet, daß ich dachte, es würde mich umbringen«, sagte Julian.

»Du mußt ziemlich gelitten haben, Oheim. Aber antworte mir bitte – wie ist das passiert?«

»Ich wurde von hinten angegriffen, als ich mich hinunterbeugte, um den armen Laurence aus dem brennenden Haus zu ziehen.«

»Niemand hat mir etwas von einem Angriff gesagt.«

Erkenwald beugte sich über das Bett und betastete die Wunde. »Wer hat Euch diesen Schlag versetzt?«

Julian schloß die Augen und ließ seinen Kopf auf das Kissen sinken. Er ächzte, als die Beule zusammengedrückt wurde. »Wenn ich das wüßte, würde ich nicht hier liegen.«

Bress verschränkte die Arme vor der Brust. »Oh? Du würdest also auf festen Beinen stehen und wärst klar im Kopf? Und wie würden deine verbrannten Hände sich anfühlen, wenn sie auf seinem Kinn landen würden?« Sie schüttelte den Kopf. »Meine Entscheidung steht fest. Du kommst zu mir nach Hause.«

»Unsinn.«

»Dazu sind keine großen Vorbereitungen nötig.« Da sie bereits voll mit ihren Plänen beschäftigt war, bemerkte Bess nicht, daß die Wangen ihres Oheims feucht wurden und Tränen unter seinen geschlossenen Augenlidern heraussickerten, bis er schließlich ein ersticktes Schluchzen von sich gab. »Oheim?«

Erkenwald hatte sich vom Bett zurückgezogen und auf eine Bank an der Wand gesetzt.

Julian wischte sich mit einer eingebundenen Hand über die Augen und fluchte. Bess kniete sich neben das Bett und trocknete seine Augen mit einem Tuch. »Was ist denn los, Oheim?«

Julian stieß sie weg. »Ich konnte ihn nicht retten. Der Mörder war zu schnell.«

Bess' Hand blieb auf dem Körper ihres Oheims liegen. »Der Mörder? Ich dachte, der Brand sei aus Versehen ausgebrochen?«

Julian funkelte sie an, so gut es ihm mit seinen roten, feuchten Augen gelang. »Natürlich war es kein Unfall, du dummes Weib.«

Dumm? Und sie hatte beabsichtigt, ihn bei sich zu Hause aufzunehmen, diesen undankbaren alten Mann.

Doch daß er sich seiner Sache so sicher war, beunruhigte sie. Sie setzte sich auf den Bettrand. »Erzähl mir, was geschehen ist, Oheim.«

»Du hörst mir ja doch nicht zu.«

»Wenn ich dich darum bitte, werde ich mir auch anhören, was du zu sagen hast.«

Julian wirkte unsicher, doch dann sagte er: »Richte mein Kissen, damit ich mich aufsetzen und besser reden kann.«

Bess tat, worum er sie gebeten hatte, jedoch energischer, als es Julian lieb sein konnte. Aber er lehnte sich zurück und dankte ihr.

»Als Laurence ankündigte, er werde die Habseligkeiten seiner verstorbenen Frau verbrennen, bot ich ihm meine Hilfe an. Er sagte nicht nein. Er sollte zu mir kommen, wenn er alles vorbereitet hatte. Ich war gerade unten bei den Waisen und erzählte ihnen Geschichten, als ich Rauch sah. Mehr als den üblichen Rauch. Ich lief hinaus, sah, daß sich niemand um das Feuer kümmerte, das die Besen zu erfassen drohte, die daneben lagen. Ich machte mir Sorgen. Laurence war immer sehr sorgfältig. Ich ging ins Haus, denn ich dachte, ihm wäre vielleicht etwas eingefallen, was er noch erledigen mußte.« Julian machte eine Pause und drückte eine Hand auf die Stirn. Dann holte er tief Luft, ließ die Hand sinken und starrte auf den Fußboden neben seinem Bett. »Er lag auf dem Boden, mit dem Gesicht nach unten, eine blutige Wunde am Kopf – blutiger als die, die ich dann gleich verpaßt bekommen sollte.«

Bess hatte ihre Zweifel an dieser Geschichte. »Und das hast du alles bemerkt, während sich das Feuer um dich herum ausgebreitet hat?«

»Das Feuer war draußen, nicht drinnen«, erwiderte Julian ungeduldig. »Ich beugte mich über Laurence, um ihn hochzuziehen und ihm das Atmen zu erleichtern. Da bekam ich einen Schlag von hinten. Wahrscheinlich war er nicht so hart wie jener, den Laurence erhalten hatte, aber trotzdem wurde ich benommen. Ich fiel über Laurence, rollte von ihm herunter und brauchte einen Moment, bis ich wieder Luft bekam. Und dann roch ich den Rauch. Ich schaute mich um und sah, daß das ganze Haus in Flammen stand. Ganz plötzlich. Jemand lief aus der Tür, aber wegen des Rauchs ist es unmöglich, Genaueres über die Gestalt zu sagen. Ich zog Laurence nach draußen, aber seine Kleider ...« Julian versagte die Stimme. Er schüttelte den Kopf.

»Und niemand hat sich deine Geschichte angehört?« Bess warf einen Blick hinüber zu Erkenwald, der gedankenversunken auf den Boden starrte.

»Sie sagen, ich bin ziemlich durcheinander«, erwiderte Julian.

»Wer sagt das?«

»Don Cuthbert.«

»Dieser jämmerliche ... Dem werde ich ...«

Julian legte Bess eine Hand auf den Arm, um sie zu beruhigen. »Wirst du mir helfen, Nichte?«

»Natürlich.«

»Sie wollen Laurence rasch begraben. Aus Angst vor der Pest. Diese Schwachköpfe. Er ist durch das Feuer umgekommen. Aber das ist ihr Ziel. Du mußt Don Cuthbert oder jemand anderen, der hier im Hospital respektiert wird, dazu bringen, daß er Laurence vor der Beerdigung untersuchen läßt.«

Bess zögerte. Diese Aufgabe behagte ihr nicht. »Warum?«

»Es soll noch jemand seine Wunde zu Gesicht bekommen. Ich brauche einen Zeugen. Jemanden, der mir sonst nicht zuhören würde.«

Und wenn es nun keine derartige Wunde gab? fragte sich Bess. Julian hatte einen heftigen Schlag auf den Kopf erhalten – vielleicht bildete er sich dies alles nur ein. Aber seine Bitte war nicht völlig abwegig. Sie schaute hinüber zu Erkenwald, der sie interessiert beobachtete. »Wollt Ihr sein Zeuge sein?«

»Gern.«

Honoria de Staines bekreuzigte sich und schüttelte den Kopf, als Erkenwald ihr auftrug, das Leichentuch, in dem Laurence de Warrene eingewickelt war, aufzuschnüren.

»Das ist schließlich nicht dasselbe, als hätten wir Euch gebeten, ein Grab zu öffnen«, meinte Bess.

Die Laienschwester preßte ihre Hände zusammen. »Mir gefällt das nicht.« Sie war blaß geworden.

Bess erschien sie außergewöhnlich zimperlich für jemanden, der in einem Hospital arbeitete.

»Doch, es ist fast das gleiche, wie wenn man ein Grab öffnet«, widersprach die Frau. »Die Ruhe des Toten wird gestört.«

»Wir müssen beweisen, daß er angegriffen wurde. Sonst wird seine Seele keine Ruhe finden.«

Honoria ließ sich auf die Bank neben dem verhüllten Leichnam sinken und drückte die Hände an ihre Schläfen.

Don Cuthbert wählte diesen Augenblick, um in den Raum zu platzen und eine Erklärung zu verlangen. Geduldig erklärte Erkenwald ihm, weshalb sie hier waren.

Zur Überraschung von Bess drückte sich der Cellerar ein Leintuch vor die Nase und bedeutete ihnen durch einen Wink, sie sollten fortfahren.

»Wir können diese Laienschwester nicht zur Mithilfe gewinnen«, sagte Bess. »Erlaubt Ihr mir, das Leichentuch aufzuschlagen?«

»Aber beeilt Euch«, keuchte Cuthbert.

Erkenwald nickte dem kleinen Kanoniker zu. »Es ist kein angenehmer Geruch. Aber besser jetzt als später, wenn er unter der Erde ist.«

Bess entknotete rasch das Tuch, beugte sich über den

Toten und drehte behutsam seinen Kopf zur Seite. Der Geruch war in der Tat sehr unangenehm.

Erkenwald trat näher und berührte die Wunde. »Der Betreffende wußte, worauf er zielen mußte.«

»Gott helfe uns«, sagte Cuthbert.

Bess warf dem Cellerar einen Blick zu. »Kommt her. Überzeugt Euch selbst, betastet die Wunde.«

Statt näher zu treten, machte Cuthbert einen Schritt nach hinten. »Bitte, es besteht kein Grund, weshalb ich die Wunde berühren sollte. Mir genügt Don Erkenwalds Aussage vollauf.«

Bess bekam ein ungutes Gefühl. Es gab etwas zwischen den beiden Männern, irgendeine Animosität, die sich gegen ihren Oheim auswirken konnte. »Ich möchte, daß Ihr beide es bezeugt. Ich möchte verhindern, daß der Verdacht entsteht, mir würde es allein darum gehen, meinen Oheim zu schützen und ich würde einem Mann Glauben schenken, der ziemlich durcheinander ist, wie Ihr es bezeichnet habt. Ihr müßt seinen Hinterkopf berühren.«

Der Cellerar schaute Erkenwald an.

»Ihr seid der Hospitalmeister, wenn Sir Richard abwesend ist. Ich glaube, er würde erwarten, daß Ihr Master Warrene persönlich untersucht«, sagte Erkenwald.

Cuthbert bekreuzigte sich, murmelte ein Gebet, trat dann nach vorn und ließ zu, daß Erkenwald seine Hand sachte über die Wunde führte, versuchte aber, sie gleich wieder zurückzuziehen. »Sie blutet.«

Erkenwald hielt ihn einen Moment lang fest. »Der Mann ist tot. Er blutet nicht mehr. Könnt Ihr fühlen, daß hier eine Wunde ist?«

»Ja, ich fühle es.«

Erkenwald ließ den Cellerar los.

Cuthbert zog ein Tuch heraus und wischte sich die Hand ab. »Und was soll das beweisen, vorausgesetzt, daß er einen Schlag erhielt? Vielleicht kam der Schlag von Master Taverner?«

»Dann kommt mit mir und betastet eine weitere beulenartige Wunde«, sagte Bess.

Cuthbert seufzte. »Es ist wohl meine Pflicht.«

Als Bess sich umdrehte, um Honoria zu bitten, jemanden zu holen, der das Leichentuch wieder verschnüren sollte, stellte sie fest, daß die Laienschwester verschwunden war.

Zufrieden darüber, daß nun sowohl Cuthbert als auch Erkenwald Julians Geschichte gehört und die schweren und gleichartigen Wunden gesehen hatten und daß Cuthbert zugesagt hatte, dem Hospitalmeister in einem Brief davon zu berichten, machte Bess sich auf den Weg zu Lucie Wiltons Apotheke. Sie wollte die Angelegenheit mit Owen besprechen. Er hatte sich bereits einige Male mit mysteriösen Todesfällen beschäftigt. Cuthbert hatte sie gebeten, über die Wunden Stillschweigen zu bewahren und die Geschichte ihres Oheims für sich zu behalten, aber er würde nie erfahren, daß sie mit Owen darüber gesprochen hatte.

Auf den Straßen war es an diesem Vormittag ziemlich ruhig. Ein Haus in der Lop Lane war durch ein Kreuz markiert: hier war eine arme Seele an der Pest gestorben. Bess bekreuzigte sich und eilte schnell vorüber.

Im Laden war niemand außer Lucie, die hinter der Theke auf einem Stuhl saß und getrocknete Kräuter in einer großen Schüssel mischte.

»Was ist los?« fragte Bess zur Begrüßung. »Gestern konnte man vor lauter Kunden den Fußboden kaum mehr sehen.«

Lucie schob die Schüssel beiseite und wischte sich die Hände an ihrer Schürze ab. »Wenn der Flußnebel durch die Gassen zieht, ist es hier häufig recht ruhig. Ein Mönch, der vor ein paar Tagen durch die Stadt zog, sagte, es sei der Pesthauch, der unter die Haut kriecht und die Beulen heraustreibt.«

Bess schnaubte. »Unsinn. Es sind die Körperflüssigkeiten in den Beulen. Warum hätten die Sterbenden dann solch großen Durst?«

Lucie schüttelte den Kopf. »Ich beneide dich, Bess. Ich wünschte, ich könnte die Ursache so sicher benennen.«

Bess registrierte eine gewisse Traurigkeit in der Stimme ihrer Freundin. Sie wußte, Lucie wurde von Zweifeln darüber gequält, ob es richtig gewesen war, die Kinder aufs Land zu schicken. Und nichts vermochte sie aufzuheitern, denn dafür gab es kein Heilmittel. »Ist Owen da?«

»Er ist mit Jasper zum St.-George's-Field gegangen, um Bogenschießen zu üben. Warum? Ist irgend etwas nicht in Ordnung?«

Es bestand keine Notwendigkeit, Lucies Besorgnis noch zu steigern. »War nur so ein Gedanke.« Bess brachte den zweiten Grund zur Sprache, wegen dem sie gekommen war. »Könntest du mir Salbe für die verbrannten Hände meines Oheims zubereiten?«

»Gern.« Lucie drehte sich zu den Krügen, die an der Wand hinter ihr aufgereiht waren, wandte sich dann aber mit einem fragenden Blick wieder Bess zu. »Aber kümmern sich denn nicht die Schwestern im St. Leonhard um ihn?«

»Mir ist es lieber, wenn sie deine Arzneien bei ihm anwenden.«

»Ich möchte mich nicht einmischen.«

»Das tust du auch nicht. Ich mische mich ein, seine Nichte.«

»Vertraust du ihnen nicht?«

»Ich möchte es nicht darauf ankommen lassen, das ist alles. Zum Beispiel Honoria de Staines. Was weiß eine solche Person darüber, wie man Brandwunden behandelt?«

Lucie nickte und wandte sich wieder ihren Krügen zu. »Brauchst du sonst noch etwas für ihn?«

»Ja, etwas für eine schmerzhafte Beule am Hinterkopf.«

Lucie runzelte die Stirn, während sie einen großen Krug zum Ladentisch trug. »Wie ist das passiert?«

Bess hatte sich verplappert. Sie dachte schnell nach. »Ich glaube, durch einen herunterfallenden Balken. Immerhin ist das ganze Haus zusammengestürzt.«

Lucie beugte sich über ihre Arbeit.

Erkenwald wollte sich irgendwohin zurückziehen, wo er allein war und nachdenken konnte; vielleicht sollte er auch Owen Archer aufsuchen. Doch Cuthbert hatte ihn gebeten, ihn in den Garten des Cellerars zu begleiten, und dem konnte er sich nicht entziehen. Erkenwald hatte es sich selbst zuzuschreiben, daß der Mann in die Angelegenheit verwickelt worden war.

Der kleine Cellerar stand vor einem blühenden Beinwell-Beet. Er bebte vor Zorn. »Habe ich Euch nicht angewiesen, über unsere Probleme Stillschweigen zu bewahren?«

»Gott helfe mir, aber Ihr tut mir Unrecht«, entgegnete Erkenwald. »Was werft Ihr mir vor?«

»Nun hat Mistress Merchet erfahren, was ihr Oheim erzählt hat.«

»Sie ist schließlich seine Nichte. Sie hat ein Recht darauf, es zu erfahren.«

»Ihr …«

»Ich habe ihr nichts gesagt. Master Taverner hat es getan. Wie konntet Ihr hoffen, es geheimhalten zu können? Sie hätte vielleicht nicht lange darüber nachgegrübelt, aber durch Eure Geheimniskrämerei ist sie erst neugierig geworden. Was wolltet Ihr nun unternehmen? Habt Ihr mit Leuten gesprochen, die etwas gesehen haben könnten? Begreift Ihr, wie gefährlich es ist, wenn hier ein Mörder herumläuft?«

»Ein Mörder.« Cuthbert spuckte das Wort förmlich aus. »Ihr glaubt doch wohl diese Geschichte nicht?«

»Warum denn nicht? Habt Ihr eine bessere Erklärung für die Beule an seinem Kopf? Und für die Verletzung, die Master Warrene niederstreckte?«

»Wir hatten hier noch nie derartige Probleme.«

»Ach ja? Und was war mit Walter de Hotter?«

»Das hatte nichts mit dem Hospital zu tun.«

»Und die Diebstähle?«

Cuthbert erbleichte. »Dafür habe ich keine Erklärung.«

»Wißt Ihr, was die Leute sagen? Daß unsere bekehrte Sünderin Honoria de Staines Leinenunterwäsche trägt. Und einen seidenen Wimpel, wenn sie sich außerhalb des Hospitals aufhält.«

»Mistress Staines ist keine Diebin.«

Erkenwald schüttelte den Kopf. Es war an der Zeit, die Selbstgefälligkeit des Cellerars zu erschüttern. »Ihr werdet Sir Richard eine Menge zu erklären haben.«

»Ich bete darum, daß sich bis zu seinem nächsten Besuch alles wieder beruhigt.«

»Das bezweifle ich. Er hat mitgeteilt, daß er bereits unterwegs ist.«

Cuthbert drückte die Hände auf den Bauch und schloß die Augen. »Ihr habt mich verraten.«

»Ich habe getan, was ich für das beste hielt.«

7

Zum Heilen berufen

Owen fragte sich, ob es eine gute Idee gewesen war, Jasper an diesem Morgen mitzunehmen. Es wehte ein Südwind, und der Himmel zeigte ein eintöniges Grau; es war weder stürmisch noch schön, jene Art von Wetter, das, wie man sagte, die Pest brachte. Owen glaubte nicht an dieses Gerede, und er nahm auch die neue Furcht vor dem Flußnebel nicht ernst. Solche Wetterlagen stellten sich häufig ein und hatten nichts Schlimmeres zur Folge als einen ausgeprägten Mangel an Sonnenschein. Doch wegen der Ruhe auf den Straßen fragte er sich, ob er nicht doch ein wenig zu übermütig war. Auch Jasper schien beunruhigt zu sein, denn er warf besorgte Blicke um sich.

Das Tor zur Davy Hall war verriegelt und mit einer Kette versperrt, als sei die Familie geflohen. Die wenigen Leute auf den Straßen eilten mit gesenkten Köpfen umher, viele hielten sich Duftbeutel vor das Gesicht. In der Nähe der Franziskanerabtei waren die Straßen fast völlig menschenleer. Ein Mönch schlug das Kreuzzeichen, als er an ihnen vorübereilte und in die Abtei schlüpfte, aus der ein wohlbekannter Geruch nach draußen drang.

»Wacholderholz«, sagte Jasper.

»Ja. Das ist ein angenehmer Geruch, wenngleich ich mir nicht vorstellen kann, wie man durch das Verbrennen dieses Holzes jemanden vor dem Pesthauch schützen kann.« Sie nahmen den Weg über den Hafendamm, der sie schnell zum St.-George's-Field bringen würde.

»Mistress Baker hat gemeint, der Rauch von dem Brand im Hospital soll die Pest verbreitet haben.«

»Alice Baker entdeckt jeden Tag neue Ursachen der Pest und neue Heilmittel dagegen. Ich würde ihr nicht allzuviel Glauben schenken, Jasper.«

Doch der Junge ließ nicht so leicht locker. »Was hat Mistress Merchet gesagt? Haben sie dort Tote verbrannt?«

So nahmen Gerüchte ihren Anfang, die jeder Grundlage entbehrten. »Mistress Baker sollte nicht über Dinge reden, von denen sie nichts versteht. Sie haben keine Toten im Hospital verbrannt. Ein Haus hat Feuer gefangen.« Owen verschwieg, daß Laurence de Warrene die Kleider eines Pestopfers verbrannt hatte.

»Mistress Merchet schien sehr aufgeregt zu sein.«

»O ja, das war sie. Der Freund ihres Oheims ist bei dem Brand umgekommen. Und ihr Oheim, der ihn zu retten versuchte, hat schwere Verletzungen erlitten, die lange brauchen werden, bis sie ausheilen.«

»Wie ist das passiert?«

»Man sagt, daß Laurence de Warrene Kleider, Bettzeug und andere Sachen zusammentrug, um sie zu verbrennen. Das Feuer erfaßte seine Kleider. Er floh ins Haus, das dadurch ebenfalls in Brand geriet, bevor jemand eingreifen konnte.«

»Hat niemand das Feuer beaufsichtigt?«

»Doch, Warrene.«

»War es ein Unfall?«

Owen hielt dies für eine komische Frage. »Ja, soweit man weiß. Obwohl ich in der Schenke gehört habe, daß er seiner Frau folgen wollte.«

»Aber sich das Leben nehmen ...« Jasper schüttelte den Kopf.

»Es geschehen eben manchmal seltsame Dinge.«

Sie passierten die Mühlen der Burg. Jasper wandte sich an Owen, als sie das St.-George's-Field erreichten. »Möchte Mistress Merchet, daß Ihr herausfindet, was geschehen ist?«

»Nein, Junge. Und du kannst sicher sein, daß Bess, wenn sie feststellt, daß es Grund zur Beunruhigung gibt, diejenige sein wird, die am hartnäckigsten nachbohrt.« Owen verschwand in einem kleinen Gebäude und kehrte nach kurzer Zeit mit einer Zielscheibe aus Stroh wieder zurück, die er in der Mitte des freien Platzes aufstellte. Jasper besaß ein Talent für den Langbogen, wie auch sein Vater. Und als ehemaliger Hauptmann der Bogenschützen genoß Owen es, den Jungen im Bogenschießen auszubilden. »Also, heute wollen wir an deiner Schußstellung arbeiten.«

Jasper machte seinen Bogen schußfertig und stellte sich in Schußposition.

Owen rückte den rechten Ellbogen des Jungen zurecht, drückte ihn leicht nach oben und zog seine linke Schulter etwas zurück. »Spürst du den Unterschied?«

Jasper hatte ein Auge zugekniffen und war bereit zum Schießen. Nun schloß er die Augen und öffnete sie wieder. »Die linke Schulter so zu bewegen, erscheint mir komisch. Mir kommt es vor, als würde der Pfeil jetzt nach links zielen.«

Owen trat hinter ihn, faßte das Ziel ins Auge und schüttelte den Kopf. »Mit meinem rechten Auge etwas ins Visier zu nehmen, kann einen Unterschied ausmachen, obwohl ich dachte, ich wüßte, wie ich das ausgleichen kann. Versuch es einmal so.«

Jasper blinzelte und ließ den Bogen los. Er landete genau im Ziel. Jasper sah mit einem überraschten Gesichtsausdruck zu Owen hinüber. »Ihr zielt mit einem Auge besser als ich mit zwei.«

»Augen und Körper wirken zusammen. Deshalb üben wir. Immer und immer wieder, bis du ein Gefühl dafür bekommst. Also, noch mal.«

Sie fuhren noch eine Weile mit dem Übungsschießen fort, dann schlug Owen vor, ans Flußufer hinunterzugehen, zu jener Stelle, wo die Foss und die Ouse sich vereinigten. Er hatte Jasper heute zum Schießplatz mitgenommen, weil er mit ihm reden und ihm klarmachen wollte, daß Lucie erst beruhigt sein würde, wenn er Hugh und Gwenllian nach Freythorpe Hadden folgte. Aber wie sollte er beginnen?

»Schießt Ihr deswegen noch so gut, Hauptmann? Weil Ihr *fühlt*, wie Ihr das Ziel ins Visier nehmen müßt?«

»Zum Teil. Und weil ich tage-, wochen- und monatelang geübt habe, nachdem ich mein Auge verloren hatte.«

»Dann wolltet Ihr also weiter als Hauptmann der Bogenschützen arbeiten?«

»Nein, Junge. Ich wollte nach Italien segeln und mich als Söldner verdingen. Dort kann ein Mann damit genug verdienen.«

»Ihr wolltet ein Söldner werden?«

»Ein dunkles Geheimnis, wie? Mich gelüstete es nach Blut.« Owen lachte, als er die Überraschung auf Jaspers Gesicht bemerkte. Er klopfte dem Jungen auf den Rücken. »Nein, ganz so schlimm war es nicht. Ich wußte nicht, was ich sonst hätte tun sollen. Mein Herr war tot. Ich glaube, er hätte mich in seinen Diensten behalten, nachdem ich aus christlicher Pflichterfüllung mein Auge verloren hatte. Henry von Grosmont war ein frommer Mann, ein Mann von Ehre. Sein Nachfolger war ein Sohn des Königs. Er hatte ein eigenes Gefolge. Welche Verwendung hätte er wohl für einen halbblinden Bogenschützen gehabt? Beziehungsweise für einen Späher? Also überlegte ich, was ich tun sollte, aber dann nahm mich der Erzbischof in seine Dienste.«

»Gott hat Euch beschützt.«

»Meistens denke ich das auch. Ohne Seine Gnaden wäre ich heute nicht mit Lucie verheiratet.« Owen drehte sich, damit er Jaspers Gesicht besser sehen konnte. Der Junge saß mit angezogenen Knien da, stützte sich mit den Händen am Boden ab und hatte die Schultern eingezogen. »Was mich zu einer Angelegenheit bringt, die mir schon die ganze Zeit im Kopf umgeht.«

Jasper biß die Zähne zusammen und schüttelte den Kopf, so daß ihm das flachsblonde Haar über die Augen fiel. »Ich weiß. Ihr wollt mich wegschicken.«

»Wegen Lucie, Jasper, nicht wegen mir. Ich würde dich

lieber hierbehalten. Du bist ein ausgezeichneter Lehrling, und sie braucht dich in der Apotheke. Aber sie denkt ständig an damals, als die Pest ihr Martin nahm, ihren Sohn. Sie glaubt, daß vor allem die Kinder gefährdet sind. Und so sieht es auch aus. Trotz all ihrer Fürsorge haben die Schwestern des St.-Leonhard-Hospitals mehrere Waisenkinder verloren, aber von den Erwachsenen sind bisher nur Matilda de Warrene und John Rudby gestorben.«

Jasper setzte sich auf und blickte Owen an. »Mistress Warrene? Dann haben sie im Hospital also doch etwas verbrannt, was mit der Pest zu tun hatte.« Seine Augen blickten ernst. Ein bißchen zu ernst.

»Versuch nicht abzulenken, Jasper.«

Der Junge ließ sich zurückfallen und senkte den Kopf. »Ich muß in der Stadt bleiben, Hauptmann. Ich bin Mistress Lucies Lehrling. Ich muß bleiben, und ich muß alles tun, was ich kann, um den Leuten von York im Kampf gegen die Pest zu helfen.«

»Aber wenn Lucie recht hat, gehörst du zu denen, die in größter Gefahr schweben.«

Jaspers Kopf schoß erneut hoch. »Ich bin kein Kind.«

»Ja, das stimmt. Du bist dreizehn Jahre alt, also kein kleines Kind mehr. Aber auch noch kein Erwachsener.«

Jasper beugte sich vor, die Ellbogen auf die Knie gestützt, und starrte auf das Wasser. »Was sollte ich denn dort den ganzen Tag tun?«

Aha. Sie kamen der Sache allmählich näher. »Sir Robert wird schon eine Beschäftigung für dich finden. Du müßtest nicht auf die Kinder aufpassen.«

Der Junge schwieg eine Weile. Owen dachte schon, ihm seien die Argumente ausgegangen. Doch als Jasper wieder zu sprechen begann, verflog diese Hoffnung.

»Mistress Lucie hat neulich von Bruder Wulfstan gesprochen. Daß er sein Leben aufs Spiel setzt, indem er die Kranken in der Stadt besucht, weil so viele Priester Angst haben, den Pestkranken zu nahe zu kommen.« Bruder Wulfstan war der Arzt des Klosters St. Mary. »Sie hat gesagt, es wäre sehr gefährlich für ihn, mehr als für viele andere, weil er schon so alt ist. Aber sie hat mit großer Bewunderung von ihm gesprochen.« Er warf Owen einen Blick zu, um zu sehen, wie er reagierte.

Owen mußte lächeln. Der Junge war ein heller Kopf und wußte seinen Standpunkt zu verteidigen. »Lucie macht sich Sorgen um ihn, Jasper. Sie betet für ihn.« Lucie und Wulfstan waren alte Freunde.

»Aber sie ist auch überzeugt, daß er damit sein Gelübde erfüllt. Auch ich habe ein solches Gelübde abgelegt.«

Owen betrachtete den blonden, schlaksigen Jungen und empfand eine Abneigung dagegen, weiter mit ihm zu streiten. »Ich habe schon immer gesagt, du wächst so schnell, daß du mir eines Tages wie ein Fremder vorkommen wirst. Und so wie du hier sitzt, bist du plötzlich ein junger Mann geworden.«

»Dann darf ich also bleiben?«

»Wie sollen wir das Lucie beibringen?«

»Ich möchte ihr nicht weh tun.«

»Du kannst nichts dafür, Junge. Es liegt an ihren Erinnerungen. Ich erlebe, wie sie auf einmal blaß wird, ihre Augen sich verdunkeln, und ich verstehe nicht, was ihre Erinnerungen ausgelöst hat. Ein Geruch? Ein Geräusch? Und auch wenn du bei den Kindern auf dem Land wärst, bin ich mir nicht sicher, ob es aufhören würde. Ein solcher Schmerz schwächt mit der Zeit ab, aber er verschwindet nie völlig.«

Jasper war verstummt, und Owen erkannte, wie gedankenlos er gewesen war. Auch Jasper trug schmerzhafte Erinnerungen mit sich herum – mit neun Jahren hatte er beide Elternteile verloren. »Komm, schauen wir, ob deine Schulter sich an das erinnert, was ich ihr heute beigebracht habe.«

Der Novize Gervase führte Jasper in die Krankenstation der Abtei St. Mary. Bruder Henry unterbrach mit besorgtem Gesichtsausdruck seine Gebete. »Ich hoffe, du kommst nicht zu Bruder Wulfstan, weil jemand bei euch krank ist?«

»Nein«, antwortete Jasper. »Ich möchte mit ihm reden. Ich brauche einen Rat.«

Der Stellvertreter des Klosterarztes erhob sich. »Ich brauche selbst einen Rat. Wie kann ich ihn aufhalten? Wie kann ich ihn schützen?«

»Ihn davon abhalten, daß er sich weiter um die Kranken in der Stadt kümmert?«

Henrys Augen funkelten. »Tag und Nacht ist er unterwegs. Er kommt nur noch zum Essen hierher und um Arzneien zu holen. Dann verschwindet er gleich wieder. Er sagt, er schläft auch bei den Kranken.«

»Was sagt Abt Campian dazu?«

»Der Abt meint, man dürfe einen Heiligen nicht von seiner Pflicht abhalten.« Henry schob seine Hände in die Ärmel seiner Kutte und schüttelte den Kopf. »Ich habe versucht, Bruder Wulfstan Novizen nachzuschicken, aber er bringt sie dazu, allein wieder zurückzukehren. Er ist einfach unmöglich.«

»Glaubt Ihr, daß er heute noch zurückkommt?«

»O ja. Du kannst gern auf ihn warten. Bete für ihn, Junge, während du wartest. Bete für ihn.«

Jasper entschloß sich, die Wartezeit im Klostergarten zu verbringen, zwischen den von Bruder Wulfstan so liebevoll gepflegten Beeten mit Heilkräutern.

Dieser Garten vermittelte ihm Trost, denn hier war ihm zum ersten Mal klargeworden, daß er auch noch einen anderen Menschen genauso innig liebte wie seine Eltern, die er verloren hatte. Wulfstan hatte ihm zu dieser Einsicht verholfen. Jasper kauerte sich nieder, pflückte einige verwelkte Blüten und beobachtete pollenbeladene Bienen, die langsam und schwerfällig zwischen den Blumen umherflogen. Er bemerkte einen schiefstehenden Lavendel. Jemand mußte Bruder Wulfstan beim Beschneiden geholfen haben, jemand, der ziemlich unbeholfen mit der Schere umgegangen war. Der Gedanke, daß jemand anderes als Bruder Wulfstan den Garten pflegte, bekümmerte Jasper.

»Bist du traurig, mein Sohn?« Wulfstan lächelte und breitete seine Arme weit aus, als Jasper überrascht hochblickte und sich dann dem alten Mönch an die Brust warf, plötzlich wieder ganz das kleine Kind, das er einst gewesen war. Wulfstan tätschelte ihn und hielt ihn umfangen, bis sein Herz wieder langsamer zu schlagen begann. Dann ließ der Mönch die Arme sinken, trat zurück und zog Jaspers Kinn hoch. »Keine Tränen, also hat dich nicht ein Verlust zu mir geführt.«

Jasper war froh, daß er die Tränen unterdrückt hatte. Bruder Wulfstan durfte nicht an sein Alter erinnert werden. »Mistress Lucie möchte mich nach Freythorpe Hadden schicken. Gwenllian und Hugh sind bereits dort.«

Wulfstan neigte sein kahles Haupt, atmete tief ein und nickte. »Ah, Lucie möchte dich vor der Pest in Sicherheit bringen. Wer könnte ihr das verdenken? Hast du schon einmal ein Opfer der Pest gesehen, Jasper?«

»Nein, diesmal noch nicht, aber als ich noch ganz klein war, hatte ich eine Schwester, die daran gestorben ist.«

Der alte Mönch legte Jasper eine Hand auf den Kopf. »Ich wußte gar nicht, daß du eine Schwester hattest.«

Als Jasper an diese furchtbare Zeit zurückdachte, konnte er die schreckliche Krankheit förmlich wieder riechen. »Sie hieß Anne. Sie schrie immer, wenn jemand versuchte, die Beulen in ihren Achseln und an ihrem Hals zu reinigen. Meine Mutter hat versucht, sie zu erhitzen, damit sie aufplatzten, aber sie brachte es nicht über sich, sie aufzustechen.«

»Wenn deine Mutter jetzt hier wäre, hätte sie dann nicht Angst um dich?«

»Aber mein Platz ist hier. Ich bin Mistress Lucies Lehrling.«

Wulfstans wässerige Augen blickten ihn mitfühlend an. »Komm, setzen wir uns auf die Bank. Meine Beine tun mir weh.« Wulfstan schlurfte zu einer Steinbank unter einem Lindenbaum. Er setzte sich ächzend, zog ein Tuch aus seiner Kutte hervor, schüttelte es aus und wischte sich damit über die Stirn, den Mund und den Hals. »Der Winter ist der Fluch des Alters, aber dieses Jahr ist auch der Sommer nicht viel freundlicher. Der Herr zwingt mich, alles ein wenig langsamer anzugehen. Vielleicht möchte er, daß ich mich in die Kapelle zurückziehe und mich dem Gebet widme.«

Jasper folgte dem alten Klosterarzt zur Bank. Es war einigermaßen kühl im Schatten, und die Luft roch angenehm im Garten, doch Wulfstan atmete schwer, und schon wieder überzog Schweiß sein Gesicht. Der Junge machte sich Sorgen um seinen Freund. »Mistress Lucie sagt, Ihr mutet Euch zuviel zu, wenn Ihr zu den Kranken geht.«

Wulfstan tätschelte Jaspers Arm und streckte dann seine zerfurchte, fleckige Hand neben jener des Jungen aus. »Ich bin alt, Jasper. Nichts, was ich tue, vermag diese Tatsache zu verändern. Ich bin schon Klosterarzt in St. Mary, lange bevor Gott zum ersten Mal seinen Kindern die Pestilenz sandte. Bis jetzt habe ich stets die Wünsche meiner Äbte respektiert und bin im Kloster geblieben, um helfen zu können, falls einer meiner Brüder erkrankte. Auch als uns die Seuche das erste Mal heimsuchte, tat ich gut daran, hierzubleiben. Viele Brüder wurden krank, viele starben. Beim zweiten Mal wurde ich nicht mehr so dringend benötigt und empfand eine Schuld, die mich in all diesen acht Jahren quälte. Nun muß ich etwas unternehmen. Wer sollte dafür besser geeignet sein als ich? Der Herr kann nicht wünschen, daß ich noch wesentlich länger in dieser sterblichen Hülle verbleibe. Und Bruder Henry kennt sich aus in der Heilkunst. Warum sollte ich es ihm nicht ermöglichen, jetzt jene Erfahrungen zu sammeln, die ihm zugute kommen werden, wenn ich einmal nicht mehr bin? Aber ich danke dir für deine Sorge. Und auch Mistress Lucie.«

»Aber was ist mit mir? Soll ich auf das Land gehen oder hierbleiben, wo ich Euch helfen könnte?«

»Hat deine Herrin dir befohlen, zu gehen?«

Jasper schüttelte den Kopf. »Sie sagt, sie möchte mir keine Befehle erteilen.«

»Dann überläßt sie die Entscheidung deinem Gewissen. Was sagt dir dein Gewissen?«

Nachdem er sich auf der Bank umgedreht hatte, um Wulfstan ins Gesicht sehen zu können, nahm Jasper die Hand des Mönchs in die seine. »Woher kann ich wissen, ob mein Stolz oder mein Gewissen zu mir spricht?«

Wulfstans Augen glitzerten. »Du machst dir Sorgen, daß dein Stolz dich dazu treibt, hierzubleiben? Damit du dich vor deinen Freunden mit deinem Mut brüsten kannst?«

Verstand Wulfstan ihn absichtlich falsch? »Ich möchte mich nicht mit irgend etwas brüsten. Meine Freunde sind auch alle in Gefahr.«

Nach dieser Bemerkung verloren Wulfstans Augen ihren Glanz. Er ließ den Kopf sinken, murmelte »Gott beschütze euch alle« und bekreuzigte sich. Jasper tat es ihm nach, uns es herrschte für eine Weile Schweigen. Die Pause dauerte so lange, daß Jasper sich schon fragte, ob der alte Mönch vielleicht eingeschlafen war. Doch schließlich hob Wulfstan wieder den Kopf und schaute ihn mit traurigen Augen an. »Ich habe soviel Leid gesehen in den vergangenen zwei Wochen, Jasper, soviel unerträgliches Leid. Ich spreche nicht nur von den Qualen des Fleisches. So viele Menschen, die leiden, sind allein und verlassen.

Ihre Familienangehörigen sind geflüchtet, weil sie hofften, sich dadurch zu retten. Sie fliehen vor den Kindern, Jasper. Gestern abend saß ich neben einem Jungen, kaum fünf Jahre alt, den man am Königlichen See zurückgelassen hatte, weil man ihn für tot gehalten hatte. Nur Gott weiß, was den Eltern durch den Kopf gegangen ist, als sie ihn dort aussetzten. Aber er lebte noch, er spürte, daß ich bei ihm war, er hörte meine Gebete. Gott sei Dank starb er nicht einsam.«

»Meine Mutter hat meine Schwester nicht allein gelassen.«

»Lucie Wilton ihren Sohn auch nicht. Aber nicht alle sind so tapfer, Jasper. Und meine Aufgabe hier ist es, jenen zu helfen, die zurückgelassen wurden.«

Wulfstan wischte sich über die Stirn und die Augen und putzte sich die Nase. »Nun gut. Du fürchtest, daß dich eher dein Stolz als dein Gewissen leitet. Ich glaube nicht, daß der Stolz etwas ausrichten kann gegen die Pest, Jasper. Du wirst etwas anderes finden, dessen du dich rühmen kannst. Aber wie sieht es in deinem Herzen aus?«

»Ich bin kein Kind mehr.«

»Das hast du durch deine Arbeit bewiesen, mein Sohn.«

»Ich möchte Mistress Lucie keine Sorgen bereiten. Aber sie braucht mich in der Apotheke.«

»Was, glaubst du, dürfte schlimmer für sie sein – die Sorgen oder die fehlende Hilfe bei der Arbeit?«

»Wie soll ich das wissen?«

»Was ist mit Owen? Kann nicht er in der Apotheke aushelfen?«

»Er ist Verwalter von Bishopthorpe und Hauptmann der Garde des Erzbischofs und hat viel zu tun.«

Wulfstan drückte Jaspers Hände, ließ sie wieder los und stand langsam auf. »Möge Gott dich leiten.«

»Wie kann ich das erkennen?«

Die weißen Augenbrauen gingen nach oben. »Wie?

Durch das Gebet natürlich, mein Sohn. Komm. Knien wir uns vor dem Altar der Muttergottes in unserer Kapelle nieder, und bitten wir sie um Rat. Und dann muß ich wieder hinein in die Stadt.«

8

Julian Taverner

Im Laufe des Nachmittags war die Sonne zum Vorschein gekommen, und am Abend war es in der Stadt warm und stickig. Schweiß lief Bess den Nacken hinunter, als sie die Leute an den Tischen bediente. In der York Tavern herrschte nicht übermäßig viel Betrieb, sie war aber auch nicht leer. Viele Leute mieden zwar größere Menschenansammlungen, aus Furcht, durch Atem oder Kleidung mit dem Pestbazillus infiziert zu werden. Andere dagegen glaubten daran, daß Bier und Wein ihre Abwehrkräfte stärkten. Leute, die zur letzteren Gruppe zählten, saßen an den langen Tischen und unterhielten sich gedämpft über das jüngste Opfer des Seuche, einen Mann namens William Franklin. Aber ihre Stimmen waren nicht so leise, daß Bess nicht mitbekommen hätte, worüber sie sprachen.

»Es heißt, er habe die Krankheit aus dem St. Leonhard mitgebracht«, sagte Jack Crum.

»Ja. Er hätte besser dort bleiben sollen.« Der Alte Bede lehnte sich auf seinem Stuhl zurück. Die Haare standen ihm nach allen Seiten ab, weil er in seiner Aufregung immer wieder mit den Händen hindurchgefahren war.

»Warum hätte er denn im Hospital sterben sollen? Ein Mann will gern zu Hause sterben. Wills Haus lag in der Stadt, nicht im Bezirk des Hospitals«, meinte ein anderer.

»Genau. Er ist zu Hause krank geworden«, sagte ein dritter. »Aber er ging im Hospital ein und aus. Und als er krank wurde, saßen zwei Laienschwestern aus dem Hospital an seinem Bett.«

»Nachdem die Pest ausgebrochen ist, sollten die Pfleglinge bleiben, wo sie sind«, knurrte der Alte Bede. »Sie schleppen sie mit sich.«

»Das ist doch Blödsinn«, rief John Cooper und stand

auf. Sein Gesicht war vom Bier und von der Hitze gerötet. »Ungefähr siebzig Leute sind bis jetzt in der Stadt an der Pest gestorben, aber nur zehn davon im St. Leonhard. Wie kannst du da behaupten, die Leute aus dem Hospital schleppen sie mit sich?«

»Ohne sie gäbe es gar keine Pest«, beharrte Bede.

»Das erste Opfer war ein Kind in der Stadt, du dummer alter Mann. Die Tochter eines Gerbers.«

»Paß auf, was du sagst, Cooper«, brummte ein anderer Greis, der Bede unterstützte.

John Cooper ging an Bede vorüber, blieb dann stehen, um noch eine letzte Bemerkung anzubringen. »Du haßt die Pflegebewohner, weil sie ein ziemlich bequemes Leben führen können, alter Mann. Aber vielleicht solltest du Gott danken, daß du nicht soviel Geld hast, um dir auch eine Pflegschaft zu kaufen – denn die Pest ist nicht die eigentliche Gefahr.«

Bede spuckte vor Cooper auf den Boden. »Du bist ein elender Schwätzer, Cooper. Wäre froh, wenn du endlich dein Maul halten würdest.«

Cooper grinste höhnisch und ging zur Tür.

Bess Merchet eilte ihm nach. Coopers letzte Bemerkung hatte sie neugierig gemacht. Sie packte ihn am Ellbogen, als er den Ausgang erreichte. Er schüttelte sie unwirsch ab. »Nicht so grob, John«, murmelte Bess, »das ist die Hand, die Euer Bier einschenkt.«

Der Mann blickte sich überrascht um. »Ich dachte, es wäre einer von Bedes Kumpanen, der Streit sucht. Habe ich Euch weh getan?«

»Unsinn! Es braucht schon mehr als einen Rempler, damit ich umfalle. Aber wenn Ihr es wiedergutmachen wollt, dann sagt mir, was Ihr mit der Bemerkung gemeint habt, der alte Mann solle Gott danken.«

Cooper zögerte, sah sich um und wünschte offenbar, möglichst rasch zu verschwinden. Dann aber bedeutete er Bess durch einen Wink, mit ihm nach draußen zu gehen.

Cooper blieb unter der Laterne neben der Tür stehen. Er war ein ernster, besonnener Mann mit einem Gesicht, das, wie Bess schon manchmal gedacht hatte, durch ein Lächeln durchaus gewinnen würde.

»Ihr denkt an Euren Oheim«, sagte Cooper.

»Das tue ich.«

»Ich habe gehört, er soll Brandverletzungen erlitten haben, als er Laurence de Warrene zu retten versuchte.«

»Er ist schon wieder auf dem Weg der Besserung. Warum soll der Alte Bede dankbar sein?«

»Ich gebe nicht viel auf Gerüchte – und ich verbreite sie auch nicht, Mistress Merchet. Aber dieser alte Mann hat mich an etwas erinnert, was ich gehört habe. Es gibt Gerede darüber, daß in letzter Zeit zu viele Pflegebewohner ganz plötzlich gestorben sind. Gerade in einer Situation, in der dem Hospital allmählich das Geld ausgeht …«

»Mir sind diese Gerüchte auch zu Ohren gekommen, und noch weitere. Aber es ist unbestreitbar, daß drei der Pflegebewohner an der Pest gestorben sind.« Bess fröstelte. Die Nacht war frisch geworden, und der Nebel, der vom Fluß heraufzog, legte sich wie eine feuchte Schicht auf ihre Haut.

»Matilda de Warrene, ja, sie war krank, das hat man gesehen, obwohl sie schon seit langem ziemlich gebrechlich war. Aber Will Franklin und John Rudby« – Cooper legte den Kopf schief – »wer hat sie denn gesehen außer den Laienschwestern und den Brüdern im St. Leonhard? Und Laurence de Warrene – mit seinem Unfall stimmt irgendwas nicht. Wie oft wohl hatte der Mann schon ein Feuer gemacht, ohne sich auch nur ein einziges Haar anzusengen? Warum ist ausgerechnet dieses Feuer ihm zum Verhängnis geworden? Darüber wundern sich die Leute. Und der arme Walter de Hotter, der immer hingefallen ist. Zumindest er ist nicht an der Pest gestorben.«

Bess musterte die Augen des Mannes. Er glaubte, was

er sagte, doch sie bezweifelte, daß er wußte, daß ihr Oheim angegriffen worden war. »Warum die Pflegebewohner?«

»Sie leben zu lang.« Diese offenherzige Antwort bereitete Cooper Unbehagen. »Was ich hier sage, entspricht nicht dem, was ich empfinde, Mistress Merchet. Versteht Ihr?«

»Ja. Aber ich bitte Euch, erklärt es genauer.«

»Die Pflegebewohner zahlen einen gewissen Betrag, der auf bestimmten Annahmen beruht: Sie sind alt, haben sich aus dem aktiven Leben zurückgezogen, werden also bald krank werden und schließlich sterben. Der Betrag wird recht hoch angesetzt, weil man hofft, daß sie sterben, bevor er durch die Pflegeleistungen aufgebraucht ist, die sie in Anspruch nehmen. Warum sollte man sie sonst aufnehmen? Aber manche Leute leben einfach zu lange.«

Bess lief es kalt den Rücken hinunter. Zweifellos hatte auch ihr Oheim Julian schon den Betrag aufgebraucht, den er bezahlt hatte. Dasselbe galt für Laurence und Matilda. »Wo habt Ihr das erfahren?«

»Man munkelt überall in der Stadt darüber.«

»Gott segne Euch, daß Ihr mir das erzählt habt, John.«

»Gott sei mit Euch.« Cooper entfernte sich von der Mauer. »Dann mache ich mich jetzt auf den Weg. Verzeiht, daß ich Euch beunruhigt habe. Julian Taverner ist ein kluger Mann. Klüger als sein Freund. Ihr braucht Euch keine Sorgen um ihn zu machen.«

Bess erschien diese Bemerkung reichlich naiv. Niemand, wie schlau auch immer er sein mochte, war vor dem Bösen sicher.

Als er seine Finger in dem gelockerten Verband bewegte, bemerkte Julian Taverner, welche Veränderungen die neue Salbe bewirkt hatte, die er seit zwei Tagen bekam. Seine Finger waren nicht mehr ganz so gefühllos. Auch seine schmerzende Schulter hatte sich durch Mistress Wiltons Senfsalbe wesentlich gebessert. Und der Trank, den ihm seine Nichte mehrmals am Tag brachte, hatte seine Kopfschmerzen auf wundersame Weise gelindert. Er mußte eine Möglichkeit finden, seine Dankbarkeit zum Ausdruck zu bringen. Sie hatten gestern eine heftige Auseinandersetzung gehabt, was ihm im nachhinein sehr leid tat. Bess hielt es für das beste, wenn Honoria sich von ihm fernhielt. Doch Julian konnte nichts Schlimmes darin erkennen, gelegentlich in ein hübsches Gesicht zu blicken.

Honorias Zuneigung zu ihm war natürlich nicht frei von Problemen. Julian mochte Anneys – ihr Geschick und ihr Können beruhigten ihn, und trotz ihres faltenzerfurchten Gesichts war sie recht wohlgestaltet –, und er wollte sie nicht verärgern. Doch dies war bereits geschehen. Honorias unbekümmerte Besuche riefen bei Anneys mißbilligendes Stirnrunzeln hervor.

An diesem Morgen hatte Anneys' Gegenwart ihm Unbehagen bereitet. Er war von schmerzlichen Erinnerungen geplagt worden und hatte versucht, diese durch Gebete zu verdrängen, als Anneys erschienen war. Nachdem sie ihr Tablett mit den Arzneien auf dem Tischchen neben seinem Bett abgestellt hatte, war sie zurückgetreten und hatte den Kopf geschüttelt. »Ihr betet heute morgen so inbrünstig, Master Taverner.«

»Damit ich dieses Husten nicht mehr hören muß.«

Anneys legte den Kopf schief und lauschte. »Mistress Catherine. Sie kann nichts dafür.«

»Auch meine Mutter hatte einen solchen Husten.«

Anneys setzte sich neben ihn. »Und es behagt Euch nicht, an sie erinnert zu werden?«

»Sie ist an diesem Husten gestorben.«

»Ah.« Anneys schüttelte ein Leintuch aus, legte es über das Bett und begann, die Arzneien darauf auszubreiten. »Was war mit Euer Frau? Stimmt es, daß sie auf dem Meer umgekommen ist?«

Gütiger Himmel, wieso mußte sie genau an diese Wunde rühren? »Meine Frau und mein einziges Kind.«

»Ihr sprecht davon, als würde es Euch noch immer schmerzen. Aber es muß doch schon vor langer Zeit geschehen sein. Man hat mir gesagt, daß Ihr schon seit neunzehn Jahren im St. Leonhard wohnt.«

Mancher Schmerz brauchte eben länger, bis er nachließ. Doch es stimmte, sie waren einige Jahre vor der ersten Heimsuchung durch die Pest gestorben. Julian wandte sich ab. Er wollte diese Unterhaltung nicht weiter fortführen.

»Ich glaube, man sollte sich nicht nur an schöne Dinge erinnern, Master Taverner. Gott hat uns das Leid geschickt, um uns zu reinigen. Wir dürfen nicht vor ihm zurückschrecken.«

»Ich habe mehr Buße getan, als Ihr Euch vorstellen könnt. Auch Laurence. Nun möchte ich in Frieden gelassen werden.« Julian spürte, daß seine Augen zu brennen begannen. Das hatte sie nun mit ihrem Gerede erreicht. Sein Gesicht würde von Tränen überströmt werden.

Anneys öffnete seinen Schulterverband und trug die warme Senfsalbe auf. Während sie sie in das steife Gelenk einrieb, fragte sie: »Buße? Ihr beide? Für welche Sünden denn?«

»Darüber möchte ich nicht sprechen.«

»Es gab eine starke Bindung zwischen Euch und Master Warrene? Wart Ihr Waffenbrüder?«

»Nein. Keiner von uns war Soldat. Wir sind zusammen in Scarborough aufgewachsen und haben zusammen ein Geschäft aufgemacht.«

»Die Schenke?«

Warum mußte sie so viele Fragen stellen? »Nein, Laurence war niemals Schankwirt. Das ist ungerecht, wißt Ihr das? Ihr habt mir noch überhaupt nichts von Eurer Vergangenheit erzählt.«

»Da gibt es auch nur wenig zu erzählen. Ich habe geheiratet, drei Kinder großgezogen, bin Witwe geworden und habe dann meine Dienste dem Hospital zur Verfügung gestellt.«

»Drei Kinder. Hattet Ihr nicht den Wunsch, bei einem von ihnen zu wohnen?«

»Nein.« Anneys schloß sein Hemd wieder und half ihm, sich aufzusetzen, damit sie seinen Kopfverband überprüfen konnte. »Nun habe ich Euch aus meinem Leben erzählt. Ich dachte, Ihr wärt Schankwirt gewesen.«

»Das war ich auch.«

»Und doch habt Ihr gesagt, Ihr hättet zuammen mit Master Warrene, der kein Wirt war, ein Geschäft aufgemacht.«

»Ihr wollt doch bestimmt keine Einzelheiten hören, und ich möchte auch nicht darüber reden.«

»Warum nicht, Master Taverner?«

Er zuckte zusammen, als sie die Wunde betastete. »Warum wollt Ihr mir nicht mehr über Euer Leben erzählen?«

»Weil es nur wenig Erfreuliches zu erzählen gäbe. Und Ihr? Warum wollt Ihr nichts über Geschäft erzählen?«

»Weil ich es vergessen möchte und viel Buße dafür getan habe. Ich habe Euch erzählt, daß ich mich um Opfer der Pest gekümmert habe, als die Seuche zum ersten Mal zu uns in den Norden kam.«

»Ach ja, ich erinnere mich.« Sie widmete sich nun seinen Händen und beendete ihre Arbeit schweigend.

Julian war dafür wirklich dankbar. Vielleicht gefiel es ihm nicht, wie sie ihn anschaute. Honoria war wesentlich angenehmer.

Lucie war in den Garten gegangen, um dort noch ein wenig zu arbeiten, bevor sie die Apotheke öffnete. Owen saß oben, schaute ihr zu und überlegte, was er tun konnte, um sie aufzuheitern.

Kate klopfte an die Tür. »Mistress Merchet möchte Euch sprechen, Hauptmann.«

»Ist sie hier?«

»Unten, Hauptmann. Was immer sie Euch sagen möchte, es ist bestimmt keine gute Nachricht.«

Owen fand Bess unten im Saal; sie lief auf und ab, ballte die Hände zu Fäusten, funkelte mit den Augen und hatte einen hochroten Kopf.

»Sie haben Julian beschuldigt, das Feuer gelegt zu haben, nicht wahr?« fragte Owen, als Bess sich ihm zuwandte. Er lehnte sich an die Wand und verschränkte die Arme vor der Brust.

Bess blieb stehen. »Wer verbreitet solche Unwahrheiten?«

Owen deutete auf seine Besucherin. »Du selbst hast mich auf diesen Gedanken gebracht, durch deine schlechte Stimmung. Warum solltest du sonst so wütend sein?«

»Ich bin wütend?«

»So kommst du mir vor.«

»Ich habe nur nachgedacht.«

Owen stieß sich von der Wand ab, faßte Bess am Ellbogen und führte sie zu einem Tisch am Südfenster. »Komm, setz dich, und erzähl mir, welche Gedanken dich umtreiben.«

Bess setzte sich und faltete ihre Hände. »Verzeih, daß ich störe. Ich weiß, es ist eine ungünstige Zeit.«

Owen beugte sich über den Tisch, schob eine Hand unter die von Bess und legte die andere darüber. Er fixierte sie mit seinem gesunden Auge.

Bess blickte lächelnd auf Owens Hände hinunter. »Wenn du mich ablenken wolltest, dann hast du dein Ziel schon erreicht, du bezaubernder Schurke.«

»Gut. Ich möchte keinen Lärm in meinem Haus, nur eine leise Unterhaltung. Was bereitet dir Sorgen?«

»Schön, daß du fragst. Ich brauche deinen Rat. Ich muß

dir etwas erzählen.« Bess wiederholte, was ihr ihr Oheim über den Brand im St. Leonhard berichtet hatte, und beschrieb die Wunden, die sie bei den beiden alten Freunden gesehen hatte.

»Das sieht nicht gerade nach einem Unfall aus.«

Bess hieb zufrieden mit einer Faust auf den Tisch und lehnte sich zurück. »Auch Walter de Hotters Tod nicht. Weißt du, was John Cooper gestern abend gesagt hat?« Sie erzählte es Owen.

»Gerüchte. Du darfst ihnen keinen Glauben schenken. Sie würden dich nur in die Irre führen.«

Bess fuchtelte mit den Händen herum. »Und wie soll ich herausfinden, woran ich mich halten kann?«

»Versuch herauszubekommen, ob irgend jemand Zeuge des Unfalls gewesen ist, Bess. Nur auf diese Weise kannst du die Wahrheit herausfinden.«

»Cuthbert hat mich im Hospital beobachten lassen. Ich bin an das Bett meines Oheims gefesselt, kann also nirgendwo anders hingehen.«

»Er macht sich Sorgen wegen der Gerüchte, die du weitergegeben hast, Bess.«

»O ja. Er hat auch allen Grund, sich Sorgen zu machen.« Plötzlich riß sie energisch den Kopf hoch, ließ die Schleifen auf ihrer Haube kräftig flattern und zeigte Owen ihr gewinnendstes Lächeln. »Könntest du vielleicht …«

»Nein, Bess. Ich möchte mich hier nicht einmischen. Du würdest bald ungeduldig werden mit mir. Meine Begabung als Späher ist nichts im Vergleich zu deiner.«

Bess' ausdrucksvolles Gesicht schwankte zwischen Lächeln und Stirnrunzeln.

Owen war entschlossen, sich nicht in Bess' Angelegenheiten hineinziehen zu lassen. Er hatte genug eigene Sorgen, nachdem die Kinder nun weg waren: Lucies Trübsal, die Pest, Thoresbys Abwesenheit und die Flut verängstigter Kunden, die nach Mitteln gegen die Seuche verlangten. Bess konnte im Augenblick mehr Zeit erübrigen – wegen der Pest kamen weniger Reisende, und viele Leute mieden öffentliche Orte, so gut es ging. Aber sie war eine gute Freundin. Vielleicht konnte er ihr einen Rat geben.

»Auch Don Erkenwald ist nicht wohl bei der Sache. Vielleicht sprichst du einmal mit ihm.«

»Ich bezweifle, daß Cuthbert das zuläßt.«

»Ich habe noch niemanden gesehen, der stark genug gewesen wäre, dich aufzuhalten, wenn du dir etwas in den Kopf gesetzt hast, Bess.«

Barker, der Torwächter, verbeugte sich steif und stellte umständlich zwei Kelche aus italienischem Glas auf den Tisch des Cellerars.

Cuthbert erkannte, daß sie zu jenen gehörten, die aus dem Gästehaus verschwunden waren. »Habt Ihr das bei Eurer Suche gefunden?« Er hatte eine große Suchaktion im Hospital und in allen Häusern, die zum St. Leonhard gehörten, angeordnet.

»In der Kammer von Mistress Staines, *Domine.*« Barker fuhr mit den Händen über die Kelche. »Und noch weitere Gegenstände, die ich aber nicht mitgebracht habe. Persönliche Dinge, Ihr versteht. Aber nicht von der Art, wie man sie bei einer Laienschwester vermuten würde.«

Cuthbert schloß die Augen, drückte seine Hände zusammen und wippte mit den Füßen. Honoria de Staines. Dann war es also verkehrt gewesen, ihr zu vertrauen. »Welche Gegenstände, Barker?«

Schweigen.

Der Cellerar warf dem Torwächter einen Blick zu und bemerkte, daß dessen Gesicht gerötet war. »Persönliche Dinge, habt Ihr gesagt. Vielleicht Unterröcke?«

Barker nickte erleichtert. »Ja, *Domine*. Aus feinster Seide. Und ein Wimpel aus schwerer Seide. Ich wollte es Euch sagen. Meiner Ansicht nach sollte eine Laienschwester nicht solche Dinge besitzen.«

Allerdings nicht. Aber vielleicht eine Dirne. Oder eine Diebin. »Ihr habt recht, Barker. Und diese Kelche, wo habt Ihr die in ihrer Kammer gefunden?«

»Sie waren in einer Truhe versteckt. Eingewickelt in alte Tücher.«

»Ich verstehe. Habt Ihr sonst noch etwas gefunden? In einem anderen Raum oder woanders im Bezirk des St. Leonhard?«

»Nein, nichts, *Domine*.«

Also nur bei der Frau, die ihn so sehr an der Nase herumgeführt hatte. Seine Mitbrüder würden höchst erfreut sein. »Gott sei mit Euch, Barker. Ihr habt gute Arbeit geleistet.«

Cuthbert schickte nach Honoria.

Sie trat in seinen Empfangsraum, die Hände demütig gefaltet, die Augen niedergeschlagen. »Don Cuthbert, man hat mir gesagt, was Ihr gefunden habt.« Sie war eine kleine Frau mit sanfter Stimme, die sogar jetzt noch ruhig klang, da sie doch von Angst erfüllt sein mußte.

»Könnt Ihr Euer Handeln erklären?«

»Es ist nicht so, wie Ihr denkt. Ich habe mich schuldig gemacht, indem ich Euer Vertrauen mißbrauchte, das gebe ich zu. Aber ich habe die Kelche nicht gestohlen.«

»Warum habt Ihr sie dann versteckt?«

»Es wurde davon gesprochen, daß Kelche aus italienischem Glas aus dem Gästehaus verschwunden sind. Ich machte mir Sorgen, meine Mitschwestern könnten glauben, bei meinen handele es sich um die besagten Kelche.«

»Sie stammen aus der Garnitur im Gästehaus.«

Erst jetzt hob Honoria ihre Augen und schaute Cuthbert an. Ihre Augen waren weit geöffnet und rund. »Aus dieser Garnitur? Aber das ist nicht möglich.«

»Woher kamen die Kelche dann?«

Honoria senkte ihren Blick wieder auf den Boden. »Sie waren ein Geschenk.«

»Von wem?«

»Das möchte ich lieber nicht sagen, *Domine*«, erwiderte sie ruhig, aber fest.

»Dann ist der Betreffende der Dieb im St. Leonhard, Honoria. Ihr müßt es mir sagen.«

»Er kann es nicht sein. Er hatte das Recht, sie zu verschenken. Er hat es geschworen.«

Wollte sie diesen Mann schützen, obwohl sie sich dadurch die Möglichkeit verbaute, sich selbst zu retten? »Exkommunikation ist die Strafe für jemanden, der in das Hospital eintritt, um dort Gewalt zu verüben oder zu stehlen. Wußtet Ihr das?« Cuthbert meinte, ein Erschauern bemerkt zu haben.

Doch Honorias Stimme war noch immer ruhig, als sie sagte: »Gott wird mich nicht für etwas bestrafen, das ich nicht begangen habe, *Domine*.«

»Ihr bestreitet also, diese Kelche gestohlen zu haben. Doch Ihr gebt zu, mein Vertrauen mißbraucht zu haben. Habt Ihr mit Männern verkehrt, seitdem Ihr das Gelübde abgelegt habt?«

Honoria sank auf die Knie und berührte mit der Stirn Cuthberts Füße. »Ich habe nichts von dem getan, wessen Ihr mich bezichtigt.«

Cuthbert wich zurück. »Ihr habt aus mir einen Narren gemacht, Mistress Staines. Das werdet Ihr kein zweites Mal tun.« Er ging mit bedächtigen Schritten, die ihm das Gefühl von Größe verliehen, zur Tür. »Barker!« rief er.

9

Der Hospitalmeister greift ein

Ravenser verbrachte nur eine Nacht im Hause seines Oheims in Bishopthorpe und machte sich dann auf nach York, um sich seinen Pflichten zu widmen.

Auf der Straße begegnete ihm eine Gruppe von Pilgern, die zum Grab von St. John of Beverley unterwegs war, zerlumpte Leute, die mit dem Geruch des Todes behaftet waren. Ravensers Knappe verstellte ihnen den Weg zu seinem Herrn. Doch Ravenser befahl Topas, zur Seite zu treten, und segnete die Pilger. Er befürwortete dies nicht, wünschte vielmehr, daß solche Leute zu Hause blieben und nicht die Pest im Lande verbreiteten und seine geliebte Stadt Beverley gefährdeten. Denn sie trugen zweifellos den Pesthauch mit sich, diese Leute, die unter den Opfern der Seuche gelebt hatten, an ihren Sterbebetten gesessen und ihre Leichen begraben oder verbrannt hatten. Aber er wollte ihnen seinen Segen nicht versagen. Doch als er damit fertig war, drückte Ravenser sich zum Schutz eine Ambrakugel vor die Nase und ritt weiter; allen Mitgliedern seiner Reisegruppe hatte diese Begegnung Unbehagen bereitet, insbesondere seinem Schreiber Douglas, der ihn mit schreckgeweiteten Augen anstarrte und eine Hand auf seinen Bauch preßte.

Kurz vor den Toren von York traf die Gruppe auf einen Mann, der in Tierfelle gekleidet war, sich auf einen Schäferstab stützte und auf einem Felsen stand, von dem aus er alle Passanten vor der bevorstehenden Ankunft des Antichristen warnte, der in Gestalt von Heilern erscheinen werde. »Versucht nicht, dem Zorn des Herrn zu entrinnen!«

Noch nie war Ravenser erleichterter gewesen, Micklegate Bar vor sich auftauchen zu sehen. Der Torwächter lächelte überrascht angesichts der freundlichen Begrüßung durch den Vorsteher des St. Leonhard. Doch nachdem sie das Tor passiert hatten, erkannte Ravenser, daß sich auch in der Stadt aufgrund der Bedrohung, die über den Menschen hing, einiges verändert hatte. Der Pranger vor der Dreifaltigkeitskirche war leer, die Menschen eilten mit gesenkten Köpfen durch die Straßen, und die Fischhändler an der Ouse Bridge schützten sich mit Gesichtstüchern, priesen aber nach wie vor ihre Waren an.

Ihre leicht gedämpften Stimmen riefen bei Ravenser eine Erinnerung wach, die ihn verwirrte und beunruhigte: das lebhafte Bild seiner Mutter, die ihn eilig an einem Leprakranken vorbeizerrte, der um Almosen bettelte. Seine Mutter hatte Ravensers Hand fest umklammert und zog ihn energisch die Straße entlang. Er wußte nicht mehr, wo sich dieser Vorfall ereignet hatte, aber er erinnerte sich daran, wie verstört er gewesen war, als er erkannt hatte, daß seine Mutter große Angst hatte. Hatte es sich während der ersten Pestepidemie ereignet, als er noch ein Kind gewesen war? Erinnerte er sich deshalb daran? Oder lag es einfach nur an den Gesichtstüchern der Fischhändler, die diese Situation so deutlich wiederaufleben ließen? Gott sandte den Menschen manchmal solche Visionen; was sollte Ravenser nun damit anfangen? Mit wachsendem Unbehagen bekreuzigte er sich und ritt mit seinen Männern weiter zum Hospital, wobei er sich bemühte, den Blick auf den Boden zu richten. Er wollte keine weiteren Visionen erleben.

Topas hielt sich dicht bei ihm, denn er spürte die Verunsicherung seines Herrn. Und kurz darauf wurden auch seine Dienste benötigt. Als die Gruppe den westlichen Teil des St.-Helen's-Square passierte, eilte ein Mann, der seine Augen auf Ravenser gerichtet hatte, auf sie zu. Topas stellte sich ihm flink in den Weg.

Doch Ravenser bemerkte das Emblem des Goldschmieds am Wams und der Mütze des Mannes. Er gehörte also einer wohlhabenden Zunft an, die sich in der Vergangenheit durch großzügige Spenden für mildtätige Zwecke hervorgetan hatte. Ravenser trat hinter Topas vor.

»Sir Richard, das ist eine gefährliche Zeit«, warnte ihn Topas mit angehaltenem Atem. »Ihr dürft niemandem vertrauen.«

Doch Ravenser hatte seine Prioritäten. »Wollt Ihr mit mir etwas besprechen, Master Goldschmied?«

Der Mann nahm seine Mütze ab und verbeugte sich respektvoll. »Sir Richard, ich freue mich sehr, Euch wieder in der Stadt zu sehen.«

»Das ist sehr freundlich.« Ravenser ärgerte sich über sein schlechtes Namensgedächtnis. Er erkannte die seltsam verzerrte Aussprache, die durch den verbogenen Kiefer des Mannes verursacht wurde, aber er konnte sich weder an den Namen des Mannes erinnern noch daran, in welcher Geschäftsbeziehung er mit ihm gestanden hatte.

»Das ist keine Schmeichelei, Sir Richard. Ich bin wirklich sehr erleichtert, Euch zu sehen, und ich bitte Euch, mich anzuhören.«

Wer war der Mann, und was konnte er von ihm wollen?

Der Goldschmied bemerkte Ravensers Verwirrtheit. »Verzeiht. Natürlich könnt Ihr Euch nach so langer Zeit nicht mehr an mich erinnern. Edward Munkton. Mein Geschäft befindet sich in Stonegate, und Ihr habt einmal …«

»Ah, Master Munkton. Die Halskette.« Der Goldschmied hatte eine Halskette für Ravenser entworfen, ein Geschenk für seine Mutter. Das schien wirklich lange her zu sein. Außerdem war der Mann gealtert, sein rundes Gesicht war durch die Jahre geprägt worden, sein Haar ergraut und dünn geworden. »Wendet Euch an Douglas, meinen Schreiber, um einen Termin zu vereinbaren, an dem wir uns unterhalten können. In meinem Haus im St. Leonhard.«

Munktons Lächeln verschwand. »Wenn ich gleich hier mit Euch reden könnte, wäre ich sehr dankbar.«

Ravenser blickte um sich. »Auf der Straße?«

»Gott verzeihe mir, aber ich möchte mich im Augenblick lieber von den Kranken fernhalten, Sir Richard.« Munkton wandte verlegen den Blick ab.

Aber Ravenser hatte verstanden. »Dann faßt Euch bitte kurz.« Er nahm den Mann beseite, ging mit ihm unter den Dachvorsprung eines geschlossenen Geschäfts und hielt seine Ambrakugel gesenkt, um zu zeigen daß er dem Mann Vertrauen entgegenbrachte.

»Es geht um Don Cuthbert«, begann Munkton, dessen Atem süß wie Fenchel roch. »Er ist vor einigen Tagen zu mir gekommen und hat Einblick in meine Geschäftsbücher verlangt.«

Ravenser blinzelte ungläubig. »Was?« War der Goldschmied wahnsinnig geworden? Oder Cuthbert?

Munkton, der Ravensers Gesicht musterte, lächelte. »Ich hoffte, Ihr würdet so überrascht reagieren, Sir Richard. Ich wollte nicht glauben, Ihr könntet Eurem Cellerar aufgetragen haben, mich zu beleidigen.«

»Natürlich habe ich das nicht getan. Hat er Euch einen Grund genannt?«

»Ja, allerdings. Er dachte, ich könnte einen Kelch angekauft haben, der im Hospital gestohlen worden ist. Ich habe ihm gesagt, daß ich ein Goldschmied bin, kein Händler, und daß ich keinen Bedarf an Kelchen habe, wovon er sich leicht überzeugen könne, wenn er sich in meinem Geschäft umschaue.«

Ein gestohlener Kelch? Davon hatte Ravenser noch nichts gehört. »Welchen Grund hatte er, gerade Euch zu verdächtigen, Master Munkton?«

»Das ist ja das Lächerliche. Weil ich in dem Ruf stehe, besonders schöne Kelche herzustellen.«

Don Cuthbert war wirklich verrückt geworden. »Verzeiht mir. Das wußte ich nicht.« Ravenser schoß ein furchtbarer Gedanke durch den Kopf. »Hat er auch andere Mitglieder Eurer Zunft verdächtigt?«

»Ja, mehrere. Aber ich war sein erstes Opfer. Eine sehr zweifelhafte Ehre.«

»Gewiß. Ich werde ihn zur Rede stellen, Master Munkton. Er wird sich bei Euch entschuldigen, das verspreche ich Euch.«

»Das ist alles, worum ich Euch bitten wollte, Sir Richard.«

Erschöpft und gedankenversunken ritt Ravenser schließlich unter der Statue des heiligen Leonhard hindurch in den Bezirk des Hospitals. Hier wirkte alles normal, die Leute gingen ihrer Arbeit nach, und die Waisenkinder lärmten beim Spielen. Ravensers Bedienstete waren bereits zusammengerufen worden, umringten die Reisenden und kümmerten sich um ihre Pferde und ihr Gepäck. Als Ravenser den Hof überquerte, um zu seinem Haus zu gelangen, das hinter der Kirche lag, erregten die schwärzlichen Überreste eines kleinen Gebäudes an der Nordmauer seine Aufmerksamkeit. Auch das Dach des Nachbarhauses war angekohlt. Beide Gebäude waren umhüllt von dem stechenden Geruch dampfender Asche.

»Hat es hier gebrannt?« Ravenser hielt inne und versuchte sich zu erinnern, welche Gebäude hier gestanden hatten.

Topas sprach mit einem Diener. »Ja, Sir Richard. Es war das Haus eines Pflegebewohners. Laurence de Warrene, Euer Schachpartner. Er ist bei dem Brand umgekommen.«

»Laurence de Warrene.« Ravenser legte die Stirn in Falten, während er um die ausgebrannte Ruine herumging, sorgfältig darauf bedacht, den Saum seines Gewands nicht durch verkohlte Steine zu beschmutzen. Hinter dem Gebäude lag der Garten, der mit Asche übersät und mit Wasser getränkt war und dessen Pflanzen alle zertrampelt waren. Der ruinierte Garten, dem die miteinander widerstreitenden Gerüche von Leben und Tod entströmten, bewegte Ravenser mehr als das verwüstete Haus. »Das war der Garten von Mistress de Warrene. Sie war sehr stolz darauf.«

»Sie ist der Pest zum Opfer gefallen«, sagte Topas. »Vor vierzehn Tagen.«

»Davon habe ich in Bishopthorpe erfahren. Nicht aber von dem Brand.« Ravenser wandte sich ab. »Ruf sofort Don Cuthbert zu mir, Topas.« Dann ging er zu seinem Haus.

In seinem Schlafgemach entledigte Ravenser sich seiner Reisekleidung, wusch sich den Staub der Straße ab und, wie er hoffte, auch den Gestank des Todes, der ihm anzuhaften schien. Dann zog er sich in seinen Salon zurück, wo ein Diener ihm Branntwein und Obst servierte. Mit einem gefüllten Becher setzte er sich in seinen Lieblingssessel und ließ zufrieden seinen Blick durch den Salon schweifen. Es war ein angenehmer Raum, nicht so schön wie der Salon in Beverley, aber komfortabel und auch mit genügend Licht ausgestattet. Der Branntwein entspannte rasch seine Muskeln, die sich durch den Ritt verkrampft hatten. Aber er konnte sich nicht lange ausruhen. Ein Diener kündigte ihm die Ankunft Don Cuthberts an.

»Hole Douglas und führe sie beide herein.«

Nach wenigen Augenblicken schwebte der kleine, hakennasige Cellerar herein, die Hände in die Ärmel geschoben. Er verbeugte sich vor Ravenser. »*Benedicte*, Sir Richard. Gott hat uns die Gnade erwiesen, Euch in dieser schwierigen Situation zu uns zu schicken. Daß Ihr wieder anwesend seid, wird jedermann im St. Leonhard mit Erleichterung zur Kenntnis nehmen.« Cuthbert haftete der Geruch feuchten, verkohlten Holzes an. Ravenser nahm sich vor, ein Feuer aus Rosmarinholz entzünden zu lassen, um seine Gemächer von diesen unangenehmen Ausdünstungen zu reinigen.

Douglas nahm hinter Ravenser Platz, um die Unterredung schriftlich festzuhalten.

»Ich habe beunruhigende Nachrichten über Eure Aktivitäten erhalten, Cuthbert.«

Unter demütig gefurchten Augenbrauen breitete sich ein einschmeichelndes Lächeln aus, hinter dem seltsam spitze Zähne zum Vorschein kamen. »Von meinen Aktivitäten?«

»Ihr habt freie Bürger dieser Stadt beschuldigt, gestohlene Gegenstände anzunehmen.«

Cuthberts Wangen röteten sich. »Ich wollte nur meinen Pflichten nachkommen. Ein paar gestohlene Gegenstände wiederbeschaffen, bevor Ihr zurückkehrtet.«

In Ravensers Kopf begann es zu pochen, aber er beachtete dieses Warnsignal nicht, sondern beugte sich vor und fragte mit eisiger Stimme: »Ein paar?«

Die vorquellenden Augen des Cellerars wurden plötzlich ausdruckslos, aber seine Hände bewegten sich aufgeregt in den Ärmeln, und er wippte nervös auf den Ballen seiner Füße. »Ich hatte gehofft, Sir Richard, Euch mit diesen Sorgen verschonen zu können bis zum Abschluß meiner Untersuchung.«

Aber weshalb hatte Erkenwald darüber nichts geschrieben? »Berichtet mir von Eurer Untersuchung!«

Cuthbert warf einen Blick auf einen Stuhl, der in der Nähe stand.

»Setzt Euch«, sagte Ravenser kurz angebunden. Ihm mißfiel die geheuchelte Unterwürfigkeit des Cellerars.

Cuthberts schlanke Hände schoben sich aus den Ärmeln, und bevor er sich setzte, strich er sorgfältig das Habit unter sich glatt. »*Deo gratias*. Es war ein langer Tag.«

Die Bewegungen des Cellerars setzten den Geruch erloschener, feuchter Glut frei. Wo schlief der Mann nur?

»Wo soll ich anfangen?« murmelte der Cellerar, mehr an sich selbst gerichtet.

»Zunächst möchte ich eine Liste der verschwundenen Gegenstände haben.«

»Eine Liste, ja.« Cuthbert ließ seinen Blick durch den

Raum schweifen, fand aber niemanden, der ihm diese Aufgabe abgenommen hätte. »Die Liste.«

»Seid nicht Ihr derjenige, den man danach zu fragen hat, Don Cuthbert? Oder habt Ihr Euer Amt an einen ehrenwerten Mitbruder abgetreten?«

»Nein, nein, Sir Richard. Die Liste.« Cuthbert sammelte sich, und seine Hände verschwanden wieder in den bequemen Ärmelnestern. »Zwei Wandbehänge, ein goldener Kelch, eine mit silberner Filigranarbeit und Edelsteinen verzierte Meßbuchhülle, ein silbernes Perlenkruzifix, mehrere italienische Glaskelche, ein besticktes Altartuch, drei Bettücher und ein Werkzeugsattel.« Die Aufmerksamkeit des Kanonikers richtete sich nun auf seine mit Sandalen beschuhten Füße.

»Gütiger Gott. Wie konnte ein Dieb alle diese Dinge mitnehmen, ohne ertappt zu werden? Hier leben doch so viele Leute, daß sie sich fast gegenseitig auf die Füße treten.«

Rote Flecken breiteten sich über den bleichen Hals des Cellerars aus. »Ehrlich gesagt, ich weiß es nicht.«

In der Stille, die nun folgte, legte das Kratzen von Douglas' Federkiel Zeugnis ab von der Länge der Liste. Cuthbert besaß zwar viele schlechte Eigenschaften, aber er verfügte über einen scharfen Verstand und ein hervorragendes Gedächtnis für Einzelheiten.

»Soll irgend etwas wiederholt werden, Douglas?« fragte Ravenser, als ihn das Geräusch des Federkiels an die Anwesenheit seines Schreibers erinnerte.

Ein weiteres Kratzen, dann fragte Douglas: »Wie viele Kelche waren es?«

»Vier«, sagte Cuthbert leise und räusperte sich. »Zwei davon habe ich bereits wieder zurückgeholt.«

»Tatsächlich? Dann habt Ihr also den Dieb gefunden?«

»Nein, Sir Richard.« Cuthbert preßte eine bleiche Hand an seinen roten Hals. »Aber ich habe Honoria de Staines in Gewahrsam genommen, die Empfängerin der gestohlenen Gegenstände.«

»Herr im Himmel! Eure reuige Magdalena?« Woher hatte sein Oheim gewußt, daß sie etwas damit zu tun hätte? »Hat sie Euch erzählt, von wem sie die Kelche erhalten hat?«

»Sie weigerte sich. Sie behauptet vielmehr, es handele sich nicht um die gestohlenen Kelche, sondern um ihre eigenen.«

Hatte man ihn ebenso zum Narren gehalten so wie er die Goldschmiede? »Weisen sie denn eine Ähnlichkeit auf, Cuthbert?«

Der Mund des Cellerars verzog sich bei dieser Beleidigung. »Sir Richard, ich bin kein Dummkopf. Sie stammen aus der Garnitur, dessen bin ich mir sicher.«

Ravenser stöhnte. »Vielleicht bedarf es eines einfühlsameren Vorgehens bei der Befragung der jungen Frau.« Er musterte den Cellerar, dem unbehaglich zumute zu sein schien. »In Gewahrsam habt Ihr sie genommen, sagt Ihr?«

»Sie befindet sich im Kerker.«

Das bedeutete, daß bereits alle Bewohner des St. Leonhard Bescheid wußten. »Dann war es also ein Fehler von Euch, ihr zu vertrauen?«

Cuthbert straffte sich. »Bis jetzt ist nichts bewiesen.«

Warum nur war der Mann so starrköpfig? »Ich möchte, daß eine der Schwestern mit ihr spricht. Wann sind die genannten Gegenstände verschwunden?«

»Den ersten haben wir beim Fest von St. John of Beverley vermißt. Das war der goldene Kelch.«

Anfang Mai. Hätte Erkenwald Ravenser nicht darum gebeten, zurückzukehren, würde er heute noch immer nichts davon wissen. Ravenser erhob sich, ging zum Fenster und starrte hinaus auf die Kirche, wo er feststellte, daß man mittlerweile mit den Arbeiten an dem Buntglasfenster begonnen hatte. Warum entschieden sich manche Spender nur für solch unpraktische Geschenke? »Und warum habt Ihr die Goldschmiede befragt? Wie hätten sie Euch helfen können?«

»Es heißt, daß Goldschmiede manchmal gestohlene Gegenstände ankaufen, einschmelzen und dann etwas Neues daraus herstellen, was man nicht mehr mit dem Diebesgut in Verbindung bringen kann.«

Ravenser drehte sich um und faßte seinen Cellerar scharf ins Auge. »Seid Ihr plötzlich verrückt geworden oder wirklich so einfältig, Cuthbert? Die Goldschmiede von York sind Mitglieder einer Zunft. Ein Schmied, den man eines Diebstahls überführen würde, würde sofort ausgeschlossen werden.«

Cuthbert hob beschwörend die Hände. »Sir …«

»Eure Theorie ist unsinnig, Cuthbert. Ihr werdet Euch entschuldigen.«

Cuthbert verbeugte sich. »Sir Richard, ich …«

Ravenser brachte ihn durch einen strengen Blick zum Schweigen. »Ich möchte nicht mehr darüber sprechen.«

»Es gibt noch etwas, das …« Cuthbert biß sich auf die Oberlippe.

»Gütiger Himmel, was denn noch?«

Der Cellerar berichtete ihm, in welchem Zustand Laurence de Warrenes Leichnam gewesen war und daß Julian Taverner eine ähnliche Wunde am Kopf hatte.

Ravenser sank in seinem Sessel zurück und stützte seine Stirn in die Hände. »Geht, beide.«

»Aber, Sir Richard«, wandte Cuthbert ein, »wir haben noch nicht über die Finanzen gesprochen.«

»Besprecht das mit Douglas.«

Ravenser hatte das Gefühl, als würden sich eiserne Bänder um seinen Kopf legen. Die Diebstähle, Laurence de Warrenes rätselhafter Tod, Julian Taverners Wunde und eine Schwester, die stahl, einen lockeren Lebenswandel pflegte und nun im Kerker saß. Gütiger Himmel. Wenn diese skandalösen Vorgänge in der Stadt bekannt wurden, würde es ihm niemals gelingen, die Unterstützung der wohlhabenden Bürger zu erlangen. Und wie sollte er sich um die Schulden des Hospitals kümmern, wenn er ständig durch andere Probleme abgelenkt wurde? Er brauchte Hilfe. Aber nicht Cuthbert. Er konnte nichts für sich behalten und war außerdem viel zu sehr mit der Arbeit an den Büchern beschäftigt. Vielleicht Erkenwald. Aber ein zielstrebiger Außenseiter wäre besser. Archer. Owen Archer. Der Späher seines Oheims. Er würde diskret und schnell die Fäden zu den Schuldigen verfolgen. Und eine Frau wie Mistress Staines würde ihm gegenüber vielleicht eher die gewünschten Angaben machen. Genau. Er würde sich die Dienste Owen Archers ausborgen. Ravenser entschloß sich, seinem Oheim in Bishopthorpe ein Schreiben mit einer entsprechenden Bitte zu schicken.

Als Ravenser in seinem Salon saß und darauf wartete, daß Lucie Wiltons Medizin seine Kopfschmerzen linderte, wanderten seine Gedanken zu dem ausgebrannten Haus auf der anderen Seite des Hofes. Laurence und Matilda de Warrene waren beide tot. Gott möge sie in Frieden ruhen lassen. Er hatte sie als ein angenehmes Paar empfunden, das sich sehr nahestand und anscheinend mit seinem Schicksal zufrieden war. An ruhigen Abenden hatte Ravenser häufig mit Laurence eine Partie Schach gespielt. Matilda saß derweil vor dem Kamin und döste vor sich hin. Gelegentlich war auch Julian Taverner eingeladen worden, ihnen Gesellschaft zu leisten, wenngleich seine lauten Bemerkungen Ravenser in seiner Konzentration störten. Laurence und Julian. Wäre Ravenser ihnen einzeln begegnet, wäre er niemals auf die Idee gekommen, die beiden könnten befreundet sein. Laurence war ein ruhiger, gesetzter Mann gewesen; Julian dagegen war fröhlich und ausgelassen, besaß aber auch eine andere Seite. Laurence hatte über Julians Arbeit unter den Kranken während der ersten Pestepidemie erzählt, nachdem seine Frau gestorben war. Julian hatte es als seine Form von Buße betrachtet, den Kranken zu helfen, die von ihren Familien verlassen worden waren.

»Warum Buße?« hatte Ravenser gefragt, wie er sich jetzt erinnerte. »War er denn veranwtortlich für den Tod seiner Frau?«

»Mein Gott, nein. Er war ein treusorgender Ehemann. Nein, die Buße bezog sich auf eine ältere Sünde.« Laurence war plötzlich verstummt und hatte auf das Schachbrett gestarrt. Dann hatte er, so leise, daß Ravenser ihn kaum verstehen konnte, gemurmelt: »Aber war es eigentlich eine Sünde?« Seine Augen schienen sich dabei nicht auf die Schachfigur, sondern auf irgend etwas weit Entferntes zu richten.

»Ihr sitzt einem Fachmann in Sachen Sünde gegenüber, Laurence«, hatte Ravenser erwidert.

Laurence hatte einen verwirrten Eindruck gemacht. »Verzeiht, Sir Richard, ich habe vor mich hin geschwätzt.«

»Ihr schient ziemlich in Gedanken vertieft gewesen zu sein.«

Laurence nahm die Hand von dem Bauern, den er hatte versetzen wollen, und lehnte sich in seinem Sessel zurück.

»Kommt, fragt mich«, hatte Ravenser ihn ermutigt.

Laurence hatte die Hände gefaltet, den Blick darauf gesenkt und dann Ravenser in die Augen geschaut. »Wie kann jemand unwissentlich eine Sünde begehen?« sagte er leise. »Wenn niemand außer den Schuldigen ein Leid zugefügt wird, ist dann ein Unrecht geschehen?«

»Ist das ein Rätsel? Ich mag Rätsel. Kennt Ihr noch mehr?«

Laurence hatte einen Blick zu Julian hinübergeworfen, der angespannt auf der Kante seines Stuhls hockte, als wolle er seinen Freund jeden Augenblick anspringen. »Oh, wenn du dein Gesicht sehen könntest, alter Freund«, hatte Laurence ausgerufen. »Ihr seht, Sir Richard, Julian ist meines mystischen Geredes inzwischen so überdrüssig, daß er keine Lust mehr hat, es weiter anzuhören.«

»Mystisch? Dann waren Eure Fragen also ernst gemeint? Und keine Rätsel?« Ravenser war enttäuscht, wollte dieses interessante Thema aber gern weiter vertiefen.

Doch leider hatte Julian sich inzwischen zu ihnen gesellt und hatte, nachdem er sich vor Ravenser verbeugt hatte, gesagt: »Wir müssen ihn jetzt nach Hause bringen, Sir Richard, sonst macht er sich durch weitere wirre Rätsel noch zum Narren. Hat ein bißchen zuviel von dem guten Wein erwischt.«

Offensichtlich hatte es sich dabei nur um einen Scherz unter Freunden gehandelt, denn Laurence war gut gelaunt gegangen.

Doch Matilda de Warrene schien durch den Vorfall genauso irritiert worden zu sein wie Ravenser.

Ravenser leerte seinen Becher. Es beunruhigte ihn, daß beide Warrenes gestorben waren. Es war ein seltsamer Gedanke, daß er sie erst wiedersehen würde, wenn auch er selbst tot war. Wie schnell würde es soweit sein? Wollte Gott ihm noch die nötige Zeit geben, um in eines der hohen Ämter aufzusteigen, auf die sein Oheim ihn vorbereitet hatte – Lordsiegelbewahrer, Lordkanzler, Erzbischof? Oder waren Einnehmer der Königin und Kassenverwahrer die höchsten Posten, die er erreichen konnte? Nicht daß Einnehmer der Königin eine unbedeutende Position gewesen wäre. Aber da die Königin nun im Sterben lag und der König seiner Mätresse verfallen war, würde seine Arbeit in dieser Funktion bald ein Ende finden. Zumindest vorübergehend.

Ravenser stand auf, um seinen Becher nachzufüllen. Seine letzte Schachpartie mit Laurence war unterbrochen worden, wie er sich erinnerte; Matilda war krank geworden. Er ging zu dem Ecktisch hinüber, auf dem das Schachspiel stand, um nachzusehen, ob die Figuren inzwischen bewegt worden waren. Verärgert stellte er fest, daß das Schachspiel verschwunden war. Diese verfluchten Diener. Er mußte Douglas beauftragen, ihnen zu verbieten, beim Reinigen der Räume irgendwelche Dinge von ihren Plätzen zu entfernen. Wo konnte es nur stecken? Ravenser suchte überall im Raum, konnte das Schachspiel aber nicht finden. Dabei bemerkte er, daß auch zwei silberne Kerzenleuchter fehlten, die auf einer Truhe neben der Tür gestanden hatten. Warum war es ihm in Beverley gelungen, gutes Personal zu finden, nicht aber in York? Lag es an der Umgebung des Hospitals? Hatten Dienstboten Angst, man würde sie zwingen, sich um die Kranken zu kümmern?

Worin auch immer der Grund lag, das Personal mußte besser ausgebildet werden. Ravenser ließ Douglas holen.

Douglas, der wie immer die Schultern nach vorn hängen ließ, um den Bauch zu verbergen, der durch sein eng geschnittenes Gewand so stark betont wurde, legte die Stirn sorgenvoll in Falten, als er auf die leere Tischplatte schaute. »Ich werde die Bediensteten zusammenrufen und ihnen eine Strafpredigt halten, Sir Richard.«

»Gut. Sucht in der Zwischenzeit das Schachspiel und die Kerzenleuchter.«

Douglas verbeugte sich und ging zur Tür. Ravenser bemerkte, daß er die Geschäftsbücher bei sich hatte.

»Wartet noch einen Moment, Douglas. Wie kommt Ihr mit Cuthbert zurecht?«

Der Sekretär wandte sich um und schaute ihn ernst an. »Es ist schlimmer, als wir befürchteten, Sir Richard.«

»Um Gottes willen, wie ist das möglich? Laßt die Geschäftsbücher hier.«

Douglas wirkte unsicher. »Und Eure Kopfschmerzen, Sir Richard?«

»Schlimmer können sie nicht werden. Geht, sucht das Schachspiel und die Kerzenleuchter.«

Nachdem er die Bücher auf den Tisch gelegt hatte, der neben Ravensers Lieblingssessel stand, verließ Douglas den Raum.

Ravenser kehrte zu seinem Platz zurück und versuchte, sich zu beruhigen, indem er die Geschäftsbücher Zeile für Zeile studierte. Er mußte eingenickt sein, denn als er aufwachte, sah er, daß Douglas sich über ihn beugte. Hinter ihm stand ein Diener.

»Was ist denn?« fragte er unwirsch, um seine Verwirrung zu kaschieren.

»Die Diener schwören, daß sie die verschwundenen Gegenstände nicht angerührt haben, Sir Richard, wenngleich keiner von ihnen sagen kann, wann er sie zuletzt gesehen hat.«

Aha. Das Schachspiel und die Kerzenleuchter. Nun erinnerte Ravenser sich wieder. Er faßte den Diener ins Auge. »Wer hat diesen Raum saubergemacht?«

»Ich tue das an den meisten Tagen, Sir. Manchmal putzt aber auch Mary hier.« Der Diener stand steif da, die Augen auf Douglas' Schultern geheftet.

»Und keiner von euch hat bemerkt, daß das Schachspiel und die Kerzenleuchter fehlen?«

»Weiter, Peter«, sagte Douglas sanft. »Zeige Sir Richard, was du gefunden hast.«

»Ich ...« Peter hustete und räusperte sich. »Ich habe es schließlich doch bemerkt Sir, weil ich das gefunden habe.« Er hielt einen schwarzen Springer hoch. »Er war hinter die Truhe gerutscht. Dann ist mir das Schachspiel eingefallen. Aber ich konnte es nicht finden. Nirgendwo im Haus, Sir.«

Ravenser nahm die Marmorfigur in die Hand und drehte und wandte sie. »Das gefällt mir ganz und gar nicht.«

»Vielleicht sind auch sie gestohlen worden, Mylord.« Peters Gesicht verzog sich vor Abscheu bei diesen Worten.

Auch sie. Dann wußte die Diener also schon über die anderen Diebstähle Bescheid. Natürlich, das war zu erwarten gewesen. Als ob er nicht schon genug Probleme am Hals hätte. Diener kannten keine Verschwiegenheit. »Du kannst gehen, Peter.«

Nachdem der Mann verschwunden war, diktierte Ravenser Douglas sein Bittschreiben an Erzbischof Thoresby.

»Hauptmann Archer, Sir Richard? Der Mann, der Euch bei Dame Joanna de Calverley geholfen hat?«

»Genau der. Schickt Topas mit dem Schreiben nach Bishopthorpe. Sagt ihm, er soll auf die Antwort warten.«

10
Alisouns Bitte

John Ffulford hatte sich entschlossen, die Suche nach seiner Nichte Alisoun aufzugeben. Eine Woche war vergangen, seit der Priester ihn aufgesucht hatte, und trotz aller Bemühungen hatte John keine Spur von dem Kind gefunden. Mittlerweile hatte er die Vermutung, es könnte dem Mädchen gelungen sein, auf dem Pferd zu entkommen, bevor er den Hof seines Bruders erreichte. Aber sie hatte den Karren zurückgelassen und einige Dinge, die seine Frau vielleicht gebrauchen konnte. Also war er an diesem Morgen mit seinem Esel aufgebrochen, um den voll beladenen Karren zu holen.

Aber wer hätte auf den Gedanken kommen sollen, daß Alisoun in der Scheune steckte, wo sie ihr Pferd pflegte, das eine Wunde an der Schulter hatte? Gott mutete ihm wirklich viel zu.

Nun stand das Mädchen neben den Karren, mit verschränkten Armen und gesenktem Blick. Sie sah ausgesprochen verwahrlost aus, ohne Schuhe, in einem zerlumpten Kleid und mit schmutzigen, strähnigen Haaren.

John schüttelte den Kopf. »Gott helfe mir, aber wenn du nicht die Tochter meines Bruders und die einzige Überlebende seiner Familie wärst, würde ich dich hier zurücklassen, du starrköpfiges Kind. Eine ganze Woche lang hast du uns auf Trab gehalten.« Er warf den Sack mit Kleidern und anderen Gegenständen auf den Wagen und packte seine Nichte bei der Schulter. »Steig auf oder ich mach dir Beine, du Biest!« Sie war ganz wie ihre Mutter. Die Ehefrau seines Bruders Duncan war immer eine mißmutige, verschlossene Frau gewesen. Duncan hatte sich oft über sie beklagt. Und er hatte die Befürchtung gehegt, sie würde ihren Kindern Hirngespinste eingeben, dergestalt, daß sie eigentlich etwas Besseres verdient hätten und eines Tages ein schöneres Leben führen würden. Doch Johns momentanes Problem bestand darin, seine Frau dazu zu bringen, sich mit Alisouns Anwesenheit abzufinden. Als der Priester ihnen gesagt hatte, sie müßten sich um das Kind kümmern, hatte Colet zwar zugestimmt, aber der Gedanke, daß Alisoun von nun an bei ihnen leben würde, bereitete ihr Unbehagen.

»Wieso hat sie denn als einzige überlebt, Mann? Vielleicht hat sie einen Pakt mit dem Teufel geschlossen. Das Leben ihrer Angehörigen gegen ihres. Und das gleiche wird sie mit uns machen.«

Das lag in Colets Familie, immer wurde gleich der Teufel für alles verantwortlich gemacht, oder zumindest ein Fluch oder eine Verwünschung. John hatte sie in Gottes Namen um ihre Mithilfe gebeten.

Aber das Mädchen war schwierig. »Mein Pferd«, erinnerte sie ihn.

»Wir werden Rich schicken, um es zu holen. Es hat genug zu fressen hier.«

Die Augen des Mädchens blickten verloren aus dem schmutzstarrenden Gesicht.

»Wir werden das Tier doch nicht sterben lassen. Ein Pferd ist viel zu wertvoll.«

»Binde es doch hinten am Wagen an.«

»Nein, Kind, wir kommen schneller vorwärts, wenn wir nicht auch noch ein verletztes Pferd hinter uns herziehen müssen, und ich habe viel Arbeit auf den Feldern. Von der du mich volle sieben Tage abgehalten hast.«

»Ich werde dir helfen.«

»Du hättest mir mehr helfen können, wenn du von selbst zu uns gekommen wärst. Und jetzt diese Mähre. Was ist, wenn sie ausreißt? Mit meinem lahmen Bein kann ich sie nicht wieder einfangen.«

»Ich schon.«

»Ich hab' gesagt, sie bleibt hier.«

»Schick Rich, um mich und das Pferd zu holen.«

»Ich lasse dich nicht noch eine weitere Nacht hier allein, mein Kind.«

»Jemand könnte das Pferd stehlen.«

»Ein Pferd, das einer Familie gehört, die an der Pest gestorben ist? Nein, mein Kind. Die Leute fürchten sich eher vor ihm. Und sie werden sich auch vor dir fürchten, vergiß das nicht.«

Das Mädchen blinzelte zu ihm hinauf. »Und warum du nicht?«

»Du mußt ein freundliches Gesicht aufsetzen, Mädchen, damit deine Tante mich nicht verflucht.«

»Dann laß mich hierbleiben.«

»Du hast kaum noch Fleisch auf den Rippen. Du hast schon lange nichts mehr gegessen.«

»Ich esse schon.«

»Aber nicht genug.«

»Wer bekommt schon genug zu essen?«

»Ja, du weißt, was Hunger ist. Komm jetzt, Rich wird dein teures Pferd morgen oder demnächst abholen.«

»Demnächst?«

»Morgen.«

»Gott wird dich strafen, wenn du dein Wort brichst.«

John runzelte die Stirn. Sie war noch so klein, aber doch wild entschlossen, ihren Kopf durchzusetzen. Und dachte offenbar, Gott würde ihr dabei zur Seite stehen. »Strafen wird er mich? Tut der Herrgott häufiger, was du von ihm verlangst?«

Alisouns Kopf sank nach unten. Ein Träne grub sich ihre Bahn über das schmutzverkrustete Gesicht und hinterließ eine helle Spur.

»Nein, das tut er nicht, mein Kind. Er hat dich in letzter Zeit auf eine harte Probe gestellt. Komm, laß dir von Colet und dem alten John ein gutes Essen vorsetzen und leiste ihnen Gesellschaft.«

Alisoun schaute ihn an und schob trotzig ihr Kinn nach vorn. »Morgen? Er holt sie also morgen?«
»Ja, mein Kind, er holt sie morgen.«
»Schwörst du es?«
»Ich schwöre es.«

Ravenser überquerte den Hof zur Krankenstation. Er wollte Julian Taverner sein Beileid bekunden und ihn dazu bewegen, Stillschweigen zu bewahren. Obwohl sich der Nebel bereits gelichtet hatte, war es an diesem Morgen noch ziemlich kühl. Im Norden ballten sich Wolken zusammen, die Regen ankündigten. Der Regen würde eine Erleichterung bringen, dachte Ravenser. Er würde den Staub wegwaschen, vielleicht auch einen Teil der giftigen Ausdünstungen hinwegschwemmen.

Als Ravenser die häßlichen Überreste des Hauses der Warrenes passierte, blieb er stehen und dachte an das Ehepaar. Matilda war eine ruhige Frau gewesen, die, wie es schien, am glücklichsten war, wenn sie in ihrem Garten arbeiten konnte. Laurence war ein sehr besorgter Ehemann gewesen, hatte sie stets ermahnt, sich warm anzuziehen und viel zu essen. Waren sie auch schon bei ihrer Heirat so gewesen? Er ging nach hinten in den verwüsteten Garten. Eine ordentlich gepflanzte Reihe buschiger Mohrrüben wiegte sich im Wind. Es war also doch nicht alles zerstört worden. Er entschloß sich, Douglas zu beauftragen, jemanden zu suchen, der sich um den Garten kümmerte. Der Garten würde auf angemessene Weise an diese liebenswürdige Frau erinnern und der Küche frisches Gemüse liefern.

In der Krankenstation traf Ravenser auf Julian Taverner, der aufrecht im Bett saß und grüblerisch die gegenüberliegende Wand anstarrte. Seine weißen Haare umrahmten sein Gesicht wie eine helle Löwenmähne, wenngleich sie ein wenig ungleichmäßig wirkte. Ravenser erkannte, daß Julians Haare an einer Seite angesengt worden sein mußten und man die verbrannten Enden später abgeschnitten hatte. Auf seiner Stirn und seinem Kinn sah man rote Flecken, die auf heilende Hautstellen hindeuteten, und ein dicker Verband schützte die Wunde an seinem Hinterkopf. Auch seine Hände waren eingebunden und wirkten daher sehr unförmig. Dennoch sah Julian nicht wie jemand aus, der schwere Verletzungen erlitten hatte. Seine dunklen Augen funkelten aus seinem zerfurchten Gesicht.

»Was bedrückt Euch, Master Taverner?« fragte Ravenser ruhig. »Habt Ihr an der Pflege, die Euch zuteil wird, irgend etwas auszusetzen?«

Die zornigen Augen verloren etwas von ihrer Härte. »Sir Richard.« Julian beugte sich vor und deutete mit einem Kopfnicken zu einem Stuhl, der an der Wand stand. »Bitte, nehmt Platz«, sagte er mit seiner lauten Stimme. »Gott segne Euch dafür, daß Ihr gekommen seid.«

Ravenser rückte den Stuhl näher ans Bett.

»Nein«, fuhr Julian fort, »ich kann mich nicht beklagen.«

»Aber Ihr machtet einen recht zornigen Eindruck.«

»Nichts Wichtiges.«

»Kommt schon, erzählt mir, was Euch ärgert.«

Der alte Mann zögerte. »Viel Lärm um nichts.«

»Ihr habt eine beträchtliche Summe bezahlt, um hier eine Unterkunft zu erhalten. Deshalb habt Ihr auch das Recht, daß man Euch anhört.«

Julians graue Augen wurden noch freundlicher. »Es ist das Husten von Mistress Catherine. Hört Ihr es?«

Ravenser war ebenfalls aufgefallen, daß weiter unten im Gang jemand unablässig hustete. »Läßt Euch das nicht schlafen?«

»Ich habe nur gefragt, ob man entweder mich oder Mistress Catherine an einen anderen Platz verlegen könnte, damit ich das Husten nicht mehr hören muß. Es war eine ganz schlichte Bitte. Aber Don Cuthbert hat sich aufgeführt, als hätte ich verlangt, daß man mir das Essen auf einem goldenen Tablett serviert und Tänzerinnen engagiert, um mich zu unterhalten.«

»Aha.« Ravenser wollte nicht mit solch läppischen Problemen behelligt werden. »Im Hospital ist zur Zeit sehr viel los. Ihr müßt die Gereiztheit Don Cuthberts entschuldigen. Ich werde sehen, was ich tun kann.«

»Dafür wäre ich sehr dankbar, Sir Richard.«

Ravenser betrachtete die Verbände des Mannes und bemerkte, daß sie sauber aussahen. »Und sonst seid Ihr zufrieden?«

»Ja.«

Gott sei Dank beschränkte es sich auf dieses kleine Problem. »Ich habe oft an Laurence gedacht, nachdem ich von seinem Tod erfuhr. Ich werde ihn sehr vermissen.«

Julian wandte den Blick ab. »O ja. Niemand kann Laurence ersetzen.«

»Und daß es so kurz nach dem Tode seiner Frau passiert ist. Ihr habt in letzter Zeit viel Grund zur Trauer gehabt.«

Julian erwiderte nichts.

»Ich möchte gern etwas tun, um Euch eine wenig aufzuheitern.« Doch in Wirklichkeit wußte Ravenser nicht, was er sagen sollte, um dem alten Mann eine Freude zu bereiten.

Julian brach das unbehagliche Schweigen. »Ich hätte noch eine weitere Bitte, Sir Richard. Meine Nichte hat sich in dieser schwierigen Zeit als eine sehr umsichtige und tüchtige Frau erwiesen. Ich möchte mein Testament ändern. Könnte Euer Schreiber mir dabei helfen?«

Ein Testament? Dann besaß er also noch mehr, als er dem Hospital für seine Unterbringung bezahlt hatte? Ravenser überlegte, ob auch das St. Leonhard in diesem Testament bedacht werden würde. »Gern schicke ich Douglas zu Euch. Kenne ich Eure Nichte?«

»Bess Merchet. Sie und ihr Mann führen die York Tavern.«

Ravenser schloß die Augen, um seine Enttäuschung zu verbergen. Bess Merchet. Er hatte es vergessen. Eine Frau, die ihre Nase in alles steckte, was sie nichts anging.

»Meine Nichte war es, die Cuthbert und Erkenwald dazu gebracht hat, Laurence untersuchen zu lassen, bevor man ihn beerdigte. Sie wollte, daß sie die Wunde an seinem Hinterkopf sahen. Ich glaube, daß er daran gestorben ist, nicht durch das Feuer.«

Cuthbert hatte Bess Merchet nicht erwähnt. »Ich vertraue darauf, daß Mistress Merchet niemandem von den Wunden erzählen wird.«

Julians Kopf schoß hoch. »Glaubt Ihr, sie weiß nicht, daß man während einer Untersuchung Stillschweigen bewahren muß? Sie ist eine kluge Frau, Sir Richard.«

»Habt Ihr eine Ahnung, wer Euch angegriffen haben könnte?«

Julian musterte Ravensers Gesicht. »Es ging alles viel zu schnell.«

»Natürlich.« Ravenser schwieg einen Moment und versuchte, ein weniger verfängliches Gesprächsthema zu finden. Er durfte das Testament nicht vergessen. »Ich dachte gerade an unsere Schachpartien. Ein geschickter Stratege war er, unser Laurence. Aber auch vorsichtig. Ich erinnere mich an das Rätsel, das er mir eines Abends vorlegte …«

Julians Augenbrauen zogen sich buschig zusammen. »Ein Rätsel?«

»›Wie kann jemand unwissentlich eine Sünde begehen? Wenn niemandem außer den Schuldigen ein Leid zugefügt wird, ist dann ein Unrecht geschehen?‹ Ihr habt ihn an jenem Abend aufgezogen und habt gesagt, er würde sich mit seinen Rätseln nur lächerlich machen.«

Julians Blick ruhte mit einer Intensität auf Ravenser, die diesem Unbehagen bereitete.

»Erinnert Ihr Euch?«

Julian nickte langsam. »Habt Ihr – habt Ihr darüber mit irgend jemandem im Hospital gesprochen?«

Hielt er ihn für eine solche Klatschbase, wie es seine Nichte war? »Dazu hatte ich keine Gelegenheit. Aber weshalb hätte ich darüber nicht reden sollen?«

Julian lehnte sich zurück und preßte eine verbundene Hand auf die Stirn. »Es hat nichts zu bedeuten, Sir Richard.«

Als er ein leises Geräusch an der Tür hörte, drehte Ravenser sich um. Eine große, wohlgestaltete Frau, die ein Tablett mit Salben und Verbandszeug brachte, betrat den Raum. »Gott sei mit Euch, Sir«, sagte sie mit tiefer Stimme. Obwohl sie das dunkle, schlichte Gewand und den gestärkten Wimpel einer Laienschwester trug, strahlte sie Autorität aus. Ravenser kramte in seinem Gedächtnis. Anneys. Ja. Die Witwe.

»Störe ich?« fragte Ravenser.

»Verzeiht, Sir. Es ist Zeit, Master Taverners Verbände zu wechseln.«

»Wo ist Honoria?« wollte Julian wissen. »Ich habe sie seit mehr als einem Tag nicht mehr gesehen.«

Anneys senkte den Kopf, als wisse sie nicht genau, was sie erwidern solle.

»Sie ist mit anderen Aufgaben beschäftigt«, sagte Ravenser.

Anneys schien ihm dafür dankbar zu sein. Ravenser trug ihr auf, Douglas zu Julian schicken, wenn dieser sich vorbereitet hatte, und verließ den Raum.

Draußen war Nebel aufgestiegen. Ravenser schaute zum Himmel hinauf und atmete die frische Luft ein. Irgendwo in der Stadt läutete eine Glocke. Ravenser senkte den Kopf, bekreuzigte sich und sprach ein Gebet für dieses jüngste Opfer der Pest. Dann faßte er sich wieder. Man konnte auch aus anderen Gründen sterben, selbst in einer Zeit, in der die Pest wütete. Ein Beispiel dafür war Laurence de Warrene.

Er ging langsam über den Hof, registrierte die behelfsmäßig ausgebesserten Stellen in der Mauer, die ihn umgab, und die gefährlichen Löcher im Schlamm, der den Hof bedeckte. In einer davon schwamm fröhlich eine Ratte. Ravenser war abgestoßen davon, wie weit sein Hospital mittlerweile schon heruntergekommen war. Die finanzielle Situation war nicht so angespannt, daß sich so etwas rechtfertigen ließe.

Dann erregten kupferfarbene Haare unter einer gestärkten, mit Schleifen versehenen Haube seine Aufmerksamkeit. Er erkannte Bess Merchet, die sich mit einer der Laienschwestern unterhielt. Sie mußte gekommen sein, um nach ihrem Oheim zu sehen. Er fragte sich, welche Neuigkeiten sie wohl mit der Schwester auszutauschen hatte.

»Mistress Merchet!« rief er freundlich, als er näher kam. »Gott sei mit Euch beiden.«

Die Schwester senkte den Blick und murmelte einen Gruß.

Bess hatte ihren Blick auf Ravenser gerichtet. »Und mit Euch, Sir Richard. Ich möchte gerne einmal mit Euch reden.«

Ravenser spreizte die Hände. »Gleich jetzt?«

»Oh, nicht heute. Später. Und an einem etwas privateren Ort.« Bess warf der anderen Frau einen Blick zu. »Das ist kein Mißtrauen Euch gegenüber, aber hier laufen einfach zu viele Leute herum.«

Vermutlich wollte sie sich über die Behandlung ihres Oheims beschweren. Auch Ravenser legte keinen großen Wert darauf, daß solche Klagen in der Öffentlichkeit an ihn herangetragen wurden. »Kommt in mein Haus, wenn Ihr Euch mit mir unterhalten wollt.« Er segnete die beiden Frauen und machte sich auf den Heimweg. Ein kühles Tuch auf der Stirn würde seine Kopfschmerzen vertreiben, die noch immer nicht ganz verschwunden waren, so hoffte er. Zweifellos würde er keine Gelegenheit erhalten, durch Ausruhen seine Gesundheit wiederherzustellen.

Er hatte schon fast die Tür erreicht, als Don Cuthbert ihm in den Weg trat. »Sir Richard, bitte hört mich an.«

Ein Zusammentreffen, das ihm sehr gelegen kam. »Ich habe gehört, daß Julian Taverner darum gebeten hat, an einen anderen Platz verlegt zu werden.«

Cuthbert errötete und stellte sich auf die Zehenspitzen. »Hat er Euch zu sich gerufen?«

»Nein, ich habe ihn gefragt, was ihm mißfalle. Ist sein Wunsch so schwer zu erfüllen?«

»Die Krankenstation ist überfüllt, Sir Richard, und droht noch voller zu werden.«

»Dann erklärt ihm dies mit der gebotenen Höflichkeit, Cuthbert.«

»Das wird vielleicht gar nicht nötig sein. Ich habe mir eine Lösung überlegt, die alle Beteiligten zufriedenstellen dürfte – er muß das Husten nicht mehr hören, die Laienschwestern werden sich nicht mehr darüber beklagen, daß Honoria und Anneys ihm viel Zeit widmen, und keiner der übrigen Patienten wird gestört werden.«

»Und wie sieht dieser Plan aus?«

»Taverner wird nach Hause verlegt. Seine Nichte kommt jeden Tag hierher, um ihn zu pflegen. Dann kann sie diese Arbeit auch gleich ganz übernehmen.«

»Ist sie wirklich jeden Tag hier?«

Cuthbert rümpfte die Nase. »Sie hält unsere Arzneien für untauglich und unser Essen für schlecht.« Er knurrte. »Sie hat die Harmonie in der Krankenstation zerstört.«

»Ist Taverner schon so weit genesen, daß man ihn heimschicken kann?«

»Er ist gesund genug, daß er sich über das Husten von jemand anderem beschweren kann.«

Warum setzte Cuthbert sich in dieser Angelegenheit so sehr ein? »Wenn er einverstanden ist, laßt ihn nach Hause gehen. Er hat eine Dienerin, nicht wahr?«

»Natürlich.«

»Tragt der Dienerin auf, sie soll eine der Laienschwestern rufen, falls irgendwelche Schwierigkeiten auftreten. Und zwar Anneys. Sie macht einen sehr tüchtigen Eindruck.«

»Anneys, Sir Richard? Aber sie ist unsere beste …«

»Ihr habt gehört, was ich gesagt habe, Cuthbert. Ich möchte, daß Julian Taverner das Gefühl bekommt, daß wir uns nach besten Kräften um ihn kümmern.«

Cuthbert machte eine unterwürfige Geste. »Ich möchte gerne wegen Mistress Staines mit Euch sprechen.«

»Was ist mit ihr?«

»Sie verlangt, mit Taverner reden zu dürfen.«

»Warum?«

»Das will sie nicht sagen.«

»Ich frage mich, was die beiden verbindet.«

»Er war früher ihr Arbeitgeber, Sir Richard. Vielleicht sucht sie seinen Rat.«

Ravenser überlegte. »Bringt sie in den Raum des Kerkers, der mit einem Fenster ausgestattet ist. Er wirkt weniger wie eine Kerkerzelle. Vielleicht erfahren wir auf diese Weise etwas über ihre Beweggründe.«

Cuthberts verkniffenes Gesicht drückte Mißbilligung aus. »Wie Ihr wünscht.« Er schob seine Hände in die Ärmel und verbeugte sich vor Ravenser.

»Und nun laßt mich bitte in Ruhe.« Ravenser zog sich in die wohlige Kühle seines Hauses zurück. Doch seine Schritte waren nun unbeschwerter als vorher. Er war stolz auf seinen Einfall, der einen Weg eröffnen konnte, Honoria de Staines' trotziges Schweigen zu brechen.

11

Die Steine von Sherburne

Alisoun und ihre Tante Colet beäugten sich mißtrauisch. Keine fühlte sich wohl, wenn sie der anderen den Rücken zuwandte.

»Wie kommt es, daß du verschont worden bist?« hatte Colet das Mädchen gefragt, gleich nachdem es vom Karren heruntergestiegen war.

Alisoun wandte sich an ihren Oheim. »Ich habe dir doch gesagt, ich hätte auf dem Hof bleiben sollen. Sie will mich hier nicht haben.«

»Dreh dich nicht weg, wenn ich mit dir rede!« rief Colet gebieterisch.

John schob Alisoun nach vorn. »Erweise deiner Tante den nötigen Respekt, Kind.«

Alisoun drehte sich um und schaute Colet ins Gesicht. Sie war fett und hatte blonde Augenbrauen, die fast durchsichtig wirkten und ihr Gesicht nackt erscheinen ließen. Sie hatte große, vorstehende Zähne und ein höhnisches Grinsen, das auch dann nicht verschwand, wenn sie lächelte. Alisoun erschien sie abstoßend. In diesem Augenblick schwor sie sich, zu schweigen, solange sie sich im Haus ihrer Tante aufhielt.

Nach drei Tagen trieb Alisouns Schweigen Colet zum Wahnsinn. »Ich dulde diese Impertinenz nicht mehr länger in meinem Haus!«

»Worüber beklagst du dich denn, Weib? Sie hat doch alles getan, was du von ihr verlangt hast.«

»Außer zu sprechen. Ich weiß nicht, was sie denkt, wenn sie nicht redet.«

»Es hat dich doch gar nicht besonders interessiert, was sie denkt.«

»Das ist Teufelswerk. Kein normales Kind kann so

lange schweigen. Und was ist mit diesem Langbogen? Wer hat ihr beigebracht, wie man damit schießt?«

»Mein Bruder Duncan. Keine gute Idee, das gebe ich zu.«

»Du mußt ihn ihr wegnehmen.«

»Wenn sie ihn auf einen von uns richtet, werde ich das tun, Weib. Aber zuvor nicht.«

»Du bist nicht nur lahm, sondern auch schwach, Mann.«

»Und ich war ein Narr, daß ich so eine zänkische Frau wie dich geheiratet habe.«

Alisoun hörte den Streit, da sie hinter der Tür saß und ihre beiden kleinen Basen beaufsichtigte, während sie einen Brei aus Honig, Hafer und Milch umrührte, den ihre Tante als Gesichtspaste verwandte. Tante Colet hatte sich über Alisouns ›Muttergefühle‹, wie sie es nannte, lustig gemacht, aber welche Bauersfrau schmierte sich mit Pasten ein, um ihre Haut zu glätten und aufzuhellen? Bereitete sie sich darauf vor, am Hof einzuziehen? Und wenn sie am späten Nachmittag schlief, um die Paste einwirken zu lassen, mußte Alisoun neben ihrem Bett sitzen und die Fliegen verscheuchen, die durch den Honiggeruch angezogen wurden.

Ihre kleinen Basen begannen zu kreischen, als sie sich gegenseitig an den Haaren zogen. Alisoun stellte die Schüssel beiseite und trennte die beiden. Da schoß ihr ein stechender Schmerz durch den rechten Arm. Ihre Hand schmerzte vom Umrühren der zähen Flüssigkeit. Wer konnte es den Kindern verübeln, daß sie sich zankten? Sie schwitzten und waren gereizt, nachdem sie in der heißen Sonne gespielt hatten. Auch Alisoun, die im Schatten eines dürren Baumes saß, fühlte sich benommen von der Hitze. Und der süßliche Geruch der Schönheitspaste ihrer Tante bereitete ihr Übelkeit. Sie zog die beiden Mädchen zum Haus hinüber und erlaubte jedem von ihnen, eine Fingerspitze in die Paste zu tauchen. Dadurch wurden sie für eine Zeitlang ruhiggestellt.

Alisoun setzte sich wieder auf die Bank, legte eine Hand schattensuchend vor die Augen und starrte in die Ferne. Doch keine Staubwolke kündigte die Ankunft ihres Vetters an. Seit drei Tagen war sie jetzt hier, doch von dem Vetter war weit und breit nichts zu sehen. An diesem Morgen hatte John an ihren verstohlenen Blicken zur Tür erkannt, daß sie Angst hatte, und ihr versichert, Rich werde noch an diesem Tage vom Markt zurückkehren: er sei wohl aufgehalten worden, werde aber bestimmt bis Mittag erscheinen und dann so bald wie möglich ihr Pferd holen.

Sie bereitete sich daher darauf vor, gleich nach Sonnenuntergang aufzubrechen. Dann würde es am einfachsten sein. Ihr Bett befand sich in einem Nebengebäude. Erst am nächsten Morgen würde man sie vermissen.

Auf dem Weg nach Bishopthorpe nutze Alfred, ein Angehöriger der erzbischöflichen Garde, die Schweigsamkeit seines Hauptmanns, um sich lang und breit über die Zahl der Pesttoten in York auszulassen. Owen hörte nur mit halbem Ohr hin. Er wußte, daß Alfred sich wegen eines Ausschlags unter seiner Achsel Sorgen machte und ihn als einen Vorboten der Pest betrachtete, obwohl Lucie ihm versichert hatte, daß er von der Hitze stammte und harmlos war. In der Nacht, bevor dieser Ausschlag erschienen war, hatte Alfred eine Sternschnuppe gesehen, was ein übriges getan hatte, ihn davon zu überzeugen, daß er verloren war. Unter diesen Umständen hielt Owen es für das beste, Alfred reden zu lassen, wenn es ihn erleichterte, wenngleich er sich nicht vorstellen konnte, wie das Reden über die Pest ihn zu beruhigen vermochte.

Als sie durch die Tore von Bishopthorpe ritten, zeigte Alfred auf eine Gestalt, die neben dem Eingang zum Saal stand.

Owen war erstaunt. »Bruder Michaelo. Draußen im

Hof, in der Sonne? Das sieht ihm aber gar nicht ähnlich.« Der Sekretär des Erzbischofs mochte frische Luft nicht sonderlich.

Nachdem die Stallburschen ihnen die Pferde abgenommen hatten, kam Michaelo langsam näher; sein üblicherweise ausdrucksloses Gesicht wirkte bekümmert.

»*Benedicte*, Bruder Michaelo«, sagte Owen. »Sind alle im Haus wohlauf?«

»*Benedicte*, Hauptmann Archer, Alfred.« Michaelo begrüßte die beiden durch ein Kopfnicken. »Ich muß Euch leider mitteilen, daß der Tod das Haus heimgesucht hat. Maeve, die Köchin, hat heute morgen ihre jüngste Tochter verloren. Sie ist an der Pest gestorben.«

Alfred bekreuzigte sich und hustete nervös.

»Möge Gott ihnen die ewige Ruhe geben«, murmelte Owen. »Ich hoffe, daß alle anderen Mitglieder dieses Haushalts gesund sind?« Er war nicht in der Stimmung, lange über den Tod eines Kindes nachzugrübeln. Ihre Küchenmagd, Kate, hatte an diesem Morgen vom Tod ihres jüngsten Bruders erfahren, der ebenfalls der Pest zum Opfer gefallen war. Der Kummer brach ihr fast das Herz. Kates Schwester Tildy, die sich in Freythorpe Hadden bei den Kindern aufhielt, mußte diese schlimme Nachricht erst noch überbracht werden.

»Bislang hat Gott niemand sonst aus unserer Mitte gerissen«, sagte Michaelo, »aber zwei Kinder des Gärtners sind krank.« Er bekreuzigte sich. »Seine Gnaden hofft, daß Ihr aus unseren Vorräten einen Beruhigungstrank für Maeve herstellen könnt. Sie ist untröstlich.«

»Ein paar Becher des Branntweins von Seiner Gnaden würden wohl genügen. Einige zerstoßene Melisseblätter in den Branntwein gemischt werden sie entspannen. Und falls Ihr etwas Baldrianwurzel habt, könnte eine Prise davon ihr in den Schlaf helfen. Schlaf ist die beste Medizin gegen Kummer.«

Michaelo warf einen Blick auf den Beutel, den Alfred

sich vor die Nase hielt. »Ich sehe, Ihr tragt Duftbeutel bei Euch. Wir haben Ambrakugeln benutzt. Was empfehlt Ihr, Hauptmann?«

Sogar in seiner Trauer vergaß Michaelo nicht sein eigenes Wohlergehen. Früher hatte Owen dies als sehr belebend empfunden. »Ich kann beim besten Willen nicht sagen, welches Vorbeugungsmittel dem anderen vorzuziehen ist, Michaelo. Wir haben Angst davor, uns in großen Menschenmengen aufzuhalten. Aber in welche Menschenmenge könnte Maeves Kind hier draußen geraten sein?«

»Sie hat das Kind nach York mitgenommen, um einige Dinge aus dem Palast des Erzbischofs zu holen«, antwortete Michaelo düster. »Und sie hat mit dem Kind die Messe in der Kathedrale besucht.«

Alfred drückte eine Hand auf den Ausschlag unter seiner Achsel. Als Angehöriger der Garde des Erzbischofs wohnte er in einer der Baracken in der Nähe des Palastes.

Owen ärgerte sich, daß er sich auf diese sinnlose Unterhaltung eingelassen hatte. »Ihr wart seit langem nicht mehr in York, Bruder Michaelo. In der Nähe des Palastes oder der Kathedrale gibt es keine Menschenmengen mehr. Die Leute bleiben zu Hause. Würdet Ihr Seiner Gnaden Bescheid sagen, daß ich hier bin?«

Michaelo musterte Owen einen Augenblick. »Ihr seht einigermaßen gesund aus.« Er warf Alfred einen Blick zu. »Aber Ihr habt jemanden bei Euch, der bedrückt wirkt. Ihr bringt doch nicht etwa die Pest nach Bishopthorpe?«

Alfred erbleichte.

»Um Himmels willen, die Pest ist doch schon hier«, brummte Owen. »Alfred hat nur einen leichten Ausschlag von der Hitze, wenn Ihr schon so besorgt seid um das Wohl anderer. Mistress Wilton hat ihm dafür eine Tinktur gegeben.«

In Michaelos Augen stand zu lesen, daß er Owens Erklärung nicht glaubte. Auch Alfred glaubte ihm nicht.

Doch der Sekretär des Erzbischofs rümpfte lediglich die Nase und ließ sie eintreten.

Thoresby empfing Owen in seinem Salon, in dem es im Sommer normalerweise ziemlich kühl war, da die Fenster zum Fluß und in den Garten gingen. Heute jedoch war der Raum aufgeheizt, da die Fensterläden geschlossen waren und ein Heizbecken mit Rosmarinholz glühte – Thoresby baute also nicht darauf, daß Gebete ihn vor der Pest schützten. Der Erzbischof beugte sich über einige Dokumente. Seine Haare waren im vergangenen Jahr weiß geworden. Als er aufblickte, um Owen zuzunicken, wirkten seine Augen eingefallener als sonst und seine Lippen verkniffen.

»*Benedicte*, Archer.« Seine Augen richteten sich wieder auf die Dokumente auf seinem Tisch.

Owen kannte den Erzbischof mittlerweile recht gut. »*Benedicte*, Euer Gnaden. Ich hoffe, Ihr habt auf Bishopthorpe alles zu Eurer Zufriedenheit vorgefunden.«

»Wie stets.«

Thoresby machte es einem nicht leicht, freundlich zu sein. »Wie geht es Königin Phillippa, Euer Gnaden?«

»Nicht gut. Es geht zu Ende mit ihr.«

»Möge Gott sich ihrer erbarmen«, sagte Owen und bekreuzigte sich.

Thoresby seufzte und winkte Owen zu einem Sessel auf der anderen Seite des kleinen Tisches, an dem er saß. »Habt Ihr Euch um Maeve gekümmert?«

Owen setzte sich, verschränkte die Arme und nickte. »Ich habe Michaelo entsprechende Anweisungen erteilt, Euer Gnaden.« Er warf einen Blick auf die Dokumente. Anscheinend Petitionen und Briefe.

»Maeve ist eine gute Christin«, sagte Thoresby. Er klatschte, und aus der abgedunkelten Ecke trat geräuschlos ein Diener. »Bring das zu meinem Arbeitstisch.« Während der junge Mann die Dokumente zusammensammelte und sie durch den Raum trug, sagte der Erzbischof: »Ich bete zu Gott, daß nicht auch ihre restlichen Kinder erkranken.« Er bedeutete dem Diener, Wein einzuschenken, lehnte sich in seinem thronähnlichen Sessel zurück und legte die Hände auf die runden Armlehnen. »Und Eure Familie, Archer? Alles wohlauf?«

»Ja, Gott sei Dank. Wir sind bis jetzt verschont worden.« Owen bemerkte, daß die Hand des Dieners zitterte, als er den Wein eingoß. Das war keine Überraschung. Die Pest hatte in diesem herrschaftlichen Haus Einzug gehalten. Alle würden sich fragen, wer wohl als nächster krank werden würde. »Wir haben die Kinder zu Lucies Vater aufs Land geschickt.«

Thoresby hob seinen Becher hoch und schaute hinein. »Eine lobenswerte Entscheidung, obwohl man auch auf dem Lande nicht sicher ist, wie wir hier sehen. Simon, der Gärtner, hat zwei kranke Kinder. Wer weiß, ob sie nicht in York besser aufgehoben gewesen wären? Aber ich benutze den Palast nur noch selten. Er hatte also einen guten Grund, hierzusein. Und mit all diesen Kindern …«

Owen schaute durch das Fenster hinaus in den Garten. »Es kommt nicht darauf an, wie viele Kinder jemand hat, jedes einzelne ist kostbar.«

»Simon trägt es mit Fassung.«

»Der Tod kommt sehr schnell.«

»Ist das nicht zu erwarten?« Thoresby prüfte seinen Becher im Licht. »Als Apothekerin dürfte Lucie im Augenblick eine Menge zu tun haben.«

»Ja, das stimmt. Nach jedem Ausbruch der Pest finden die Leute neue Vorbeugungsmöglichkeiten. Ein reicher Kaufmann verlangte gestern nach zerstoßenen Diamanten, die er um sein Bett streuen wollte, damit der Tod sich blutige Füße hole.«

»Verrückt. Ich dachte immer, der Tod käme in Stiefeln.«

»Und ich glaubte, er hätte Sandalen an.«

Thoresby nahm einen tiefen Schluck.

Owen empfand das nutzlose Gerede des Erzbischofs als beunruhigend. Es paßte nicht zu ihm, und es zögerte die unvermeidliche schlechte Nachricht oder die Tirade nur unnötig hinaus. Aber er war gut beraten, das Spiel mitzuspielen. »Ich nehme an, Eurer Gnaden geht es gut?«

»Einigermaßen, Archer.«

Owen bezweifelte das. Die Augen des Erzbischofs hatten nichts von ihrem üblichen Feuer. »Ich bin zum Landsitz herausgekommen, so oft es mir möglich war«, sagte Owen. Er war nicht nur Hauptmann der Garde des Erzbischofs in York und dafür verantwortlich, die Ordnung im Bezirk der Kathedrale aufrechtzuerhalten, sondern auch Verwalter von Bishopthorpe und kümmerte sich in Thoresbys Abwesenheit um den Landsitz. Vielleicht konnte er nun endlich das Gespräch auf die anstehenden Aufgaben lenken.

»Das habt Ihr gut gemacht, Archer. Ihr habt Euch des Vertrauens würdig erwiesen, das ich in Euch gesetzt habe.« Thoresby sah Owen nun an. Er lächelte.

Owen gefiel Thoresbys Lächeln nicht. Es bedeutete häufig Ungemach. »Ihr habt mich bestimmt nicht nach Bishopthorpe gerufen, um meine Arbeit zu loben.«

»Nein. Ich habe noch mehr Arbeit für Euch. Ihr sollt für eine kurze Zeit mit mir verreisen.«

Owen knirschte mit den Zähnen.

»Ihr werdet mich zu meinem Haus in Sherburne begleiten.« Dieses Herrenhaus lag südlich von Leeds, eine gute Tagesreise von York entfernt.

»Was ist in Sherburne?«

»Dort sind die Steine, die ich für die Fertigstellung meiner Marienkapelle brauche. Unser Steinbruch ist erschöpft.«

»Davon habe ich gehört. Aber ich dachte, Michaelo und der Steinmetzmeister würden andere Lieferquellen prüfen?«

»Keine wies die nötige Qualität auf.«

»Gibt es einen Steinbruch auf den Ländereien von Sherburne?«

Thoresbys Augen verengten sich, als unterstelle er Owen, er wolle ihn absichtlich nicht verstehen. »Nein, ich beabichtige, das Haus selbst niederzureißen. Die Steine sind gut behauen und von ausgezeichneter Qualität.«

Owen starrte Thoresby an und überlegte, was man einem Erzbischof erwidern sollte, der offensichtlich den Verstand verloren hatte.

Thoresby kicherte, verkniff sich aber ein Lächeln. »Ihr haltet diesen Plan für unpraktikabel?«

Die Bezeichnung ›verrückt‹ wäre passender gewesen. »Das ist ein ehrgeiziges Unterfangen, Euer Gnaden.«

»Ein ehrgeiziges Unterfangen?«

Genug der Höflichkeiten. »Ich halte es für töricht, einen solchen Plan zu verfolgen, Euer Gnaden. Ich frage mich, was Euch dazu gebracht hat. Seid Ihr dieses Hauses überdrüssig? Gefällt es Euch nicht mehr? Was ist mit dem nächsten Erzbischof von York? Er wird vielleicht Eure mutwillige Zerstörung mißbilligen.« Während Owen sprach, sah er, wie Thoresbys Wangen sich nach außen wölbten und rot anliefen.

»Mutwillige Zerstörung?«

»Um dieses Haus zu erbauen, waren viele Männer und viel Arbeit nötig. Und Ihr wollt es niederreißen, nur um für Euch ein Grabmal zu errichten, wozu Euch doch zweifellos andere Möglichkeiten zur Verfügung stehen, die weniger Zerstörung erfordern.« Owen war selbst überrascht über seine Heftigkeit.

»Hätte ich eine Alternative, würde ich sie verfolgen, Archer. Aber das Material der nahe gelegenen Steinbrüche besitzt nicht die nötige Qualität, und von den weiter entfernten Steinbrüchen Material heranzuschaffen, wäre zu teuer und würde zu lange dauern. Außerdem sind in Zeiten wie diesen nur mit Mühe Arbeitskräfte aufzutreiben. Ich möchte aber die Marienkapelle noch dieses Jahr fertigstellen, bis Martini.«

Owen überlegte. Selbst wenn der Erzbischof die Steine von Sherburne heranschaffen ließ, würden die Steinmetze dieses Ziel nicht erreichen können. In weniger als drei Monaten. Und woher stammte eigentlich diese Zielvorgabe? Rechnete Thoresby schon so bald mit seinem Ableben? »Warum noch dieses Jahr?«

»Ich habe Unserer Lieben Frau gelobt, ihre Kapelle als Gegenleistung für ihre Fürsprache für die Menschen von York fertigzustellen. Ich habe zu ihr gebetet, York von der Pest zu verschonen.«

Owen blickte Thoresby scharf in die Augen. »Ihr seid zu spät gekommen, Euer Gnaden. In den letzten zwei Monaten haben wir Hunderte von Toten in der Stadt begraben.«

Thoresbys Gesicht war angespannt, seine Augen traurig. »Ich wußte nicht, daß es schon so viele sind«, sagte er mit Bedauern in der Stimme. »Aber ich kann noch immer wesentlich mehr Menschen retten.«

Vielleicht. Aber Owen war nicht gewillt, in dieser gefährlichen Zeit Lucie wegen einer solch unsinnigen Aufgabe allein zu lassen. »Verzeiht, aber man benötigt mich zu Hause, Euer Gnaden. Und Ihr braucht mich hier, um Eure Interessen in der Stadt zu verteidigen. Die Angst macht die Menschen unberechenbar. Denkt an dem Lammas-Jahrmarkt.«

»Ihr wißt sehr gut, daß es in diesem Jahr keinen Lammas-Jahrmarkt geben wird. Was nur ein weiterer Grund dafür ist, Steine zu verwenden, die ich bereits besitze. Ich habe kein Geld zu verschwenden. Ihr geht mit mir nach Sherburne.«

»Warum? Wie kann ich Euch dort nützen?«

»Widersetzt Ihr Euch meiner Anordnung?«

»Das ist ein sinnloses Unternehmen, Euer Gnaden. Und

es gehört weder zu den Aufgaben Eures Hauptmanns noch Eures Verwalters.«

Thoresby hieb mit der Faust auf den Tisch, beugte sich herüber und schob sein Gesicht nahe an Owens. Er roch nach Ambra, Rosmarin, Wein und Schweiß: ungewöhnlich für einen Erzbischof, der eine besondere Vorliebe für das Baden hegte. »Ihr werdet mir gehorchen!«

Donnergrollen vermochte Owen nicht einzuschüchtern. »Ich kann meine Frau und die Apotheke nicht so lange allein lassen, Euer Gnaden«, erwiderte er ruhig. »Nicht in einer Zeit, in der die Pest in der Stadt wütet. Jeden Tag ist die Apotheke voller Kunden. Ich muß Lucie helfen, so gut ich kann.«

»Was ist mit ihrem Lehrling?«

»Er arbeitet hart, Euer Gnaden. Aber er schafft es nicht allein.«

»Immerhin habt Ihr genug Zeit erübrigen können, um hierherzukommen.«

»Das ist nicht dasselbe wie eine Abwesenheit über einen längeren Zeitraum, Euer Gnaden, ohne die Möglichkeit, heimzukehren und zu Hause nach dem Rechten zu sehen.«

»Ihr steht in meinen Diensten«, sagte Thoresby, der nur zu gut wußte, daß Owen eine solche Feststellung zutiefst kränkte.

»Das kann sich ändern, Euer Gnaden.«

Sie funkelten sich an. Das Schweigen zog sich in die Länge. Plötzlich stand Thoresby auf, ging zum Fenster und fragte, ohne Owen anzusehen: »Was wißt Ihr über die Probleme im St.-Leonhard-Hospital?«

Wer hatte nun gewonnen? Owen bezweifelte, daß er der Sieger war. Doch er wollte in bezug auf Sherburne nicht nachgeben. »Walter de Hotter wurde in seinem Haus niedergestochen und erwürgt, zwei Männer, die bei dem Brand verletzt wurden, wiesen seltsame Kopfwunden auf, und einer von ihnen ist tot. Ein goldener Kelch ist abhanden gekommen, ebenso eine kostbare Meßbuchhülle und einige weitere Kelche. Ich weiß nicht mehr als die Bewohner Yorks.«

»Es sind noch mehr Gegenstände gestohlen worden. Wesentlich mehr.« Eine kurze Pause. »Mein Neffe wird nach London gerufen werden, sobald die Pest abklingt.«

Owen spürte, wie Nadelstiche durch sein erblindetes Auge zuckten. Das hörte sich nicht gut an. »Ja, er ist ein wichtiger Mann im Kanzleramt und im Haushalt der Königin. Ich glaube, er wird dann nicht mehr viel Zeit finden, sich um das Hospital zu kümmern.«

»Aber er wird das St.-Leonhard-Hospital erst verlassen, wenn wieder Ruhe eingekehrt ist.«

»Es heißt, daß er mit seinem Cellerar einen eifrigen Ermittler hat.«

Thoresby drehte sich um und grinste. »Don Cuthbert? Der Mann bringt alle Welt gegen sich auf. Er ist nicht der geeignete Mann für diese Aufgabe.«

»Don Erkenwald taugt besser dafür, und er hatte auch im Hinblick auf den Tod von Walter de Hotter von Anfang an ein ungutes Gefühl.«

»Ich bevorzuge es, daß mein eigener Mann sich mit dieser Angelegenheit befaßt.« Thoresby hielt Owens Blick stand, als er die Worte ›mein eigener Mann‹ betonte.

»Es hat nichts mit mir zu tun.«

»Ihr wollt doch unbedingt in York bleiben. Diese Bitte erfülle ich Euch. Unter der Voraussetzung, daß Ihr meinem Neffen helft, im St. Leonhard wieder für Ruhe und Frieden zu sorgen.«

»Ihr habt nicht das Recht, mich als Späher in fremde Dienste zu stellen.«

»Nein? Mistress Wilton dürfte dazu eine andere Meinung haben.«

Owen schwieg. Hatte Lucie mit dem Erzbischof gesprochen? »Wie meint Ihr das?«

Thoresby nahm wieder Platz. Das Grinsen verschwand aus seinem Gesicht. »Wenn ich mich recht erinnere, hat Mistress Wilton uns seinerzeit dabei behindert, die Wahrheit über die Vergiftung meines Küsters herauszufinden. Wie lange auch immer dies zurückliegen mag. Und dennoch habe ich mich bei der Gilde dafür eingesetzt, daß sie Euch heiraten konnte und ihre Stellung als Nicholas Wiltons Witwe behielt.«

Erleichtert darüber, daß Lucie ihn nicht hintergangen hatte, war Owen dennoch beunruhigt. »Durch meine Arbeit in den vergangenen sechs Jahren habe ich Euch dies bestimmt zehnfach zurückgezahlt.«

Thoresby lächelte. »Ihr seid derjenige, der hier gut bezahlt wird, Archer.« Er schloß die Augen und stützte die Stirn auf seine Finger, die er zu einer Pyramide zusammengelegt hatte. »Warum wollt Ihr meinem Neffen nicht helfen?«

»Ihr wißt, daß es nicht darum geht, Euer Gnaden.«

Der Kopf ging hoch. »Nein?«

Eine gespielte Überraschung. Augenblicke wie dieser waren dafür verantwortlich, daß Owen den Erzbischof nicht sonderlich mochte. Aber dennoch war Thoresby Taufpate seiner beiden Kinder. »Sir Richard hat sich als großzügiger Gastgeber erwiesen, als ich in Beverley war. Ich habe keinen Streit mit ihm.«

»Gut. Er vertraut Euch.«

Vielleicht hatte Thoresby nicht von sich aus angeboten, Owen hinzuschicken, sondern war darum gebeten worden. »Hat Sir Richard nach mir verlangt?«

»Ja.«

Den Mann sollte doch der Teufel holen. »Ich weiß nicht, wieviel Zeit ich für diese Aufgabe aufbringen kann. Da so viele Leute in die Apotheke strömen, bleibt tagsüber nicht viel Zeit, um die Arzneien zuzubereiten; wir arbeiten daher am Abend und am frühen Morgen. Außerdem gibt es noch den Garten und meine Aufgaben als Verwalter hier. Und schließlich macht mir noch etwas anderes zu schaffen.«

»Aha. Und was ist das?«

Owen berichtete Thoresby von dem Verlust, den Tildy und Kate erlitten hatten. »Wir haben Tildy versprochen, sie auf Freythorpe zu benachrichtigen, wenn irgendein Mitglied ihrer Familie krank werden sollte.«

Thoresby schenkte sich Wein nach. »Freythorpe liegt auf meinem Weg nach Sherburne. Ich werde dort einen Halt einlegen, die Nachricht überbringen und nach meinen Patenkindern sehen.«

Owen wußte nicht, ob er Thoresby für seine Bereitschaft dankbar sein oder sich wegen seiner Beweggründe Sorgen machen sollte. »Euer Gnaden. Das ist sehr liebenswürdig. Kaum jemand dürfte sich gern bereit erklären, eine solche Nachricht zu überbringen.«

Thoresby lächelte. »Seht Ihr? Es gibt also nichts mehr, was Euch vom Hospital fernhalten könnte.«

Owen kam die Galle hoch. »Es gefällt Euch wohl, uns alle wie Schachfiguren umherzuschieben?«

»Ich bekenne, dies ist eine der wenigen Freuden des Alters, Archer. Ihr könnt das noch nicht verstehen, aber eines Tages ...«

»Ihr hattet niemals wirklich die Absicht, mich nach Sherburne mitzunehmen.«

Thoresby zog die Augenbrauen hoch, sagte aber nichts.

Später, nachdem sie eine Mahlzeit eingenommen hatten, erwähnte Thoresby Honoria de Staines. »Ich habe Richard gewarnt, daß das St. Leonhard nicht der richtige Ort ist für ein solches Frauenzimmer.«

»Warum sprecht Ihr so von ihr?«

»Zwei der verschwundenen Kelche waren in ihrer Kammer versteckt. Sie behauptet, es handele sich um Geschenke, will aber nicht sagen, von wem sie stammen.«

»In Anbetracht ihres Rufes stammten sie wahrscheinlich von einem ihrer Liebhaber.«

»Warum weigert sie sich dann, den Namen zu nennen?«

Owen fragte sich das ebenfalls. Aber er war nicht dazu aufgelegt, Thoresby recht zu geben. »Ist es so schwierig, sich vorzustellen, daß eine solche Frau gewisse Loyalitäten kennt?«

Thoresby tat Owens Einwand unwirsch ab. »Versucht bei Euren Nachforschungen herauszufinden, weshalb Don Cuthbert sich für sie einsetzte.«

Owen leerte seinen Becher. »Ein unsinniger Auftrag.«

»Sherburne oder das St. Leonhard, Archer, Ihr habt die Wahl.«

»Ich habe bestimmt ein Anrecht, in den Himmel zu kommen, wenn es einmal soweit ist.« Owen erhob sich.

»Beten wir darum, daß dieser Moment noch nicht so nah ist, daß Ihr keine Zeit mehr habt, Sünden zu begehen.«

Owen bekreuzigte sich. »Honoria de Staines ist nicht die einzige, über die Gerüchte im Umlauf sind. Was ist mit Sir Richard? Ist er über jeden Verdacht erhaben?«

Thoresby widmete sich plötzlich interessiert der Obstschale, die vor ihm stand, suchte sich eine Birne heraus und roch daran. »Niemand ist von einem möglichen Verdacht ausgenommen, Archer. Aber da er es war, der nach Euch verlangt hat, müßte er ein ziemlicher Dummkopf sein, wenn er etwas zu verbergen hätte.«

War das als Lob gemeint? Owen musterte den Erzbischof, der sich daranmachte, die Birne mit seinem Dolch zu zerteilen.

»Könnte es sein, daß Euer Neffe gern den Narren spielt?«

»Von Zeit zu Zeit.« Thoresby hob seine Augen und blickte Owen an. »Paßt auf Euch auf. Ich möchte Euch nicht bei einem unsinnigen Auftrag verlieren.« Er lächelte.

Bei Tisch starrte Lucie schweigend in ihr Essen, als Owen von seiner Unterredung mit dem Erzbischof berichtete. Thoresby hatte recht. Sie hatte wesentlich mehr Angst, ihn zu erzürnen als Owen. Er war ein mächtiger Mann, und auch als Erzbischof war er noch menschlich genug, um ein Temperament zu besitzen, das unter Kontrolle zu halten er sich nicht immer die Mühe machte. Was konnte er gegen sie unternehmen? Und doch konnte er so freundlich sein. Am meisten aber freute sie die Liebe Owens zu ihr, die er durch seine Weigerung zum Ausdruck gebracht hatte.

»Du siehst mich nicht an. Bist du zornig?«

Lucie blickte auf, überrascht durch die Frage. Auch Jasper beobachtete sie, wenngleich weniger unverhohlen als Owen, dessen Falkenauge auf ihr ruhte. »Gütiger Himmel, wie konntest du denken, ich sei zornig, Liebster?« Lucie stand auf und streckte ihm eine Hand entgegen. »Komm, gehen wir hinaus in den Garten.«

Die Büsche und Sträucher raschelten leise im Abendwind. Als sie an der Rosmarinhecke entlanggingen, sagte Owen: »Der Erzbischof hatte an einem Tag wie heute in seinem Salon ein Feuer aus Rosmarinholz.«

Lucie drückte Owens Hand. »Wie du heute morgen gesagt hast, sind wir im Augenblick alle ein bißchen kindisch. Es ist eine Zeit, in der man das Fürchten lernt.«

»Es ist diesmal nicht so schlimm wie bei den zwei beiden Malen.«

»Tod ist Tod, Owen.«

»Schon, aber Thoresby ist mehr als nur kindisch, Lucie. Ein Haus abzureißen wegen der Steine.«

»Mir kommt diese Idee gar nicht so abwegig vor, Liebster. Immerhin wäre es für einen guten Zweck.«

»Liege ich also falsch?«

Lucie blieb stehen, drehte sich zu ihm und nahm seine beiden Hände in ihre. »Vielleicht war es ein Fehler, sein Vorhaben so heftig zu kritisieren, Liebster. Richtig aber war auf jeden Fall, darauf zu beharren, daß ich dich brauche.«

»Und daß ich mich in die Angelegenheiten des St. Leonhard einmischen soll?«

»Wer könnte diese Aufgabe besser bewältigen als du, Liebster?«

Owen blieb stumm.

»Nun, wer könnte es besser?«

»Warum, glaubst du, hat er sich bereit erklärt, in Freythorpe haltzumachen?«

Immer dieser Argwohn. Lucie hob Owens Hände hoch und schaute ihm ins Gesicht. »Grüble nicht darüber nach, sei einfach nur dankbar dafür, daß er es tut. Er ist stolz auf Hugh und Gwenllian. Wenn irgend etwas nicht in Ordnung ist, werden wir es schnell erfahren.« Sie sah an seinem Gesichtsausdruck, daß er ihre Zuversicht nicht teilte. Plötzlich beschlich auch sie Angst.

Alisoun erreichte das Gehöft lange nach Sonnenuntergang. Erleichtert stellte sie fest, daß sich das Pferd noch auf der umzäunten Wiese befand und unter dem Sternenhimmel schlief. Alisoun trug auf seine Wunde etwas von der Gesichtspaste ihrer Tante auf, wovon sie eine große Menge mitgebracht hatte. Sie beschloß, das Pferd am Morgen zu bürsten und seine Wunde abermals mit Salbe zu bestreichen. Die Stute wieherte leise, als Alisoun sich zurückzog: ein angenehmes, freundliches Geräusch in ihrer Einsamkeit. Anders als der Nachtgesang der Grillen, der das Gehöft noch einsamer erscheinen ließ. Mit dem Chor der Grillen verband das Mädchen schlafose Nächte und das Aufstehen und Hinaustreten in die Dunkelheit, um sich zu erleichtern.

Als sie den Hof betrat, blieb Alisoun stehen. Sie spürte, daß hier noch jemand war, nicht durch ein Geräusch oder eine Bewegung, sondern durch ein Prickeln in ihrem

Nacken, das zu beachten ihr Vater sie gelehrt hatte. Jemand war gekommen, um sie zu berauben. Oder um das Gehöft zu übernehmen. Genau das hatte Alisoun befürchtet. Und dafür war nur ihr Oheim verantwortlich mit seiner unsinnigen Idee, sie mit zu sich nach Hause zu nehmen. Sie versuchte, sich möglichst nicht zu bewegen, und ließ ihren Blick über die Scheune und das Haus wandern, suchte nach einem Lichtschimmer, der ihr zeigen würde, wo sie den Eindringling fand. Aber alles war dunkel. Hatte sie es sich nur eingebildet? Wer außer ihr fand sich in der Dunkelheit zwischen diesen Gebäuden zurecht?

Es sei denn, die Toten waren wiederauferstanden. Alisoun bekreuzigte sich. Nicht daß ihre Familie einen Grund gehabt hätte, ihr aus dem Jenseits etwas Böses anzutun. Aber sie noch einmal wiederzusehen, nachdem sie das irdische Dasein hinter sich gelassen hatten … Sie würden anders aussehen. Alisoun dachte nicht gern daran. Die Vorstellung, daß sie durch den Tod verwandelt worden waren, erschreckte sie. Würde sie sie überhaupt wiedererkennen? Würden sie Alisoun erkennen?

Alisoun würde übel. Sie verscheuchte diese Gedanken und spähte in die Dunkelheit. Und dann sah sie es. Ein flackerndes Licht oben auf dem Heuboden.

Woher kam dieses Licht? Der Magen schnürte sich ihr zusammen. Vielleicht waren die Geister der Toten von Licht umhüllt. Und die Engel: leuchteten sie denn nicht? Wie die Sterne?

Alisoun schüttelte den Kopf und dachte über dieses Licht nach. Engel, reine Wesen, würden bestimmt in weißem Licht erstrahlen. Es würde nicht flackern, da sie vollkommen waren. Dieses Licht stammte von einer Kerze oder einer Laterne, nicht von einem Geistwesen.

Also ein Eindringling. Dieser Gedanke erleichterte sie. Mit einem Eindringling konnte sie besser umgehen. Nachdem sie tief Luft geholt hatte, um sich zu sammeln und ihren Magen zu beruhigen, spannte Alisoun ihren Bogen, legte sich einen Pfeil zurecht und schlich über den Hof zur Scheune. Das verbogene Tor der Scheune stand einen Spalt auf, so daß sie geräuschlos hineinschlüpfen konnte. Aber vielleicht würde der Eindringling sie sehen? Sie hielt inne und überlegte. Sie konnte sich nicht recht vorstellen, ob das Licht, das der Eindringling nach oben getragen hatte, auch den Boden im unteren Teil der Scheune erhellen würde. Ihr Vater hatte nie eine Laterne auf den Heuboden mitgenommen, denn diese hätte nur allzuleicht die ganze Scheune in Brand setzen können.

Alisoun kroch zu der Öffnung, spähte hinein, zog aber schnell wieder den Kopf zurück; ihr Herz klopfte laut. Gott mußte seine schützende Hand über sie halten. Wäre sie schnurstracks hineingekrochen, hätte der Eindringling sie bemerkt. Er saß oben auf der Leiter, seine Füße ruhten auf der obersten Sprosse, und in einer Hand hielt er die Laterne. Und er beobachtete den Eingang. Hatte er sie gehört? Aber sie war doch so leise wie möglich gewesen. Erwachsene hörten nicht so gut, außer sie hatten ihr Gehör besonders geschärft. Jäger und Soldaten gehörten zu diesen Menschen. Aber Alisoun wußte, daß er keines von beiden war. Sie war sich jedenfalls ziemlich sicher. Aber als sie nun darüber nachdachte, fragte sie sich, wer er war. Sie wußte nur, daß ihre Mutter immer versucht hatte, die Besuche dieses Mannes geheimzuhalten.

Es war schon fast vierzehn Tage her, daß Alisoun dem Fischer auf dem Fluß begegnet war. Und mehr als eine Woche, seit Archer und die Flußfrau hier erschienen waren. Einer von ihnen oder vielleicht auch alle drei konnten über die Toten geredet haben. Und ihm war das zu Ohren gekommen. Alisouns Übelkeit nahm zu. Er mußte erfahren haben, was ihrer Familie widerfahren war. Vielleicht aber wußte er nicht, daß sie überlebt hatte. Und wenn er es doch wußte, dann vermutete er wahrscheinlich, sie würde sich bei ihren Verwandten aufhalten.

Alisoun stellte sich vor, wie er im Haus und in der

Scheune herumgeschnüffelt hatte und über ihr Land gegangen war, wie er ihr Eigentum berührt hatte. Sie haßte ihn.

Sie würde ihn mit dem Pfeil niederstrecken. Aber das war nicht möglich, solange er die Laterne in der Hand hielt, denn wenn er sie fallen ließ, würde der Heustock in Flammen aufgehen. Daher richtete sie sich auf langes Warten ein.

Das Warten war das Schlimmste. Die Grillen schienen lauter zu singen, der Himmel noch dunkler und wolkenverhangener zu werden. Sie durfte nicht an ihr Opfer denken, denn dann würde sie der Zorn packen und sie würde Gefahr laufen, nicht mehr genau zielen zu können. Sie zwang sich, an die beiden Leute zu denken, die gekommen waren, um ihre Familienangehörigen zu beerdigen. Die Alte hatte sie schon einmal gesehen, und zwar als ihre Mutter ihren Bruder und ihre Schwester geboren hatte. Alisoun erinnerte sich daran, wie sehr ihre Mutter dabei immer gelitten hatte. Insbesondere bei der Geburt ihres Bruders, der kränklich und schwach gewesen war. Alisoun war zu dem Schluß gelangt, daß die Flußfrau ihre Mutter vergiftet oder mit einem Fluch beladen hatte. Doch als Alisoun den Heuboden durchsucht hatte, nachdem die Flußfrau und der einäugige Soldat das Pferd und den Karren zurückgebracht hatten, weil sie überzeugt gewesen war, daß die beiden dort oben herumgestöbert hatten, während sie sich im Wald versteckt hatte, hatte sie nichts entdecken können, was von seinem Platz verschoben worden wäre.

Drinnen raschelte es. Alisoun überprüfte ihren Bogen und schlüpfte in die Scheune. Ihr Warten machte sich nun bezahlt. Der Eindringling hatte die Laterne auf einen Mauervorsprung in der Nähe der Pferdebox gestellt, durchwühlte das Heu in der Futterkrippe und wandte ihr den Rücken zu. Da er im hellen Lichtschein stand, bot er ein einfacheres Ziel als die Kaninchen, die Alisoun sonst jagte.

Sie schoß den Pfeil ab und traf sein Bein knapp unterhalb des Knies. Als der Mann fluchte und ins Straucheln geriet, spannte sie einen zweiten Pfeil ein, wartete, bis er sich zu ihr umdrehte und schoß ihm in den Oberarm. Oder hatte sie ihn an der Schulter getroffen? Sie wartete nicht, um sich vergewissern, sondern rannte davon.

Der Mond beschien das friedlich daliegende Dorf. Ein bellender Hund kam auf Alisoun zugelaufen. Ihr Herz begann schneller zu schlagen, aber dann fiel ihr ein, daß der Hund sie kannte und ihr vor ein paar Tagen die Hand geleckt hatte, als sie mit ihrem Oheim vorbeigegangen war. Als er sie erreicht hatte, blieb er stehen, hörte auf zu bellen und schnüffelte. Dann umkreiste er sie vorsichtig, und der Kreis wurde immer enger. Er brauchte fünf Umrundungen, bis er sich an sie erinnerte. Dann stellte er sich ihr in den Weg, bellte noch einmal und wedelte mit dem Schwanz, um ihre Aufmerksamkeit einzufordern. Alisoun kauerte sich nieder, streichelte den Hund und hoffte, ihn dadurch zu beruhigen.

»Wer ist da?« rief eine Männerstimme aus einem der Häuser.

Alisoun riß den Kopf hoch. Konnte der Mann sie sehen? Der Mond war hinter den Wolken verschwunden, daher konnte sie die Gestalt im Türrahmen nur undeutlich erkennen. Aber das war nur vorteilhaft. Wenn sie den Mann im Dämmerlicht nicht deutlich sehen konnte, dann galt dies auch umgekehrt.

»Komm herein, Junge, komm!« rief der Mann.

Der Hund zögerte, lief dann bellend zu ihm.

In diesem Augenblick begann Alisoun zu rennen. Sie wußte, daß der Hund, wenn er bei seinem Herrn angekommen war, wieder zu ihr zurücklaufen und seinen Herrn durch Bellen dazu auffordern würde, ihm zu folgen.

Sie lief zur Kirche, stieß die Tür auf, verriegelte sie hinter sich und ließ sich erschöpft auf den Boden sinken. Nun war sie in Sicherheit. Hier konnte er sie nicht holen. Sie konnte in Ruhe schlafen, und am nächsten Morgen würde sie Gott um Verzeihung dafür bitten, daß sie den Mann verletzt hatte. Als sie einzunicken begann, spürte sie den kalten Luftzug, der durch einen Spalt unter der Tür hereinwehte. Trotz der Hitze, die tagsüber draußen geherrscht hatte, war es in der steinernen Kirche feucht und kühl. Sie kroch in einen geschützteren Winkel und legte sich auf den Boden. Nach wenigen Augenblicken war sie eingeschlafen.

12

Delirium

Alisoun erwachte mit klopfendem Herzen. Es roch faulig. Verwirrt blickte sie sich um. Mondlicht schien matt durch die Fenster und erhellte den Altar. Nun erinnerte sie sich. Sie war in der Dorfkirche, hatte hier Schutz gesucht vor dem Eindringling in der Scheune.

Aber der Gestank. Er war noch nicht in der Kirche gewesen, als sie angekommen war. Fröstelnd vor Kälte und Angst, tastete Alisoun sich unter den Achseln, am Unterleib, unter den Knien, am Hals und hinter den Ohren ab – an all jenen Stellen, an denen bei ihren Famlienangehörigen Pusteln erschienen waren. Aber sie fand nichts. Gott sei Dank.

Aber woher kam der faulige Gestank dann? Vielleicht hatte am Vortag eine Beerdigung stattgefunden, und der Geruch hatte sich in der Kirche gehalten? Nein, das konnte nicht sein, denn Vater John hätte niemals erlaubt, daß Gemeindemitglieder die Leichen in die Kirche brachten. Er hätte gesagt, dadurch würde das Haus Gottes entwürdigt werden.

Alisoun stand auf, schaute um sich, aber das Mondlicht reichte nicht bis zum Boden. Sie ging langsam an der nördlichen Mauer entlang, bis sie schließlich in den östlichen Teil der Kirche gelangte. Während sie sich bewegte, ließ der Geruch nach. Schließlich wurde der Leichengestank durch den Geruch von feuchtem Stein und kaltem Weihrauch verdrängt. Sie legte sich an der Mauer nieder und schlief wieder ein.

Bei Tagesanbruch wurde sie von einer neugierigen Ratte geweckt, die an ihrem Fuß herumschnüffelte. Alisoun stieß sie weg, setzte sich auf und drückte sich ihr Bündel vor das Gesicht. Der Gestank würgte sie fast.

Abermals suchte sie ihren Körper nach Anzeichen von Pusteln ab und sprach ein Dankgebet, als sie wieder nichts finden konnte. Aber woher kam dieser durchdringende Geruch?

Sie stand auf und blinzelte in dem schwachen Morgenlicht. Das Summen von Fliegen lockte sie zur Westtür der Kirche, zu jener Tür, durch die sie gestern abend hereingekommen war. Ein Kind und ein einarmiger älterer Mann lagen nackt auf dem Steinboden; die Nase des Mannes war auf den Boden gedrückt, der Arm des Jungen unter ihm eingeklemmt. Sie stanken nach Tod und Verwesung.

Alisoun zog sich durch das Kirchenschiff zum Altar zurück, vorsichtig, um nicht zu stürzen, falls hier noch weitere Leichen auf dem Boden lagen. Am Altar kniete sie sich nieder, bekreuzigte sich, stand wieder auf und suchte nach der Sakristeitür. Da diese sich beim ersten Versuch nicht öffnen ließ, hämmerte sie dagegen. Es antwortete niemand, aber durch ihre heftigen Schläge schwang sie schließlich auf. Durch ein hohes Fenster in der Wand fiel Licht auf einen Mann und eine Frau, die unter einem Haufen von Kleidern lagen. Der Mann hatte die Augen geöffnet.

»Wer ist da?« rief er schlaftrunken. Vater John.

»Was? Ist da jemand?« kreischte die Frau und setzte sich auf, so daß ihre bloßen Brüste zum Vorschein kamen.

Nachdem sie einen Augenblick gezögert hatte, eilte Alisoun an den beiden vorüber, die nun hastig nach ihren Kleidern suchten. Sie achtete nicht auf sie, wollte nur hinaus. Aber in dem Raum war es ziemlich dunkel. Sie ging in die Knie und suchte kriechend nach einem Luftzug, der durch eine Türritze drang. Schließlich fand sie einen.

Plötzlich flackerte ein Licht auf. Eine zuvor abgedeckte Laterne war geöffnet worden, und Vater John, der sich rasch in seine Kleider geworfen hatte, blinzelte im Schein des Lichts und rieb sich die Augen. Eine Frau aus dem Dorf, die sich nun ebenfalls etwas angezogen hatte, hielt die Laterne.

Bevor einer der beiden sie genauer ins Auge fassen konnte, stieß Alisoun die Tür auf und lief hinaus auf den taugetränkten Friedhof.

Sie verfluchte alle Männer, nannte sie Diebe, Lügner und Frauenschänder, während sie über die kleinen Erdhügel und hinaus auf die Felder stolperte, die das Dorf umgaben. Ein Hund bellte, vielleicht derselbe wie letzte Nacht, aber sie lief weiter. Sie mußte ihr Pferd holen und diesen verfluchten Ort verlassen. Aber wohin konnte sie gehen? Wo konnte sie Zuflucht finden, wenn nicht in einer Kirche?

Alisoun sank ins Gras und starrte auf das weite Feld. Sie hatte überall gesucht – in der Scheune und der ganzen Umgebung. Sie hatte immer wieder gerufen. Aber das Pferd war offensichtlich gestohlen worden. Und sie wußte auch, wer es getan hatte. Auch der Sattel war weg. Sie war entschlossen, den Dieb zu verfolgen, zu stellen und das Werk zu vollenden, das sie begonnen hatte.

Vorerst jedoch konnte sie sich nur die Frage stellen, weshalb Gott sie so schwer bestrafte.

Dame Constance begleitete Honoria in den Warteraum der Krankenstation. Die junge Frau hatte gerade Fußböden geschrubbt, ihr Schleier steckte im Ausschnitt ihres Gewands, und die Ärmel waren hochgerollt, so daß ihre schlanken Oberarme zum Vorschein kamen. Sie bedachte Owen mit einem fragenden Blick, während sie respektvoll knickste. Owen hatte vergessen, wie schön sie war. Die Gerüchte, die über sie im Umlauf waren, hatten seine Erinnerung überdeckt.

»Hauptmann Archer möchte mit dir sprechen, Honoria«, sagte Dame Constance. »Er repräsentiert Seine Gnaden den Erzbischof. Erweise ihm die nötige Ehrerbietung.«

Zwei Laienbrüder eilten durch den Raum und beäugten die drei neugierig.

»Können wir uns irgendwo ungestört unterhalten?« fragte Owen

Dame Constance preßte ihre Hände zusammen, wandte den Blick ab und überlegte. »Der Kerker. Ihr könnt mit Honoria in ihrer Zelle sprechen, mit einem Wärter vor der Tür.«

»Habt Ihr Angst, sie könnte vor mir fliehen, Dame Constance?«

Die Nonne errötete. »Ihr Ruf, Hauptmann Archer. Ich würde Seine Heiligkeit den Papst nicht mit ihr allein in einem Raum lassen.«

Owen verkniff sich ein Lächeln und bedeutete Honoria durch ein Nicken, sie solle vorausgehen. Sogar der berüchtigten Alice Perrers gestattete man, sich allein mit einem Mann in einem Raum aufzuhalten. Welch diabolische Kräfte schrieben sie Honoria hier eigentlich zu?

In ihrer Zelle bat Honoria Owen, am Fenster Platz zu nehmen. Sie setzte sich auf die Kante ihres Bettes, krempelte die Ärmel wieder herunter und faltete die Hände im Schoß, doch ihr Blick verriet unverhohlene Neugier und verweilte auf der vernarbten Seite von Owens Gesicht.

»Es heißt, die Leman eines Jongleurs habe Euch das angetan.«

»Ja, das stimmt. Es wurde behauptet, daß Ihr teure Gewänder und Kelche besitzt, die Ihr Euch eigentlich nicht leisten könnt.« Barker, der Torwächter, hatte ihm von den Seidenkleidern erzählt.

Honoria verzog den Mund, ihre Augen aber blieben ruhig. »Ihr seid sehr scharfsinnig, Hauptmann.«

»Ich versuche, mich nicht so sehr von meinem Verstand

faszinieren zu lassen, daß ich mein Ziel aus den Augen verliere.«

»Und worin besteht das?«

»Die Wahrheit über die Diebstähle und Todesfälle herauszufinden, die sich in der letzten Zeit im St. Leonhard ereignet haben.«

Honoria neigte den Kopf ein wenig zur Seite und lächelte matt. »Ihr glaubt, ich spiele eine Schlüsselrolle bei diesen Vorgängen?«

Ein bißchen zu raffiniert, dachte Owen. »Warum habt Ihr die Kelche versteckt?«

Ein überraschtes Lachen. »Ist das nicht offensichtlich, Hauptmann? Ihr seht doch, was geschehen ist – genau das, was ich befürchtete, falls sie jemand zu Gesicht bekommen würde.«

»Ihr hättet Euch Don Cuthbert anvertrauen können. Er hat Euch doch zuvor gefördert.«

Nun ließ Honoria den Kopf sinken und seufzte. »Ihr habt natürlich recht. Aber ich habe meine Dummheit zu spät erkannt – nachdem Dame Constance uns gefragt hatte, ob uns irgend etwas Ungewöhnliches aufgefallen wäre und ich daraufhin geschwiegen habe.«

»Euer Schweigen war gleichbedeutend mit einer Lüge.«

Sie schaute ihn an. »Ihr habt gehört, was Dame Constance über mich denkt. Dasselbe gilt für alle anderen Nonnen hier. Sie schauen auf uns Laienschwestern herab, da wir nur einen Teil der Gelübde abgelegt haben und keine Bildung besitzen. Aber ich …« Sie schüttelte traurig den Kopf.

»Don Cuthbert denkt anders.«

»Ja, das hat er getan. Aber jetzt, glaube ich, tut er es nicht mehr.«

»Ihr hättet Euch ihm anvertrauen können. Das wäre unter den gegebenen Umständen für Euch das beste gewesen.«

»Ich wollte jemandem, der mich immer gerecht behandelt hat, keine Schwierigkeiten bereiten. Don Cuthbert mag Master Taverner nicht besonders.«

»Taverner?«

»Er hat mir die Kelche gegeben. Lange bevor jene im Gästehaus verschwanden. Ihr könnt ihn fragen, wenn Ihr mir nicht glaubt.«

Falls sie sich vorgenommen hatte, Owen zu überraschen, war ihr dies zweifelsohne gelungen. »Julian Taverner hat Euch die Kelche gegeben?«

»Ja, vor vier Jahren. Als Hochzeitsgeschenk.«

Wenn Owen jemals gewußt hatte, daß sie verheiratet war, dann hatte er es ganz vergessen. »Dann seid Ihr jetzt also Witwe?«

»Ein Jahr nach unserer Hochzeit verdingte sich mein Mann als Soldat und ging weg. Ob ich nun Witwe bin, weiß ich nicht.«

»Ihr habt nichts mehr von ihm gehört?«

Honoria schüttelte den Kopf.

»Ich glaube, er ist noch am Leben. Ich glaube, ich hätte es erfahren, wenn er umgekommen wäre. Deshalb warte ich.«

»Als Laienschwester?«

»Ich wurde nach Hause geschickt zu meinem Vater und zu dessen junger Frau, die mich aber nicht mochte.«

»Was bedeutet Julian Taverner für Euch?«

»Ich war Dienerin in seinem Haushalt, als er noch in der Stadt lebte. Er sagte, ich würde seiner Tochter stark ähneln. Er war sehr freundlich zu mir.«

Owen fragte sich, wie sie das wohl meinte.

»Möchtet Ihr wissen, Hauptmann, ob er mich dazu brachte, das Bett mit ihm zu teilen?«

Owen fühlte sich unbehaglich. »Ihr nehmt große Rücksicht auf seinen Ruf.«

»Wie ich schon sagte, er war gut zu mir.«

»Aber jetzt liefert Ihr ihn mir aus.«

»Ihr seid befreundet mit Master Taverners Nichte. Deshalb dachte ich, Euch vertrauen zu können.«

Owen erschien ihre Antwort ein wenig zu glatt. »Fühlt Ihr Euch so wohl im Kerker?«

»Ihr glaubt mir nicht.«

»Ihr geltet als eine Frau, die Wert legt auf gewisse Annehmlichkeiten.«

»Und deshalb kann ich nicht loyal sein?«

»Ich werde darüber nachdenken, Mistress Staines.«

Bess warf ihre Schürze auf die Theke und eilte dem Boten nach. Ihr Oheim war krank geworden. Sehr krank. Er hatte sie rufen lassen. Diese verdammten selbstsüchtigen Kanoniker. Sie hatten ihn wahrscheinlich zu früh wieder aus der Krankenstation abgeschoben. Das war genau dieser nachlässige Umgang mit Patienten, von dem John Cooper gesprochen hatte.

Sie fand Julian in seinem Bett vor. Er war schweißgebadet und klagte über entsetzlichen Durst, wies aber dennoch die Schale Wasser zurück, die ihm seine alte Dienerin Nate an die Lippen zu halten versuchte. »Hole Anneys!« rief Bess dem Boten zu, der sie zu ihrem Oheim begleitet hatte.

»Ich habe sie bereits verständigt«, sagte Nate. »Aber sie war mit einem kranken Kind beschäftigt.«

»Dann Honoria.«

»Die konnte ich nicht finden.«

»Gütiger Himmel. Dann sage Anneys, daß Master Taverner im Sterben liegt. Das wird sie aufrütteln.«

Der Bote eilte davon.

»Ich habe …«

»Schone dich, Oheim. Ich habe sie holen lassen. Jetzt trink ein bißchen Wasser.«

Bess bat Nate, Bruder Wulfstan von der Abtei St. Mary zu holen.

»Siehst du, Oheim? Ich würde nicht soviel Hilfe herbeiholen, wenn ich glauben würde, daß du stirbst.« Sie fürchtete jedoch, daß sie genau dies tat.

Als Bess ihrem Oheim einen Becher mit durch Wasser verdünntem Wein an die Lippen hielt, vernahm sie mit Erschrecken, wie laut sein Herz klopfte. Es war so deutlich zu hören, als hätte sie ein Ohr an seine Brust gelegt. »Oheim, du mußt versuchen, dich hinzulegen, dich zu beruhigen. Dein Herz!«

Julian blinzelte und rieb sich die Augen, als behindere der Schweiß seine Sicht. »Bess?«

»Ich bin hier.«

»Ist er …« Julian schüttelte den Kopf, rang nach Luft. »Lebt er noch?«

»Wer?«

Julian blinzelte und hob seine verbundenen Hände zu den Augen. Als Bess Anstalten machte, ihn daran zu hindern, ließ er die Hände neben sich herunterfallen. »Sie sind für ihn gestorben. War das nicht genug?« Er brachte nur noch ein Flüstern zustande.

»Wer ist gestorben? Für wen?«

Julian riß den Kopf hoch und blinzelte. »Bess?« Mit seinen blutunterlaufenen Augen schien er sie nicht mehr wahrnehmen zu können.

»Erkennst du mich nicht mehr, Oheim?

Er drehte sich in die Richtung, aus der ihre Stimme kam, und runzelte die Stirn. »Nimm dich in acht.«

»Vor wem?«

Taverners rechte Hand schoß nach oben und schlug gegen Bess' Schulter. Sie packte sein Handgelenk und hielt es fest, damit er seine verbrannte Hand nicht verletzen konnte.

»Oder ist sie es?«

»Wer?«

»Ich bin vergiftet worden, erkennst du das nicht?« Julian entwand sich ihrem Griff und versuchte aufzustehen, war aber so schwach, daß er sich nicht von den Kissen abstoßen konnte. Die Anstrengung hatte ihn zu viel Kraft gekostet. Nun lag er ruhig da, sein Atem ging unregelmäßig und flach.

Bess hatte schon vor langer Zeit die landläufige Vorstellung verworfen, wonach ein Mensch seinen Feinden die Pest bringen könne, indem er die Brunnen vergiftete. Nicht alle, die aus demselben Brunnen tranken, wurden krank; außerdem glaubte sie auch nicht, daß jemand, der so viele Menschen haßte, nicht auch von seinem eigenen Haß verzehrt wurde. »Ruh dich aus, Oheim. Ich bezweifle, daß du vergiftet worden bist. Ich bin hier, um dir zu helfen.« Sie füllte eine Schale mit Essig und tauchte ab und zu ihre Hände hinein, um zu verhindern, daß der erkaltete Schweiß ihres Oheims in ihre Poren eindrang. Doch als sie seinen Körper untersuchte, konnte sie keine Pusteln entdecken. Auch hustete er nicht. Sein Körper war heiß vom Fieber, seine Haut gerötet und trocken, seine Augen schienen immer schwächer zu werden, doch nur das Fieber deutete auf die Pest hin. Täuschte sie sich vielleicht in der Beurteilung seiner Krankheit? »Was ist passiert, Oheim?« fragte sie behutsam. »Warum sprichst du von Gift?«

Julian schüttelte den Kopf. Er starrte sie mit wilden Augen an, während er Wasser trank, schnappte nach Luft und brachte schließlich hervor: »Buße. Nicht genug. Laurence. Ich.« Er schüttelte den Kopf. »Er hat so lange gewartet. Oder sie.«

Bess grübelte über diese Worte nach, als Julian sich aufsetzte, sich ans Herz griff und an seinem Hals zerrte, als wolle er ihn öffnen, um besser Luft zu bekommen. Sie stürzte zu ihm, um ihn daran zu hindern, und versuchte, ein Tuch vom Boden aufzuheben, mit dem sie seine Hände zusammenbinden wollte, als Owen erschien. Gemeinsam gelang es ihnen, Julian zu beruhigen.

»Was ist hier geschehen?« fragte Owen.

Bess wollte gerade antworten, als Anneys mit dem Boten hereintrat.

»Stimmt es? Liegt er im Sterben?«

Bess bekreuzigte sich. »Hört Euch sein Herz an. Ich weiß nicht, warum es so laut schlägt.«

Anneys ließ sich auf einen Stuhl sinken. Sie bot ein Bild des Jammers. »O mein Gott, wenn er stirbt, bin ich dafür verantwortlich.«

»Warum solltet Ihr Euch Vorwürfe machen? Ihr wart doch immer gut zu ihm.«

»Ich habe mich geziert, als er mich brauchte.«

Als sei sie die einzige, die sich um Julian gekümmert hatte. »Ich hoffe, daß meine Fürsorge nicht umsonst war.«

Julian begann zu stöhnen. Beide Frauen eilten zu ihm. »Bess?«

»Ich bin hier, Oheim. Auch Anneys ist da.«

»Gott vergebe mir.«

»Komm, Oheim, trink etwas Wasser.« Bess hob Julians fiebergeschütteltes Haupt hoch.

Anneys reichte ihr eine Schale mit Wasser. »Sein Herz schlägt so laut.«

»Das habe ich doch gesagt. Komm, Oheim, das ist kühles Wasser.«

Aber Julian schloß die Augen und ließ den Kopf zur Seite fallen. Bess legte ihn wieder behutsam auf das Kissen. Und mit einem Zittern hörte Julian auf zu atmen. Der schreckliche Hämmern verstummte.

Anneys stieß einen Schrei aus. Bess kniete sich neben dem Bett auf den Boden und starrte ihren Oheim entsetzt an. Er war ein robuster Mann gewesen. Seine Verletzungen waren nicht so ernst gewesen, daß sie zum Tode hätten führen müssen. Wie konnte er hier einfach sterben? Sie drückte ihre Hand auf seine Brust. Stille.

Owen kniete sich neben Bess und schloß Julians Augen. »Er ist bei Gott.«

»Mistress Merchet?« Ein Mönch beugte sich über Bess, sein jungenhaftes Gesicht war sorgenvoll zerfurcht. Er machte das Zeichen des Kreuzes über Bess und Julian. »Ich bin Henry, der Gehilfe von Bruder Wulfstan. Ich bin so schnell gekommen, wie es ging.«

»Gott danke Euch, daß Ihr gekommen seid«, sagte Bess, »aber es ist zu spät. Mein Oheim ist tot.«

»Hat er die Sterbesakramente erhalten?«

»Ich hatte keine Zeit, einen der Augustiner holen zu lassen«, erwiderte Bess. »Es ging alles so schnell.«

»Seine Seele könnte noch unter uns weilen.« Bruder Henry beugte sich über Julian und rief seinen Namen. Als er keine Antwort erhielt, blickte er Bess an. »Soll ich die Gebete sprechen?«

»Dafür wäre ich sehr dankbar.« Sie mochte die Kanoniker im Hospital nicht besonders.

Bruder Henry sprach die Totengebete und salbte Julian.

»Er muß schnell beerdigt werden«, sagte Anneys, als der Mönch vom Totenbett zurückgetreten war. »Wir müssen ihn vorbereiten.« Anneys war nun wieder ganz ruhig; sie schüttelte ein sauberes Tuch aus.

»Warum diese Eile? Er ist nicht an der Pest gestorben. Wir haben von daher also nichts zu befürchten«, sagte Bess.

»Ich glaube schon, daß er an der Pest gestorben ist, und Ihr insgeheim auch. Warum hättet Ihr sonst Eure Hände in die Essigschale getaucht?«

Bess warf Owen einen Blick zu, der den Kopf schüttelte. Sie hielt den Mund.

»Ich werde Don Cuthbert mitteilen, was geschehen ist«, sagte Owen und eilte hinaus.

Als Bess den St.-Helen's-Square erreichte, hatte sich der Schweißgeruch ihres Oheims über ihren Körper ausgebreitet, und das Hämmern seines Herzens hallte noch immer in ihrem Kopf wider. Wodurch war es so heftig zum Schlagen gebracht worden? Vergiftung. Buße. *Er hat so lange gewartet.* Das war kein Pesttod gewesen. Hatte er vielleicht recht gehabt und war tatsächlich vergiftet worden? Sie hatte schon viele Menschen gesehen, die der Pest erlegen waren, und wußte, daß die Seuche sich ihre Opfer auf vielfältige Weise holte. Aber es war ihr noch kein Fall untergekommen, bei dem jemand auf diese Art gestorben war.

»Guten Tag, Mistress Merchet. Seid Ihr wohlauf?«

Bess hatte Alice Baker nicht bemerkt, die vor Wiltons Apotheke stand und sie neugierig beäugte. »Verzeiht. Ich war mit meinen Gedanken woanders.«

»Ihr seht müde aus.«

»Das bin ich auch, Mistress Baker.«

Alice Baker schüttelte den Kopf. »Wie ich sehe, tragt Ihr keinen Mundschutz.«

»Das werde ich gleich ändern.« Bess nickte der Frau zu und betrat den Laden.

Lucie blickte von der Kundin auf, die sie gerade bediente, und sah, wie es um Bess stand. »Jasper!« rief sie. Der Junge kam durch den Schnurvorhang nach vorn. »Verzeiht, Mistress Tyler«, sagte Lucie zu ihrer Kundin. »Ich muß mich um eine Freundin kümmern, die Hilfe braucht. Jasper wird Euch weiter bedienen.« Sie bedeutete Bess durch ein Nicken, ihr nach hinten zu folgen.

Als sie die Besorgnis in Lucies Augen bemerkte, ließ Bess sich auf einen Stuhl fallen und begann zu schluchzen.

Lucie strich Bess beruhigend über den Rücken, so wie sie es tat, wenn sie Gwenllian tröstete. Sie wußte, daß es etwas Ernstes sein mußte, da Bess so aufgewühlt war; sie neigte nicht zur Hysterie, doch jetzt wurde sie vom Kummer überwältigt. Als Bess sich allmählich wieder beruhigte, goß Lucie zwei Finger breit Branntwein in einen Becher. »Trink das.«

Bess leerte den Becher in einem Zug, holte dann tief Luft, schloß die Augen und roch an ihren Händen. »Ich habe den Geruch des Totenbetts an mir.« Die Stimme versagte ihr, als sie diese Worte aussprach, und sie begann abermals zu weinen.

Lucie wartete, bis sie sich wieder ein wenig beruhigt hatte, und schenkte Branntwein nach. »Wessen Totenbett?«

Bess trank und bekam einen Schluckauf. »Oheim Julian. Er ist tot. Ich kann es immer noch nicht glauben.«

»Wie ist das möglich? Er ist doch nicht an seinen Verletzungen gestorben?«

»Er hatte solche Schmerzen.« Die Tränen störten sie. Bess wischte sich unwirsch die Augen aus.

Lucie setzte sich und legte ihrer Freundin einen Arm um die Schultern. »Erzähl mir, was passiert ist.«

Zwischen fortdauerndem Schluckauf, noch mehr Tränen und drei weiteren Schlucken Branntwein schilderte Bess die grauenhaften letzten Augenblicke Julians. »Anneys hat gesagt, es wäre die Pest, aber sie irrt sich. Da bin ich mir sicher. Und ich habe im Gesicht deines Mannes gesehen, daß auch er daran zweifelte.«

Das war in der Tat eine falsche Annahme. Lucie hatte noch bei keinem Pestopfer eine Kombination dieser Anzeichen erlebt. »Owen war auch dort?«

»Ich weiß nicht, wieso er hingekommen ist, aber ich war froh darüber.«

Lucie war neugierig auf Owens Bericht. Ihrer Auffassung nach deuteten die Merkmale auf etwas ganz anderes hin, nicht auf eine Krankheit. Aber sie wollte Bess nicht noch weiter aufregen. »Manchmal kann eine Kopfwunde noch lange Zeit nach der Verletzung für Komplikationen sorgen. Ein Schlaganfall ist nicht ungewöhnlich.«

»Mit so starkem Schwitzen und großem Durst?«

»Ich halte es immerhin für möglich.«

»Ich vermutete, es wäre etwas mit seinem Herzen, nicht mit seinem Kopf.«

»Vielleicht. Er hatte eine Verletzung erlitten und den Tod eines sehr guten Freundes zu beklagen. All das könnte sein Herz geschwächt haben.«

»Du versuchst, mich zu trösten.«

»Das stimmt. Aber wie soll ich wissen, was ihn so plötzlich niedergestreckt hat?«

Bess strich Lucie über die Hand und stand seufzend auf. »Jetzt bin ich schon wieder ein bißchen ruhiger. Ich kann Tom die Nachricht überbringen, ohne ihn zu sehr in Unruhe zu versetzen.«

Als Owen an diesem Abend viereckige Tücher mit duftenden Kräutern füllte und Lucie sie zusammennähte, unterhielten sie sich über Julian Taverners Tod.

»Du kannst doch nicht im Ernst annehmen, das wäre ein Schlaganfall gewesen, der durch die Verletzung ausgelöst worden ist«, sagte Owen. »Nicht mehr nach so langer Zeit.«

»Das war eine kleine Lüge, zu der ich mich gezwungen sah. Ich wollte ihr nicht sagen, was ich wirklich befürchte.«

»Und was ist das?«

»Er hat behauptet, vergiftet worden zu sein. Und wenn ich mich nicht ganz irre, könnte eine entsprechende Dosis Belladonna einen solch furchtbaren Tod hervorrufen.«

Owen nickte, während er ihr das letzte Stück reichte. »An etwas Ähnliches hatte ich auch schon gedacht.«

Lucie vernähte das Tuch zu einem Beutel und stellte den Arbeitskorb beiseite. Als sie zum Fenster ging, um etwas Luft zu schöpfen, sagte sie: »Es widerstrebt mir, daran zu denken, Liebster. Besonders nachdem du jetzt im Hospital zu tun hast. Aber Julian hatte es angedeutet. Und der Tod von Walter de Hotter, die Angriffe, die Diebstähle ...«

Owen trat zu ihr und legte seine Arme um sie. »Was mag nur den Frieden im St. Leonhard so nachhaltig gestört haben?«

Lucie drückte seine Hände. »Was immer es ist« – sie drehte sich in seinen Armen um – »du mußt auf dich achtgeben, Liebster.«

»Warum hast du Bess nicht von deinem Verdacht erzählt?«

»Deine Aufgabe ist schon schwierig genug, auch wenn Bess dir nicht an den Fersen klebt.«

»Gut, daß du daran gedacht hast. Wo liegt die Verbindung zwischen diesen Ereignissen? Walter, Laurence, Julian, die Diebstähle ...?«

»Warst du bei Ravenser?«

»Ich werde morgen zu ihm gehen. Heute habe ich mit Edward Munkton und Honoria de Staines gesprochen.«

»Ah, Honoria. Jeder, der in die Apotheke kommt, hat über sie etwas zu sagen. Allerdings nichts Gutes.«

»Sie behauptet, Julian Taverner habe ihr die Kelche gegeben. Als Hochzeitsgeschenk.«

Obwohl Bess sie nicht mochte? »Was hat Julian dazu gesagt?«

»Er war schon tot, bevor ich ihn danach fragen konnte.«

Lucie bekreuzigte sich. »Hältst du sie für eine Diebin oder eine Mörderin?«

»Für beides. Oder auch keins von beiden. Ich weiß es nicht.«

»Und was ist mit Honorias verschwundenem Ehemann?«

Ein eifersüchtiger Ehemann hätte gut zu dieser Frau gepaßt. »Sie ist seit einigen Tagen im Kerker.«

»Aber sie hat doch die Freiheit, tagsüber ihren Aufgaben nachzugehen.«

»Vielleicht erinnert Bess sich daran, daß Julian Honoria die Kelche geschenkt hat.«

»Was bedeutete Honoria für Julian?«

»Du kannst sicher sein, daß Bess dazu eine Meinung hat.«

13

Die Klage von Bess

Das Haus des Hospitalmeisters des St. Leonhard bestand zwar größtenteils aus Holz, war jedoch recht geräumig und verfügte über mehrere verglaste Fenster. Kaum hatte Bess geklopft, erschien ein rundlicher Mann, der ein schlichtes geistliches Gewand trug und offenbar mehr als nur ein Diener war. Bess rückte ihre schleifengeschmückte Haube zurecht und verlangte, mit dem Herrn des Hauses sprechen zu dürfen.

Der Sekretär bekam einen gequälten Gesichtsausdruck. »Gott sei mit Euch, Mistress Merchet. Euer Oheim war ein guter Mensch. Möge er in Frieden ruhen.«

»Ich werde sicherstellen, daß er dies auch wirklich tun kann. Nun aber möchte ich Euren Herrn sprechen.«

»Sir Richard schläft. Morgen wäre es vielleicht …«

»Nein, nicht morgen. Ich habe vor ein paar Tagen mit Eurem Herrn gesprochen, und dabei hat er mich eingeladen, ihn jederzeit zu besuchen. Und heute bin ich hier.«

»Aber an solch einem Tag, Mistress Merchet …« Ravenser hatte gerade Julians Beerdigung vorgenommen.

»Mein Oheim hat seine Ruhe gefunden. Ich aber kann es erst, wenn ich mit Sir Richard gesprochen habe.«

Seufzend bat der Sekretär sie, im Saal zu warten. Dann verschwand er durch einen Bogen, und Bess hörte schwach einen Gruß, Gemurmel, dann nichts mehr. Sie schaute umher und bemerkte, daß in der Mitte des Saals noch einige ungeöffnete Satteltaschen lagen. Gut. Sir Richard verdiente es, in seiner Ruhe gestört zu werden, nachdem er sich so wenig um ihren Oheim gekümmert hatte. Sie hatte sich in der Öffentlichkeit ihm gegenüber stets höflich verhalten, doch nun wollte sie ihn ihren Zorn spüren lassen. Und ihm etwas zum Nachdenken geben. Sie ging zu den Satteltaschen, kauerte sich nieder und befühlte das Leder. Geschmeidig. Teuer. Das war auch nicht anders zu erwarten. Es hieß, Sir Richards Ansprüche seien genauso hoch wie die Stellung seines Oheims Thoresby. Er mußte neben seinen Posten im Kanzleramt und im Haushalt der Königin noch weitere einträgliche Pfründe besitzen, um sich solches Leder leisten zu können. Bess zog sich wieder zur Tür zurück, als sich Schritte näherten.

Der Sekretär verbeugte sich respektvoll, doch seine Augen drückten Mißbilligung aus. »Sir Richard ist nun bereit, Euch zu empfangen. Bitte folgt mir.« Er machte auf dem Absatz kehrt und führte sie den Weg entlang, den er gekommen war.

Bess folgte ihm mit grimmiger Entschlossenheit.

Als Richard de Ravenser sich erhob und ihr entgegenkam, bemerkte Bess, daß er seinem Oheim deutlich ähnlicher geworden war, seit sie ihn vor einigen Jahren das letzte Mal gesehen hatte. Ravensers Lippen jedoch waren dünner als die des Erzbischofs. Kalte, prüde Lippen. Dieser Mann genoß das Leben nicht in vollen Zügen, wie es, so vermutete Bess, sein Oheim wohl in jungen Jahren getan hatte.

»Mistress Merchet. Ich vermute, Ihr habt mich wegen des unerwarteten Todes Eures Oheims aufgesucht. Ich versichere Euch, wir waren fest davon überzeugt, daß er sich wieder soweit erholt hatte, um nach Hause entlassen werden zu können.« Ravenser winkte Bess zu einem hochlehnigen Stuhl neben einem Tischchen, auf dem ein Krug Wein und zwei Becher standen.

Wie zuvorkommend. Nicht jedermann behandelte eine Wirtin so freundlich. Bess setzte sich.

Ravenser bedeutete einem Diener, der geräuschlos an die Stelle des Sekretärs getreten war, er solle einschenken. »Trinkt Ihr Wein mit mir?«

»Es wäre mir eine Ehre, Sir Richard.« Bess hob den

Becher unter die Nase und roch das starke Bukett. Ravensers Gaumen unterschied sich offenbar von dem seines Oheims, der ihr sehr vertraut war, denn sie lieferten häufig Fässer mit Toms vorzüglichem Bier zu Thoresbys Keller in Bishopthorpe. Aber nachdem sie ihn gekostet hatte, erkannte sie, daß man auch diesen Wein durchaus trinken konnte.

»Verzeiht, daß ich Douglas nicht mitgeteilt habe, daß Ihr mich aufsuchen würdet.«

»Vielleicht war es besser so. Wäre er vorgewarnt gewesen, hätte er sich mehr Argumente überlegen können.«

»Ich versichere Euch, daß sein abweisendes Verhalten nicht beleidigend gemeint war. Er weiß, daß ich durch die Hitze wieder meine Kopfschmerzen bekommen habe, und meint, ich sollte dann möglichst viel ruhen.«

Bess registrierte aufmerksam, daß Ravensers Hand zitterte, als er den Becher an seine Lippen führte: Es handelte sich wohl um mehr als nur einfache Kopfschmerzen. Als sie ihn beobachtete, wie er den Wein probierte, bemerkte sie die einstudierte Anmutigkeit seiner Bewegungen, die durch seine eleganten Gewänder unterstrichen wurde. Vielleicht hatte er doch mehr mit seinem Oheim gemein, als sie auf den ersten Blick gedacht hatte. Er schaute sie neugierig an.

»Verzeiht, aber Ihr seht Seiner Gnaden dem Erzbischof sehr ähnlich.«

»Das sagen viele. Ich wünschte, ich besäße nicht nur seine Gesichtszüge, sondern auch seine Klugheit.«

Eine Bemerkung, die sie besänftigen sollte. Doch Bess war nicht gewillt, sich durch Ravensers Sorgen von ihrem Ziel abbringen zu lassen. »Klugheit. Ja, vielleicht auch nicht. War es klug, meinen Oheim so früh aus der Krankenstation herauszunehmen? Ist Euch nicht der Gedanke gekommen, sein Tod könnte unmittelbar damit zusammenhängen, daß man so übereilt sein Bett freizumachen versuchte?«

Eine leichte Röte überzog das bleiche Gesicht des Hospitalmeisters. »Master Taverner befand sich weiter in unserer Obhut. Sein Haus ist nicht so weit entfernt von ...«

»O ja. Aber als seine Dienerin nach Anneys schicken ließ, kam diese nicht. Erst als ich ausrichten ließ, mein Oheim liege im Sterben, wurde sie herbeigeholt.«

Ravenser drückte seine Finger an die Schläfen und schloß die Augen. »Mistress Merchet ...«

»Interessiert es Euch zu hören, daß mein Oheim glaubte, er sei vergiftet worden?«

Die eingesunkenen Augen weiteten sich vor Schreck. »Was?«

»Vergiftet. Das hat er gesagt.«

»Durch wen?«

Bess wollte ihm nicht gestehen, daß sie es nicht wußte. »Euer Cellerar hat meinen Oheim bedrängt. Hat ihn gefragt, warum Master Warrene in das Haus zurückgekehrt sei, anstatt auf das Feuer zu achten. Don Cuthbert dachte, er könnte die Gegenstände versteckt haben, die in Eurem Hospital verschwunden sind. Nun, was haltet Ihr davon? Meinen Oheim, der verletzt war und trauerte, mit derart gefährlichem Unsinn zu quälen?«

Ravenser ließ seine Hände in den Schoß fallen und schien sie ausgiebig mustern zu wollen.

»Hier geschieht vieles ohne Euer Wissen, Sir Richard. Ich weiß, Ihr seid ein wichtiger Mann in Westminster. Aber Ihr solltet Eure Leute besser kennen. Laurence ein Dieb?« Bess schüttelte den Kopf. »Ein Mann, der wohlhabend genug ist, um für sich und seine Frau eine Pflegschaft in Eurem Hospital kaufen zu können. Und was ist mit den Diebstählen? Was wißt Ihr darüber?«

Ohne den Blick zu heben oder sich sonst zu bewegen, sagte Ravenser: »Wir sprachen über den Tod von Julian Taverner. Was haben die Diebstähle damit zu tun?«

»Was haben sie mit Laurence zu tun?«

»Ich werde wegen dieser Anschuldigungen mit Don Cuthbert sprechen.«

»Was ist mit Honoria de Staines? Es heißt, Ihr haltet sie unter Bewachung. Was hat sie zu sagen?«

»Um sie braucht Ihr Euch keine Sorgen zu machen, Mistress Merchet. Aber ich versichere Euch, ich werde all diesen Dingen auf den Grund gehen.«

Bess ignorierte den ungeduldigen Ton in Ravensers Erwiderung. »An dem Tag, als es brannte, wurden mein Oheim und Laurence de Warrene angegriffen. Habt Ihr irgendeine Vorstellung, wer das gewesen sein könnte? War es der Dieb? Wäre es denn nicht wichtig, den Schuldigen zu finden? Muß ich ...«

Ravenser hob eine Hand. »Mistress Merchet, ich versichere Euch noch einmal, daß ich alles tun werde, was in meinen Kräften steht, um diese Vorgänge aufzuklären. Aber bevor ich Euch irgend etwas mitteile, müßt Ihr mir versprechen, daß Ihr mit niemandem darüber redet.«

Trotz seiner äußerlichen Höflichkeit hielt er sie also doch für eine niedere, schwatzhafte Schankwirtin. »Verschwiegenheit hängt nicht vom gesellschaftlichen Stand ab, Sir Richard.«

Ravenser massierte wieder seine Schläfen. »Verzeiht meine Unbeholfenheit. Ich wollte Euch nur darauf hinweisen, daß in der gegenwärtigen Situation Geheimhaltung nötig ist.«

»Ihr solltet Euch mehr darum bemühen, Informationen zu erhalten, über die man Stillschweigen bewahren muß.«

»Ich hoffe, bald über solche Informationen zu verfügen. Erzbischof Thoresby hat sich bereit erklärt, mir Hauptmann Archer zur Seite zu stellen.«

»Wirklich?« Bess hatte dazu eine zwiespältige Meinung. Owen war zweifellos am besten dafür geeignet, diese Vorgänge zu untersuchen, und darüber war sie froh.

Aber daß der Erzbischof ihn dafür abgestellt hatte, bedeutete, daß hier wirklich einiges nicht stimmte. Lucie würde es nicht gern sehen, daß Owen in die Sache hineingezogen wurde. Würde sie Bess dafür verantwortlich machen? Doch daß Owen mit Nachforschungen beauftragt worden war, bedeutete auch, daß Ravenser nun etwas tun mußte. »Über dem St. Leonhard liegt zur Zeit ein Fluch.«

Hastig entgegnete Ravenser: »So würde ich es nicht nennen, Mistress Merchet. Fluch ist ein etwas zu harter Ausdruck. Ich möchte einfach nur die Wahrheit herausfinden. Aber nun verzeiht mir bitte, ich verspüre ein heftiges Pochen in meinem Kopf, das bald alle Geräusche von außen übertönen wird. Ich entschuldige mich im Namen des St. Leonhard für den Tod Eures Oheims. Falls wir uns etwas haben zuschulden kommen lassen.«

Bess stand auf und verbeugte sich leicht. Sie hatte noch viele Fragen, aber der Hospitalmeister des St. Leonhard wirkte nun sichtlich angestrengt. »Möge Gott Euch Heilung bringen, Sir Richard. Ihr solltet Euren Diener zu Mistress Wilton schicken, um eine Medizin besorgen zu lassen.«

»Ich verfüge bereits über eines ihrer bemerkenswerten Mittel, Mistress Merchet. Es erwartet mich in meinem Schlafgemach. Gott befohlen.« Ravenser geleitete sie höflich zur Tür. Douglas kam herbeigeeilt, um Ravenser in sein Schlafgemach zu helfen, und kehrte kurz darauf zurück, um Bess in den Hof hinauszuführen.

Bess hielt mit einer Hand die Tür auf. »Ich dachte nicht, daß mein Anliegen ihn so aufregen könnte, daß er gleich krank werden würde.«

»Sir Richard brauchte nach dem Begräbnis Ruhe. Die heiße Sonne. Hättet Ihr meinen Rat befolgt ...«

»Dann hätte ich jetzt genauso starke Kopfschmerzen wie er. Gott sei mit Euch.«

14

Verwicklungen

Auf Lucies Drängen hin ging Owen bereits früh am Morgen zu Magda Digbys Haus. Es war erst kurz nach Tagesanbruch, und er mußte den Torwächter wecken, denn bald würde die Flußfrau ihren Tag beginnen und zu ihren Besuchen bei den Kranken innerhalb der Stadtmauern und in der Umgebung aufbrechen. Owen wollte mit ihr über Julian Taverners Tod sprechen, bevor er später an diesem Tag mit Ravenser zusammentreffen würde.

»Vielleicht sollte Bess ihr die Geschichte selbst erzählen«, hatte Lucie vorgeschlagen.

»Und wenn Magda es für wahrscheinlich hält, daß er vergiftet wurde, was dann?«

Lucie hatte von der Salbe aufgeblickt, die sie gerade über einer kleinen Flamme herstellte, und Owens Blick mit einem Lächeln erwidert. »Dann hätte ich mich umsonst bemüht, das vor Bess geheimzuhalten. Und sie würde dich verrückt machen.«

»Genau. Ich habe schon genug Sorgen am Hals, dank Seiner Gnaden.«

»Tu nicht so, als wäre dir nicht auch daran gelegen, den ganzen Schwierigkeiten im Hospital ein Ende zu setzen.«

»Ich hoffe zunächst nur, sie verstehen zu können.«

»Wo willst du anfangen?«

»Ich hoffe, daß Magda etwas zu Ohren gekommen ist, was mir Anhaltspunkte liefern kann.« Jedes Gerücht, das in York auftauchte, erreichte nach kurzer Zeit die Flußfrau.

Während Owen auf den Torwächter wartete, dachte er über Honoria de Staines nach, die im Mittelpunkt so vieler Gerüchte stand. Nach Julians Tod war es noch schwieriger geworden, sie richtig einzuschätzen. Lucie hatte recht – er mußte Bess fragen, was sie über das Geschenk wußte. Und ob es Spannungen zwischen Honorias Ehemann und Julian gegeben hatte. Eine Unterhaltung, vor der er sich fürchtete.

»Ist doch noch so früh«, brummelte eine Stimme über ihm. »Wer ist da?«

»Hauptmann Archer im Auftrag des Erzbischofs.«

Owen hörte ein Fluchen, dann das Geräusch von Schlüsseln, die gegen das Nachttor schlugen, und schließlich drehte sich der Schlüssel im Schloß. Die Tür schwang stöhnend auf, als wolle sie gegen diese frühe Störung protestieren. Der Wächter war auch nicht viel freundlicher.

»Konnte das denn nicht warten?«

»Nein.«

»Gut, dann geht hinaus, Hauptmann.« Dan trat zurück und ließ Owen vorbei.

Owen erinnerte sich an etwas, das Lucie vor ein paar Tagen gesagt hatte. »Deine Kleine. Ist sie wieder gesund geworden?«

Schweigen. Owen blickte zurück, als die Tür sich schloß, und sah noch, wie Dan sich mit dem Ärmel über sein verschlafenes Gesicht fuhr. »Möge sie in Frieden ruhen«, murmelte Owen und machte sich auf den Weg. Er haderte mit sich darüber, daß er einen Mann aufgeweckt hatte, der dringend seinen Schlaf brauchte. Dan und seine Frau hatten noch weitere Kinder, aber die kleine Angelique war ihre jüngste und ihnen liebste Tochter gewesen, ein blondes Mädchen mit glockenheller Stimme, kaum älter als Gwenllian. Als Owen vom Tor aus nicht mehr zu sehen war, bekreuzigte er sich und sprach ein Gebet für seine eigenen Kinder.

Rauch von Magdas Herdfeuer stieg aus der Öffnung in dem umgedrehten Wikingerboot auf, das ihr als Dach diente. Sie war also noch zu Hause. Magda vernachlässigte niemals ihr Feuer, obwohl ihre Hütte auf einem Felsen am schlammigen Flußufer lag und durch das Wasser oder zumindest den Schlamm von den Behausungen der übrigen Ausgestoßenen getrennt war, die vor den Mauern der Abtei St. Mary entstanden waren. Owen klopfte. Während er wartete, glaubte er, in der Nähe ein leises Wiehern zu hören. Als er um die Ecke spähte, sah er sich einem Pferd gegenüber.

»Dann wird Magda heute also ausreiten, was, meine Schöne?«

»Ihr seid aber ziemlich früh dran, Vogelauge«, sagte Magda von der Tür her. »Erinnert Ihr Euch an das Pferd von Mistress Ffulford?«

»Ich habe es nicht gleich erkannt.«

»Das Mädchen hat es besser gepflegt als seine letzten Besitzer.«

Owen ließ seine Hand über die Mähne des Pferdes gleiten und stieß dabei in der Nähe der Schulter auf eine klebrige Stelle. »Ist es verletzt?«

»Ja. Wird aber wieder gesund. Kommt herein.«

Owen beugte den Kopf, um im niedrigen Türrahmen nicht anzustoßen. »Ist das Mädchen auch da?«

»Nein, nur das Tier.«

»Haben ihre Verwandten es verkauft, nachdem sie sie aufgenommen hatten?«

Als sie ihre aus Flickwerk bestehenden Röcke gerafft hatte, setzte Magda sich auf einen Stuhl am Herd und griff nach einer Schale mit einem Löffel. »Ihr könnt den ganzen Tag Fragen stellen, Magda wird Euch nicht daran hindern. Aber welche Antwort richtig ist, das kann sie nicht sagen. Habt Ihr schon ein Frühstück eingenommen.«

»Ja. Aber zu einem Becher Bier würde ich nicht nein

sagen.« Er berichtete ihr von seiner Begegnung mit dem Torwächter.

»Holt Euch selbst etwas zu trinken. Ihr wißt, wo Magda das Bier stehen hat.« Sie kaute an ihrem Frühstück.

Owen machte es sich auf den Matten neben dem Feuer bequem und leerte den Becher zur Hälfte.

»Was führt Euch in aller Herrgottsfrühe zu Magda, Vogelauge?«

Er erzählte ihr von der Aufgabe, die er im Hospital zu erledigen hatte. »Ich überlege, ob der Tod von Julian Taverner etwas mit den Diebstählen zu tun hat.«

»Taverner. Ja. Magda hat davon gehört. War es nicht die Manqualm?«

Als Owen Julians Krankheitsmerkmale beschrieb und seine seltsamen letzten Worte wiedergab, schloß Magda die Augen und nickte.

»Belladonna. Ja, das paßt. Taverner hatte bestimmt Feinde.«

»Feinde im Hospital?«

»Das müßt Ihr herausfinden.« Magda stellte die Schale beiseite, griff nach einem Becher und trank. »Aber bedenkt folgendes: Taverners Schenke war klein im Vergleich zur York Tavern. Trotzdem besaß er teures Gedeck und zahlte viel Geld für eine Pflegschaft im St. Leonhard. Sind die Merchets auch so wohlhabend?«

»Er war ein Schmuggler.« Owen trank sein Bier aus. »Aber das sind sie alle in Scarborough.«

Magda lachte bellend. »Ist das nicht ein bißchen zu einfach? Die Männer stellen gern Regeln auf. Taugen aber selten viel.«

»Vielleicht doch. Wenn sich in Scarborough so viele mit Schmuggel beschäftigen, warum sollte dann ausgerechnet Julian Taverner Feinde haben?«

»Jetzt stellt Magda eine Regel auf: Ein Mann, der keine Feinde hat, redet auch nicht davon, vergiftet worden zu sein. Aber es ist Eure Aufgabe, die Wahrheit herauszufinden.«

»Ich kann mir nicht vorstellen, wie es geschehen sein soll. Er wurde von Bess versorgt, den Laienschwestern und seiner Dienerin, und er befand sich im Schutz des Hospitals. Wie konnte der Giftmörder zu ihm vordringen?«

»Ja. Da habt Ihr viel zu tun.« Magda stellte ihren Becher ab und streckte sich, nachdem sie aufgestanden war.

»Honoria de Staines verbringt die Nächte im Kerker des St. Leonhard, wußtet Ihr das?«

»Ja. Weil sie Seidenkleider und Gläser besaß, die ihrem Stand nicht entsprachen.« Magda nahm einen Beutel von einem Haken und trug ihn zu ihrem Arbeitstisch.

Owen folgte ihr. »Ich möchte herausfinden, ob die Anschuldigungen gegen sie zutreffen. Sie hielt sich doch häufig in der Nähe von Julian Taverner auf.«

Während Magda den Beutel mit verschiedenen Habseligkeiten füllte, sagte sie: »Honoria war zwei Jahre seine Dienerin, bis sie heiratete. Sie mußte sich einfach häufig in seiner Nähe aufhalten.«

»Waren sie ein Liebespaar?«

»Und deswegen sollte sie ihn vergiftet haben?« Magda ging zu ihrer Feuerstelle und kauerte sich daneben nieder.

»Was ist mit ihrem verschwundenen Ehemann?«

»Sie hat ihn geliebt. Sie hätte sich beinahe selbst vergiftet, als sie versuchte, von ihm schwanger zu werden.«

»Ist sie unfruchtbar?«

Magda wiegte den Kopf hin und her, während sie die Glut erstickte. »So viele Männer und nie schwanger? Ja. Er hat sie geschlagen, sie beschimpft. Aber das Gerede der Leute hat er nicht ausgehalten. Sie wird ihn nie wiedersehen.«

»Wäre es nicht möglich, daß er zurückgekehrt ist, um Rache zu nehmen?«

Magda lachte bellend. »Seid Ihr schon so verzweifelt,

daß Ihr so etwas glaubt?« Sie schickte sich an aufzustehen, wies aber Owens ausgestreckte Hand zurück. »Fort mit Euch. Magda muß ihr Tagwerk beginnen.« Sie verschloß den Beutel und hängte ihn sich über die Schulter.

Als Owen vor die Hütte hinaustrat, begrüßte ihn das Pferd. »Wo habt Ihr das Tier gefunden?«

»War bei einer eingestürzten Hütte angebunden. Die Leute sagen, ein Fremder hätte das Pferd am Stadttor zurückgelassen, als ein Karren umstürzte und es erschreckte.«

»Glaubt Ihr das?«

»War ein zu großer Fang für sie. Also hat Magda sich nach dem Fremden erkundigt. Angezogen wie ein Schreiber, mit Wunden an einem Arm und einem Bein und so schwach, daß er das Tier nicht mehr beruhigen konnte.«

»Und er ist nicht zurückgekommen, um es zu holen?«

»Nein.«

»Wie kommt es, daß daß Tier jetzt bei Euch ist?«

»Magda hat ihnen gesagt, sie würden Schwierigkeiten haben, es zu verkaufen.«

»Was habt Ihr mit ihm vor?«

»Auf seinen Rücken steigen und den Fluß hinaufreiten.«

»Ihr habt Angst um das Kind.«

Magda scheuchte ihn weg. »Ihr habt Eure Sorgen, Magda hat ihre.«

Tom Merchet blickte von seiner Arbeit auf, als Owen in die nur schwach beleuchtete Schenke trat. »Irgendwelche Neuigkeiten von meinem Patenkind?« Tom teilte mit dem Erzbischof die Ehre, Pate von Hugh zu sein.

»Bald werden wir welche bekommen. Seine Gnaden macht auf Freythorpe halt, um Tildy vom Tod ihres Bruders zu berichten.«

»Gut, daß er das tut. Gibt heutzutage nur noch wenige Boten.«

»Ja. Ist Bess hier?«

»In der Küche. Die Köchin ist krank. Hat sich die Hand verbrüht. Ist aber dank Lucies Salbe schon wieder viel besser geworden. Meine Frau hat mir gesagt, du willst Julians Tod rächen.«

»Heilige Maria Muttergottes. Was für ein dummes Gerede ...«

Tom brachte Owen durch einen Klaps auf den Rücken zum Schweigen. »Beruhige dich. Sie hat nichts dergleichen gesagt.« Er schaute ihn mit fröhlichem Gesicht an. »Aber sie hat gesagt, du sollst Sir Richard bei der Lösung seiner Probleme helfen.«

»Das stimmt. Ich treffe mich mittags mit ihm. Aber zuvor möchte ich gern noch mit Bess über ihren Oheim reden.«

»Du brauchst nur anzufangen zu reden, dann ist sie gleich hier draußen.«

Owen setzte sich Tom gegenüber und fuhr über die Ecke des Tisches, die der Wirt gerade abgeschliffen hatte. »Was ist hier passiert?«

»Eine Bank ist gegen den Tisch gekracht.«

»Bei einer Rauferei? Wurde jemand verletzt?«

»Ja, aber der Mann hat's überlebt. Und der, der ihn angegriffen hat, ist für den Schaden aufgekommen.«

Es kam Tom Merchet zugute, daß er über gut entwickelte Muskelpolster verfügte. Ein Gastwirt konnte nie kräftig genug sein.

»Sag mir, was du über Julian Taverner weißt.«

Tom dachte einen Augenblick nach, ordnete seine Gedanken. »Hat eine Schenke im Hafen von Scarborough besessen. Swan Tavern hieß sie. Und wie alle Männer von Scarborough hatte er eine Schwäche für Schiffe, die bei stürmischem Wetter vor der Küste auf Grund liefen.« Toms Vorurteile speisten sich vor allem aus Bess' angenehmen Erinnerungen an ihren ersten Ehemann, einen Schreiber aus Scarborough.

Aber vielleicht lag doch etwas Wahres in dem, was er andeutete. Auch Magda hatte angedeutet, daß, Julian sein Vermögen nicht allein durch seine Schenke erworben habe. »Hat er die Wracks geplündert?«

Tom lachte. »Ja, könnte man sagen. Als er noch Wirt war. Aber nachdem seine Frau und seine Tochter bei einem Sturm ertrunken waren, hörte er auf. Machte sich selbst dafür verantwortlich, daß sie umgekommen waren, obwohl er gar nicht in der Nähe gewesen war. Ein plötzlicher Sturm, dem auch die besten Segler nicht gewachsen waren. Er nannte es seine Strafe. Und als die Pest in Scarborough ausbrach, verrichtete er seine Buße, kümmerte sich um die Kranken und Sterbenden.«

»Seine Strafe wofür?«

»Für eine Leman wahrscheinlich. Wofür sonst? Aber er hat nie darüber gesprochen.«

»Erzählst du wieder Geschichten, Mann?« Bess stand in der Tür, die zur Küche führte.

»Weißt du eine bessere Antwort, Weib?«

Bess trat zu ihnen an den Tisch. »Dann stimmt es also, Owen. Du hast angeboten, Sir Richard zu helfen?«

»Angeboten? Nein. Seine Gnaden hat mich damit beauftragt.«

»Wie auch immer. Jedenfalls freut es mich, daß du die Sache in die Hand nimmst. Dadurch werde ich wieder Ruhe finden, und das ist alles, was ich jetzt noch verlangen kann, nachdem er tot ist.«

»Ich fürchte, ich werde dich enttäuschen.«

»Nein, dazu bist du einfach zu schlau.«

»Dann nimmst du mir es hoffentlich nicht übel, wenn ich ein bißchen neugierig bin? Kennst du noch irgendwelche alten Kameraden aus seiner Schmugglerzeit?«

Bess prallte zurück. »Schmuggel? Was redest du da?«

»Er hat doch sehr gut gelebt in Scarborough, Bess.«

»Die Swan Tavern ist heute eine ausgezeichnete Schenke. Sie war schon berühmt, als Julian sie noch führte.«

»Auch das hier ist eine ausgezeichnete Schenke. Aber könntet ihr es euch leisten, eine Pflegschaft im St. Leonhard zu kaufen?«

»Nein. Aber du tätest gut daran, woanders zu suchen. John Cooper hat irgend etwas über die Todesfälle im Hospital erzählt.«

Owen winkte ab. »Das habe ich gehört. Lästerliches und gefährliches Geschwätz, Bess. Trage besser nicht zu seiner Verbreitung bei. Es hat also niemand eine Idee, wo ich ansetzen könnte?«

»Du kannst uns vertrauen«, sagte Tom.

Bess sagte nichts, aber ihr gekränkter Gesichtsausdruck bestärkte Owen in seiner Vermutung.

»Mich beschäftigt noch etwas, was mir helfen könnte, das Ganze zu verstehen, Bess.«

»Oh? Und was ist das?«

»Honoria de Staines.«

Bess schnaubte. »Diese dreiste Dirne.«

Owen erzählte ihr von seiner Unterhaltung mit Honoria, verschwieg aber, daß diese am Tage von Julians Tod stattgefunden hatte.

»Kelche aus italienischem Glas?« Bess schüttelte den Kopf. »Ich wußte, daß der alte Mann einen Narren an ihr gefressen hatte. Aber Kelche aus italienischem Glas!«

»Du warst bei der Hochzeit nicht anwesend?«

»Nein, war ich nicht! Schamloses Flittchen! Ich rechnete schon damit, daß bald ein Kind auftauchen würde mit dem Gesicht und der Nase meines Oheims und dem dichten Haar unserer Familie.«

Honorias Unfruchtbarkeit schien doch nicht allgemein bekannt gewesen zu sein. »Dann holte er sie also in sein Bett?«

»Es war es eher umgekehrt. Sie hat ihn verführt.«

»Hast du dafür Beweise?«

»Es liegt in ihrer Natur, mein Freund. Warum? Hat das irgend etwas mit dem Tod meines Oheims zu tun?«

»Nein, überhaupt nichts. Es geht nur um die Kelche. Sie gleichen sehr stark denen, die im Hospital gestohlen wurden.«

»Aha. Nun, sie hat es nicht nötig zu stehlen, diese Frau. Sie verdient sich ihr Geld, indem sie sich hinlegt.«

»Dein Oheim hat ihrer Eheschließung beigewohnt. Mochte er den Bräutigam?«

»Nein. Er hielt ihn für eine schlechte Wahl.«

»Dann gab es also Reibereien zwischen ihnen?«

Bess verzog das Gesicht. »Er hat den jungen Mann nicht zum Hahnrei gemacht, wenn du darauf hinauswillst.«

Owen wurde klar, daß er in dieser Angelegenheit mit den Aussagen von Bess nicht allzuviel würde anfangen können.

Das Tageslicht blendete ihn, als Bruder Wulfstan nach einer langen Nachtwache beim jüngsten Opfer der Pest hinaus ins Freie trat.

John Tyler, der gerade einen Angehörigen verloren hatte, rief ihm von der Tür aus nach: »Soll Euch jemand begleiten und Euch stützen?«

Bruder Wulfstan schüttelte den Kopf und versuchte, die Besorgnis des Mannes zu zerstreuen. »Nein, das ist nicht nötig, Master Tyler.« Der Mann hatte seine Frau und sein Kind verloren, hatte aber noch einen Sohn und eine Tochter, um die er sich kümmern mußte. »Es war sehr tapfer von Euch, bis zum Ende bei ihnen zu bleiben. Nicht viele tun das.«

»Gott segne Euch, Bruder Wulfstan.«

Der alte Mönch wandte sich zu der Gasse, die zur Dreifaltigkeitskirche in der Goodramgate führte.

»Gott sei mit Euch, Bruder Wulfstan«, rief eine näselnde

Stimme aus dem Dämmerlicht unterhalb eines der Häuser mit überhängenden oberen Stockwerken.

Wulfstan blieb stehen und blinzelte. »Gott sei mit Euch. Seid Ihr in Bedrängnis?«

Ein Mann humpelte hervor. »Ich bin verletzt.«

Eine Verletzung war eine willkommene Abwechslung, nachdem er es sonst nur noch mit Pestkranken zu tun hatte. »Kommt, gehen wir zum Friedhof. In diesem schwachen Licht können meine alten Augen Eure Verletzung nicht richtig untersuchen.«

Sie gingen die Gasse hinunter und betraten den Friedhof.

»Fühlt, wie heiß es hier ist«, sagte der Mann und führte Wulfstans Hand zu einer Wunde an seinem Oberarm.

Wulfstan stellte seinen Beutel mit Arzneien und Verbandstoff auf den Boden und betastete die Wunde. »Euer Ärmel ist mir im Weg.« Über der verletzten Stelle war der Ärmel leicht eingerissen. »Kommt mit in die Abtei St. Mary. Dort kann ich Euer Gewand entfernen, die Wunde säubern undverbinden.«

Der Mann schüttelte den Kopf.

Wulfstan fiel auf, daß die Kleider des Manes stark nach Pferdeschweiß rochen. Er sah ihm ins Gesicht, konnte sich jedoch nicht erinnern, ihn zu kennen. »Seid Ihr fremd in York?«

»Ja. Ich wurde auf der Straße überfallen.«

»Woher wißt Ihr meinen Namen?«

»Ich habe ihn gehört, als Ihr auf die Straße hinausgetreten seid.«

Das war möglich. »Warum wollt Ihr nicht mitkommen in die Abtei?«

Eine Frage zuviel. Der Mann griff nach Wulfstans Beutel. Der alte Mönch versuchte, sie ihm zu entreißen, was jedoch eine sehr schlechte Idee war. Ein kurzes Gerangel, und Wulfstan stürzte zu Boden. Bis er sich wieder aufrappelte, war der Fremde schon verschwunden. Wulfstan war benommen. Und sein Herz klopfte wild. Er ließ den Kopf in die Hände sinken, blieb einen Augenblick lang auf dem Boden knien, bis sich sein Herz wieder beruhigte und er sich kräftig genug glaubte, aufzustehen und seinen Weg fortzusetzen. Er kam sich sehr töricht vor.

Wieder war der Vormittag in der Apotheke ziemlich ruhig verlaufen. Lucie wollte gerade Jasper zur Arbeit in den Garten schicken, als eine Gestalt den Eingang verdunkelte. Der Mann war vom Alter gebückt und unsicher auf den Beinen. Lucie erkannte den Klosterarzt von St. Mary nicht gleich auf Anhieb, doch Jasper ließ das Pulver fallen, das er gerade in einen Krug füllen wollte, und lief zur Tür, um Bruder Wulfstan zu stützen.

»Hol den Branntwein von hinten«, wies Lucie Jasper an, als sie sich zu ihrem alten Freund hinunterbeugte und die Kratzer auf seinem Gesicht und seiner Stirn befühlte. »Seid Ihr gestürzt?«

»Ja, und ich habe meinen Arzneibeutel verloren.«

»Wenn Ihr Euch ein wenig gestärkt habt, müßt Ihr Jasper erzählen, wo Ihr ihn verloren habt.«

»Und dann werde ich Euch zurück zur Abtei begleiten«, sagte Jasper, als er Wulfstan einen Becher mit Branntwein reichte.

Wulfstans Hände zitterten zu sehr, um ihn halten zu können. Als Lucie ihm half, den Becher zum Mund zu führen, bemerkte sie Blut an seiner linken Hand. »Wolltet Ihr Euch beim Sturz abfangen?«

Wulfstan erwiderte nichts, sondern trank.

Lucie brach es beinahe das Herz, ihn so schwach zu sehen. Er mutete sich zuviel zu. Gewiß verlangte Gott nicht solche Opfer von einem Mann, der sein ganzes Leben damit verbracht hatte, anderen zu helfen. Als sie den Becher absetzte, schloß Wulfstan die Augen und lächelte matt.

»Es geht mir schon wieder besser. Ich bitte Euch, macht kein großes Aufheben darum. Ich möchte nur eine Weile hier sitzen und mich wieder sammeln. Bruder Henry soll mich nicht so sehen.«

»Ihr müßt Euch ausruhen«, sagte Lucie. »Wir bringen Euch zu der Pritsche im Arbeitsraum.«

15

Meinungsverschiedenheiten

Ravenser saß an seinem Schreibtisch, die Arme auf den Lehnen seines Stuhls, die Hände vor sich zu einer Pyramide geformt. Ganz wie sein Oheim, dachte Owen. Eine trügerische Ähnlichkeit, denn er stellte fest, daß er diesem Mann gegenübertrat, als handele es sich um Thoresby. Doch Ravenser war auf subtile Weise anders als sein Oheim. Im Augenblick widersprach er Owen höflich.

»Ihr verschwendet Eure Zeit, wenn Ihr versucht, die Diebstähle mit dem Tod von Hotter, Warrene und Taverner in Zusammenhang zu bringen.«

Ravensers Oheim hätte zumindest darüber nachgedacht.

»Daß so viele Schwierigkeiten unabhängig voneinander entstehen, erscheint mir höchst unwahrscheinlich, Sir Richard. Das heißt nicht, daß ich mir sicher wäre, daß das eine aus dem anderen folgte oder was den Ausgangspunkt bildete und warum es dazu kam. Aber so viele Schwierigkeiten in so kurzer Zeit in einer solchen Einrichtung …«

Ravenser neigte den Kopf zur Seite, nickte, als sei er zum Einlenken bereit. Dann ein kräftigeres Nicken. »Ich vertraue Euch, Hauptmann. Ich werde versuchen, Euch nicht im Wege zu stehen. Ihr seid höchst willkommen, das versichere ich Euch. Ich habe um Eure Unterstützung gebeten, müßt Ihr wissen. Seine Gnaden war nicht sehr erbaut, als ich mein Ansinnen zur Sprache brachte. Er hatte andere Pläne mit Euch.«

Somit stimmte es. Ravenser hatte seine Hilfe angefordert. »Seine Gnaden gewinnt also noch immer großes Vergnügen daraus, mein Leben zu ordnen.«

Ravenser lachte überrascht. »Ihr …« Er schüttelte den

Kopf. »Ich bin es nicht gewohnt, daß jemand so von meinem Oheim spricht.«

»Ich wollte nicht unhöflich sein. Er ist ein großer Mann.«

»Aber schwierig, wenn er schlecht gelaunt ist. Wie in letzter Zeit.«

»Er hat mir gesagt, daß es der Königin sehr schlecht geht.«

Ravenser beugte das Haupt. »Für das Reich wird der Tod Königin Phillippas ein herber Verlust sein.«

»Vor allem für Seine Gnaden.«

»Zusätzlich schmerzen dürfte es ihn, daß Mistress Alice Perrers einer Tochter das Leben geschenkt hat.«

»Hat unser König also einen weiteren Bastard gezeugt?«

»Vielleicht stammt das Kind nicht von ihm. Große Bedeutung wird der Tatsache beigemessen, daß es auf den Namen Blanche getauft wurde. Angeblich wurde es nach Blanche von Lancaster benannt.« John von Gaunts Gemahlin war letzten Herbst gestorben. »Und wenn ja, warum? Ist vielleicht Lancaster der Vater?«

Owen grinste. »Mistress Perrers hat einen Sinn für Macht.«

Ravenser lächelte nicht. »Und Lancaster einen Sinn für schöne Frauen. Ich halte es für unwahrscheinlich, daß er mit der Perrers das Bett geteilt hat.«

»Seine Gnaden aber hält es für möglich?« Owen ebenfalls. Seiner Ansicht nach gab es im Königreich nur wenige Frauen, die ein ähnlich verführerisches Netz zu spinnen wußten wie Alice Perrers.

»Ja, er hält es für möglich. Und er ist wütend. Er hoffte auf die Unterstützung des Herzogs bei seinem Versuch, die Perrers vom Hof zu vertreiben …«

»Wenn die Königin stirbt, dürfte der König noch viel stärker von Mistress Perrers abhängig werden.«

Ravenser massierte sich die Schläfen. »Gott sollte besser den Hof mit der Pest überziehen statt die Stadt York. Alle diese kleinen Eifersüchteleien.«

Dann billigte er es also nicht, daß Thoresby für diese Angelegenheit so großes Interesse entwickelte. Owen hielt es für angebracht, wieder zum eigentlichen Thema zurückzukehren. »Wie viele Leute wissen, daß ich Euch bei dieser Untersuchung unterstütze?«

»Don Cuthbert, der Cellerar. Kennt Ihr ihn bereits?«

»Wir sind uns begegnet.«

Ravenser zuckte zusammen. »Er ist ein guter Mann, das versichere ich Euch, und er hat versprochen, Euch in jeder gewünschten Weise zu helfen. Soweit die Regeln des Hospitals es zulassen, natürlich.«

»Natürlich.«

»Auch Don Erkenwald weiß es. Er war es auch, der mich auf die besagten Schwierigkeiten aufmerksam machte.«

»Er ist ein zuverlässiger Mann. Sie sind also die einzigen, die über meine Mission hier Bescheid wissen?«

Ein Seufzen. »Und außerhalb des Hospitals Mistress Merchet. Ich habe versucht, ihr zu erklären, daß ich die Behauptung ihres Oheims, er sei vergiftet worden, durchaus ernst nehme.«

»Also nur die drei, Ihr und ich?«

»Ja. Und ich würde es bevorzugen, wenn weiter niemand davon erführe.«

War der Mann ein Einfaltspinsel? »Ich sehe nicht, wie das zu verhindern sein sollte, Sir Richard. Es wird auffallen, daß ich mich häufig hier aufhalte. Geheimhaltung würde meine Aufgabe nur zusätzlich erschweren.« Ihm wurde klar, daß Ravenser dies nicht als sein eigenes, sondern als Owens Problem betrachtete. Darin glich er wieder ganz seinem Oheim.

»Vielleicht solltet Ihr nur die Diebstähle zur Sprache bringen«, schlug Ravenser vor.

»Und wenn ich danach frage, ob jemandem an dem

Tag, an dem es gebrannt hat, irgend etwas Ungewöhnliches aufgefallen ist? Oder ob Walter de Hotter mit jemandem Streit hatte?«

Ravenser trommelte mit den Fingern auf die Armlehne seines Sessels, während er darüber nachdachte. »Sollten wir vielleicht noch weitere Diebstähle erfinden? Behaupten, aus Laurence de Warrenes Haus sei etwas gestohlen worden? Und auch aus Hotters Haus?«

»Das wollte ich damit nicht vorschlagen. Es stellt sich jedoch die Frage, weshalb Warrenes Haus gleich vollständig niedergebrannt ist?«

Ravenser errötete, versuchte aber seine Verlegenheit durch einen forschen Ton zu überspielen. »Wie ich hörte, habt Ihr mit Mistress Staines gesprochen.«

Owen hatte sich schon gefragt, weshalb Ravenser sie nicht erwähnte. »Ja. Und ich bin neugierig geworden. Warum wird sie in der Nacht eingesperrt, darf sich aber am Tage frei bewegen?«

»Ich dachte, wir könnten etwas herausbekommen, wenn wir sie beobachten – wohin sie geht, mit wem sie spricht.«

»Und wenn sie gefährlich ist?«

»Sie kann das Hospital nicht verlassen.«

»Einige Opfer sind innerhalb der Mauern des Hospitals zu Tode gekommen, Sir Richard.«

Ravenser schnaufte vernehmlich. »Das weiß ich, Hauptmann. Aber Ihr glaubt doch genauso wenig wie ich, daß Mistress Staines eine Mörderin ist, nicht wahr? Sie hat begehrliche Blicke auf die Reichtümer ihrer Nachbarn geworfen. Wie erklärt sie die Kelche?«

»Sie behauptet, Julian Taverner habe sie ihr vor vier Jahren zu ihrer Hochzeit geschenkt. Aber er war schon tot, bevor ich ihn fragen konnte, ob das der Wahrheit entspricht.«

»Warum hat sie sie versteckt, wenn sie ihr rechtmäßig gehörten?«

»Sie sagt, sie habe von den Diebstählen gehört und habe befürchtet, daß man ihr nicht glauben würde. Dame Constance jedenfalls hält Mistress Staines für sehr raffiniert.«

»Und was glaubt Ihr?«

»Habt Ihr schon irgend etwas herausgefunden, seit Ihr sie beobachten laßt?«

»Soweit ich weiß, nein. Möchtet Ihr, daß ich sie freilasse?«

»Noch nicht.«

»Aha.« Ravenser nickte. »Gut. Wie ich schon sagte, werde ich in den Hintergrund treten und Euch freie Hand lassen. Aber ich bitte Euch, klärt diese Vorgänge so schnell wie möglich auf und ohne allzuviel davon nach draußen dringen zu lassen, damit der Ruf des Hospitals nicht noch weiter Schaden nimmt. Denn ohne das Wohlwollen der Bürger …«

»Ich habe noch gar nicht richtig angefangen, und Ihr drängt mich schon, die Sache abzuschließen, Sir Richard?«

»Ich habe mich unglücklich ausgedrückt. Aber ich halte es für angebracht, Euch gegenüber offen zu sein. Es ist eine große Ehre, Vorsteher dieses Hospitals zu sein. Wißt Ihr, daß es die größte derartige Einrichtung im Land außerhalb Londons ist?«

»Ich habe gehört, daß es diesen Anspruch erhebt.«

Ravenser richtete sich auf. »Es ist kein unbegründeter Anspruch. Es entspricht den Tatsachen. Und Vorsteher dieses Hospitals zu sein, das sich der Kranken, der Alten und der Verlassenen annimmt … Ich glaube, ich muß Euch nicht erklären, daß eine derartige Position einem Mann ein gewisses Ansehen verleiht. Aber wo es viel zu gewinnen gibt, kann man auch viel verlieren. Sollte das Hospital zusammenbrechen …« Ravenser drehte sich zum Fenster und verlieh seinen letzten Worten durch Schweigen zusätzliches Gewicht.

Owen musterte den Mann und versuchte, sich darüber klarzuwerden, ob es ihm lieber gewesen wäre, wenn Thoresby und nicht Ravenser in diesem Sessel sitzen würde. Vielleicht lag es an einer gewissen Geheimnistuerei, die er an Ravenser bemerkte und die Thoresby fehlte. Obwohl der Mann freimütig zugegeben hatte, daß es ihm vornehmlich um die Rettung des Hospitals ging, verheimlichte er noch einiges.

Außerdem übertrieb er.

»Warum sollte das Hospital wegen der Diebstähle und der Todesfälle, ob sie nun damit zusamenhängen oder nicht, gleich zusammenbrechen?«

Ravenser griff nach seinem Becher und nippte am Wein, während er Owen studierte. Ein Trick seines Oheims. Hatte er das seinem Oheim abgeschaut? »Schulden, Hauptmann. Und Schulden erfordern Schenkungen. Mir wurden die Einnahmen aus dem diesjährigen Lammas-Jahrmarkt versprochen, aber leider …« Ravenser stellte den Becher ab und beugte sich vor. »Don Cuthbert hat die Goldschmiede gegen uns aufgebracht, eine Zunft, von der ich mir großzüge Spenden versprochen hatte. In der Stadt kursieren Gerüchte, die alle Aussichten zunichte machen, von anderen wohlhabenden Bürgern Schenkungen zu erhalten. Zwischen dem verstorbenen Bürgermeister und mir hat es eine Auseinandersetzung gegeben. Wenn es so weitergeht, sind wir bald ruiniert. So einfach ist das.«

»Was haltet Ihr von der Möglichkeit, daß ein Mörder in Eurer Mitte lebt? Bereitet Euch das keine Sorgen?«

Die Flußfrau unternahm nur selten eine Reise. Wenn Leute vorbeikamen, die von einem kranken Freund berichteten, einer besonderen Pflanze, die irgendwo im Wald oder am Flußufer wuchs oder von einem Tier, das verletzt am Wegesrand lag, stellte sie ihren Tagesablauf gern um. Jene, die auf ihren Besuch warteten, wußten, daß sie nicht zu einer bestimmten Zeit mit ihr rechnen konnten. Sie wußten aber auch, daß sie ganz gewiß kommen würde, wenn auch vielleicht erst lange nach Sonnenuntergang. Es hieß, sie sehe in der Dunkelheit besser als eine Katze.

Es war schon mitten am Nachmittag, als Magda die Stute den Weg zum Hof der Familie Ffulford hinaufführte. Sie hatte keinen besonderen Grund zu der Annahme, das Mädchen könnte sich hier aufhalten, wollte sich aber selbst davon überzeugen. Es blieb ihr noch immer noch genug Zeit, Alisouns Verwandte aufzusuchen, falls das Gehöft verlassen war. Magda band das Pferd an einem Baumast fest, an einer Stelle, die von der Scheune aus nicht eingesehen werden konnte. Dann ging sie zu Fuß weiter.

Alles war ruhig. Aber es beobachtete sie jemand, davon war sie überzeugt. Als sie über den Hof ging, die Schuppen überprüfte und die Scheune und das Haus umkreiste, warf sie einen Blick auf jene Stelle, wo sie den Beobachter vermutete. Ein dunkler Schatten neben dem Stamm einer Eiche gab ihr Gewißheit. Das Kind versteckte sich im Baum und verfolgte Magdas Erkundungsgang. Auch von diesem Baum aus konnte Alisoun das Pferd nicht sehen.

Bei ihrer nächsten Runde betrat Magda das Haus, vergewisserte sich, daß das Mädchen mit Nahrungsmitteln versorgt war, und bewunderte Alisouns Klugheit. Sie holte sich das Essen von drinnen, bewegte sich jedoch im Verborgenen, so daß der Boden staubig aussah und das Haus unbewohnt wirkte.

Draußen ging Magda auf die Scheune zu, rüttelte an der Tür und öffnete sie weit. Drinnen untersuchte sie das Heu und erwog, etwas frisches Heu für das Pferd von oben herunterzuziehen. Sie besann sich dann jedoch eines anderen, als sie daran dachte, wie erbittert Alisoun den Heustock verteidigt hatte. Vielleicht hatte das Mädchen eine Falle vorbereitet. Dafür hatte Magda keine Zeit.

Zufrieden darüber, daß das Mädchen anwesend war, genug zu essen hatte und offenbar wohlauf war, band Magda die Stute los und führte sie in die Scheune. Als Magda wieder in das Sonnenlicht hinaustrat, seufzte sie. Es war angenehm gewesen, einmal auf einem Pferd reiten zu können. Aber die Götter hatten ihr die Füße zur Fortbewegung gegeben.

Unter dem Baum, auf dem sich das Mädchen verbarg, blieb Magda stehen, legte eine Hand über die Augen, um sie vor der grellen Sonne abzuschirmen, und spähte hinauf in das Geäst. Ein schmutziger Fuß bestätigte ihre Vermutung. »Magda hat dein Eigentum zurückgebracht. Du solltest nicht so großzügig sein, Kind, und dein Pferd einem Fremden borgen, ob er nun verletzt ist oder nicht. Magda lebt unter dem Drachenschiff am Fluß oberhalb von York. Dort findest du sie.«

Damit war ihre Mission erledigt, und Magda machte sich auf den Heimweg.

Owen hielt den schwarzen Springer in der Hand und schätzte sein Gewicht ab. »Feiner Marmor. Ziemlich schwer. Wie kann eine ganze Garnitur solcher Schachfiguren verschwinden, ohne daß es dem Personal auffällt? Wo standen die Figuren?«

Ravenser hatte sich mit Kopfschmerzen in sein Schlafgemach zurückgezogen, und Douglas diente Owen nun als Führer. Der dickliche Sekretär deutete auf eine Truhe am anderen Ende des Raumes in der Nähe des Fensters. »Auf dieser Truhe, aber an der Seite, die am weitesten vom Fenster entfernt ist.«

»Ich dachte eigentlich nicht daran, daß der Dieb durch das Fenster hereingegriffen haben könnte. Das wäre doch bestimmt aufgefallen.«

Douglas senkte den Kopf. »Natürlich.«

Owen hatte den Mann keineswegs in Verlegenheit bringen wollen. Er mochte Douglas. Der Mann war ihm bisher ohne jeglichen Argwohn gegenübergetreten. »Ihr könnt froh sein, daß Ihr Euch um solche Dinge nicht kümmern müßt.«

»Stets aufmerksam zu sein, ist eine Fertigkeit, die man bei vielen Aufgaben brauchen kann.«

»Wo waren die Kerzenleuchter?«

»Neben der Tür«, antwortete Douglas und wies auf ein Brett an der Wand, an dem jemand, der den Raum betrat, sich ein Licht anzünden konnte.

»Könnt Ihr mir zeigen, von wo die übrigen Gegenstände entwendet wurden?«

»Nur einige der Stellen. Die übrigen muß Euch der Cellerar zeigen. Die Bettücher zum Beispiel. Aber ich kann Euch zeigen, wo die Gegenstände verschwunden sind, die aus der Kirche stammen.«

Nach der Vesper ging Don Cuthbert in seinen Garten. An diesem Morgen hatte er zwei schwarze Ratten auf dem Gehweg gesehen, die einen Apfel beschnüffelt hatten, der vom Wind heruntergerissen worden war. Er hätte eigentlich schon längst entdeckt und aufgesammelt werden sollen, um diese gefährlichen Tiere nicht anzulocken. Cuthbert hatte eine Dienerin angewiesen, unter den Abdeckungen der Gemüsebeete nach weiterem verfaulten Obst zu suchen. Als er näher kam, sah er eine dunkel gekleidete Gestalt, die sich eilig entfernte. Wollte sie sich seiner Kontrolle entziehen? Zweifellos hatte sie den Nachmittag weitgehend untätig verbracht. Er ging weiter, ballte die Fäuste und machte sich auf eine Auseinandersetzung gefaßt.

Aber es war die Laienschwester Anneys, die sich auf sein Rufen hin umdrehte. Sie griff nach einem dunklen Bündel und wirkte verlegen. Das sollte sie auch. Laienschwestern hatten in diesem Garten eigentlich nichts zu suchen.

»*Benedicte*, Don Cuthbert.«

»*Benedicte*. Darf ich fragen, welche Aufgabe Euch in den Garten des Cellerars führt?«

Sie hielt ihm das Bündel entgegen. Es war ein Lederbeutel. »Das habe ich gefunden, als ich vorüberging. Es lag auf dem Weg. Ich dachte, jemand hätte es verloren, aber ich konnte niemanden entdecken.«

Cuthbert streckte die Hände aus. »Ich nehme es an mich. Wenn Ihr nun die Güte hättet ...«

Anneys wich ein paar Schritte zurück. »Es ist nichts, was Ihr brauchen könntet.«

»Habt Ihr den Beutel geöffnet?«

Ein entwaffnendes Lächeln. »Nur in guter Absicht, das versichere ich Euch. Ich wollte herausfinden, wem er gehört.«

»Und was enthält er?«

»Arzneien und Verbandstoff. Vielleicht hat Master Saurian ihn verloren.«

»Master Saurian ist bei den ersten Anzeichen der Pest aus der Stadt geflohen, wie Ihr wißt. Und selbst wenn er noch hier wäre, hätte er in meinem Garten genauso wenig zu suchen wie Ihr.«

Anneys zog ihre Schultern hoch und gab sich geschlagen. »Vielleicht gehört er jemandem aus der Krankenstation?«

»Ich habe keine Zeit für kindische Ratespiele.« Cuthbert richtete sich zu seiner vollen Größe auf, doch das verdammte Weib überragte ihn immer noch um Kopfeslänge. Das machte nichts, er verfügte über die nötige Autorität. Er streckte eine Hand aus. »Ich will den Beutel haben. Und Ihr kehrt wieder zu Eurer Arbeit zurück.«

»Aber ...«

»Keine Widerrede mehr.«

Die Frau ließ den Lederbeutel in seine Hand fallen und eilte davon.

Arzneien hatte sie gesagt. Cuthbert hatte beobachtet,

wie Hauptmann Archer vor kurzem mit dem Sekretär seines Herrn über den Hof gegangen war. War es möglich, daß er dies hier verlegt hatte, während er im Garten herumgeschnüffelt hatte? Der Gedanke, daß der einäugige Späher nach seinem Arzneibeutel suchte, belustigte Cuthbert. Der Mann hatte kein Recht, hierzusein, und auch kein Recht, die Kanoniker und die Nonnen zu befragen. Oder die Laienbrüder und -schwestern. So. Das war also sein Beutel. Cuthbert entschloß sich, ihn sicher zu verstecken und dann zu vergessen.

16

Unangenehme Gestalten

Bruder Wulfstan wachte verwirrt auf. Hatte er sein Bett umgestellt? Das Fenster sollte über seinem Kopf sein, nicht auf der anderen Seite des Raums. Und nicht so weit entfernt. Seine Zelle war nicht so lang. Er schloß die Augen und faßte sich an die Stirn. Oft, wenn er unter Fieber litt, hatte er das Gefühl, als ob er schrumpfte oder der Raum sich erweiterte. Er erinnerte sich, daß er dieses Gefühl auch schon manchmal als Kind gehabt hatte. War schon so lange her. Weshalb konnte er sich daran erinnern, nicht aber daran, warum er sein Bett verschoben hatte? Zweierlei jedoch stand fest: Er hatte kein Fieber, und sein Fenster war am falschen Platz.

»Bruder Wulfstan?« sagte eine sanfte weibliche Stimme. »Bruder Wulfstan, seid Ihr wach?«

Er öffnete die Augen. Lucie Wilton beugte sich über ihn. Ihre dunklen Augen verrieten Besorgnis.

»Weshalb hat sich mein Fenster verschoben?« fragte er.

Lucie runzelte die Stirn. Sie fand diese Frage offensichtlich ebenfalls seltsam.

»Ich weiß, daß es nicht am richtigen Platz ist«, erwiderte Wulfstan.

Lucie drückte seine Hand. »Ihr seid im Arbeitsraum der Apotheke. Erinnert Ihr Euch? Ihr seid auf der Straße gestürzt.«

Auf der Straße gestürzt? Wulfstan erinnerte sich zunächst nicht. Ah, der Fremde. Er blickte auf seine Hand und spürte, wie die Schramme bereits spannte.

»Ach ja, ich habe mich beim Sturz mit der Hand aufgefangen.«

Lucie nickte. »Und Ihr habt Euch die Wange aufgeschürft.«

Wulfstans rechtes Knie brannte ebenfalls. »Er wollte meine Arzneien.«

Lucie furchte die Stirn. »Er?«

»Der Fremde.«

Sie wandte den Kopf, denn jemand war hinter sie getreten.

Jasper trat ans Bett. »Soll ich Euch helfen, aufzusitzen?«

»Gott segne dich, mein Junge. Das wäre sehr nett.«

Der Junge war kräftig, und das war auch gut so, denn Wulfstan fiel es schwer, sich vorzubeugen, ohne zu stöhnen. Bei seinem Sturz mußte er wohl unzählige Prellungen erlitten haben. Als Jasper ihm half, sich wieder zurückzulegen, ließ er sich wohlig in die Kissen fallen, die hinter ihm aufgetürmt waren. Hier war es sündhaft bequem.

Lucie saß auf einem Stuhl neben seinem Bett und hielt eine Schale mit einer köstlich duftenden Suppe in der Hand. »Soll ich Euch dabei helfen?«

Eine unwürdige Art zu essen, aber doch weniger peinlich, als wenn er alles verschüttete. Das Essen verscheuchte seine Hirngespinste.

»Seid Ihr angegriffen worden?«

Hatte er ihr dies gesagt? Vielleicht. Henry hatte ihn darauf aufmerksam gemacht, daß er oft im Schlaf redete. »Der Fremde wollte mich nicht angreifen. Ich habe ihm nur zu viele Fragen gestellt.«

»Gott stehe uns bei, wenn es jetzt üblich wird, auf solche Weise auf Neugier zu reagieren.« Lucie goß Wein und Wasser in einen Becher und reichte ihn Wulfstan.

Er war froh, daß seine Hand jetzt wieder viel ruhiger war, so ruhig, wie dies in seinem Alter möglich war. Als Wulfstan Lucies entschlossene Miene sah, erzählte er, was vorgefallen war. Lucie behandelte sein Knie mit einer lindernden Salbe und legte einen Verband an. Simon, der Stallbursche der Merchets, wartete bereits draußen mit einem Eselskarren, um Wulfstan heimzubringen.

»Das brauche ich nicht«, protestierte Wulfstan. Wie hätte er dies erklären sollen, ohne daß Bruder Henry und Abt Campian hellhörig wurden?

»Er bringt Euch zum hinteren Tor von St. Mary«, erklärte ihm Lucie. »Ich will Euch nicht wie ein Kind behandeln. Aber ich bitte Euch inständig, einen Begleiter mitzunehmen, wenn Ihr wieder in die Stadt geht, werter Freund.«

»Ich glaube nicht, daß der Mann mich verletzen wollte.«

»Aber er hat es getan.«

»Ich werde beim Gebet darüber nachdenken.«

An der Tür erlebte Wulfstan eine weitere unangenehme Überraschung. Magda Digby, die heidnische Hebamme, stand im Eingang. Wulfstan wußte, daß Lucie und Owen oft mit Mistress Digby arbeiteten und sie respektierten. Aber ein Mönch konnte ihre heidnische Lebensweise nicht gutheißen. Doch es hieß, sie kümmere sich rührend um die Opfer der Pest.

»Ihr seid gestürzt, Klosterarzt?«

»Ja, Mistress Digby.«

Lucie berichtete Magda von Bruder Wulfstans Unfall.

»Verwundet. Gekleidet wie ein Schreiber. Roch nach Pferd, sagst du?« Die alte Frau nickte bedächtig.

Ihre Augen waren scharf, ihre Haltung für ihr Alter sehr aufrecht. Wulfstan bewunderte sie unwillkürlich. Sie mußte um einiges älter sein als er. »Ich darf den Eselskarren nicht warten lassen.«

Aber Lucie musterte Magda interessiert. »Du kennst diesen Mann?«

»Nicht persönlich, aber Magda hat von ihm gehört. Was habt Ihr in Eurem Beutel gehabt?«

»Essig, saubere Wäsche, einen Heiltrank zum Schwitzen, einen lindernden Breiumschlag, ein Messer zum Öffnen der Pestbeulen«, antwortete Wulfstan stirnrunzelnd. Was sonst noch? »Geweihtes Öl, Weihwasser, ein

Kreuz …« Er schüttelte den Kopf. »Ich kann mich nicht an alles erinnern.«

»Eine schwere Last, Klosterarzt«, bemerkte Magda. »Habt Ihr keinen Gehilfen?«

»Ich will keinen.«

Die alte Frau nestelte unter ihren bauschigen Gewändern einen Beutel hervor und entnahm ihm eine kleine Flasche. »Eine Stärkung für alte Knochen, Klosterarzt. Ihr müßt stark bleiben für die Arbeit, die Ihr zu bewältigen habt.«

Wulfstan zögerte. Es hieß, ihre Mittel wirkten erquickend, aber sprach sie auch ihre Zauberformeln über sie aus?

»Sie enthalten nichts, was Eurer christlichen Seele schaden könnte«, sagte Magda.

Wulfstan preßte die Hände zusammen und deutete eine Verbeugung in ihre Richtung an. »Verzeiht mir.« Er griff nach der Arzneiflasche. »Gott segne Euch, Mistress Digby.« Gott würde ihm bestimmt vergeben.

Als Owen in der Kapelle der Krankenstation kniete, seine Gedanken sammelte und um göttlichen Beistand bat, hörte er, wie sich hinter ihm Schritte näherten, innehielten und sich dann hastig wieder entfernten. Eine Reaktion auf seine Anwesenheit, die Owen interessant fand. Er schlüpfte in den Schatten und folgte den Schritten in die Krypta der Kapelle. Aber die Schritte steuerten nicht auf den Raum zu, in dem die Kinder das Abendessen einnahmen, sondern entfernten sich durch die Tür der Krypta. Die frühe Abendsonne drang nicht bis in den ummauerten Hof, doch es war hell genug, daß Owen Don Cuthbert erkennen konnte, der ein Bündel bei sich trug, das die Größe einer Decke hatte. Owen beobachtete interessiert, wie der Cellerar in einem Lagerschuppen am anderen Ende des Hofes verschwand. Als er wieder herauskam, waren seine Hände leer. War hier ein Dieb am Werk?

Owen hatte vor, sich am folgenden Tag mit Cuthbert zu treffen, aber die Umstände hatten sich nun verändert. Er wollte gerade aus der Tür der Krypta schlüpfen, als jemand hinter ihn trat.

»Hauptmann Archer?«

Owen wirbelte herum.

»*Benedicte,* Hauptmann.« Es war die ruhige Stimme der Laienschwester Anneys. Sie gehörte wohl zu den Frauen, die sich um die Kinder kümmerten.

Owen verneigte sich leicht. »Gott sei mit Euch.«

»Und mit Euch, Hauptmann.« Anneys deutete hinter sich. »Wolltet Ihr die Kinder besuchen?«

»Nein. Ich war oben in der Kapelle und wollte wissen, wohin die Treppe führt.« *Und wohin sie den Cellerar führte, den ich jetzt dank Eurer Liebenswürdigkeit aus den Augen verloren habe.*

»Ich habe gehört, Ihr hättet das Gesangstalent Eurer Landsleute geerbt, Hauptmann. Die Kinder lieben den Gesang.«

Owen fand, daß die freimütige Art der Frau nicht zu ihrer einfachen Stellung paßte. »Im Augenblick habe ich keine Zeit für solch angenehmen Zeitvertreib. Können wir uns unterhalten?«

»Jetzt? Es tut mir leid, aber ich helfe heute abend bei den Kindern aus, da eine Schwester krank geworden ist.«

»Die Pest?«

Anneys bekreuzigte sich. »Sie ist die erste Schwester, die daran erkrankt ist.«

»Hat sie sich um die kranken Kinder gekümmert?«

»Ja. Das muß ich jetzt auch tun.«

»Möge Gott Euch gnädig sein.«

»Ich tue es freiwillig. Ich habe schon ein anderes Opfer der Pest gepflegt und bin nicht krank geworden. Master Taverner.«

Sollte er ihr sagen, daß Julian nicht an der Pest gestorben war? Spielte es eine Rolle? Owen hatte schon mehrere Pesttote begraben und war immer noch gesund.

»Kann ich dann morgen mit Euch spielen?«

Anneys nickte. »Die Kinder gehen vor der Vesper zu Bett. Ich könnte Euch im Hof der Kathedrale treffen. Ich gehe oft dorthin.«

»Ich werde dort sein.« Owen stieg wieder die Treppe hinauf. Er fühlte sich nicht wohl in seiner Haut. Vielleicht hatte Cuthbert sie miteinander reden sehen. Ein harmloser Zeitvertreib. Doch wenn er der Dieb war, wußte er jetzt vielleicht, daß Owen ihm gefolgt war. Ihm war ja auch bekannt, welche Aufgabe Owen im Hospital hatte. Es war höchst bedauerlich, daß Anneys ihn aufgehalten hatte.

Owen stellte fest, daß ihm die Laienschwester spontan für morgen zugesagt und nicht vorgegeben hatte, erst um Erlaubnis bitten zu müssen. Es war offenkundig, daß sie noch nicht lange im Hospital lebte.

Die Sonne ging unter, die engen Straßen der Stadt waren dunkel und kühl, als Owen sich auf den Heimweg machte. Die Laterne neben der Haustür brannte, um ihm den Weg zu weisen. Als er ins Haus trat, kam ihm Kate durch die Diele entgegen.

»Hauptmann! Wir haben uns Sorgen gemacht, als Ihr nicht nach Hause gekommen seid. Ich bringe Euch etwas zu essen.«

Lucie und Magda saßen am Tisch im Speiseraum, hatten Branntwein und eine Schale mit Obst vor sich stehen. Jasper saß auf einer Bank am Fenster und flickte einen Schuh.

Owen dachte an sein Treffen mit Magda am frühen Morgen und das Pferd, das neben ihrem Haus angebunden gewesen war. »Wart Ihr beim Hof der Familie Ffulford?«

»Ja.« Magda berichtete ihm von ihrem Ausflug, und er schenkte sich einen Branntwein ein.

»Glaubt Ihr, das Kind ist dort sicher?«

»Ja, das Mädchen ist sehr klug.«

Während Owen sein Abendessen einnahm, erzählte Lucie ihm von dem Überfall auf Wulfstan.

Du lieber Himmel, was würde als nächstes kommen? »Der Mann, der das Pferd des Kindes bei sich gehabt hatte, hat Bruder Wulfstan wegen seiner Arzneien angegriffen? Hast du den Bailiff verständigt?« An Lucies Gesichtsausdruck erkannte er, daß sie es nicht getan hatte. »Im Hospital habe ich alle Hände voll zu tun gehabt, so daß ich keine Zeit hatte, die Straßen nach dem Mann abzuklappern.«

Nachdem Lucie sich verteidigt hatte, senkte sie den Blick. »Ich werde den Bailiff morgen früh benachrichtigen«, stieß sie dann mit gepreßter Stimme hervor. »Es war ein anstrengender Tag.«

Ja, das konnte man wohl sagen. Owen griff nach ihrer Hand.

»Verzeih mir. Ich wollte dir keine Befehle erteilen.«

Lucie nickte, schwieg aber.

»Im St. Leonhard liegt jemand mit Pestbeulen«, berichtete Owen und wechselte das Thema.

Magda blickte von ihrem Branntwein hoch. »Ein Kind?«

»Nein. Die Schwester, die sich auf der Krankenstation um die Kinder gekümmert hatte.«

»Ihr habt Magda an eine noch nicht erledigte Aufgabe erinnert.« Die Flußfrau stieß ihren Schemel zurück und erhob sich ächzend. »Ein Kind wartet auf mich.«

»Wann ruht Ich Euch einmal aus?«

»Wenn die Manqualm vorüber ist.«

Kate brachte Magda zur Tür.

Am nächsten Morgen ging Owen zu Bailiff Gottfried, bevor er sich auf den Weg zum Hospital machte.

Gottfried fuhr sich mit der Hand über die Stirn und schüttelte dann den Kopf. »Der alte Klosterarzt? Er sollte zu Hause bleiben, sage ich Euch. Die Straßen und Häuser sind doch leer, nicht? Keine Zeugen, die Ärger machen. Da hat ein Schurke leichtes Spiel. Dieser Bastard!« Er spuckte in die Ecke. »Vor zwanzig Jahren haben wir die Häuser mit Brettern vernagelt. Aber die Menschen gehen und kommen wieder. Fürchten wohl den Zorn Gottes, oder? Begraben die Toten, bleiben eine Weile, bekommen dann Angst und rennen wieder weg. Wir wissen nicht, wer für immer verschwunden ist.«

Das war mehr, als Owen wissen wollte. »Ich mache mich jetzt auf den Weg.«

»Es heißt, Eure Kinder seien bei Sir Robert.«

»Ja, wir hielten es für das beste.«

Gottfried schüttelte den Kopf. »Es sind schreckliche Zeiten, Hauptmann. Unangenehme Gestalten treiben sich überall herum. Alte Männer sollten besser zu Hause bleiben.«

Owen schenkte sich eine Erwiderung. Als er die Blake Street hinunterging, hörte er eine Glocke läuten. Er war überrascht, daß er sie überhaupt noch wahrnahm.

17

Alisouns Entschluß

Am späten Vormittag schleppte sich eine erschöpfte Magda durch den warmen Sommerregen nach Hause. Sie hatte die Nacht am Krankenbett eines Kindes verbracht. Es hatte Fortschritte gemacht, nachdem zwei seiner Pestbeulen geöffnet worden waren. Doch plötzlich hatte die Mutter verboten, weitere aufzuschneiden.

»Hört, wie sie schreit. Ihr macht es nur noch schlimmer.« Ja, es würde schlimmer werden, und wenn Magda nicht alle fünf großen Eiterbeulen aufschneiden durfte, war das Öffnen der beiden anderen eine unnötige Tortur für das kleine Mädchen gewesen. Entweder alles oder nichts, aber die Mutter wollte nicht hören. Sie konnte nicht verstehen, daß eine Heilung nur durch den Schmerz möglich war.

Doch Magda erlaubte sich nicht zu verzweifeln, denn dies schwächte sie, und es war jetzt nicht der richtige Zeitpunkt, an ihr Alter zu denken. Das einzige, was sie sich leisten konnte, waren etwas Ruhe und Essen. Das mußte genügen.

Sie freute sich keineswegs, als sie das Pferd der Ffulfords vor ihrer Tür entdeckte, und Alisoun, die auf einer Bank unter der Traufe saß.

»Welcher Wind hat dich hierhergeweht, Kind?«

Durch ein Gewirr von Haaren blickte ein dunkles Gesicht zu ihr hoch. »Ihr habt das Pferd zurückgelassen. Ich kann mich vor meiner Familie verstecken, das Pferd aber nicht.«

Alisoun kaute an ihrer Unterlippe und zupfte mit schmutzigen Fingern an der ausgefransten Ecke ihrer Schürze.

»Ich soll das Pferd hier bei mir unterbringen?«

»Ihr könnt ja darauf reiten.«

Magda lachte belustigt. »Du kannst dir wohl nicht vorstellen, was es kostet, so ein Tier zu füttern? Und wo bleibst du inzwischen, Pferdehändlerin?«

»Ich brauche jemand, der mich in die Stadt begleitet. Ein Kind, das allein unterwegs ist – man wird mich für eine Bettlerin halten, oder mit dem Pferd für eine Diebin.«

»Ja, das stimmt. Du willst doch etwas?«

Das Mädchen schaute nach unten und versuchte, seine Schürze zu entwirren. Neben ihm fiel Regen auf den Stein. Bald würde es völlig durchnäßt sein.

Und Magda ebenfalls. »Komm rein.«

Als Alisoun aufstand, schüttelte sie ihre Handarbeit aus. »Soll ich durchs Gatter gehen?«

Magda strich über das glanzlose Haar des Kindes. »Du mußt dich zuerst einmal saubermachen.«

»Wofür?«

»Was willst du in der Stadt?« Magda hielt die Tür auf und bemerkte, wie das Kind dem Pferd einen ängstlichen Blick zuwarf und insbesondere auf einen Beutel starrte, der an einer Seite herabhing. »Dein Pferd ist hier in Sicherheit. Komm herein oder bleib draußen, es spielt keine Rolle.«

Alisoun schloß die Tür hinter sich. Dann ließ sie ihren Blick über die Wurzeln und Pflanzen schweifen, die an den Balken zum Trocknen aufgehängt waren, über die Salbentöpfe auf den Regalen, die mit Vorhängen versehenen Alkoven. »Weshalb wollt Ihr wissen, was ich vorhabe?«

Magda setzte sich auf einen Schemel am Feuer, stocherte darin herum und stellte einen Kessel darüber. »Muß ich nicht.«

Das Mädchen stand am Feuer und beobachtete, wie Magda Kräuter in die Brühe streute.

»Hast du Hunger?«

»Ein bißchen.«

Magda deutete auf einen Schemel. »Setz dich.«

Alisoun gehorchte, setzte sich aber nur auf die Kante, als wolle sie jeden Augenblick aufspringen und wegrennen. »Könnt Ihr mich zu Bootham Bar bringen?«

Die Flußfrau erhob sich stöhnend, goß sich einen kleinen Becher verdünnten Wein ein, setzte sich wieder und rührte die Suppe um. »Was bietest du mir als Bezahlung dafür?«

»Als Bezahlung?«

Magda trank, legte den Kopf in den Nacken und schluckte. »Die Kranken brauchen Magda. Du hast mir keinen guten Grund genannt, weshalb ich sie vernachlässigen soll, um dich in die Stadt zu begleiten.« Sie stellte ihren Becher ab, füllte eine Schale mit Suppe und reichte sie Alisoun.

»Was wollt Ihr?« fragte das Mädchen und schnupperte an der Suppe.

»Die Frage ist, was würdest du mir dafür geben?«

Das Kind führte gerade den Löffel zum Mund und erstarrte in der Bewegung.

Magda wartete geduldig.

»Ihr könnt mein Pferd haben«, sprudelte Alisoun hervor und hätte sich fast an der heißen Suppe den Mund verbrannt. Doch das hinderte sie nicht, schnell weiterzuessen.

Magda schwieg, bis das Mädchen seine Suppe ausgelöffelt hatte.

»Wollt Ihr das Pferd annehmen?«

»Du meinst, es ist ein Geschenk, Magda ein Tier zu geben, das so teuer im Unterhalt ist?«

»Ich dachte, das wäre sehr großzügig.«

Magdas bellendes Lachen brachte Alisoun aus der Fassung. »Großzügig, ja. Viel zu großzügig. Hast du nichts anderes, das nicht so teuer ist?«

»Ich besitze sonst nichts.«

»Was ist mit dem Beutel an deinem Pferd? Enthält er nichts, was du mir geben könntest?«

»Was wißt Ihr darüber?«

»Magda weiß, was sie sieht.«

Das Kind stellte die Schale ab und ging zur Tür. »Ich kann ja mal hineineinschauen.«

»Nimm dein Pferd. Magda braucht es nicht.«

Alisoun schlüpfte zur Tür hinaus. Magda tauchte braunes Brot in ihre Suppe, saugte es voll und kaute es. Nach kurzer Zeit öffnete sich die Tür.

»Wäre dies gut genug?« Das Mädchen stand im Türrahmen und hielt ein zusammengefaltetes Tuch in der Hand.

»Komm her.«

Alisoun brachte es ihr. Magda stellte ihre Schale ab und befühlte das Tuch. Sogar ihre rauhen Finger spürten die kostbare Stickerei, den Goldfaden. Für einen kurzen Weg zum Stadttor war dies ein viel zu hoher Preis, aber das Kind mußte lernen, daß alles seinen Preis hatte.

»Gut, das ist in Ordnung.«

Das Pförtnerhaus von Freythorpe Hadden war ein Gebäude aus übertünchtem Flechtwerk, das eher dazu gedacht war, Eindruck zu schinden, als einem Angriff zu standzuhalten. Es befand sich auf einer Steinbrücke, die sich über einen Fluß spannte. Ein junger Mann stand davor und versperrte den Weg mit einer Pike. »Geht weiter, Sir. Wir wollen keine Besucher.« Als er die Amtstracht sah, wurde er unsicher.

Gilbert, Thoresbys Begleiter, ritt vor. »Sag deinem Herrn, daß John Thoresby, der Erzbischof von York, mit Neuigkeiten aus der Stadt eingetroffen ist.«

Der junge Mann wandte sich an Thoresby. »Euer Gnaden, der Erzbischof?«

Thoresby neigte leicht den Kopf und nickte.

Der junge Bursche senkte den Blick, verbeugte sich und bekreuzigte sich.

»*Benedicte*, mein Sohn.«

»Verzeiht mir, Euer Gnaden. Ich habe Befehl, alle Fremden abzuweisen. Aber Sir Robert hat bestimmt nicht Euch damit gemeint.« Der junge Mann ließ seine Pike sinken und trat einen Schritt zur Seite. Die Männer ritten an dem Pförtnerhäuschen vorbei. Der junge Wächter stieg auf sein Pferd und überholte sie, um ihr Kommen anzukündigen.

Thoresby freute sich über diese Vorsichtsmaßnahmen.

Freythorpe Hadden war ein robustes Stein- und Holzhaus mit zwei verschachtelten Stockwerken und einem Turm an einem Ende. In dem bogenförmigen Türrahmen stand Dame Phillippa, Sir Robert d'Arbys Schwester und Haushälterin. Trotz ihres Alters stand sie aufrecht und stolz da, ihr Witwenschleier war entgegen der Sitte weiß. Als Thoresby vom Pferd gestiegen war und auf sie zuging, wandte Dame Phillippa den Kopf nach hinten und redete mit jemandem. Als sie sich ihm wieder zuwandte, wirkte ihr Blick ängstlich.

»Euer Gnaden«, sagte sie und machte einen Knicks. »Es ist mir eine Ehre, Euch auf Freythorpe willkommen zu heißen.«

»*Benedicte,* Dame Phillippa. Ich bringe Geschenke für meine Patenkinder und soll Euch sagen, daß es allen gutgeht.«

»Gott ist barmherzig«, erwiderte Phillippa und bekreuzigte sich. Ihre Augen strahlten. »Ich befürchtete, Ihr brächtet schlechte Nachrichten.«

»Leider habe ich nicht nur gute Nachrichten. Mistress Wiltons Dienerin muß ich die Nachricht vom Tod ihres jüngsten Bruders überbringen.«

Phillippa legte eine Hand auf den Mund, die andere auf den Magen, schloß die Augen und stand einen Moment lang still, um ein stummes Gebet zu sprechen. Dann wandte sie sich um und geleitete Thoresby und seine Begleiter in den großen Saal, wo ein Diener Wein und Speisen auftrug. »Bitte, Euer Gnaden, stärkt Euch, bis ich die anderen hier versammelt habe.«

Als sie ging, hinterließ sie einen Geruch nach Arzneien.

Thoresby setzte sich an den Tisch und widmete sich dem Wein. Es war ein staubiger Ritt in glühender Hitze gewesen. Hier war es kühl, und der Wein war labend. Nach einer Weile betrat eine junge Frau mit dem rothaarigen Hugh auf den Armen den Saal. Ein Junge in Gwenllians Alter klammerte sich an ihren Rock.

»Das ist Tola«, erklärte Bruder Michaelo. »Die Enkelin von Magda Digby, der Hebamme. Und ihr Sohn Nym.«

Tildy folgte kreidebleich und zögernd. Sie hielt einen weiteren Säugling auf dem Arm.

»Mistress Tildy«, sagte Thoresby und neigte grüßend den Kopf.

Sie war so blaß, daß das weinrote Muttermal auf ihrer linken Wange fast zu glühen schien. »Euer Gnaden, ich hörte, Ihr hättet Neuigkeiten für mich.«

Ein Diener nahm Tildy den Säugling ab.

Thoresby informierte sie so behutsam wie möglich. Als Tildy ihr Gesicht in den Händen vergrub, entschuldigte er sie vor den anderen. »Kummer macht man am besten zuerst mit sich selbst aus.«

Tola war unsicher, ob sie der bekümmerten Freundin folgen oder bleiben sollte.

»Bleibt«, befahl Thoresby. »Ich möchte gern mein Patenkind sehen. Und Gwenllian.«

Sir Robert d'Arby war zusammen mit Gwenllian eingetreten. Die beiden waren staubbedeckt und ihre Wangen von einem anstrengenden Ritt gerötet.

»Verzeiht meine Verspätung, Euer Gnaden. Willkommen auf Freythorpe Hadden.«

»Ihr müßt entschuldigen, daß ich Euch meinen Besuch nicht angekündigt habe. Seid Ihr alle wohlauf?«

Sir Robert furchte die Stirn und neigte den Kopf. »Die Pest hat diesen Haushalt bislang verschont, aber mein Haushofmeister und den Dorfpfarrer, der mir auch als Kaplan diente, wurden von ihr dahingerafft.«

Thoresby bedeutete dem alten Ritter durch eine Geste, sich an den Tisch zu setzen. Gwennllian gesellte sich zu Tola und den anderen Kindern.

Sir Robert nahm gegenüber dem Erzbischof Platz und bedeutete dem Diener, Wein einzuschenken. »Was führt Euch nach Süden, Euer Gnaden?« Er stillte seinen Durst, während Thoresby sein Vorhaben beschrieb.

Dame Phillippa nahm stillschweigend am Tisch Platz. »Ist es wirklich nötig, dieses reizende Haus abzubrechen?«

»Die Marienkapelle wird noch hübscher werden.«

Sir Robert schüttelte den Kopf.

Thoresby nickte ihm zu. »Wollt Ihr etwas sagen?«

Sir Robert war zwar schon lange ergraut und ging gebückt, aber er zeichnete sich durch fortschrittliche Ansichten aus. Er hielt den Kopf zur Seite geneigt und zog eine Schulter hoch, als wolle er sagen: *Vergeßt nicht, Ihr habt die Frage gestellt.* »Wann werden die Arbeiter anfangen, Euer Gnaden? Bevor nicht die Pest durch den Norden gezogen ist, werden sie kaum aus ihren Häusern kommen.«

»Ihr glaubt, sie würden eine Aufforderung ihres Erzbischofs nicht beachten?«

»Ich glaube, sie fürchten die Pest mehr als den Zorn eines Menschen.«

»Ich könnte Ablässe für die Arbeit anbieten.«

»Das würde helfen, aber nur jenen, die sich schon mit dem Tod abgefunden haben.«

Thoresby lehnte sich zurück und starrte in seinen Wein. Der alte Mann mochte recht haben mit seinem Einwand.

Phillippa rutschte unbehaglich auf der Bank hin und her und schaute besorgt drein.

»Euer Gnaden, mein Bruder maßt sich an, bei etwas mitzureden, wovon er keine Ahnung hat.«

»Doch er könnte recht haben«, erwiderte Thoresby. »Aber Ihr braucht keine Angst zu haben, daß ich Sir

Robert einen Vorwurf machen werde, wenn sich seine Prophezeiung als zutreffend erweisen sollte. Und nun möchte ich mich nach meinen Patenkindern erkundigen. Mögen sie Euch? Sind sie so wohlgeraten, wie sie wirken?«

Dame Phillippa gab einen positiven Bericht über die Kinder ab. Gilbert lauschte aufmerksam, um Owen und Lucie alles haargenau berichten zu können.

Als Owen an der Statue des heiligen Leonhard vorbeiging, bemerkte er, wie sich ein Kind mit Dame Beatrice unterhielt, der Schwester, die sich um die Waisen kümmerte. Daneben stand ein Pferd, das von einem Diener am Zügel gehalten wurde. Das Kind trug ein Kleid, das aus den Stoffen geschneidert war, mit denen Magda Färbemittel zu prüfen pflegte. Alisoun Ffulford und ihr Pferd. Du lieber Himmel, was tat sie hier vor dem Hospital? Und weshalb war sie von Magda eingekleidet worden?

Er beschloß, sich am besten nicht einzumischen.

18

Ein Rätsel

Bess Merchet ritt in Begleitung des bewaffneten Simon, des Stallknechts der York Tavern, von Bootham Bar nach Norden durch den Wald von Galtres nach Easingwold. Sie hatte die Reise aufgeschoben und auf einen Tag gewartet, an dem es morgens klar war und ein kräftiger Nordwind wehte. Nach Ansicht mancher Leute brachte der Südwind die Pest, so daß sie es für klug gehalten hatte, innerhalb der Stadtmauern zu bleiben, die ihrer Meinung nach einen guten Schutz boten. Tom hatte ihr wie üblich widersprochen und erklärt, wenn die Mauern wirklich Schutz böten, dann könne die Theorie vom Südwind nicht stimmen. Denn wie hätte es sonst geschehen können, daß auch Menschen starben, die nie einen Schritt vor die Stadt getan hatten? Als ob Bess glaubte, daß Gott nur über einen Weg verfüge, um seinen Zorn über den Menschen zu entladen. Aber sie wußte, es war töricht, Theorien zu ignorieren, die sich als richtig erweisen könnten.

Im Dorf Easingwold fand sie Peter de Hotters Geschäft auf Anhieb. Er saß vor dem Laden und hatte Stoffballen vor sich ausgebreitet. Aber statt nach Kunden Ausschau zu halten, war er damit beschäftigt, einen Schemel auszubessern.

»Der Herr sei mit Euch, Master Hotter.«

Der Mann blickte hoch und blinzelte wegen der Sonne. »Kenne ich …« Plötzlich strahlte er. »Mistress Merchet. Was hat Euch aus der Stadt getrieben? Das schöne Wetter? Oder wolltet Ihr hier draußen auf dem Land der Seuche entfliehen?«

»Ich bin Euretwegen hier.« Sie beugte sich zu ihm hinunter und fügte leise hinzu: »Ich möchte gern mit Euch über den Tod Eures Vaters sprechen.«

Peter ließ sein Werkzeug auf den Schemel fallen, legte beides auf den Ladentisch und erhob sich. Er war ein vierschrötiger, korpulenter Mann, etwa so groß wie Bess. Seine Augen waren dunkel, wachsame Punkte unter fahlen Brauen. »Weshalb interessiert Ihr Euch für den Tod meines Vaters?«

Bess blickte sich um. »Habt Ihr einen Lehrling, der sich eine Zeitlang um das Geschäft kümmern könnte, damit wir uns anderswo in Ruhe unterhalten können?«

Der Kaufmann verzog keine Miene. »Was wollt Ihr wissen?«

»Nun, ich dachte, es würde Euch nichts ausmachen, Euch an Euren lieben Vater zu erinnern.«

»Es macht mir nichts aus. Ich würde nur gern wissen, weshalb Ihr so begierig seid, Euch mit mir über ihn zu unterhalten, daß Ihr Eure Arbeit stehen und liegen laßt und eigens nach Galtres kommt. Nicht jeder würde dies an einem Sommertag und in diesen schweren Zeiten tun.«

Seine verdrießliche Miene war nicht gerade ermutigend. In der Stadt war Peter viel freundlicher gewesen. Bess fuhr fort: »Mein Oheim, ebenfalls ein Pflegebewohner des St. Leonhard, ist vor kurzem gestorben.«

Peter wirkte noch immer verkrampft. »Dann sind es jetzt also sechs.«

»Ja.«

Er schüttelte den Kopf, begab sich zum Ladentisch, griff nach dem Schemel und nahm wieder seinen Platz ein. »Mein Vater überraschte einen Einbrecher. Das hat nichts mit den anderen Todesfällen zu tun.«

»Denoch zählt Ihr ihn zu den übrigen Toten.«

»Ich habe von den Gerüchten gehört. Dummes Geschwätz, wenn Ihr mich fragt. Die Kanoniker waren gut zu meinem Vater. Ich will nicht schlecht über sie reden.«

»Es heißt, Ihr hättet im Haus nichts vermißt.«

»Unsere Unterhaltung ist zu Ende, Mistress Merchet.

Entweder Ihr kauft etwas, oder Ihr verlaßt mein Geschäft.«

Bess befühlte den Stoff. Er war am Rand eingerissen und staubig. »Ihr solltet Euer Geschäft nach York verlegen, Master Hotter. Selbst unter der Bedrohung durch die Pest laufen die Geschäfte dort besser als hier.«

Peter widmete sich wieder seiner Reparaturarbeit. »Ich bleibe hier, Mistress Merchet.«

Soviel Unhöflichkeit verdiente keine Belohnung. Bess ging mit leeren Händen und ärgerte sich, daß sie ihre Gesundheit riskiert und einen Vormittag für nichts und wieder nichts vergeudet hatte. Es war nicht verwunderlich, daß Owen es dem Erzbischof verübelte, wenn er ihm solche Aufgaben übertrug.

Ravenser zerknüllte den Brief seines Oheims und gab ein paar saftige Flüche von sich. Für wie dumm hielt Thoresby ihn? *Kümmere Dich um deine Angelegenheiten … Denke an Deinen Ruf und den Deiner Familie … Die Königin vertraut Dir … Tue Dein möglichstes, Archer bei seinen Bemühungen zu unterstützen … Erledige diese Angelegenheit schnell, die Königin braucht Dich …*

Daß Thoresby es für nötig hielt, ihm so etwas zu schreiben, da ihm doch Königin Phillippas Finanzen anvertraut worden waren und vor ihr auch jene von Königin Isabella. Warum wohl war er nach York geritten und und hatte um Archers Unterstützung gebeten, wenn nicht deshalb, weil er die Notwendigkeit erkannt hatte, daß der Name Ravenser makellos bleiben mußte?

Und doch … Er war in der Nacht aufgewacht, weil ihm eingefallen war, daß er vergessen hatte, Archer etwas Wichtiges zu sagen. Er rief nach Douglas.

Mit einem Becher Bier in der Hand ging Owen in Ravensers Garten auf und ab. Er hatte gerade kostbare Zeit mit dessen Dienern vergeudet, als er versucht hatte, von ihnen herauszubekommen, ob sie sich an einen Eindringling oder einen unerwarteten Besucher erinnern konnten, an jemanden, der vielleicht das Schachspiel und die Kerzenleuchter mitgenommen haben könnte. Aber niemand erinnerte sich an etwas Ungewöhnliches, was Douglas zu der Bemerkung veranlaßte, das sei typisch für das Dienstpersonal. Magda hätte sich darüber amüsiert, aber Owen hatte lediglich um etwas Bier gebeten, um seine Kehle zu benetzen, bevor er seine Gedanken auf etwas konzentrierte, das sich hoffentlich als ergiebiger erweisen würde – den Schuppen hinter dem Barnhous. Als Douglas gesehen hatte, wie er im Saal hin und her gelaufen war, hatte er ihn zu einem Spaziergang in den Garten eingeladen.

Bei dem Garten handelte es sich um einen umgrenzten Kräutergarten mit einer hohen Steinmauer, die Owen fast bis zu den Augen reichte. Innerhalb des Gartens hoben sich schmucke Kräuterbeete von liebevoll gezüchteten Rosen und einem kleinen Rasen ab. Der Sandweg, auf dem Owen umherging, lag zwischen farblich aufeinander abgestimmten Laubengängen. In einem tauchte gerade Richard de Ravenser auf, der heute frischer aussah als gestern. Vielleicht lag es an seiner tiefblauen Houppelande und seinen grünen Beinkleidern. Owen erschien er für einen Hospitalmeister ziemlich elegant.

»*Benedicte,* Hauptmann. Das Schicksal hat Euch in meinen Garten geführt.«

»*Benedicte,* Sir Richard. Ich fürchte, es war eher die Enttäuschung und nicht das Schicksal, das mich hierhertrieb.«

Ravenser seufzte in geheucheltem Mitgefühl. »Die Diener waren keine große Hilfe. Ich habe davon gehört. Aber vielleicht kann ich Euch doch beruhigen. Mir ist etwas eingefallen, was ich ganz vergessen habe, Euch zu sagen.«

»Ich bin begierig darauf, etwas Nützliches zu erfahren.«

»Ich kann nicht versprechen, daß es von Nutzen sein wird, aber darüber habe ich nicht zu urteilen. Sollen wir uns setzen?« Ravenser war neben einem Stuhl auf dem Rasen stehen geblieben.

Owen folgte der Aufforderung, seine Neugier war erwacht. Sein Herumwandern und das Bier hatten das ihre getan, ihn zu beruhigen.

Ravenser steckte seine Houppelande in den Gürtel, nahm Platz und blickte sich mit stolzem Lächeln um. »Ist das nicht ein wundervoller Garten? Wie ich hörte, besitzt Ihr einen Kräutergarten, in dem sich die Apotheker kundig machen.«

»Ja. Er ist das Meisterwerk des ersten Mannes meiner Frau. Sie hat weiter Samen und Setzlinge vom Kontinent gesammelt.«

»Mistress Wiltons Mutterkraut-Trank ist einmalig in ganz England.«

Owen wußte, Ravenser sprach aus Erfahrung. Er war einer ihrer besten Kunden für Kopfschmerzmittel. Jedesmal wenn er in die Stadt kam, bestellte er große Mengen davon. »Ich werde es ihr ausrichten. Was wolltet Ihr mir sagen?«

Ravenser lächelte. »Ich sehe, Ihr seid darauf bedacht, weiterzumachen. Ich werde mich kurz fassen. Es geht um Laurence de Warrene. Wenn ich mich im St.-Leonhard-Hospital aufhielt, habe ich manchmal mit ihm Schach gespielt.« Ravenser erzählte Owen von jenem Abend, als Laurence sein Rätsel vorgetragen hatte und wie besorgt Julian Taverner gewesen war, Ravenser könnte anderen Leuten davon erzählen.

Ist es möglich, daß jemand unwissentlich eine Sünde begeht? Wenn nur den Schuldigen ein Leid zugefügt wird, ist dann ein

Unrecht geschehen? Owen hatte noch nie ein derartiges Rätsel gehört – es hatte weder Rhythmus und vermutlich auch keine Lösung. »Warum bezeichnet Ihr es als Rätsel?«

»Wie würdet Ihr es bezeichnen?«

»Einfach als eine Frage, die gestellt wurde.«

Ravenser schüttelte den Kopf. »Laurence schien an meiner Meinung herzlich wenig interessiert zu sein. Übrigens, da ich Rätsel sammle, weiß ich, daß es sie in vielfältigen Formen gibt.«

Ein Rätselsammler? Was war das für eine Narretei? Aber Ravenser wartete darauf, daß Owen die Unterhaltung fortsetze. Owen richtete den Blick auf eine Rose und dachte eine Weile nach. »Mit zwei Kugeln erschoß er Wölfe und Menschen. Mit einer enthüllt er die dunklen Geheimnisse der Menschen«, sagte er.

Ravenser schüttelte verblüfft den Kopf.

»Das ist ein Rätsel, Sir Richard.«

Der Hospitalmeister dachte angestrengt nach. Dann hellte sich seine Miene auf. »Owen Archer.« Er nickte anerkennend. »Wunderbar. Einen Moment ...« Ravenser ließ den Blick über den Garten schweifen. »Ein größerer Mann, von gleichem Blute, doch schwermütig, während er heiter ist.«

Nun, Owen hatte nicht beabsichtigt, ein Spiel zu beginnen, aber es erwies sich als interessante Übung. »Ihr seid melancholisch?«

»Mein Arzt meint, dies verursache meine Kopfschmerzen.«

»Aber Ihr erkennt den Unterschied? Der Schlüssel zu einem Rätsel ist ein Wort, nicht ein Ja oder Nein oder eine philosophische Abhandlung über Schuld.«

Ravenser war nicht überzeugt. »Hätte Laurene einen Rat gewollt, hätte er wohl direkter gefragt. Unsere Abende waren recht gesellig.«

Allmählich ging Ravenser Owen auf die Nerven. »Ich danke Euch, daß Ihr mir davon berichtet habt, Sir Richard.

Würde es Euch etwas ausmachen, wenn ich mich bei den Schuppen hinter dem Barnhous etwas umsehe?«

Ravenser schürzte die Lippen, als versuche er, ein Lächeln zu unterdrücken. »Ihr wollt mir doch nicht sagen, daß Ihr eines der Kinder verdächtigt? Oder Dame Beatrice?«

»Gestern abend habe ich dort Euren Cellerar gesehen. Er ging mit einem Bündel hinein und kam mit leeren Händen wieder heraus, verhielt sich ganz wie jemand, der nicht gesehen werden möchte.«

Plötzlich bekam Ravenser einen ängstlichen Gesichtsausdruck. »Don Cuthbert ist schwierig, aber vertrauenswürdig, Hauptmann. So habe ich ihn immer eingeschätzt.« Er schwieg. »Doch was hatte er in einem Schuppen zu tun, der so weit entfernt von seiner Zelle ist?«

»Das möchte ich gern herausfinden.«

»Ich bete darum, daß Ihr Erfolg habt.«

Owens Bitte brachte Dame Beatrice mit dem süßen Gesicht in Verlegenheit. »Befürchtet Ihr, daß jemand etwas Gefährliches hiergelassen hat? Du lieber Himmel.« Sie bekreuzigte sich und blinzelte. »Soll ich die Kinder zum Hof bringen?« Ihre Wangen färbten sich rot.

»Ich bitte Euch, macht Euch keine Sorgen. Es hat nichts mit den Kindern zu tun oder mit einer Gefahr. Benutzt Ihr diesen Schuppen?«

»Ja. Die Habe der Kinder – Geschenke, ein paar Dinge, die ihre Mütter ins Hospital gebracht haben …« Die Schwester verstummte plötzlich und blickte hinunter auf ihre gefalteten Hände.

»Dann macht es Euch wohl nichts aus …«

Dame Beatrice schüttelte den gesenkten Kopf. »Dieses seltsame Kind. Was sollen wir nur mit ihr machen?«

»… wenn ich den Schuppen durchsuche?«

Die sanften Augen blickten ihn an. »Verzeiht. Aber

dann könntet Ihr mir vielleicht helfen. Sie hat mir erzählt, sie kenne Euch.«

»Wer?«

»Alisoun Ffulford.«

Owen hatte vergessen, daß er sie vorher zusammen mit dem Mädchen im Hof gesehen hatte. »Ich habe ihre Familie begraben. Das ist alles. Bereitet sie Euch Ärger?«

»Sie möchte hierbleiben. Don Cuthbert hat seine Erlaubnis dazu erteilt, wenn auch widerstrebend.«

»Aber sie hat Verwandte.«

»Mit denen sie aber nicht zusammenleben will.«

»Sie ist ein sehr eigensinniges Kind.«

»Der Himmel vergebe mir, ja, das ist sie, Hauptmann. Sie besitzt einen schweren Beutel, der weiß Gott was enthält, und sie läßt nicht zu, daß ich ihn in den Schuppen lege.«

»Ich zweifle nicht daran, daß sich darin ein Bogen und ein Köcher mit Pfeilen befinden.«

Die Schwester blickte angewidert drein. »Wozu braucht ein Kind eine solche Waffe?«

»Um sich zu verteidigen.«

»Vor wem, um Himmels willen?«

»Darf ich den Schuppen sehen, Schwester?«

»Ja, natürlich. Ihr seid ein vielbeschäftigter Mann, und ich halte Euch auf. Bitte, schaut Euch um.«

»Würdet Ihr mich freundlicherweise begleiten? Ihr werdet ja wohl auf einen Blick erkennen, ob sich dort etwas befindet, was nicht hingehört.«

»Ja, das stimmt.«

Als sie den dunklen Schuppen betraten, leuchtete Owen ihn mit seiner Laterne ab und verzweifelte. Es war zwar nur ein kleiner Raum, aber er war bis zum Dach vollgestopft mit Fässern, Kisten und darüber Stoffen, Leder und einigen Fellen. Wo mochte Don Cuthbert wohl etwas versteckt haben?

Als habe Dame Beatrice seine stumme Frage gehört,

griff sie in der Dunkelheit hinter die Tür und zog eineLeiter hervor.

»Sucht Ihr so etwas wie ein Faß oder eine Kiste?« fragte sie plötzlich ganz geschäftsmäßig.

»Nein. Einen Beutel, vermutlich aus Leder.«

Die Nonne spannte die Schultern und blickte nach oben. »Haltet mich, wenn ich wanke, Hauptmann.« Und schon kletterte sie auf die Leiter. In der einen Hand hielt sie die Laterne, mit der anderen raffte sie ihren Rock. »O Gott, die Spinnweben. Heiliger Antonius, bitte leite mich.« Sie stöberte herum. Dann rief sie plötzlich: »Ah, das gehört nicht hierher.« Sie wandte sich um, reichte Owen die Laterne und dann einen schweren Lederbeutel. »Ist es das?«

Owen legte den Beutel auf den Boden, löste den Riemen und entdeckte Arzneien, ein Kreuz und Kerzen ... War das Bruder Wulfstans gestohlener Beutel? Er verstand nicht, wie er hierhergekommen war. »Ich glaube ja. Der heilige Antonius hat ein Wunder vollbracht.«

Dame Beatrice war wieder von der Leiter heruntergestiegen und strich ihre Röcke glatt. »Er enttäuscht mich selten.«

Nun mußte Owen herausfinden, wie der Beutel in Don Cuthberts Besitz gelangt war. Und weshalb er ihn versteckt hatte.

Owen traf Don Cuthbert im Kirchenschiff. Der Cellerar warf einen Blick auf den Beutel, schniefte und richtete seine hervorquellenden Augen auf Owen. »So ein Beutel paßt gut zu Euch.«

»Ja, aber er gehört mir nicht. Er gehört dem Klosterarzt von St. Mary, dem er gestohlen worden war.«

»Gestohlen?«

»Ja, genau. Und ich frage mich, weshalb Ihr ihn im Schuppen versteckt habt?«

Don Cuthberts schlanke Finger zitterten, als er sich erhob. »Mir war vom ersten Augenblick an klar, daß sie Ärger machen würde.« Er entblößte seine spitzen Zähne zu einem Lächeln.

»Sie?«

Der Cellerar blickte sich in der Kirche um und beugte sich zu Owen. »Anneys. Eine unserer Laienschwestern. Ich sah, wie sie ihn in meinem Garten in den Händen hielt.«

Anneys. Die Frau, die Owen bei seiner Beobachtung gestört hatte. »Sie hat ihn Euch gebracht?«

»Nein. Sie händigte ihn mir unfreiwillig aus.«

»Dann habt Ihr ihn in dem Schuppen hinter der Krankenstation beim Barnhous versteckt?«

»Woher wißt Ihr das?«

»Ich folgte Euch, als Ihr Euch von der Kapelle entfernt habt.«

Und war Anneys ihm ebenfalls gefolgt? Owen hatte vermutet, sie sei vom Refektorium der Kinder gekommen. Aber stimmte das? »Warum habt Ihr ihn versteckt?«

»Ihr wißt besser als ich, wie gefährlich Arzneien in den falschen Händen sein können. Ich hielt es für das beste, sie zu verstecken, bis ich wüßte, wem sie gehörten.«

»Anneys arbeitet doch auf der Krankenstation, nicht wahr?«

Cuthbert wirkte sehr ruhig. »Die Laienschwestern helfen dort, wo sie gebraucht werden. Aber sie mag man auf der Krankenstation ganz besonders. Sie ist ruhig, und ihre Hände zittern nicht.«

»Hat sie bei ihrer Arbeit auch mit Arzneien zu tun?«

Owen beobachtete interessiert, wie der Cellerar seine falsche Logik kapierte. Doch er zuckte nur unmerklich mit einer Augenbraue und mied Owens Blick.

»Ja. Sie hat mit Arzneien zu tun.«

»Warum hieltet Ihr dann diese speziellen Arzneien in ihren Händen für gefährlich?«

Cuthbert steckte seine Hände in die Ärmel und senkte den Blick. »Ihr werdet mich für einen Narren halten, Hauptmann. Aber ich merke, ich bin nicht klug genug, um etwas vor Euch zu verhehlen. Also spreche ich frei heraus. Ich beneidete Euch, als Sir Richard mir berichtete, Ihr würdet ihm helfen, herauszufinden, was im St. Leonhard nicht in Ordnung ist. Als ich den Beutel sah, vermutete ich, es sei Eurer. Und so versteckte ich ihn, um Euch eins auszuwischen.«

Dieses freimütige Geständnis ließ beide für einen Augenblick schweigen. Sie standen sich gegenüber, ohne sich in die Augen zu sehen. Owen lehnte an einem Pfeiler und starrte in den Schatten. Cuthbert wiegte sich auf seinen kleinen Füßen hin und her und starrte auf den Boden.

Und doch wirkte dieses Schweigen auf Owen seltsam verbindend. Schließlich sagte er: »Ich danke Euch für Eure Offenheit. Ihr habt mich davor bewahrt, eine falsche Spur zu verfolgen.«

Cuthbert stellte sich auf die Zehenspitzen und nahm dann wieder eine normale Haltung ein. »Ich will dem Hospitalmeister helfen, Hauptmann.«

»Dame Beatrice erwähnte, Ihr hättet zugestimmt, ein Kind aufzunehmen, nämlich Alison Ffulford.«

»Ah ja, die Waise.«

»Aber sie hat Verwandte.«

»Ihre Mutter wuchs im Barnhous auf, Hauptmann. Das Mädchen sagt, seine Mutter habe es gezwungen, zu uns zu kommen. Wie hätte ich sie abweisen können? Aber Ihr könnt versichert sein, daß ich ihre Familie über ihren Aufenthalt unterrichten werde.«

»Mistress Ffulford war eine Waise?«

»Ich kann mich nicht an die Einzelheiten erinnern, Hauptmann. Aber sie heiratete jemanden von hier.«

Interessant. »Ich würde gern mit Anneys reden.«

»Soll ich sie holen lassen?«

»Wenn Ihr so freundlich wärt. Und während wir auf sie

warten, könntet Ihr mir die Wunden von Master Taverner und Master Warrene beschreiben?«

Anneys hatte wache Augen und ein selbstbewußtes Auftreten. Erneut wunderte sich Owen, wie wenig sie von einer Dienerin an sich hatte. Aber sie war sofort gekommen und bedankte sich sehr höflich bei Don Cuthbert, weil dieser angeboten hatte, sie allein zu lassen, damit sie sich in Ruhe unterhalten könnten. Owen hatte Wulfstans Beutel so hingelegt, daß sie ihn sehen konnte. Die Frau betrachtete ihn interessiert.

»Habt Ihr den Beutel schon einmal gesehen?«

Sie wandte sich Owen zu. »Hauptmann, Don Cuthbert hat Euch bestimmt berichtet, daß er mich damit im Garten angetroffen hat.«

Sie war offensichtlich nicht auf den Kopf gefallen. »Ja, das stimmt.«

»Er glaubte mir nicht, als ich ihm sagte, ich hätte ihn dort gefunden.«

»So einfach ist das? Ihr habt niemanden damit gesehen?«

»Nein.«

»Don Cuthbert erzählte mir, Ihr hättet ihm den Beutel nur widerwillig überlassen.«

»Ja, das stimmt. Er arbeitet nicht mit Kranken. Ich wollte ihn mit auf die Krankenstation nehmen.«

Ein einleuchtendes Argument, das durchaus der Wahrheit entsprechen konnte. Owen wollte Anneys gerade wieder gehenlassen, als ihm plötzlich ein Einfall kam. »Es ist nicht üblich, daß Laienschwestern oder Laienbrüder im Garten des Cellerars spazierengehen. Was hattet Ihr dort zu tun?«

Die Frau verkrampfte die Hände und senkte den Blick. »Ich saß zuvor bei einem sterbenden Kind, Hauptmann. Es leidet nicht an der Pest, sondern einer Hirnhautentzündung. Ich kann Euch gar nicht sagen, wie schmerzlich es ist, miterleben zu müssen, wie sich ein Kind immer mehr dem Tode nähert.« Sie schwieg einen Augenblick. »Ich wollte mich in angenehmer Umgebung aufhalten, wollte allein sein. Also ging ich in den Garten.« Sie hob den Blick zu ihm. Tränen rollten über ihre Wangen.

»Gott sei mit Euch.«

Es fiel Owen schwer, über seine Arbeit nachzudenken, als er sich zum Hintertor von St. Mary begab. Er hatte nur einen Wunsch: nach Freythorpe Hadden zu reiten und sich mit eigenen Augen zu überzeugen, daß seine Kinder wohlauf waren. Er deponierte Bruder Wulfstans Beutel bei dem Pförtner mit der Nachricht, der Klosterarzt möge ihn untersuchen und ihm mitteilen, ob etwas fehlte.

Und dann lenkte Owen unwillkürlich seine Schritte zur Kathedrale. Er kniete sich vor den Marienaltar und betete für seine Familie, für Lucie und die Kinder. Jeden Abend fiel seine Frau erschöpft ins Bett, konnte aber nur schlecht schlafen, da sie sich um die Kinder Sorgen machte. Owen befürchtete, in ihrem geschwächten Zustand könnte sie viel schneller der Melancholie verfallen und ebenfalls krank werden.

Als ihn die Gebete beruhigt hatten, verließ er die Kathedrale und trat den Heimweg an. Unterwegs überlegte er, wie er das, was er gehört hatte, entwirren und herausfinden konnte, was von Nutzen war. Als er den Tag nochmals vor seinem geistigen Auge vorbeiziehen ließ, stieß er auf viele Fragen. Wie hatte ein Fremder den Weg in den Garten des Cellerars gefunden? War Anneys Don Cuthbert gefolgt? Warum hatte Cuthbert ihr nicht geglaubt? Warum hatte Alisoun Ffulford das St. Leonhard gewählt?

Kate begrüßte Owen an der Tür und berichtete ihm, Gilbert erwarte ihn im Garten. Er habe Neuigkeiten von den Kindern.

Gilbert aß mit Owen und Lucie zu Abend; beide bombardierten ihn mit Fragen über Gwenllian und Hugh. Die meisten davon konnte er nicht beantworten. Nachdem Gilbert sich verabschiedet hatte, bat Owen Lucie, mit ihm in den Garten zu gehen.

Als sie die Gartenwege entlangspazierten, berichtete er ihr von seinem Tag und hoffte, sie würde erkennen, was er übersehen hatte. Das Rätselspiel amüsierte sie.

»Wie schlau von dir. Willst du es bei allen anwenden, die du befragst?«

»Meinst du, ich sollte es?«

»Du hast etwas über Ravenser erfahren, was du noch nicht wußtest.«

»Er ist ein Melancholiker. Das ist nicht schwer zu erraten. Aber hältst du Thoresby für einen Sanguiniker?«

Lucie kniff ihn in den Arm. »Ich glaube, nur wenige Leute können sich so schnell ein Rätsel ausdenken, das sie beschreibt.«

»Vielleicht sollte ich sie ein für allemal zum Schweigen bringen.«

Sie lachten, dann wurden sie ernst.

»Owen, Liebster, was ist mit diesem Kind? Sieht es nicht ganz so aus, als ob Gott darauf aus ist, deine Wege zu kreuzen?«

»Oder der Teufel.«

»Ist sie so schlimm?«

»Findest du es denn nicht seltsam, daß man sie ohne einen Förderer, ohne daß sie eine Spende mitgebracht hat, im Hospital aufgenommen hat ...?«

»Du hast gesagt, sie habe ein Bündel bei sich gehabt,von dem sie sich nur ungern trennte.«

»Sie hatte etwas, womit sie ihre Aufnahme bezahlen konnte?«

»Das ist möglich. Vielleicht hat sie das Pferd verkauft.«

Owen blieb stehen und nahm Lucie in die Arme. »Du

bist müde, und ich habe dich noch mit meinen eigenen Sorgen behelligt.«

»Überhaupt nicht, Liebster. Du hast mich mit Rätseln abgelenkt. Dafür bin ich dir dankbar. Zur Zeit ist es in unserem Haus viel zu ruhig.«

Kate fand sie nach Sonnenuntergang. Owen lehnte an einem Baum, Lucie hatte ihren Kopf in seinen Schoß gebettet. Beide schliefen fest.

19

Zu viele Zufälle

Als die Sonne hinter den wuchtigen Mauern von St. Mary und den Klostergebäuden hinter dem St. Leonhard unterging, überwachte Dame Beatrice, wie das Nachtlager aus sechs ordentlichen Reihen von Matratzen, Decken und Kissen bereitet wurde. Als Alisoun hierhergekommen war, hatte sie sich gefragt, wo die Kinder schliefen – sie hatte sich in ihrer Einfältigkeit Einzelzellen vorgestellt, wie für Mönche. Statt dessen wurde das untere Gewölbe als Aufenthaltsraum, Refektorium und Schlafgemach für dieKinder von St. Leonhard benutzt. Und die durch Vorhänge abgeteilten Winkel in den Ecken dienten als Krankenstation und Badehaus, in das Alisoun bei ihrer Ankunft zuerst gesteckt wurde. Die Flußfrau war nicht die einzige, die festgestellt hatte, daß sie stank. Sie hatte sich widerspruchslos gefügt, solange sie ihr Bündel bei sich behalten durfte. Nun lag es zu ihren Füßen. Sie hatte noch eine Decke darüber gebreitet. Niemand konnte es wegnehmen, ohne sie aufzuwecken.

Es folgte eine volle Stunde geschäftigen Treibens, als Dame Beatrice und ihre Laienhelferinnen die Kinder auf ihre Betten verteilten und jedes einzelne zudeckten. Schließlich wurde der lange Raum mit der hohen Decke nur noch durch einen Lichtstrahl, der sich unten durch die Tür stahl, schwach erhellt. Eine Laienschwester saß neben einem Kerzenleuchter, der am weitesten von Alisoun entfernt war. Mit der Zeit hörte das Geraschel und Flüstern im Schlafraum auf, und Alisoun versank in einen Traum.

Es war ein kühler Frühlingsabend. Alisoun schlief mit den kleinen Geschwistern in ihrem eigenen Bett. Ihre Mutter stand in der Tür, rieb sich die Ellbogen, wie sie es immer zu tun pflegte, wenn sie sich Sorgen machte. Alisoun blickte in die Nacht hinaus und wartete auf ihren Vater, der schon viel zu lange auf dem Markt war. Schließlich kehrte ihre Mutter der Tür den Rücken. Dies geschah in einer langsamen Bewegung, die sie offensichtlich schweren Herzens vollzog. Sie ging auf Alisoun und die Säuglinge zu. Alisoun legte sich zurück, um zu schlafen, wachte auf und sah das tränennasse Gesicht ihrer Mutter über sich gebeugt. Sie griff nach der Hand ihrer Mutter, aber diese schüttelte den Kopf und entzog sich ihr.

Alisoun wachte auf der schmalen Matratze auf, fröstelte unter ihrer rauhen Decke. Sie blickte zu dem Licht, neben dem die Schwester eingenickt war, und entdeckte eine Gestalt am Fußende ihrer Matratze. Alisoun blinzelte.

»Mama?«

Die Gestalt trat einen Schritt zurück, wandte sich um und verschwand eilends in der Dunkelheit. Alisoun streckte den Fuß aus, um das Bündel zu ihren Füßen zu berühren. Nichts. Sie krabbelte zum unteren Ende der Matratze und suchte den Boden ab. Der Beutel war verschwunden.

Natürlich war er es gewesen. Die Gestalt war größer gewesen als ihre Mutter. Und ihre Mutter war tot.

Wie hatte er herausgefunden, daß sie im Hospital war? War er ihr gefolgt? Oder hatte es ihm die Flußfrau verraten? Alisoun hätte der heidnischen Hebamme nicht vertrauen dürfen.

Jetzt war er im Besitz ihrer Schätze. Zumindest einiger davon. Derjenigen, die sie nicht vergraben hatte. Alisouns Gesicht glühte, ihre Augen waren tränenblind. Die Flußfrau hatte sie hintergangen. Sie konnte niemandem trauen.

Verwelkte Blüten mußten gepflückt, Hagebutten und Pfefferminze geerntet werden. Lucie beschäftigte sich bis zum späten Morgen im Garten, während Owen mit Jasper den Laden öffnete. Damit zeigte Owen seine Dankbarkeit, weil sie ihm abends immer so geduldig zuhörte, obwohl sie einen langen Tag in der Apotheke hinter sich hatte. Melisende, Lucies Katze, hielt sich dicht an sie, rollte sich auf dem Weg neben ihr ein, schnüffelte an den Pflanzen, die sie abgepflückt hatte, und ließ sich ab und zu von den fleißigen Händen streicheln. Crowder, Jaspers Tigerkatze, lag träge auf dem Fensterbrett der Werkstatt ausgestreckt. Es würde ein warmer Tag werden. Als Lucie müde wurde, verscheuchte sie die Gedanken an ihre Kinder.

»Mühsame Arbeit an einem solch heißen Morgen.«

»Magda!« Die alte Frau ging neben Lucie in die Hocke und kraulte Melisendes lange Ohren. Lucie hatte die Katze nicht einmal bemerkt. »Wie lange steht Ihr schon da?«

»Lange genug, um zu erkennen, daß Eure Stirn und Euer Hals ganz rot sind. Könnt Ihr denn nicht im Schatten arbeiten?«

Es mußte etwas Wichtiges sein, das Magda so schnell wieder hierherführte. »Kommt«, forderte Lucie sie auf, griff nach ihren Utensilien und erhob sich. »Wir gönnen uns in der Küche einen kühlen Trank. Dann muß ich Owen im Laden ablösen.«

Als Lucie und Magda in der Küche darauf warteten, daß Kate ihnen Wasser aus dem Keller holte, beugten sie sich über das gestickte Tuch, das auf dem Tisch ausgebreitet war.

»Eine Altardecke. Das Ffulford-Mädchen hat sie Euch gegeben?« Lucie überlegte, ob dies die Decke sein konnte, die im St. Leonhard vermißt wurde. Aber wie hätte das Kind an diese Decke kommen sollen?

Die Flußfrau legte die Decke behutsam zusammen.

»Nun, das Kind hat sie Magda im Austausch dafür gegeben, daß sie sie nach Bootham Bar begleitet hat. Ihr sagt, es ist eine Altardecke. Magda dachte auch, daß dieses Tuch für die Ausschmückung der Kirche gedacht war.«

»Ihr müßt hier auf Owen warten. Vielleicht weiß er etwas darüber.«

Owen rieb sich die Narbe unter seiner Augenklappe. Douglas hatte die Decke so genau beschrieben, daß er mühelos die Kelchdecke mit der kostbaren Stickerei aus Goldfäden erkennen konnte. Diese Entwicklung gefiel ihm gar nicht. »In was für eine unselige Geschichte ist das Kind da geraten?«

Magda schüttelte den Kopf. »Sie redet wenig. Habt Ihr die Decke schon einmal gesehen?«

»Ich glaube, das ist die Altardecke, die aus dem St. Leonhard gestohlen wurde.«

Magda schnaubte verächtlich. »Ein Kind, das nicht ohne Begleitung an den Wachen vorbeikommt, hat nicht im Hospital gestohlen.«

»Da stimme ich zu. Aber wie kam sie zu dieser Decke? Und weshalb hat sie im Hospital Schutz gesucht?«

»Wollte sie das in der Stadt?« Magda runzelte die Stirn, faltete die Decke zusammen und reichte sie Owen. »Vielleicht hat ihre Familie Angst vor ihr. In ihrem Haus sind alle außer Alisoun gestorben. Man wundert sich, weshalb sie mit dem Leben davongekommen ist. Dummköpfe sehen oft Böses im Guten.«

Owen verstaute die Decke in seinem Beutel. »Ich muß sie Don Cuthbert zeigen.«

»Seid geduldig mit dem Kind, Vogelauge.«

Cuthbert hielt die Decke in seinen Spinnenfingern. »Alisoun Ffulford hatte sie, sagt Ihr?«

»Ja.«

Der Cellerar hielt die Decke dicht vor seine hervorquellenden Augen und studierte die erlesene Handarbeit. »Ich bin sicher, es ist unsere, Hauptmann.« Er legte die Decke auf den Tisch, schob die Arme in die Ärmel und trat von einem Bein aufs andere. »Was hat das Eurer Meinung nach zu bedeuten?«

Owen wünschte sich, er wüßte es. »Habt Ihr noch etwas über ihre Mutter erfahren?«

»Sie wurde von einer reichen Familie aus Yorkshire unterstützt, die aber anonym bleiben wollte. Zwei Kinder wurden in unsere Obhut gegeben. Eines davon, ein Junge, starb am Schweißfieber.«

»Dann stammten Judith Ffulford und der Junge also aus einer wohlhabenden Familie?«

»Das halte ich für unwahrscheinlich. Solche Leute können für sich selbst sorgen.«

»Aber zumindest zahlten sie gut für die Unterbringung der Kinder?«

»Ja, das stimmt.«

Owen spürte, wie es unter seiner Augenklappe zu prickeln begann – stets ein Anzeichen dafür, daß Unheil bevorstand. »Wo ist das Kind?«

»Werdet Ihr sie wegen dieser Decke befragen?«

»Ja, das habe ich vor.«

Eine Gruppe kleiner Kinder, die alle die gleichen ungefärbten Kittel und Beinkleider trugen, saß auf Schemeln oder auf dem Boden und lauschte einer Laienschwester, die eine Geschichte von Christus und dem heiligen Christopherus erzählte. Eine Gruppe größerer Kinder saß im Hof beim Schuppen und wurde im Nähen unterwiesen. Drei hochgewachsene Jungen arbeiteten auf dem Dach des Lagerschuppens. Owen konnte Alisoun nicht sofort entdecken; Dame Beatrice holte sie aus der Nähgruppe. Jetzt, da sie gebadet war, wirkte ihr Gesicht viel heller. Ihr Haar war ordentlich unter einem Kopftuch verstaut, ihre

Beine bedeckt. Zudem trug sie jetzt Schuhe. »Ihr habt sie ganz schön verwandelt.«

Dame Beatrice verzog das Gesicht. »Äußerlich ja. Aber Gott vergebe mir, ihre Seele ist unlenkbar.« Sie klatschte in die Hände. »Alisoun!«

Owen erkannte die braunen Augen, die finster zu der Nonne hochblickten. Das Kind rang sich ein Lächeln ab, das aber schnell wieder verschwand, als sie Owen entdeckte.

»Hauptmann Archer möchte mit dir reden. Komm mit.« Dame Beatrices barscher Ton, der so gar nicht zu ihrem sonstigen Verhalten paßte, erstickte von vornherein jeglichen Widerspruch. Das Mädchen legte sein Nähzeug beiseite, erhob sich und folgte anstandslos. Dame Beatrice führte es die Treppe hoch zu einem kleinen Raum neben der Kapelle. Dann zog sie sich zurück.

Owen zog die Altardecke aus seinem Beutel. »Hast du diese Decke Magda Digby gegeben?«

Alisoun hatte die Füße auf die Stuhlsprossen gestellt und krallte sich links und rechts am Sitz fest. Sie starrte verblüfft auf die Decke, richtete dann den Blick auf Owen. »Es ist meine.«

»Don Cuthbert sagt etwas anderes. Er meint, sie sei aus der Kirche von St. Leonhard entwendet worden.«

Einen Augenblick lang wirkten die braunen Augen verwirrt. »Er lügt.«

Owen kreuzte die Arme, lehnte sich gegen die Wand und schwieg, damit sich das Kind unbehaglich fühlte.

Alisoun rutschte unruhig auf ihrem Stuhl hin und her, umklammerte die Stuhlkante und ließ sie wieder los. »Kann ich wieder zum Unterricht zurückkehren?« fragte sie schließlich.

»Nein.«

»Was wollt Ihr?«

»Ich will wissen, wo du die Decke gefunden hast.«

»Unter den Sachen meiner Mutter.«

»Hat deine Mutter die Decke gestohlen?«

»Nein! Wie könnt Ihr so etwas sagen!«

Owen beugte sich vor. Seine Hände ruhten auf seinen Knien, als er das Kind scharf ins Auge faßte. »Erzähl mir von dem Mann, der dir dein Pferd gestohlen hat.«

»Was hat er mit der Decke zu tun?«

»Heute stelle ich hier die Fragen.«

Das Kind kaute an einem Nagel. »Glaubt Ihr, der Mann, der mein Pferd genommen hat, hat auch die Decke gestohlen?«

»Stimmt das?«

»Wie soll ich das wissen?« Ihre Stimme war jetzt unangenehm hoch.

Aber auch wenn Alisoun bestürzt war, wurde sie eher noch störrischer, genau wie Gwenllian, wenn sie sich in die Ecke gedrängt fühlte. Owen erhob sich. »Entschuldige, daß ich deine Zeit beansprucht habe. Ich hatte gehofft, klären zu können, ob der Mann, der dein Pferd genommen hat, derselbe war, der den Klosterarzt von St. Mary überfallen und seinen Beutel gestohlen hat, der später im Hospital gefunden wurde. Aber ich sehe, du weißt nichts.« Er wandte sich zur Tür.

»Dann war er also doch hier.«

Owen wirbelte herum. »Du hast ihn gesehen?«

Die braunen Augen blickten eiskalt. »Ihr seid nicht so schlau, wie Ihr glaubt.«

»Keiner von uns ist es.«

Owen wartete ab.

Alisoun wurde zappelig. Schließlich sagte sie: »Meine Mutter hat hier das Sticken gelernt. Sie stickte Decken für die Dorfkirche.«

»Diese Decke gehört der Kirche im St.-Leonhard-Hospital.«

Schweigen.

Owen schüttelte den Kopf. »Gott mit dir.« Dann verließ er den Raum.

Anneys kam gerade die Treppe hoch. »Ich werde mich um sie kümmern, Hauptmann«, sagte sie keuchend. »Alisoun, komm.«

Das Kind stand auf der Türschwelle, spielte mit einer Locke, die sich unter dem Kopftuch hervorgestohlen hatte und starrte auf den Boden. Owen überlegte, daß sie vielleicht bei ihrem nächsten Zusammentreffen eine größere Hilfe sein würde.

Bailiff Gottfried öffnete die Tür von Walter de Hotters Haus. »Was sucht Ihr, Hauptmann?«

»Etwas, das aussieht, als gehörte es nicht hierher«, erwiderte Owen. »Wo lag Walter?«

Gottfried deutete auf die Stelle bei dem umgekippten Stuhl. »Ich habe alles so gelassen, wie ich es vorgefunden habe, aber ich weiß nicht, ob sein Lehrling etwas umgestellt hat. Er sagte zwar, er habe alles so gelassen, aber er zitterte am ganzen Leib und brabbelte wirres Zeug.« Walters Lehrling hatte am Morgen nach dem Mord die Leiche seines Herrn entdeckt, als er zum Frühstück kommen wollte.

Owen bemerkte die blutbefleckten Binsenmatten. »Standen die Türen offen?«

»Nicht die Tür zur Straße. Aber diese hier, die zum Garten führt.«

Owen ging in den Garten hinaus, eine rechteckige Fläche mit Kräutern, Blumen und allerlei Unkraut, in deren Mitte ein Birnbaum stand. Der Baum würde überleben, aber viele der Pflanzen waren bereits wegen Wassermangels und Vernachlässigung abgestorben. Dieser Anblick bedrückte Owen.

»Walters Sohn wohnt in Easingwold«, sagte Gottfried, als wolle er die verwahrlosten Beete entschuldigen.

»Ich habe es vernommen.« Owen kehrte ins Haus zurück. »Gebt mir bitte die Laterne.«

Der Bailiff machte die Laterne bereit, hielt sie aber außer Owens Reichweite. »Ich möchte Euch gern begleiten, Hauptmann.«

»Ihr traut mir nicht?«

»Ich würde Euch gern zusehen und von Euch lernen.«

Es gab bessere Lernmethoden, als einem Mann beim Denken zuzusehen, aber Owen merkte, daß Gottfried aufrichtig war. »Dann kommt. Wir gehen langsam durchs Haus und merken uns alles, was wir sehen.«

Es war ein gepfleger Haushalt gewesen. Einst farbenfrohe Kissen, die jetzt verblaßt waren, machten die Tischbänke bequemer. An den Wänden hoben sich ockerfarbene Streifen und Punkte von einem gelben Hintergrund ab. In der Truhe neben dem Tisch lagen zwei Silberlöffel zwischen Löffeln mit Horngriffen. Außerdem gab es ein Messer mit einem perlenbesetzten Griff, drei Zinnplatten und eine Schale aus reinem Silber. Eine weitere Truhe in der Schlafkammer am Ende der Leiter enthielt mehrere kostbar bestickte Laken, eine schwere Wolldecke und zwei Kissen. Alle wurden sorgfältig mit Beuteln süßlich riechender Kräuter aufbewahrt. Die Wände und der Bettvorhang waren mit weißen Blumen verziert. An einem Haken neben dem Bett hingen ein mit Biberfell gesäumter Mantel und ein wertvoller Ledergürtel mit einer Silberschnalle.

»Ein Dieb hätte hier durchaus einige interessante Dinge finden können«, bemerkte Owen, als sie wieder in den Hauptraum hinunterkletterten. »Und viel davon ist leicht zu verstecken.«

»Ja, aber die Frau seines Sohnes vermißte nichts.«

Owen ging zurück in den Garten, um über das, was er gesehen hatte, nachzudenken. Während er seinen Gedanken nachhing, zupfte er unwillkürlich etwas Unkraut aus. Es lohnte sich, denn dadurch entdeckte er, daß ein Flecken zur Mitte hin unbepflanzt und der Boden aufgewühlt war, als ob sich hier vor kurzem jemand zu schaffen gemacht hätte. Im Schuppen fand er einen kleinen Spaten, und er fing an zu graben. Nichts. Er konzentrierte sich auf den Rand, und arbeitete sich tief hinunter. Endlich stieß der Spaten gegen etwas Hartes. Er bückte sich, beförderte einen kleinen Gegenstand zutage und hielt ihn gegen das schwächer werdende Licht. »Was haben wir denn hier?« sagte er und streifte die Erde von seinem Fund. Es war eine Schachfigur aus schwarzem Marmor.

Gottfried war ganz aufgeregt über Owens Fund und kniete sich neben ihn. Er nahm den Spaten und begann, am anderen Ende zu graben. »Da ist was!« Er förderte einen weißen Läufer zutage.

Die beiden Männer wechselten sich ab, fanden aber keine weiteren Figuren.

»Warum sollte Walter diese Figuren vergraben haben?« bemerkte Gottfried.

Owen erhob sich. »Nicht Walter. Sein Mörder, wenn ich mich nicht irre.«

»Aber warum?«

Owen betrachtete die Gebäude, die an den Garten grenzten. Eines besaß zwei kaputte Fenster an der Gartenseite, das andere eines. »Kommt mit hinein.« Im Haus ließ er sich auf eine Polsterbank nieder und pflanzte die beiden Figuren vor sich auf dem Tisch auf.

Gottfried setzte sich ihm gegenüber, nahm seinen Hut ab und kratzte sich am Kopf. »Ihr glaubt, man könnte uns belauschen?«

»Es wäre töricht, es zu riskieren.«

Gottfried nahm die Teile nacheinander in die Hand und betrachtete sie von allen Seiten. »Das ist wirklich edles Material. Ich würde gern die gesamte Garnitur sehen.«

»Mit etwas Glück werdet Ihr es.«

»Was geht Euch durch den Kopf, Hauptmann?«

»Wenn Zufälle sich zu sehr häufen, sind es keine Zufälle mehr.«

Gottfried runzelte die Stirn. »Soll das ein Wortspiel sein?«

»Nein. Überlegt einmal. Walter de Hotter hatte sich wegen seines verletzten Knies zwei Tage im St. Leonhard aufgehalten. Sein Haus war leer. Stellt Euch vor, derjenige, der das Hospital beraubt hatte, hat ihn dort gesehen, wußte also, daß sein Haus leer stand, und vergrub die Schachfiguren in Walters Garten. Als er sie verkaufen konnte oder sie anderswo in Sicherheit bringen wollte, kehrte er zu dem Versteck zurück, wurde aber von dem unglückseligen Walter überrascht.«

»Dann handelt es sich bei dem Dieb um jemanden, der oft im Hospital ist?«

»Ich glaube, ja.«

»Wurden diese Figuren schon zum Zeitpunkt von Walters Tod vermißt?«

»Man vermißte sie erst, als der Hospitalvorsteher zurückkehrte. Aber bedenkt folgendes: Walter hielt sich ziemlich oft im Hospital auf. Der Dieb konnte sie ja schon während eines früheren Besuchs von Walter vergraben haben und war dieses Mal zurückgekehrt, um sie zu holen.«

»Wäre Walter der aufgewühlte Boden nicht aufgefallen?«

»Sie waren tief vergraben. Vielleicht geschah dies vor den Frühjahrsarbeiten, als der größe Teil des Beetes noch unbepflanzt war, der Boden vielleicht gerade aufgeharkt wurde, um ihn frisch zu bepflanzen. Vielleicht hat er im Frühjahr Samen darübergestreut. Vielleicht war die ganze Garnitur hier vergraben, und der Dieb übersah diese Teile, als er die anderen ausgrub.«

»Das bedeutet, er könnte zurückkehren.«

Das würde Owen sehr gelegen kommen. »Könnt Ihr einen Mann entbehren, der das Haus bewachen würde?«

»Nein. Aber ich könnte vielleicht einen Jungen dafür auftreiben.«

»Gut.« Owen erhob sich und begab sich zum Gartentor.

»Ein Gebäude dahinter hat ein Fenster, das zum Garten hinausgeht. Wer lebt dort?«

Gottfried stellte sich neben Owen in den Türrahmen und spähte hinaus. »Die Witwe Darrow und ihr behinderter Sohn.«

»Und wer wohnt nebenan? Es zeigen zwei Fenster zum Garten.«

»Master Saurian, der Arzt.«

»Tatsächlich?«

20

Alisouns Geheimnis

Als sich die Schatten im Garten immer weiter ausbreiteten, legte Lucie ihre Arbeit zur Seite und zog Owen mit nach draußen. »Ich kann die Stille nicht ertragen. Komm. Geh mit mir spazieren, und erzähl mir, was du heute über das Kind und die Altardecke erfahren hast.« Sie führte ihn den Weg hinunter, zwischen dem Lavendel und der Santolina hindurch.

Aber im Augenblick war Owen nicht empfänglich für die Schönheit des Gartens. Auch er fand die Abende zu still. Er legte den Arm um Lucie und zog sie an sich. »Sollen wir nach den Kindern schicken?«

Lucie lehnte den Kopf an seine Schulter.

»Wenn es so einfach wäre. Aber heute sind in der Stadt wieder drei Kinder gestorben. Und es heißt, die Tiere auf den Feldern fallen um wie die Fliegen. Es ist noch nicht der rechte Zeitpunkt, um Gwenllian und Hugh nach Hause zu holen.«

»Das mit den Tieren ist mir neu.«

»Erzähl mir, was du heute getan hast. Alles ist mir recht, nur kein Gespräch über die Pest.«

Owen begann mit Alisoun und berichtete von den Schätzen in Walters Garten. »Der Arzt Saurian hält sich doch häufig im Hospital auf, nicht wahr?«

»Ja. Und er ist eine echte Plaudertasche. Wenn er in der Stadt wäre, würde er dir liebend gern alles berichten, was er weiß. Doch als die Pest sich bis in die Stadt ausbreitete, begleitete er den Herrn von Davy Hall zu dessen Landsitz.«

Eine Flucht, die ihm sehr gelegen kam und vielleicht auch noch aus anderen Gründen erfolgte. »Wie läuft sein Geschäft?«

»Sein …« Lucie schwieg plötzlich und wandte sich Owen zu. »Du meinst, er könnte der Dieb sein?«

»Wäre es möglich?«

Sie lachte. »Nur wenn er außergewöhlich gierig und dumm ist. Was ist mit der Familie aus Yorkshire, die Judith Ffulford unterstützte? Ist sie wirklich nirgendwo verzeichnet?«

»Sie hat ihre Anonymität teuer bezahlt.«

»Dann stammte sie wohl nicht aus York. Irgend jemand hätte sich bestimmt an sie erinnert.«

»Ich habe mich noch nicht im Hospital erkundigt.«

Lucie bückte sich, um Melisende zu streicheln. »Ich würde mich nicht darum kümmern. Sicherlich wurden die Kinder weit weg gebracht, weil sie zu Hause störten.«

Das gab Owen etwas zum Nachdenken.

Diesesmal erkannte Alisoun in ihrem Traum, daß sie aufwachen mußte, denn es war nicht ihre Mutter, die sich über sie beugte. Mit Herzrasen erwachte sie. Die Gestalt stand am Fußende ihrer Matratze. Alisoun lag ganz ruhig da und versuchte, den Atem anzuhalten. War er es? Die Gestalt schwankte, da ein Windstoß das Licht der Nachtschwester zum Flackern gebracht hatte. Alisoun konnte nur erkennen, daß es eine hochgewachsene Gestalt war in einem dunklen Umhang mit Kapuze. Vielleicht war es jemand vom Hospital – ein Kanonikus oder ein Laienbruder, eine Nonne oder eine Laienschwester. Oder der Mann vom Gehöft hatte sich verkleidet, was Alisoun am wahrscheinlichsten erschien. Wer sonst hatte Grund, sie zu erschrecken? Vielleicht wollte er sie verletzen, wie sie ihn verletzt hatte. Und er suchte den Schatz, den sie vergraben hatte.

Alisoun schloß die Augen, öffnete sie dann nur einen winzigen Spalt, um ihn beobachten zu können.

Während sie abwartete, betete sie.

Schließlich bewegte sich der Beobachter. Alisoun öffnete die Augen. Er hatte ihr den Rücken zugedreht. Sie schlüpfte aus dem Bett und krabbelte ihm hinterher. Es war schwierig, ihn im Auge zu behalten und sich an den Matratzen vorbeizukämpfen. Dann verlor sie ihn aus den Augen. Er war wohl zur Tür gegangen, die zur Treppe der Kapelle führte. Sie ging in die Hocke und eilte zur Tür. Über sich hörte sie Schritte. Sie stieg die schiefen Steinstufen hinauf und trat dabei auf ihr Nachthemd.

Owen nahm gerade sein erstes Frühstück ein, das aus Brot und Käse bestand, als Kate die Tür öffnete. Draußen stand ein Bote vom St. Leonhard. Owen hörte, wie der Junge nach ihm fragte. Da er befürchtete, er bringe schlechte Nachrichten, eilte er zur Tür.

»Gott sei mit Euch, Hauptmann. Dame Beatrice bittet Euch, so schnell wie möglich zu ihr zu kommen. Alisoun Ffulford wurde verletzt.«

»Was habe ich damit zu tun?«

»Dame Beatrice fleht Euch an, Euch zu beeilen.«

Owen fand ein Chaos vor. Ein Kind war mitten im Spiel ohnmächtig geworden, und obwohl man es gleich zur Krankenstation gebracht hatte, waren die anderen Kinder so erschrocken, daß sie weinten und sich an die Röcke der Schwestern klammerten. Dame Beatrice war umringt von einer Gruppe von Kindern, die sie fast erdrückten.

»*Benedicte,* Hauptmann«, stieß sie mühsam hervor. »Bitte, begebt Euch zu der Kammer neben der Kapelle. Das Mädchen erwartet Euch dort.« Sie beugte sich zu den Kindern hinunter, die ihr an den Röcken hingen.

Don Cuthbert eilte heraus, um Owen zu begrüßen.

»Was tut Ihr hier?« erkundigte Owen sich.

»Die Schwestern sind mit den Kindern und den Kranken beschäftigt. Aber nach dem, was letzte Nacht geschehen ist, hielt es Dame Beatrice für nötig, die Kinder zu bewachen.«

Alisoun saß in der Mitte des Raums, den Kopf gesenkt und wiegte sich hin und her. Owen konnte keine Verletzung entdecken.

»Was ist geschehen? Was hat Alisoun getan?«

Cuthbert blickte auf das Mädchen. »Sie soll es Euch selbst erzählen, Hauptmann. Ich weiß nur, daß man sie vor Tagesanbruch am Fuße der Treppe der Kapelle fand. Sie hatte eine Schwellung hinter dem Ohr, die man zuerst für eine Pestbeule hielt.« Er bekreuzigte sich. »Aber es ist lediglich eine Prellung, dem Himmel sei Dank. Das Kind sagt, es habe versucht, jemandem zu folgen, der es aufgeweckt habe und sei in der Eile auf der Treppe ausgeglitten.«

»Jemand hat sie aufgeweckt?«

»Sie sagt, sie hätten während ihres Schlafs über ihr gethront, und seien weggerannt, als sie erwachte – eine fantastische Geschichte.«

»Ein Kind, das Märchen erzählt. Weshalb hat man mich geholt?«

»Das Kind wollte mit Euch reden.«

Owen überlegte, für welche Sünden er büßen mußte. »Ich vermute, Ihr müßt uns allein lassen.«

Cuthbert schickte sich an, den Raum zu verlassen.

»Wartet draußen«, bat Owen ihn. »Ich will nicht, daß uns jemand belauscht.«

»Gern.«

Owen ging auf das Mädchen zu, das ihn seit seinem Erscheinen noch keines Blickes gewürdigt hatte.

»Alisoun?«

Das Mädchen wandte den Blick nicht vom Boden ab, sondern sagte lediglich lakonisch: »Dame Beatrice sagt, ich soll Euch trauen.«

»Ich verstehe.« Owen schob eine Bank über den Fußboden, so daß er ihr gegenübersitzen konnte, ließ sich darauf nieder und verschränkte die Arme. Sie starrte immer noch auf den Boden. »Und willst du auf sie hören?«

Sie holte tief Luft. »Ich habe den Mann verletzt, der mein Pferd gestohlen hat.«

»Aha. Was sonst hast du mir sonst noch zu erzählen?«

Als ob sich ein Damm geöffnet habe, berichtete ihm das Kind von der Nacht, als es vom Haus seines Oheims weggelaufen war und den Mann in der Scheune entdeckt hatte. »Ich glaube, ich habe ihn in den Arm und das Bein getroffen.«

»Mit deinem Bogen?«

Alisoun nickte. »Dann rannte ich weg.«

Owen schwieg und überlegte, was mit dem Mädchen hätte geschehen können, wenn es schlecht gezielt hätte. Aber was hatte dies mit ihrem Unfall zu tun?

Als er schwieg, blickte sie zu ihm hoch. »Gestern hattet Ihr viele Fragen.«

Jetzt bemerkte Owen den Bluterguß unter ihrem Auge. »Was ist letzte Nacht passiert?«

»Ich bin auf den Stufen ausgerutscht.«

»Und was ist mit deinem Auge.«

»Ich bin vornüber gefallen.«

»Hat dich jemand gesehen?«

»Er will sich rächen.«

»Willst du damit sagen, daß der Mann, den du verletzt hast, letzte Nacht hier war?«

»Und vorletzte Nacht. Ich hasse ihn.«

Haß brauchte Zeit, sich zu entwickeln. »Du hast ihn vorher schon einmal gesehen.«

»Hat ihm die Flußfrau gesagt, daß ich hier bin?«

»Ich bin davon überzeugt, daß sie das nicht getan hat.«

Alisoun seufzte, blickte auf ihre Hände, die an ihrem Rock herumnestelten. »Er hat meinen Beutel mitgenommen.«

Den Beutel, den Dame Beatrice nicht aus den Augen lassen wollte? »Wann?«

»Vorgestern nacht. Ich hatte ihn unter meinen Füßen. Er raubte ihn mir im Schlaf. Dann stand er da und beobachtete mich. Gestern nacht ist er wiedergekommen.«

»Hast du die anderen aufgeweckt?«

»Nein.«

»Warum nicht?«

»Der Schatz war mein Geheimnis.«

Owen nahm sich vor, darauf zurückzukommen. »Du hast nicht geschrien?«

»Zuerst dachte ich, es sei meine Mutter. Und gestern nacht versuchte ich, ihm zu folgen.«

»Du hast es versucht?«

Sie senkte den Kopf, hob die Haare und zeigte ihm eine Prellung hinter ihrem Ohr, auf der gleichen Seite wie ihr verletztes Auge. »Ich habe Euch doch gesagt, daß ich gefallen bin.«

»Bist du sicher, daß er es war?« Wo versteckte er sich? Owen hätte sich gern auf die Suche nach dem Mann begeben, doch er hielt es für klüger, erst herauszufinden, ob Alisoun die Wahrheit sagte. Vielleicht hatte sie geträumt, daß sie ihm gefolgt war? Eine ihrer Bemerkungen hatte ihn auf eine Idee gebracht ... »Dein Schatz? Woraus bestand er?«

»Eine silberne Meßbuchhülle.«

»Wie bist du daran gekommen?«

Das widerspenstige Mädchen ließ den Kopf sinken. »Er gehörte zu den Schätzen, die meine Mutter in einer Truhe in der Scheune versteckte.«

Owen erinnerte sich an ihre erste Begegnung – sie hatte die Scheune bewacht, nicht sich vor ihnen versteckt. »Versteckt? Vor wem hat deine Mutter diese Schätze versteckt?«

»Vor Leuten, die sie stehlen wollten.«

»Waren es Geschenke deines Vaters?«

Alisoun schüttelte den Kopf.

»Erzähl mir mehr von diesen Schätzen. Woraus bestanden sie?«

Alisoun beschrieb viele der Gegenstände, die im Hospital abhanden gekommen waren: silberne Kerzenleuchter, Tapisserien, der goldene Kelch, das mit Perlen eingefaßte Silberkreuz, die Meßbuchhülle, der Sattel.

»Du lieber Himmel!«

»Bevor ich zu meinem Oheim ging, habe ich außer den Tapisserien und dem Sattel alles vergraben.«

»Und die bestickte Altardecke?«

»Sie war im Beutel. Ich benutzte sie als Kissen.«

»In dem Beutel befanden sich auch die Tapisserien und der Sattel?«

Alisoun schüttelte den Kopf. »Nur die Meßbuchhülle.«

»Wo sind die Tapisserien und der Sattel?«

»Der Mann, der mir den Beutel genommen hat, hat sie ebenfalls gestohlen.«

»Hast du sie im Hospital dabeigehabt? Dame Beatrice hat nur den Beutel erwähnt.«

»Er hat sie mir auf dem Hof gestohlen.«

»Als du ihn verletzt hast?«

Das Mädchen wand sich. »Ja.«

»Wer ist er?«

Alisoun berührte den Boden mit ihrer weichen Schuhspitze. »Ich kenne seinen Namen nicht.«

»Woher kamen diese Schätze?«

»Ich weiß es nicht.«

»Wie kam deine Mutter in ihren Besitz?«

»Ich weiß es nicht.«

»Wie kannst du dann wissen, daß sie nicht von deinem Vater stammten?«

»Ich glaube, sie versteckte sie vor ihm.«

»Aber sie hat sie dir gezeigt?«

Alisoun schüttelte den Kopf.

»Ich verstehe.« Owen fragte sich, ob sie wußte, daß all

diese Schätze aus dem Hospital entwendet worden waren. Er entschloß sich, es ihr nicht zu sagen. »Warum sollte sie solche Dinge vor deinem Vater verbergen?«

»Er nannte Mutter eine Lügnerin, wenn sie von ihrem Vater sprach.«

»Vermutlich, weil sie im Hospital ausgesetzt worden war.«

»Ihre Mutter hat sie ausgesetzt.«

Es war eine seltsame Logik, daß nur die Mutter sie ausgesetzt haben sollte. »Wie erfuhr sie von ihrem Vater?«

»Das hat sie nie gesagt.«

»Und du hast sie nie danach gefragt?« Owen fand das unwahrscheinlich. »Was hat sie über ihn gesagt?«

»Er war ein reicher Mann. Sie stammte aus einer besseren Familie.«

»Hat deine Mutter je den Namen ihres Vaters erwähnt? Seinen Familiennamen?«

Alisoun schüttelte den Kopf.

Vielleicht hatte sie alles nur erzählt, um das Kind zu beruhigen. Aber falls es doch stimmte, woher kamen dann diese Dinge? »Weshalb hattest du die Meßbuchhülle im Beutel?«

»Ich dachte, sie würden etwas verlangen für meine Unterbringung im St. Leonhard.«

»Hat dir irgend jemand erzählt, daß im Hospital Gegenstände abhanden gekommen sind?«

»Ihr meint, er hat auch andere Dinge gestohlen? Nicht nur meinen Beutel?«

»Wieviel von dem, was du mir erzählt hast, entspricht der Wahrheit?«

»Alles.«

Owen schüttelte den Kopf. »Was soll ich von einer Bauersfrau halten, die einen solchen Schatz besitzt, Kind?«

»Es sind die Schätze meines Großvaters, und dieser Mann will sie haben.«

»Wie hat er davon erfahren?«

Alisoun wischte sich die Nase ab und zuckte mit den Achseln.

»Du erzählst mir da eine sehr seltsame Geschichte, Kind.«

»Ihr werdet sie glauben, wenn er mich getötet hat.« Sie blickte ihn finster an.

»Sicherlich. Du sagst, du hast die Schätze vergraben. Willst du mir sagen, wo?«

»Dann würdet Ihr sie ausgraben.«

»Wäre das nicht klug?«

»Sie gehören mir.«

»Vielleicht auch nicht.«

»Meine Mutter war keine Diebin.«

»Sie war bestimmt eine gute Frau, Alisoun.«

»Ich hasse euch alle.«

Owen erhob sich. Das Mädchen würde ihm heute nichts mehr verraten. Es war am besten, man ließ sie darüber nachdenken. »Wir werden das Hospital nach dem Mann durchsuchen. Inzwischen muß immer eine Schwester bei dir sein.«

»Laßt Anneys bei mir sein. Sie ist freundlich zu mir.«

Ravensers Schreiber hatte Cuthberts Platz vor der Tür eingenommen.

»Hatte der Cellerar keine Zeit, zu warten?«

»Ich habe mich erboten, ihn abzulösen, Hauptmann. Ich habe etwas erfahren, was Euch helfen könnte.« Douglas wirkte selbstzufrieden, als er Owen ein Pergament reichte.

Es war eine Schenkungsurkunde für das St.-Leonhard-Hospital. Unterschrieben hatten Laurence de Warrene und Julian Taverner.

»Lest die Aufstellung, Hauptmann.«

Neben anderen Gegenständen waren auch die vermißten aufgeführt. »Das muß wichtig sein. Wie habt Ihr das entdeckt?«

»Mir ist etwas eingefallen. Etwas, das Sir Richard einst im Spaß sagte, als Master Warrene ein Schachspiel gewonnen hatte. ›Und warum spielt Ihr nicht auf Eurem eigenen Brett und mit Euren eigenen Figuren?‹ Wie Ihr seht, spielten sie auf Master Warrenes Brett, das er dem Hospital geschenkt hatte.« Douglas blickte selbstgefällig drein.

»Es schien nicht sehr wichtig zu sein, aber ich hielt es der Mühe wert, nachzuforschen, ob Master Warrene dem Hospital auch noch andere Dinge vermacht hatte. Und dabei stieß ich auf diese Aufstellung.«

Aber was hatte das zu bedeuten? »Weshalb hat mir Sir Richard nichts von diesen Schenkungen erzählt?«

»Ich glaube nicht, daß er davon wußte.«

»Er wußte immerhin von diesem Schachbrett.«

»Weil er mit Master Warrene Schach spielte. Aber diese Urkunde wurde ausgestellt, bevor Sir Richard zum Hospitalmeister ernannt wurde.«

21

Mehr als Freundschaft

Tom Merchet stand auf einer Leiter und nagelte einen losen Fensterladen fest. Er hielt inne, um einen gebückten, offensichtlich müden Mann, der einen überladenen Karren über den St-Helen's-Square schob, zu beobachten. Der Mann trug ein leichtes Obergewand über seinen Beinkleidern, aber selbst aus der Entfernung konnte Tom die Schweißperlen an seinem Hals und die Schweißflecke unter seinen Armen erkennen. Auf dem Karren waren Bettzeug, mehrere Stühle und Töpfe aufgetürmt – von denen einer sich löste, als ein Rad auf einen Grabstein am Rande des St.-Helen's-Friedhof hochrutschte. Handelte es sich um einen Mann, der aus einem Haus floh, in dem die Pest wütete? Als der Mann die Deichsel senkte, um dem davonrollenden Topf hinterherzulaufen, fing ein Stuhl an zu rutschen. Tom stieg eilig die Leiter herunter, um dem Mann zu helfen. Er fing den Topf mit dem Fuß auf, bevor er auf der Coney Street aufprallte. Als er ihn dem keuchenden Mann übergab, erkannte er ihn. Es war Julian Taverners ehemaliger Diener. »Nate! Willst du sang- und klanglos aus York verschwinden?«

Mit einem leisen Fluch fing Nate den Stuhl auf, stellte ihn auf den Boden und setzte sich darauf. Er zog ein schmutziges Taschentuch heraus und fuhr sich damit über die schweißnasse Stirn. An beiden Händen hatte er Gichtknoten. »Ich bin zu alt für so was, Tom Merchet. Ich wollte eigentlich im Dienste meines Herrn sterben. Und nun ist er tot. Was soll ich nur machen?«

Eine gute Frage. »Hat Julian dir etwas Geld hinterlassen?«

Der alte Nate schneuzte sich, saß einen Augenblick da und atmete tief durch.

»O ja, der Herr hat mir eine schöne Summe geschenkt. Master Taverner war ein anständiger Mann. Und er hinterließ mir sein gesamtes Mobiliar. Aber wo soll ich es hintun? Ich habe keine Bleibe. Was soll ich jetzt machen? Wer will denn so einen buckligen alten Mann wie mich einstellen?«

Tom überlegte. Sie brauchten keinen Gehilfen, hatten seit Beginn der Pest auch keine Logiergäste mehr aufgenommen. In der Schenke waren nur Gäste willkommen, die die Merchets kannten und die keine Pestkranken in der Familie hatten. Das bedeutete, daß ihr Geschäft zur Zeit lausig ging und sie es sich bestimmt nicht leisten konnten, Nate zu beschäftigen.

War es denkbar, daß er die Pest hatte, da er doch im St.-Leonhard-Hospital gewohnt hatte? Doch dies war auch nicht wahrscheinlicher als bei Bess. Sie hatte ihren Oheim gepflegt, war aber immer noch auf den Beinen, voller Schwung und Energie. Vielleicht war er auch gar nicht an der Pest gestorben.

»Du könntest eine Zeitlang bei uns bleiben, Nate, zumindest so lange, bis du weißt, wie es mit dir weitergeht.«

Die lange Nase des Mannes rötete sich, und in seinen traurigen Augen glitzerte es.

»Euch hat der barmherzige Gott geschickt, Tom Merchet. Das vergesse ich Euch nie.«

Als Tom Nate half, den Karren in den Hof der Schenke zu schieben, überlegte er, was Bess wohl zu seiner Freundlichkeit sagen mochte.

Bess hatte die Hände in die Hüften gestemmt und stampfte mit dem Fuß auf – sie war keineswegs erfreut. »Es ist nicht die Pest, die mir Sorgen macht, Tom Merchet. Nate ist alt, das ist das Problem. Er findet nicht mehr leicht Arbeit. Und was dann? Sollen wir ihm eine Kammer auf

Lebenszeit geben? Und haben ihn dann am Hals, bis er dahinsiecht?«

»Mein Gott, Weib, ich bin auch nicht viel jünger als er. Und sehe ich aus, als ob ich bald dahinsieche?«

Bess blickte aus dem Fenster und beobachtete, wie Simon Nate beim Abladen half. »Schau dir seine Gichtknoten an, seinen Buckel. Du bist gesund, er nicht. Das ist der große Unterschied.«

»Du schuldest es deinem Oheim.«

»Ich schulde meinem Oheim gar nichts. Du hast ein weiches Herz, Tom Merchet.« Bess setzte sich wieder an den Tisch, wo sie über ihren Büchern gebrütet hatte, und griff nach ihrem Federkiel.

Tom lehnte am Tisch. »Wer von uns soll es ihm sagen, Frau?«

Bess hob ruckartig den Kopf. Sie blickte so erstaunt, als habe er gerade etwas höchst Lächerliches von sich gegeben. »Ihm was sagen? Er ist jetzt hier, also bleibt uns nichts anderes übrig, als das beste daraus zu machen. Du bringst immer alles durcheinander.«

Tom beugte sich über sie und küßte zärtlich ihre heiße Stirn.

»Reg dich nicht auf. Nate ist kein Faulenzer. Er wird uns nicht zur Last fallen.«

Bess tätschelte die Hand ihres Mannes. »Er erinnert mich an Oheim Julian. Ich habe ihn vernachlässigt. Er wird in seinem Grab keine Ruhe finden, bis sein Mörder der Gerechtigkeit zugeführt worden ist. Ich muß jetzt zurück an die Arbeit.«

»Ich dachte, du bist nach Easingwold gefahren? War das keine Arbeit?«

»Aber ich habe herzlich wenig damit erreicht.«

»Hast du Owen von deiner Reise berichtet?«

»Ja, aber er hatte mich deswegen getadelt, fand kein Wort des Dankes.«

»Das sieht Owen gar nicht ähnlich. Was hat er gesagt?«

»Daß er den Schaden, den ich angerichtet habe, nicht wiedergutmachen könne.«

Tom machte große Augen. »Das hat er gesagt?«

Bess schniefte und versuchte, sein Mitgefühl zu wecken.

»Nun, das sollte dich lehren, dich aus seinen Geschäften herauszuhalten.«

Dieser Hundsfott! »Zu diesem Schluß bin ich schon selbst gekommen, Mann.«

Als Owen am Spätnachmittag in die Schenke kam, ließ Bess ihre Arbeit ruhen. »Was führt dich so früh hierher?«

Owen blickte sich im Raum um. »Ich hätte nicht gedacht, daß die Schenke zu dieser Tageszeit noch leer ist.«

»Du bist bestimmt nicht hergekommen, um dich nach unserem Wohlergehen zu erkundigen, mein Freund«, sagte Tom. »Hast du irgendwelche Neuigkeiten?«

»Ich bin hier, um noch ein paar Fragen zu Julian Taverner und Laurence de Warrene zu stellen.«

»Oh?« Bess gefiel Owens Ton ganz und gar nicht.

»Können uns die Diener hören?«

Bess schüttelte den Kopf. »Sie sind alle beschäftigt.« Sie beugte sich näher zu ihm. »Rede um Himmels willen, was hast du erfahren?«

»Ihr wißt von den Diebstählen im Hospital?«

»Natürlich.«

»Wußtet Ihr auch, daß viele der vermißten Gegenstände ursprünglich von Julian und Laurence dem Hospital geschenkt worden waren? Ein mit Juwelen verziertes goldenes Meßbuch, eine silberne Filigran-Meßbuchhülle mit Edelsteinen, ein Sattel aus Blattgold …«

»Von Oheim Julian?« Bess setzte sich. »Er besaß solche Dinge und hat sie verschenkt?« Ihr gegenüber hatte er nie irgendwelche Andeutungen darüber gemacht. »Hat er sich etwa mit diesen Dingen seine Pflegschaft erkauft?«

»Nein. Die Geschenke waren eine zusätzliche Gabe. ›Für unsere Sünden‹, war in der Urkunde zu lesen.«

Bess rieb sich die Augenlider, kämpfte gegen ihre Enttäuschung an. Er hätte ihr solche Reichtümer hinterlassen können, aber statt dessen hatte er sie dem Hospital vermacht. Hatte er sich je Gedanken gemacht, was Bess und Tom mit solch kostbaren Gegenständen alles hätten tun können? »Undankbarer alter Mann.« Sie holte tief Luft. »Tom, schenk uns vier Bier ein. Owen kann ja vielleicht mit Nate reden.«

Owen ließ den Blick zwischen den beiden hin und her schweifen. »Dem Diener deines Oheims?«

»Er wohnt vorläufig bei uns, bis er Arbeit findet.« Bess empfand Owens offensichtliche Freude als hübsche Belohnung für ihren Ärger mit dem alten Nate. »Tom wird ihn holen.«

»Ich komme mir schon fast selbst wie ein Diener vor«, brummelte Tom, als er die vier Krüge auf den Tisch stellte. »Soll ich Simon helfen, Nates Karren abzuladen, Frau?«

Bess schüttelte den Kopf. »Wer soll es denn sonst tun?«

Nate sank schwitzend und keuchend auf die Bank und nahm gierig einen großen Schluck Bier.

»Wenn du es so schnell in dich hineinschüttest, wird dir später der Schädel brummen«, warnte ihn Bess.

Nate setzte den Krug ab, blickte ihn aber sehnsüchtig an.

»Ich bin so durstig, Mistress Merchet. Ich habe den Karren selbst beladen. Habe ihn den ganzen Weg vom St. Leonhard gezogen. Ihr könnt Euch nicht vorstellen, wie heiß die Sonne war.«

»In die Blake Street dringt wenig Sonne«, murmelte Bess. Der Himmel möge verhüten, daß er sie um Haus und Hof trank, solange er bei ihnen wohnte. »Das ist Hauptmann Archer. Er hilft dem Hospitalmeister des St. Leonhard, ein Problem zu lösen.«

Der alte Mann richtete seine Aufmerksamkeit auf Owen. »Geht um Diebstahl und ähnliches, nicht?« Ein wissendes Blinzeln. »Mein Herr und sein Freund sind so plötzlich gestorben. Und auch der arme Walter de Hotter.« Nate nickte. »Im Hospital ist nicht alles so, wie es sein sollte, das steht fest. Ich habe von Euch gehört, Hauptmann. Viele im Hospital sind froh, daß Ihr das alles aufklären wollt.«

»Ich muß zugeben, daß ich noch weit davon entfernt bin, Nate.«

Bess kicherte über Owens Bescheidenheit.

»Ich kann mir nicht vorstellen, daß ich etwas weiß, das Euch weiterhelfen könnte«, sagte Nate

»Ihr wart bei ihm, als er krank wurde. Wer hat Euch geholfen?«

»Honoria, doch sie konnte nicht bleiben. Sie hatte andere Aufgaben zu erledigen. Als sie sah, wie schnell er verfiel, sandte sie nach Anneys. Und dann haben wir nach Mistress Merchet geschickt.«

»Haben Honoria oder Anneys ihm irgendwelche Arzneien verabreicht?«

»Nein, nur das, was er schon länger genommen hatte.«

Bess unterbrach den alten Mann. »Seine Kopfschmerzen waren schon verflogen, Nate. Nach dem ersten Tag zu Hause nahm er keine Arzneien mehr.«

Nate schüttelte den Kopf. »Er trank Sommat, um schnell gesund zu werden, Miss Merchet. Es roch widerlich. So etwas kann man nicht vergessen.«

Owen wandte sich an Bess. »Hast du ihm Arzneien aus der Apotheke gebracht?«

Bess starrte Owen an, als sie erkannte, worauf er hinauswollte. »Ja. Aber keine davon roch widerlich, das weiß ich ganz genau.« Owen glaubte offenbar, ihr Oheim sei vergiftet worden. Heilige Maria Muttergottes.

Aber Owen wechselte mit einem grimmigen Seufzer das Thema. »Euer Herr besaß Geld und Reichtümer, als er ins St. Leonhard kam, Nate. Es war zu viel, als daß er es allein mit der Schenke hätte verdienen können.«

»Ja, das stimmt. Er verdiente viel Geld außerhalb der Schenke, wie es mancher tut, der an der Nordsee lebt. Wäre ja dumm gewesen, wenn er es nicht auch gemacht hätte, oder?«

Bess gefiel diese Wendung nicht.

»Dann war er also ein Schmuggler«, bemerkte Owen.

Nate krauste die Nase. »Nun, zur See konnte er ja nicht fahren. Also wartete der Herr darauf, daß die Waren an Land kamen.«

»Er plünderte Schiffe, die auf den Felsen gestrandet waren?«

»Ja. Jeder an der Küste profitierte vom Unglück der anderen, Hauptmann. Aber wenn es so viele sind, die sich darum bemühen, ist die Beute gering. Nein, der Herr und sein Freund dachten sich etwas Besseres aus. Sie plünderten die Schlupfwinkel der Schmuggler. Und wer hätte sie dafür zur Rechenschaft ziehen sollen? Ein Dieb überführt einen Dieb?« Nate kicherte.

Bess stöhnte.

»Ein gefährliches Geschäft«, bemerkte Owen.

»O ja. Einer ihrer Partner bezahlte dafür mit dem Leben. Danach waren sie vorsichtiger. Und als Master Taverners Frau und Kind auf See ertranken …« Nate schüttelte den Kopf. »Er ließ sich nicht davon überzeugen, daß dies keine Strafe Gottes sei. Aber warum sollte Gott Unschuldige bestrafen?«

»Hatte Euer Herr sonst noch Kinder?«

Nate schnaubte. »Bastarde, meint Ihr? Sucht Ihr die Bastarde? Ich weiß es nicht, Hauptmann. Gewiß, er war ein Frauenheld, bis zuletzt. Aber ich habe ihn nicht gefragt, und er hat mir nichts davon erzählt.« Der alte Mann kicherte und schüttelte den Kopf.

Bess fragte sich, weshalb ihr Oheim diesem Mann vertraut hatte.

»Weshalb hat er sich für das St. Leonhard entschieden?«

Nate wurde ernst. »Ehrlich, ich weiß es nicht. Mein Herr war sehr verschwiegen, Hauptmann. Wir fuhren herum, er unterhielt sich mit allen möglichen Hospitalmeistern und entschied sich schließlich für das St. Leonhard. Das ist alles, was ich weiß.«

»Wen bestahl er in Scarborough?«

»Die großen Schmugglerfamilien, die so reich waren, daß sie einen kleinen Verlust gar nicht bemerkten. Er war ehrlich auf seine eigene Art.«

Bess hielt Tom ihren Krug hin. Er hatte sich gerade neben sie gesetzt.

Tom grinste, als er sich umdrehte, um ihr nachzuschenken. »Du erfährst gerade einiges über deinen Oheim Julian, was du vielleicht noch nicht wußtest.«

»Bestiehlt seine Nachbarn. Das hätte ich nicht von ihm gedacht; ich weiß nicht, was ich davon halten soll.«

»Wie hieß sein Partner?« fuhr Owen fort. »Der, der gestorben ist?«

Nate schloß die Augen, preßte seine knotige Hand gegen die Stirn und pfiff durch seine kaputten Zähne. »Ist so lange her. Manchmal nannte man ihn ›diesen Bastard‹, ich erinnere mich daran.« Der alte Mann grinste und wiegte den Kopf hin und her. »Sie verhielten sich nicht immer wie Edelmänner.«

Das war für Bess keine Überraschung.

»War Laurence de Warrene auch beteiligt?«

»Das dürft Ihr glauben. Es war seine Idee. Master Warrene war immer ein Schlaukopf. Die Mistress mochte das nicht besonders. Auch nicht Mistress Warrene.«

»Die sind jetzt alle tot. Wer sonst könnte sich noch daran erinnern?« fragte Owen.

Nate starrte in seinen leeren Krug. »Ich weiß nicht, wer von ihnen noch lebt.«

Tom füllte Nates Krug nach. »Eine seiner Frauen?« fragte er. »Ein Mann vertraut oft einer Frau etwas an, was er sonst niemandem mitteilt.«

»Ja, das stimmt. Vielleicht hat der Herr dies getan.« Nate warf den Kopf in den Nacken und leerte auch diesen Krug genauso schnell wie den vorherigen.

»Hatte er hier Frauen?«

»Ja, aber ich weiß nicht, wer sie waren.«

Owen trank seinen Krug aus und erhob sich. »Ich danke Euch. Bitte, behaltet unser Gespräch für Euch.«

»Ja, Hauptmann.«

Bess straffte sich, als Owen sein Falkenauge auf sie richtete. Was mochte er wohl von ihr denken, da nun erwiesen zu sein schien, daß ihr Oheim ein Dieb war?

»Ich muß zum Hospital und dann zum Hof der Ffulfords«, erklärte Owen. »Ich habe keine Zeit, die Geliebten deines Oheims zu überprüfen. Könntest du das übernehmen?«

Bess' Herz tat einen Sprung. »Heißt das, du bittest mich um meine Mithilfe?«

»Ich war immer der Meinung, du wärst eine ideale Späherin für den Erzbischof.«

»Du weißt nicht, wie recht du damit hast«, murmelte Tom.

Aber Bess schenkte ihrem Mann keine Aufmerksamkeit. »Willst du mir bitte nach draußen folgen?« bat sie Owen. »Ich muß etwas mit dir besprechen.« Sie führte ihn in den Hof hinter der Küche. »Du glaubst also, Oheim Julian sei vergiftet worden.« An Owens verschlossenen Gesichtsausdruck erkannte sie, daß es ihm nicht paßte, daß sie seine Gedanken erraten hatte. »Hältst du mich für eine Närrin? Bittest du mich um Hilfe, damit ich dir nicht im Wege stehe?«

»Bess, um Himmels willen. Ich hoffte, ich könnte dir die Qual ersparen, bis ich ganz sicher wäre. Ich halte es für wahrscheinlich, aber ich weiß es nicht. Und ich brauche deine Hilfe wirklich. In dieser Angelegenheit kann ich nur wenigen Leuten trauen.«

Nun, er wirkte aufrichtig, und seine Worte klangen ebenfalls aufrichtig ... »Lucie hat schon von Anfang an Gift vermutet?«

»Ja, das stimmt.«

»Du willst meine Hilfe trotz meines Mißerfolgs in Easingwold?«

»Es tut mir leid, was ich zu dir gesagt habe.«

Bess tätschelte seine Hand. »Macht nichts. Aber ich helfe dir nur, wenn du mir schwörst, nichts mehr vor mir geheimzuhalten.«

»Ich schwöre es, Bess.«

Owen erstickte fast an den Worten, aber er hatte keine andere Wahl.

Später am Abend, als Owen Lucie dabei half, eine neue Ernte Pfefferminzschößlinge an den Balken des Arbeitsraums zum Trocknen aufzuhängen, fragte sie ihn, ob er Bess wegen des Rätsels angesprochen habe.

»Glaubst du, es ist wichtig?«

Lucie reichte ihm einen Bund. »Paßt es nicht zu den Schmuggelgeschäften? ›Wenn nur die Schuldigen leiden, ist dann Unrecht geschehen?‹ Er hat ja schließlich die Schuldigen bestohlen.«

»Aber wie steht's mit dem ersten Teil? ›Wie kann jemand unwissentlich eine Sünde begehen?‹«

»Durch Nachlässigkeit? Ich finde das ziemlich erstaunlich. Aber vielleicht solltest du es Bess sagen. Da du ihr jetzt versprochen hast, ihr zu helfen, mußt du ihr mitteilen, was du weißt.«

»War es dumm von mir, sie einzubeziehen?«

»Du wärst dumm, wenn du es nicht tun würdest. Bess würde sich sowieso einmischen, ob du es willst oder nicht – das hast du ja gesehen. Es ist besser, du überträgst ihr Aufgaben, statt dich von ihr überraschen zu lassen.« Lucie schüttelte den Korb aus. »Fertig. Vielleicht solltest du heute abend bei Bess ein Bier trinken. Es wäre ja möglich, daß sie schon einen Plan hat.«

Als Owen aus der Apotheke trat, war es auf dem St.-Helen's-Square wie ausgestorben. Keine Glocke läutete, keine Trauernden knieten auf dem Friedhof vor frischen Gräbern. Hoffentlich bedeutete das, daß die Pest nun vorüber war und er seine Kinder heimholen konnte.

Die York Tavern war nicht so voll wie in guten Zeiten. Ungefähr ein Dutzend Gäste, mehr nicht. Und diese waren ungewohnt still und blickten Owen ängstlich entgegen, als er die Schenke betrat. Dann unterhielten sie sich flüsternd weiter, über ihre Krüge gebeugt.

Der Wirt stand in der Nähe der Tür, sein Gesicht war gerötet und glänzte vor Schweiß. Seine muskulösen Arme waren bis zu den Ellbogen entblößt und über dem Leib verschränkt, sein Blick war argwöhnisch.

»Was ist los, Tom?«

»Ein bißchen Ärger. Meine Frau ist in der Küche und behandelt Simons Auge.«

»Ein ungebetener Gast?«

»Ja. Ein Fremder, sah übel aus und hatte einen komischen Geruch an sich. Roch nach Krankheit, würde ich sagen. Habe ihn ins Hospital geschickt.«

»Und er hat Simon eins aufs Auge gegeben?« Der Stallknecht war hoch gewachsen und stark, ein guter Kämpfer. »Ein kranker Mann mit soviel Kraft?«

»Nein, das war sein Freund.« Tom entspannte sich. »Sie sind weggegangen. Willst du ein Bier?«

»Ich wollte eigentlich mit Bess reden.«

»Dann brauchst du etwas zu trinken.« Tom wandte sich um, holte Owens Trinkgefäß vom Regal und füllte es mit schäumendem Bier. »Laß es dir munden. Sie ist in der Küche.«

»Du sagst mir doch Bescheid, wenn sie wiederkommen?«

»Aber ja. Nur mein Gefühl sagt mir, sie kommen nicht wieder. Ist schon eine komische Zeit, wenn ein Schenkenbesitzer einen Mann mit Geld rauswirft.«

»Man hört heute abend keine Glocken läuten. Das ist doch wohl ein gutes Zeichen.«

»Hoffentlich.«

Simon saß zusammengesackt da und hielt sich eine Kompresse ans Auge. Bess bat Owen in ihre kleine Kammer neben der Küche.

»Hier können wir ungestört reden. Tom hat dich ja bereits mit Bier versorgt.«

»Ich habe vergessen, dir etwas zu sagen. Es geht um ein Rätsel, das Laurence nach dem Willen deines Oheims für sich behalten sollte.«

»Ein Rätsel? Welchen Sinn hat ein Rätsel, wenn man es für sich behält?«

»Zum Glück hat es Sir Richard auch gehört.«

»Wird es uns helfen?«

Owen brütete über seinem Humpen. »Ich habe keine Ahnung, was es bedeutet. Lucie glaubt, es könnte mit ihrem Schmuggel zu tun haben.« Dann trug er das Rätsel vor.

Bess goß sich einen kleinen Branntwein ein, hielt ihn unter die Nase und überlegte. »›Wie kann jemand unwissentlich eine Sünde begehen?‹ Klingt recht geschwollen, etwas protzig. Laurence hielt sich für einen ziemlich geistreichen Mann, mußt du wissen.«

»Ah ja. Vielleicht kommst du ja noch drauf.«

»Ich werde morgen früh Nell, die Waschfrau, aufsuchen.«

Diese Nachricht stimmte Owen zuversichtlicher. »Lucie sagte, du hättest bestimmt schon einen Plan.«

Alisoun hatte einen Fehler gemacht, daß sie hierhergekommen war. Niemand kümmerte sich um sie. Die Kinder wurden wie Schafe gehütet, ständig ermahnt, still zu sein, als ob ihre Stimmen die Schwestern störten, Gott störten. Warum hatte ihre Mutter ihr eingeprägt, sie solle sich ans Hospital wenden, wenn sie jemals Hilfe benötigte? Weshalb hatte sie so vom Hospital geschwärmt? Alisoun hätte sich am liebsten in einen Winkel verkrochen. Sie war hungrig und einsam gewesen, und ihre Lage hätte sich angesichts des bevorstehenden Winters noch verschlimmert. Sie besaß kein Getreide, kein Vieh – ihr Oheim hatte ihr alles weggenommen, um es in sicheren Gewahrsam zu bringen, hatte er ihr versichert – aber sie konnte schießen, Vögel beobachten, am Fluß sitzen und den Rufen der Bootsleute lauschen, essen, wann sie wollte, schlafen, wann sie wollte, ohne je gescholten zu werden. Sie konnte tun, was ihr beliebte.

Daher plante sie wieder einmal ihre Flucht, die sie nachts durchführen würde. Es ängstigte sie etwas, daß der Beobachter irgendwo im Schatten lauern mochte, aber noch schlimmer war, auf der Matratze auf seinen Überfall zu warten. Im Lauf des Tages hatte sie versucht, ganz unauffällig aus dem Hospital zu verschwinden, aber der Wächter am Tor hatte sie zurückgeschickt – mit dem Versprechen, daß er Dame Beatrice nichts sagen würde, eine freundliche Geste, mit der Alisoun nicht gerechnet hatte. Aber immerhin hatte er sie wieder zurückgeschickt. Deshalb hatte sie wohl bei Nacht am ehesten Aussicht auf Erfolg. Sie hatte festgestellt, daß im Tor eine kleine Tür eingelassen war, die an der Innenseite einen Schnappriegel besaß, aber außen nicht, und deshalb schloß der Wächter sie vielleicht nicht ab. Sie hoffte, durchschlüpfen zu können, wenn sie die Tür nur einen Spalt öffnete, während er döste.

Alisoun ging auf Zehenspitzen an den schlafenden Kindern vorbei. O Gott, wie gräßlich einige von ihnen schnarchten – und stanken. Wenn sie nur erst draußen in der klaren Nachtluft wäre, fort von hier, wo sie sowieso keiner wollte. Sie sehnte sich nach dem sauberen Geruch von Pferdeschweiß. Aber diesen würde sie auch nach ihrer Flucht nicht genießen können, denn sie hatte das Pferd dem Hospital überlassen. Um es in Gewahrsam zu nehmen, hatte man ihr gesagt. Wie sollte sie jetzt wieder an das Pferd herankommen?

Sie stolperte, als eine leise Stimme aus dem Schatten ansprach. »Wer geht da?« Es war eine Frauenstimme.

Alisoun ging unbeirrt weiter.

Die Frau griff nach ihrem Arm. Sie hatte einen harten Griff. Alisoun konnte sich nicht befreien.

»Willst du das Barnhous verlassen?« fragte die Frau.

Es war wohl eine der Schwestern. Sie würde sich mit einer harmlosen Antwort zufriedengeben. »Ich muß mich erleichtern.«

Die Frau trat ins Mondlicht und zog Alisoun mit sich. Es war die Laienschwester Anneys. »Ah, du bist's, Alisoun. Du möchtest wohl türmen?«

Alisoun zögerte. Die Frau war ihr aufgefallen, weil sie anders war als die anderen. Konnte sie ihr vielleicht helfen?

»Warum sollte ich das?«

»Ich habe dich beobachtet. Du bist nicht glücklich hier.«

»Ich hätte nicht hierherkommen sollen«, sagte Alisoun. »Ich habe Verwandte. Hierher gehören Kinder ohne Familie.«

»Du wolltest mit deinem Pferd durch das Tor verschwinden?«

»Ich muß es hierlassen.«

»Ich könnte es dir zum Wassertor bringen.«

»Weshalb wollt Ihr mir helfen?«

»Was nützt es uns, wenn wir dich zwingen, hierzubleiben?«

»Als ich versucht habe, durchs Tor zu gehen, wurde ich aufgehalten.«

»Wir denken nicht alle gleich.«

»Das Wassertor ist abgeschlossen.«

»Ich habe einen Schlüssel dafür.«

Anneys hatte sich allzuschnell dazu bereit gefunden, ihr zu helfen. Alisoun mißtraute ihr. »Was wollt Ihr von mir?«

»Vielleicht hat mir Gott ein Zeichen gegeben, über dich zu wachen. Komm, hier können wir nicht bleiben. Man wird uns hören.«

»Ihr wollt mir mir gehen?«

»Mir ist dieser Ort auch verleidet.«

22

Ein Späher und ein Samariter

Für Bess begann der Tag diesmal früher als sonst, ebenso für Tom. Sie hatte ihn geweckt und ihm Anweisungen bezüglich der Mägde, des Koches und dessen Gehilfen und des Stallburschen Simon erteilt. »Ich verlasse mich darauf, daß du dafür sorgst, Tom, daß sie heute ihre Arbeit machen. Ich muß weg.«

Tom rieb sich die verschlafenen Augen. »Was hast du denn vor – willst du jede Frau in York fragen, ob sie mit deinem Oheim etwas gehabt hat?«

Was war in letzter Zeit nur mit ihm los? »Du wirst es schon sehen, Tom Merchet. Ich bin nicht die dumme, unbedarfte Frau, für die du mich hältst.«

»Ich habe nur Spaß gemacht, Entschuldigung, ich hab's nicht so gemeint.«

»Du gehörst nicht zu den Männern, die sich selbst gern reden hören, Tom. Du glaubst, es wäre dumm von Owen, mich um Hilfe zu bitten. Aber du wirst es schon sehen. Und du wirst dich vor mir zu verantworten haben, wenn nicht alles so ist, wie es sein soll, wenn ich zurückkehre.«

»Ich sage doch, ich hab's nicht so gemeint.«

»Was gesagt ist, ist gesagt.«

»Hätte ich gewußt, daß Owens Bitte um Hilfe dich in so eine gereizte Stimmung versetzt, hätte ich ihn gebeten, es bleiben zu lassen.«

Als ob er das zu entscheiden hätte. Die Männer glaubten, sie beherrschten die Welt.

Sie verzehrten schweigend ihr Frühstück. Dann legte Bess ihr zweitbestes Kleid an, setzte eine ihrer schleifengeschmückten Hauben auf und machte sich auf den Weg, um Nell aufzusuchen, die gelegentlich als Waschfrau im Hospital arbeitete. Sie mußte einiges mitbekommen, wenn sie die Kleider und das Bettzeug anderer Leute reinigte. Nell hatte Bess schon häufig mit wichtigen Erkenntnissen über ihre Nachbarn versorgt.

Als Bess an dem Ausrufer vorübereilte, verkündete dieser gerade eine gute Nachricht: Seit einem Tag war in York kein Pestopfer mehr zu beklagen. Gott sei Dank. Vielleicht war es jetzt vorüber. Bess drückte dem Ausrufer zwei Pennys in die Hand.

Nell lebte hinter der Lop Lane in einem winzigen Häuschen aus Flechtwerk und Lehm, das im Schatten eines größeren Gebäudes stand. Im Dämmerlicht wurde ein armseliger Küchengarten sichtbar, der jedoch gebieterisch von zwei Hennen bewacht wurde, die Bess mißtrauisch beäugten und lautstark ihre Mißbilligung über diese frühmorgendliche Ruhestörung zum Ausdruck brachten. Bess traf Nell hinter dem Haus an, wo sie sich gerade anschickte, ihre Kuh durch das hintere Tor hinauszuführen.

»Guten Morgen, Nell. Unterwegs zur Weide?«

Nell trug ein mehrfach geflicktes Gewand und eine Haube, die von Milchspritzern befleckt waren. Der zufriedene Ausdruck auf ihrem runden, sommersprossigen Gesicht verwandelte sich rasch in Besorgnis. »Bess Merchet? Welches Unglück führt dich denn so früh am Morgen hierher? Ich habe schon genug Probleme am Hals.«

»Welche Probleme?«

Die Waschfrau führte eine rauhe, aufgesprungene Hand zu ihrer gegenüberliegenden Schulter und umklammerte sie, als wolle sie sie schützen. »Der Säugling meines Sohnes ist gestern gestorben. Und jetzt hat auch seine Tochter hohes Fieber.«

Gütiger Himmel, das war ein schweres Leid. »Der Ausrufer gibt uns Hoffnung, Nell. Gestern ist niemand gestorben.«

»Davon wird mein Enkelkind auch nicht wieder lebendig.« Nells Augen füllten sich mit Tränen. »Die Pest liegt wie ein Fluch über meinem Haus.«

Bess wünschte, sie hätte nichts gesagt. Nell hatte allen Grund, die Pest als einen persönlichen Fluch zu betrachten. Sie hatte ihren Ehemann während der letzten Epidemie verloren, und jetzt ein Enkelkind. »Komm, ich begleite dich zur Weide.« Die Wiesen, auf denen die Kühe weideten, lagen außerhalb der Stadtmauern.

Als sie die Kuh hinaus auf die ruhige Straße führten, seufzte Nell tief auf. »Nicht alle sterben. In Wirklichkeit sind es diesmal viel weniger als bei den letzten beiden Malen. Aber in meiner Familie wird einer nach dem anderen dahingerafft.« Sie wischte sich die Augen mit dem Ärmel ab und holte tief Luft. »Verzeih mir. Ich habe noch nie gejammert, und ich will auch jetzt nicht damit anfangen. Du hast mir noch nicht gesagt, was dich dazu gebracht hat, mich um diese Zeit aufzusuchen.«

»Du bekommst heute abend gutes Bier zu trinken, wenn du mir hilfst, Nell.«

Die Waschfrau blickte Bess über die Kuh hinweg an. »Es tut mir leid um deinen Oheim. Ich bin seit einem Monat nicht mehr im Hospital gewesen. Ich weiß nichts über seinen Tod.« Sie tätschelte die Kuh und brachte sie dazu, auf Petergate zuzugehen. »Er war ein guter Mensch, Master Taverner.«

»Liebestoll war er, wie man mir erzählt hat.«

Die müden Augen zwinkerten. »Darüber hat man geredet. Ich habe seine Frauen beneidet. Aber für mich hat er sich nicht interessiert.«

Das war auch kein Wunder. Nell war eine schwerfällige Frau, sowohl in ihren Bewegungen wie auch im Denken, und hatte in dieser Hinsicht viel Ähnlichkeit mit jenem Tier, das sie am Strick führte. Doch war sie mit einem makel- und narbenlosen Gesicht gesegnet und besaß auch noch die meisten ihrer Zähne. »Hatte mein Oheim eine Leman im Hospital?« fragte Bess.

»Es gab Gerüchte – eine von den Dienerinnen. Oder eine von den Laienschwestern – die ja im Grunde auch nur

Dienerinnen sind, aber nicht wissen, wo ihr Platz ist.« Nell schnaufte.

Dann waren sie im Hospital also unzufrieden mit Nell. Bess wäre es wohl auch gewesen, hätte sie mit ihr zusammenarbeiten müssen.

»Aber am meisten wurde über eine Frau von außerhalb geredet«, fügte Nell hinzu.

»Wie hieß sie?«

»Einige haben den Namen Felice Mawdeleyn genannt. Aber ich kann es nicht beschwören.«

Nun gut. Ihr Oheim hatte ein Auge für schöne Frauen, das stand fest. »Die gerissene Felice. Wie konnte sie das vor Will geheimhalten?«

»Es heißt, Will Mawdeleyn soll mehr als nur ein Bein verloren haben, als ihn sein Pferd niedertrampelte.«

»Woher wollen die Leute das wissen? Wer könnte Genaueres über die Frauen meines Oheims gewußt haben?«

»Barker, der Torwächter.«

»Du bist eine gute Frau, Nell. Komm in die Schenke, wann immer du willst. Ich werde dich ordentlich verköstigen.«

Sie hatten die Weide erreicht. Hier schützten sie weder Bäume noch Gebäude vor der Sonne. Bess spürte ihre Wärme. An einem solchen Tag war es leicht, die Pest zu vergessen.

Nell nickte Bess zu. »Das ist nett. Ich habe dir nichts erzählt, was dir nicht auch andere Leute sagen hätten können.«

»Ich vertraue dir, Nell. Du bist keine wichtigtuerische Klatschbase.«

»Das war ich noch nie.« Nell drehte sich um und führte langsam ihre Kuh an den Fluß, wo das Gras noch hoch aufragte.

In der Spen Lane, in der Nähe der St. Andrew's Church, bemerkte Bruder Wulfstan ein rotes Kreuz an einem Haus, das zum Besitz des Klosters in der Stadt gehörte. Er hatte gedacht, dieses Haus würde leer stehen. Aber das hatte nichts zu bedeuten; viele leerstehende Häuser in der Stadt waren in letzter Zeit von Menschen in Beschlag genommen worden, die vor den Kranken in ihren eigenen Häusern fliehen wollten, und manchmal schob man auch Kranke durch unverriegelte Fenster in solche Häuser, um sie dort sterben zu lassen.

Nachdem er die ganze Nacht am Bett eines sterbenden Kindes verbracht hatte, dessen Mutter zuviel Angst hatte, ihm in den letzten Stunden seines Lebens zur Seite zu stehen, taten Wulfstan der Kopf und die Glieder weh, seine Augen brannten und seine Zunge war geschwollen. Er sehnte sich danach, auf einer schattigen Bank in seinem Garten zu sitzen und verdünnten Wein mit frischen Pfefferminzblättern zu trinken. Aber wenn sich in diesem Haus ein Leichnam befand, mußte er die Totengebete sprechen und dafür sorgen, daß er bestattet wurde. Da Gog und Magog im Lande wüteten, dürfte er die Leidenden nicht im Stich lassen. Um wie viel schlimmer mußte es während der ersten Heimsuchung durch die Pest gewesen sein, als die Hälfte der Stadtbewohner gestorben war? Auch ein Großteil seiner Brüder war der Seuche erlegen, doch sie hatten während ihres Leidens Trost und Zuwendung erfahren, und keiner war weggeschickt worden.

Wulfstan holte tief Luft und machte sich auf den Gestank von Pesttoten gefaßt. Er drückte sich einen Kräuterbeutel vor die Nase und stieß die Tür auf.

Durch die Ritzen des Fensterladens an der Rückseite des Hauptraumes drang nur schwaches Licht. Staub tanzte in den Lichtstrahlen. Eine Ratte lief über die Füße des Mönchs und huschte hinaus auf die Straße. Wulfstan blinzelte, als sich seine schwachen Augen an das Dämmerlicht anpaßten, nahm den Duftbeutel von der Nase und sog die Luft ein. Er bekam einen Hustenanfall, als ihn der Gestank erreichte. Ein Toter oder ein Sterbender. Aber es befand sich niemand im Hauptraum. Er öffnete einen Fensterladen, um den Raum besser in Augenschein nehmen zu können. Eine Leiter führte zu einem Söller oder Dachgeschoß hoch. Bei der Vorstellung, diese Leiter hinaufzusteigen, verstärkten sich seine Schmerzen. Aber es mußte sein. Er öffnete einen weiteren Fensterladen, um noch mehr Licht hereinzulassen. Der Fensterladen hing schief in den Angeln und schlug gegen die Mauer.

»Wer ist da?« rief eine schwache Stimme von oben.

»Gott sei mit Euch«, sagte Wulfstan. »Ich bin der Klosterarzt von St. Mary und bin gekommen, um Euch zu helfen. Ich habe das Kreuz an der Tür gesehen.«

»Laßt mich allein. Ich will sterben.«

»Habt Ihr Wasser da oben?«

Ein kurzes Lachen. »Die Nachbarn bringen einem keine Geschenke mehr, wenn das rote Kreuz an der Tür ist.«

Wulfstan drückte eine Hand auf seinen schmerzenden Rücken und trat durch die Hintertür hinaus, ging über den Hinterhof und gelangte zur Küche. Dort fand er einen Krug ohne Deckel, der zur Hälfte mit abgestanden riechendem Wasser gefüllt war. Den rührte er besser nicht an. Unter dem Tisch entdeckte er eine Flasche Wein. Diesen konnte er vielleicht zur Herstellung einer Salbe verwenden. Er legte die Flasche in seinen Beutel. Nachdem er ins Haus zurückgekehrt war, stieg er langsam die Leiter hinauf, wobei der Brechreiz erregende Gestank von Sprosse zu Sprosse stärker wurde.

»Ich bin ein Sünder, Vater.« Die Stimme des Mannes war heiser vor Fieber und Durst.

Wulfstan hatte sich bis zum oberen Ende der Leiter vorangekämpft und keuchte noch zu stark, um etwas erwidern zu können. Er hielt den Duftbeutel vor die Nase, griff sich in die Seite und wartete, bis der Raum um ihn herum sich nicht mehr drehte. Dann ging er um den Wandschirm herum, hinter dem der Mann lag.

Der Raum war ziemlich groß und hatte zur Straßenseite hin Fenster, deren Läden geschlossen waren. Der Mann war nackt und hatte sich auf einem Haufen schmutzigen Strohs zusammengerollt. Eine Maus schnüffelte an seinen Kleidern, die er über einen Schemel geworfen hatte. Wulfstan verscheuchte die Maus. Der Geruch der Pest vermischte sich mit dem Gestank von Urin und Schweiß. Wulfstan trat an die Pritsche heran. »Hat man Euretwegen das Kreuz an die Tür gemalt?«

»Nein, ich habe es selbst getan, weil ich dachte, dann würde ich in Ruhe gelassen werden.«

»Und dann seid Ihr krank geworden?«

Der Mann hob einen Arm, wodurch eine nässende eiergroße Beule zum Vorschein kam. »Eine ist schon aufgeplatzt.«

Deshalb der durchdringende Gestank. »Gott sei Dank. Das ist ein gutes Zeichen, mein Sohn.«

Der Mann rollte sich weiter zusammen und wandte das Gesicht ab. »Ihr braucht mich nicht zu belügen.«

»Das ist keine Lüge. Wenn die Beulen aufplatzen, bestehen gute Aussichten zu überleben.«

Der Mann drehte den Kopf. In seinen roten, feuchten Augen flackerte ein Funken von Hoffnung auf. »Ist das wahr?«

»Ich habe keinen Grund, Euch etwas vorzugaukeln.« Wulfstan befühlte die Stirn des Mannes. Er hatte Fieber, das aber nicht so hoch war, um gefährlich werden zu können. »Hat es weh getan, als sie aufgeplatzt ist?«

»Ja, stärker als vorher.«

»Wann war das?«

»Gestern abend.«

Die Krankheit war wahrscheinlich schon dabei, abzuklingen. Wulfstan bemerkte eine Beule in der Lende des

Mannes, die fast so groß war wie jene unter dem Arm. »Zeigt mir Euren anderen Arm.«

Der Mann hob ihn hoch, wodurch ein kleiner schwarzer Fleck sichtbar wurde.

»Haltet Ihr es aus, wenn ich die andere Beule ansteche? Und auch die dritte?«

Der Mann schloß die Augen. »Wird mich das retten?«

»So Gott will.«

»Und wenn er nicht will?«

»Dann kann es das Ende beschleunigen.«

Tiefes Luftholen. »Tut es.«

Wulfstan bemerkte noch eine weitere Verunstaltung an dem Mann. An einem Arm gab eine rotgeränderte Wunde Eiter ab. Bei der Berührung fühlte sie sich heiß an. »Wie ist das passiert?«

»Eine Hure hat mich hier gebissen. Und auch da.« Er hob ein Bein an, um Wulfstan eine verschorfte Schenkelwunde zu zeigen. Wulfstan berührte sie und drückte sie dann sachte. »Das sieht nicht nach einem Biß aus.«

»Verzeiht, Vater.«

Wulfstan blickte auf. Der Mann beobachtete ihn mit schreckgeweiteten Augen. Jetzt erinnerte sich Wulfstan an ihn. »Beide Wunden wären schon verheilt, wenn Ihr mir damals nach St. Mary gefolgt wärt. Warum habt Ihr den Beutel genommen und nicht den Mann, der mit diesen Arzneien umgehen kann?«

»Jetzt werdet Ihr mich verlassen.«

»Nein, das spielt keine Rolle.« Wulfstan öffnete sein Bündel und reichte dem Mann eine kleine Lederflasche mit Branntwein. »Wie heißt Ihr?«

»Warum?«

»Ich muß Euch irgendwie anreden.«

»John.«

Wulfstan glaubte nicht, daß der Name des Mannes tatsächlich John lautete, aber das war auch nicht so wichtig. »Es ist nicht mehr viel darin, John, aber trinkt alles aus.« Während der Mann trank, kniete Wulfstan sich nieder und bat Gott, ihm Kraft zu geben, eine sichere Hand und einen klaren Blick. Und daß John, falls seine Zeit noch nicht gekommen war, überlebte und Buße tat.

»Ich habe Eure Sachen an einem sicheren Platz zurückgelassen.«

Wulfstan nickte, während er auf Knien mühsam näher an den Mann heranrutschte und sein Messer aus der Lederscheide zog. »Haltet still, so gut es geht, mein Sohn. Es wird weh tun, aber je mehr Ihr Euch bewegt, desto stärker werden die Schmerzen sein.«

Zunächst untersuchte er mit dem Messer die aufgeplatzte Beule. John schrie auf. Wulfstan kauerte sich auf seine Fersen und beobachtete, wie das faulig riechende Blut schneller herauszufließen begann. Mit einem Tuch wischte er sich das klebrige Gift von den Händen. In einer kleinen Schale vermischte er Schierlingspulver mit ein paar Tropfen Wein, rührte um und schüttete mehr Wein nach. Dann trug er mit der Spitze eines Tuches die Salbe auf die Beule auf. »Das wird die Schmerzen lindern.« Schließlich faltete er das Tuch zu einer dicken Kompresse. »Drückt dies mit Eurer anderen Hand darauf.« Der Atem des Mannes ging ungleichmäßig. Wulfstan betete zu Gott, daß er ihm nicht unter den Händen wegstarb. Er wollte, daß zumindest ein Mensch, den er behandelte, überlebte, nachdem er schon so viele hatte sterben sehen. »Seid Ihr bereit für den anderen Arm?«

Ein stummes Nicken.

Wulfstan sprach ein Gebet, lehnte sich zurück, blinzelte und zog dann das Messer quer über die Beule. Nichts. Er hatte nicht hart genug aufgedrückt. Der Schweiß verzerrte seine Sicht. Er wischte sich die Augen aus und versuchte es abermals. Als die Klinge in die Haut eindrang, schoß schwarzes Gift heraus, und John schrie vor Schmerzen auf. Wulfstan eilte zum Fenster, um frische Luft zu schöpfen. Die Dächer verschwammen vor ihm, und er klammerte sich an das Fenstersims, als seine Beine unter ihm nachzugeben drohten. Er war übermüdet. Er hätte in die Abtei zurückkehren sollen. Aber wenn er diesen Mann rettete …

John stöhnte.

Wulfstan drehte sich um und kehrte zu ihm zurück, wobei er sich mit einer Hand an der Wand abstützte. »Verzeiht, mein Sohn.«

»Ich halte es nicht mehr aus«, krächzte John.

»Ich werde nun die untere Beule anstechen und ausfließen lassen, während ich die Salbe zubereite. Seid Ihr bereit?« Wulfstan wischte sich die Hände ab, fuhr sich mit einem Tuch über die schweißnasse Stirn und kniete sich nieder, um sich die letzte Beule vorzunehmen. Sie ließ sich leicht anstechen. Nun war das schmutzige Stroh, auf dem John lag, mit dem Gift getränkt. Es wäre sinnvoll gewesen, den Mann an einen anderen Ort zu bringen, aber wohin? Und wie sollte Wulfstan, vor dem sich alles drehte und der unsicher auf den Beinen war, dies bewerkstelligen?

Seine Hand zitterte, als er die Salbe zusammenmischte und auf die Beulen strich. »Ich muß Euch jetzt verlassen. Aber ich komme zurück. Oder einer meiner Mitbrüder.«

»Ihr wollt nicht die Gebete über mir sprechen und mir die Beichte abnehmen?«

»Ich muß mich ausruhen. Ich verspreche Euch, es wird jemand kommen.«

»Ihr hattet niemals wirklich die Absicht, mich zu retten.«

»Gott helfe mir, John, aber ich bin krank.«

Der Mann drehte sich von ihm weg.

Wulfstan schleppte sich zur Leiter. Als er hinabstieg, konnte er mit dem Beutel in der Hand die Sprossen nicht fest genug greifen und ließ ihn deshalb hinunterfallen. Der Verlust dieser Bürde erleichterte ihm den Abstieg, aber seine Knie drohten immer wieder einzuknicken. Als Wulfstan schließlich unten angekommen war, hatte er den Beutel völlig vergessen. Er stieß die Vordertür auf und prallte zurück. Das helle Sonnenlicht brannte in seinen Augen und brachte sie so stark zum Tränen, so daß er nichts mehr sehen konnte. Er zog sich wieder ins Haus zurück und setzte sich an der Wand auf den Boden. Ein kleines Nickerchen würde ihm wieder zu Kräften verhelfen.

23

Ein Tag der Diplomatie

Owen stellte fest, daß das Haus des Arztes verschlossen und die Fensterläden im Erdgeschoß zugeklappt waren. Er hatte gehofft, sich im Haus umsehen zu können, um herauszufinden, ob sich hier vielleicht jemand aufgehalten und Walter de Hotter beobachtet hatte. Doch die Fensterläden ließen sich nicht öffnen, denn man hatte sie offenbar von innen befestigt. Er begab sich zum Hospital, um mit Honoria über die übelriechende Arznei zu sprechen, die Julian nach Aussage Nates an dem Tag, an dem er gestorben war, zu sich genommen hatte.

Doch als er sah, daß der Almosenpfleger an diesem Tag als Torwächter fungierte, stellte er all diese Überlegungen vorläufig zurück. »*Benedicte,* Don Erkenwald. Wo ist Barker?« Der kräftige, muskelbepackte Almosenpfleger mit dem vernarbten Gesicht paßte in der Tat auch besser in das Torhaus als zu den Armen und Gebrechlichen, unter denen er sich üblicherweise aufhielt.

»Er hilft bei der Suche«, antwortete Erkenwald und nickte bedächtig.

Owen interpretierte das Nicken als eine Aufforderung, weitere Fragen zu stellen. »Habt Ihr schon etwas gefunden?«

»Nein, etwas verloren. Zwei Mitglieder unserer Gemeinschaft sind letzte Nacht verschwunden.« Erkenwald ließ sich seufzend auf eine Bank sinken und stützte die Ellbogen auf die Knie. Die Haltung eines Soldaten, nicht eines Kanonikers. »Wir sind vom Regen in die Traufe geraten.«

»Wer ist verschwunden?«

»Anneys, eine unserer Laienschwestern, und Alisoun Ffulford, ein Kind aus dem Waisenheim. Hat der Junge nicht gesagt, weshalb Sir Richard nach Euch geschickt hat?«

»Ich muß schon weg gewesen sein, als er kam. Ich hatte gehofft, ich könnte mich im Haus von Master Saurian umschauen. Aber es ist verschlossen.«

Erkenwald schnaubte. »Und das wird es auch bis zum ersten Frost bleiben. Der Arzt ist aus der Stadt geflohen.«

»Das habe ich gehört.«

»Ich habe ihn schon immer für einen Feigling gehalten.«

»Manche ertragen es eben nicht, zwischen Sterbenden zu arbeiten.«

Erkenwald blickte Owen entsetzt an. »Und das will ein Arzt sein? Pah! Bitte geht zu Sir Richard, er erwartet Euch.«

Als Owen den Hof überquerte, überlegte er, welches Ungemach ihn nun wohl wieder erwartete. Hatte der Mann, der Alisoun beobachtet hatte, jetzt zugeschlagen? Und was hatte Anneys damit zu tun?

Ein Diener führte Owen in Ravensers Salon, wo Owen nicht nur vom Hospitalmeister, sondern auch von Don Cuthbert, Dame Constance und Dame Beatrice empfangen wurde. Ravenser erhob sich, um ihn zu begrüßen, eine unübliche Geste. In seinem Gesichtsausdruck sah Owen seine Befürchtungen bestätigt. »Wir bewachen alle Tore des Hospitals, und die Laienbrüder sind unter Barkers Führung zu einer Suchaktion aufgebrochen. Aber wir fürchten, daß der Mann mit dem Kind und der Frau bereits das Weite gesucht hat.«

»Barker hat sie gestern abend nicht passieren sehen?«

Ravenser warf Dame Constance einen Blick zu.

»Anneys lebt im Haus der Laienschwestern in der Stadt. Barker hätte sich nichts dabei gedacht, wenn sie das Hospital verlassen hätte. Und ein Kind ist ihm nicht aufgefallen«, sagte Dame Constance.

»Und Ihr habt keine Spur von dem Mann gefunden?«

Don Cuthbert schüttelte den Kopf. »Sie haben bis zur Morgenandacht gesucht, aber keine fremde Person im Hospital aufgespürt.«

»Und wie habt Ihr entdeckt, daß die beiden fehlten, Dame Constance?«

»Alisoun war heute morgen nicht in ihrem Bett und auch nirgendwo sonst, wo sich das Kind hätte aufhalten können. Und als die Laienschwestern erschienen, war Anneys, die stets pünktlich ist, nicht bei ihnen.«

»Habt Ihr auch nach Anneys gesucht?«

»Wir wissen nicht, wo wir anfangen sollen.«

Und ich auch nicht, dachte Owen. Doch diesen Gedanken wollte er lieber nicht laut äußern.

Ravenser schickte Don Cuthbert, Dame Constance und Dame Beatrice hinaus. Als sie gegangen waren, begann der Hospitalmeister nervös mit den Fingern auf die Stuhllehne zu trommeln. »Die Situation ist nun schlimmer als zu Beginn Eurer Ermittlungen, Hauptmann Archer. Wie läßt sich das erklären?« In diesem Augenblick ähnelte er seinem Oheim stärker als sonst.

Und er rief bei Owen auch dieselbe Reaktion hervor. »Habe ich Euch irgend etwas verheimlicht, Sir Richard?«

»Nicht daß ich wüßte.«

»Habt Ihr mir irgend etwas vorenthalten? Was ist mit Eurer Auseinandersetzung mit William Savage? Sollte ich deren Einzelheiten kennen?«

Ravensers Gesicht lief rot an; sein Oheim dagegen kannte kein Erröten. »Ihr vermutet …« Er schüttelte den Kopf. »Nein, Ihr habt völlig recht. Ich habe Euch grundlos angegriffen.«

»Und William Savage?«

Ravenser entwickelte plötzlich ein starkes Interesse dafür, die Gegenstände auf dem Tisch zu ordnen. »Savage. Das ist ziemlich einfach. Ich lehnte es ab, die Mutter seiner Gemahlin zur Pflege aufzunehmen, obwohl er einen großzügig bemessenen Betrag versprach. Die Unterhaltung wurde heftiger, und wir sagten beide Dinge, die wir besser nicht hätten sagen sollen.«

»Zum Beispiel?«

Ravenser hielt in seiner Aufräumarbeit inne und blickte Owen stirnrunzelnd an. »Haltet Ihr das wirkllich für wichtig?«

»Wie Ihr schon sagtet, die Situation hat sich verschlimmert. Mir fehlen immer noch wichtige Teile des Mosaiks.«

Ein Nicken. »Savage erwähnte die Gerüchte über unsere finanzielle Situation sowie die jüngsten Todesfälle unter den Pflegebewohnern, und seine Ausführungen gipfelten schließlich in einem neuen Gerücht, daß Honoria de Staines mit einigen Pflegebewohnern das Bett teilen würde.«

»Ein Gerücht? Oder eine Tatsache? Mit wem soll sie Savage zufolge verkehrt haben?«

Ravenser wirkte beunruhigt. »Ist das denn wichtig?«

»Möglicherweise«, erwiderte Owen.

»Er wollte es nicht sagen. Deshalb glaubte ich, er wolle mich nur provozieren.«

»War Savage denn so wütend?«

»Ich unterstellte ihm, er fürchte, die Mutter seiner Ehefrau würde das Kommando über seinen Haushalt übernehmen. Sie gilt als eine ziemlich unangenehme Person.«

»Du lieber Himmel. Auch Seine Gnaden hätte nicht weniger taktlos sein können.«

»Mein Oheim hätte es gar nicht zu einer solchen Situation kommen lassen, Hauptmann.«

Das stimmte. »Gibt es sonst noch etwas, was Ihr mir bisher verschwiegen habt?«

»Ich habe Euch meine Seele offengelegt. Nun macht das Beste daraus.«

Owen stand auf. »Geduld, Sir Richard.«

»Ich bin nur deswegen so ungeduldig, weil ich nach Süden aufbrechen soll. Mit der Königin geht es zusehends bergab. Ich möchte erst abreisen, wenn ich weiß, daß der gute Ruf des St. Leonhard wiederhergestellt ist.«

»Dann betet darum, daß mein Tag erfolgreich verläuft.«

Als Owen den Hof überquerte, traf er auf Don Erkenwald. Dieser hatte die Hände in die Hüften gestemmt und wirkte trotz seiner Kutte und der Sandalen ziemlich kriegerisch. »Sie haben jetzt den größten Teil des Gebiets abgesucht, Hauptmann. Keine Spur von dem Fremden.«

»Das hat nichts zu bedeuten. Er wäre dumm gewesen, wenn er sich hier versteckt hätte.«

»Die Laienschwestern haben ein verlassenes Haus in der Nähe ihrer Unterkunft erwähnt, dessen Bewohner verstorben sind.«

»Ja, auch viele andere Häuser wurden durch den Tod leer.«

»Richtig. Wo wollt Ihr suchen?«

»Zuerst muß ich mit Honoria de Staines sprechen. Wo kann ich sie finden?«

»Im Barnhous. Sie beaufsichtigt die kranken Kinder. Und was wollt Ihr danach unternehmen?«

»Wenn ich von ihr nichts erfahre, werde ich mich zu einem Bauerngehöft vor der Stadt aufmachen.«

»Ich wünschte, ich hätte einen Grund, Euch zu begleiten.«

»Wie gut könnt Ihr mit einer Schaufel umgehen?«

Erkenwald grinste. »Sehr gut. Aber das ist nicht meine einzige Fähigkeit.«

»Ich könnte Euch auch als Waffenträger gebrauchen.«

»Was ist mit Euren Männern?«

»Sie sind damit beschäftigt, die Stadt abzusuchen. Eure Hilfe wäre mir sehr willkommen.«

Erkenwald nickte. »Holt mich ab, wenn Ihr fertig seid.«

Wulfstan wachte auf, als er spürte, daß jemand ihn berührte. Dann rief die Stimme eines Kindes: »Hier. Ist das der Mann, den wir suchen?«

Eine Frau beugte sich über ihn. »Ihr habt meinen Sohn gerettet. Ich werde für Euch tun, was in meinen Kräften steht.«

»Heilige Maria Muttergottes, bitte für mich«, flüsterte Wulfstan.

Jemand hob ihn hoch und trug ihn an einen helleren Platz. Wulfstans Augen konnten sich noch nicht öffnen vor dem göttlichen Licht, doch sein Herz war von Freude erfüllt, denn er wußte, daß er nun vor seinen Schöpfer treten und seine Belohnung erhalten würde.

Als Bess am St.-Leonhard-Hospital ankam, versah Barker wieder den Dienst an der Pforte. »Erinnert Ihr Euch an meinen Oheim Julian Taverner?«

Barker wischte über einen Stuhlsitz und bat Bess, Platz zu nehmen. »Master Taverner. Ein Mann, der hier von jedermann respektiert wurde.«

»Das stimmt, Barker«, erwiderte Bess, als sie sich setzte. »Und er war auch ein gutaussehender Mann, nicht wahr?«

»O ja.«

Bess hielt ihren Blick nach unten gerichtet, als sie sagte: »Mein Oheim hat mir ein heikles Problem hinterlassen.« Dann schaute sie auf und bemühte sich, verlegen zu wirken.

Die Knollennase des Mannes verzog sich. »Ach ja?«

»Als er starb, sagte er zu mir: ›Schwöre, daß du dich um sie kümmern wirst.‹«

»Um wen?«

Bess gestikulierte mit den Händen. »Das ist genau das Problem. Er hauchte sein Leben aus, bevor er den Namen nennen konnte. Aber ich habe das Gefühl, es handelte sich um seine – seine Leman. Ihr versteht also, daß ich mich nun bemühen muß, sie ausfindig zu machen. Ich darf darüber aber nur mit Leuten reden, die nicht gleich alles ausplaudern. Und den Ruf einer rechtschaffenen Frau ruinieren.«

Barker machte ein mitfühlendes Gesicht.

»Ich empfinde es als meine Pflicht, sie zu finden und festzustellen, was ich tun kann. Und ich dachte – vielmehr, ich hoffte, Ihr hättet ihn vielleicht gesehen, wenn er manchmal das Hospital verließ. Ich weiß, Ihr wärt nicht Torwächter geworden, wenn Ihr nicht ein vertrauenswürdiger, verschwiegener Mann wärt, der aber doch stets die Augen offenhält.«

Barker richtete sich zu seiner vollen Größe auf. »Das ist wirklich eine heikle Angelegenheit, Mistress Merchet. Und es ehrt Euch, daß Ihr Gerechtigkeit üben wollt. Nicht viele würden eine solche Verpflichtung annehmen.«

»Ich möchte den letzten Wunsch meines Oheims nicht mißachten.«

»Gewiß. Er hatte ein sehr einnehmendes Wesen, Euer Oheim. Jede Frau könnte sich mit ihm eingelassen haben.«

»Gab es denn keine, mit der er häufiger gesehen wurde?«

»Felice Mawdeleyn. Und in letzter Zeit auch eine Laienschwester. Aber Mistress Mawdeleyn und Euer Oheim waren lange befreundet.«

»Will Mawdeleyns Frau?«

»Ja, genau die.« Barker schüttelte den Kopf. »Will hätte sie prügeln sollen, weil sie ihn betrog. Das ist immer das gleiche.«

Bess biß sich auf die Zunge. Sie hatte besseres zu tun, als mit diesem dummen Mannsbild zu streiten. »Und eine der Laienschwestern, sagt Ihr? Welche war es, Barker?« Obwohl Bess über Honorias Verbindung zu ihrem Oheim Bescheid wußte, stellte sie diese Frage, um zu prüfen, ob die Aussagen des Mannes stimmten. Viele Leute füllten ihre Informationslücken durch Gerüchte auf.

Barker runzelte die Stirn und rieb sich die Schulter. »Ich sollte eigentlich nichts mehr sagen, Mistress Merchet. Felice Mawdeleyn dürfte diejenige sein, an die Ihr Euch halten solltet.«

Sehr wahrscheinlich. Felice gehörte zu jener Sorte Frauen, die Annäherungsversuche durchaus herausforderten. »Ihr könnt mir vertrauen, Barker. Ich habe keinen Grund, die Sünden meines Oheims allgemein bekannt zu machen.«

»Das glaube ich. Es war Anneys, die Schwester, die heute verschwunden ist.«

Bess hätte fast genickt, da sie sich ziemlich sicher gewesen war, was er sagen würde. Sie brauchte einen Augenblick, bis sie begriff, daß er etwas anderes gesagt hatte. »Anneys? Nicht Honoria de Staines?«

»Anneys. Er mochte Honoria, aber sie war eher wie eine Tochter für ihn.«

»Woher wißt Ihr das?«

Die Brust straffte sich. »Ein Mann erkennt so etwas bei einem anderen Mann.«

»Anneys ist verschwunden?«

»Ja, Letzte Nacht. Mit der kleinen Ffulford.«

Nun, damit würde Owen den ganzen Tag beschäftigt sein. »Ich danke Euch, Barker. Ihr wart sehr freundlich. Kommt irgendwann zu uns in die Schenke, wir werden Euch fürstlich bewirten.«

Sie ging langsam davon und überlegte, was sie über Felice Mawdeleyn wußte. Über Anneys wußte sie praktisch nichts. Aber Anneys war nun Owens Problem.

Owen traf Honoria de Staines dabei an, wie sie an einem Tisch vor einer abgegrenzten Nische im Barnhous Leintücher faltete. Sie nickte ihm zu, legte einen Finger an die Lippen, öffnete den Vorhang und zeigte ihm drei schlafende Kinder.

»Gott sei mit Euch, Hauptmann Archer«, sagte sie leise, nachdem sie ein paar Schritte von dem Vorhang zurückgetreten war. »Was wollt Ihr mich heute fragen?«

Owen entschied sich, gleich mit der Tür ins Haus zu fallen »Verzeiht, Mistress Staines, aber ich muß wissen, ob der verstorbene Bürgermeister William Savage die Wahrheit sagte, als er behauptete, Ihr würdet mit einigen Pflegebewohnern des Hospitals verkehren.«

Die hübsche Frau errötete. »William Savage hat das behauptet?« Sie griff nach dem nächsten Tuch. »Dann hat er sich also auf diese Weise gerächt.«

»Gerächt?«

»Reden wir über William Savage, Hauptmann.« Honoria legte das Tuch auf den Tisch und strich es glatt. Als sie sich Owen zuwandte, brachten ihre Augen eine gewisse Aufgeregtheit zum Ausdruck. »Gott vergebe mir, wenn ich schlecht über einen Toten rede, aber William Savage hat mit mir ein falsches Spiel getrieben. Oh, zunächst gab er sich großzügig und hilfsbereit und unterstützte meine Eingabe, bei den Laienschwestern arbeiten zu dürfen. Aber dann verlangte er, ich solle mit ihm das Bett teilen. Ich weigerte mich.« Sie bemerkte Owens zweifelnden Blick. »Aus Angst vor seiner Frau Marion, Hauptmann.«

»Fahrt fort.«

»Aber sie hatte mich bereits verurteilt. Sie ist eine Frau, die jedermann immer gleich das Schlimmste unterstellt, und war überzeugt davon, daß er mir nur geholfen hatte, weil ich mit ihm schlief. Als Buße befahl sie ihm, eine Pflegschaft für ihre Mutter zu kaufen, um sie loszuwerden.«

»Woher wißt Ihr das?«

»Er hat es mir gesagt. Und er sagte auch, sie beabsichtige, mich im Hospital anzuschwärzen. Könnt Ihr Euch denken, weshalb er mir das mitgeteilt hat, Hauptmann? Damit ich mich schließlich dazu bereitfinden würde, jene

Sünde zu begehen, deretwegen ich verurteilt wurde.« Es fiel ihr schwer, leise zu bleiben.

Eine häßliche Geschichte, wenn sie stimmte. »Habt Ihr irgend jemandem davon erzählt?«

»Don Cuthbert. Er glaubte mir.«

»Und Ihr habt Euch nicht mit Pflegebewohnern eingelassen?«

Honoria schnaubte. »Ich bin doch nicht verrückt. Ich wollte im Hospital bleiben.«

Einer ihrer Schutzbefohlenen begann zu wimmern. Honoria verschwand hinter dem Vorhang und kam kurz darauf mit einem Jungen in Hughs Alter zurück, den sie in den Armen wiegte.

»Ist das alles, Hauptmann?« Ihre Augen blickten kalt.

»Nur noch eines. Julian Taverners letzte Krankheit. Der alte Nate hat von einer übelriechenden Arznei gesprochen.«

»Sie hatte einen bitteren Geschmack. Master Taverner beklagte sich darüber.«

»Gehörte sie zu den Arzneien, die Mistress Merchet brachte?«

»Das möchte ich nicht beschwören, Hauptmann. Anneys war für seine Pflege verantwortlich. Aber wenn Ihr mich jetzt entschuldigen wollt, ich muß mich um den Kleinen kümmern.«

»Gott sei mit Euch, Mistress Staines.«

Owen verließ den Ort mit gemischten Gefühlen. In gewisser Weise bemitleidete er Honoria, denn er wußte, daß viele Männer die Frauen so behandelten. Aber er hätte gedacht, ein Mann wie Savage sei über so etwas erhaben gewesen. Zum Bürgermeister konnte ein Mann nur aufsteigen, wenn er sich den Respekt seiner Mitbürger erworben hatte. Oder war Owen einfach zu gutgläubig? Aber weshalb sollte Savage das Risiko eingehen, Gerüchten Vorschub zu leisten, die auch ihm selbst großen Schaden zufügen konnten?

Kurz nach Mittag ging Bess über die Spen Lane zum Haus der Familie Mawdeleyn und entdeckte dabei den schwarzgekleideten Mönch, der in einem Hauseingang lag. Seine Kapuze hatte er über den Kopf gezogen, um seine Augen vor der grellen Sonne zu schützen, die hoch am Himmel stand. In Hauseingängen zu schlafen sah Benediktinern jedoch ganz und gar nicht ähnlich. Weshalb sollten sie das auch tun, da sie doch über ein wunderschönes Kloster verfügten? Doch er lag da. Bess trat näher, prallte aber gleich zurück, als sie den charakteristischen Pestgeruch wahrnahm. Der Mönch war auf sie aufmerksam geworden und rappelte sich auf. Als er sich an den Türrahmen klammerte, fiel seine Kapuze nach hinten.

»Bruder Wulfstan!« Bess preßte ihren Duftbeutel vor Nase und Mund und näherte sich vorsichtig.

Bruder Wulfstan blickte verwirrt um sich. »Bin ich noch immer auf der vergänglichen Erde?«

Bess kniete sich nieder und berührte Wulfstans Stirn mit dem Handrücken. Er hatte Fieber. Gütiger Himmel, wie sollte sie ihn zur Abtei schaffen?

Sie stand auf und blickte sich um. Die sonst so geschäftige Straße war menschenleer. Zweifellos fürchteten sich alle davor, an dem im Hauseingang liegenden Mönch vorüberzugehen. Obwohl zu beiden Seite der Straße Kirchen standen, hatte kein einziger Diener Gottes den Mut aufgebracht, ihm zu helfen. Es war beschämend. »Ich werde ein Pferd oder einen Karren aufzutreiben versuchen, Bruder Wulfstan. Ich bin gleich wieder zurück.«

Sie eilte die Spen Lane hinunter zur St. Saviourgate. Kurz darauf kam der Lumpenhändler mit seinem Eselkarren die Straße herunter. »Mistress Merchet, was sucht Ihr um diese Zeit an einem solchen Ort?«

Enttäuscht sah Bess, daß der Karren fast völlig leer war. Die Lumpen hätten eine weiche Unterlage für Wulfstan abgegeben. Aber das machte nichts. »Ich habe eine arme Seele gefunden, die dringend Hilfe braucht, Seth, und Ihr seid der gute Samariter, den Gott mir geschickt hat. Ich muß Bruder Wulfstan zurück nach St. Mary bringen. Er ist krank und kann nicht gehen.«

Seths Augen weiteten sich, während er sich bekreuzigte. »Der Schwarze Tod?«

»Ich kaufe jeden Lumpen auf dem Karren.«

»Er wird sterben, ob wir ihn noch zur Abtei bringen oder nicht.«

»Einen Humpen Freibier jeden Abend eine Woche lang? Das ist mehr, als Ihr verdient. Ihr solltet es aus Liebe zu dem Mann tun, der sich um so viele Leute gekümmert hat, die ohne ihn längst gestorben wären.«

»Zwei Humpen.«

»Ihr seid mein Ruin.«

»Ich gebe Euch auch die Lumpen.«

Wulfstan stand mit Bess' Unterstützung auf, und Seth half ihm auf den Wagen. Als Bess ihn losließ, griff Wulfstan nach ihrem Ärmel. »Ich habe versprochen … Beichte … muß zurück.«

»Wir fahren nach St. Mary. Redet besser nichts«, sagte Bess, während sie die Lumpen um Wulfstan ordnete, den es fröstelte, obwohl es mittlerweile recht warm geworden war. Sie zog die Kapuze über seine Augen. »Ruht Euch aus.«

Als sie den Eselkarren durch die Straßen nach St. Mary führten, nahmen die Leute vor ihnen Reißaus. Bess kam sich vor wie Moses, vor dem sich die Fluten des Roten Meeres teilten. Und ihr wurde bewußt, daß diese Seuche, durch die Gott die Menschen für ihre Sünden strafte, noch viel größere Sünder aus ihnen machte. Oder zumindest aus den meisten von ihnen.

Bruder Henry kniete betend neben Wulfstans Lager, während der Novize Gervase dem alten Klosterarzt kalte Kompressen auf die Stirn drückte und sein Gesicht, den

Hals und die Arme mit einer Mischung aus Erdbeer- und Salbeiwasser abwusch.

»John«, flüsterte Wulfstan.

Henry blickte von seinen Gebeten auf. »Wer ist John?« fragte er abermals.

Wulfstans Augenlider flatterten. Er legte eine zittrige Hand auf die seines Gehilfen. »Der Mann, der mich überfallen hat. Ich konnte ihm die Beichte nicht mehr abnehmen.«

»Ich verstehe nicht, Bruder Wulfstan.«

Wulfstan schloß die Augen und schlief ein. Bruder Henry wischte sich über die Augen und widmete sich wieder seinen Gebeten.

24

Owens Verdacht

Lucie betrachtete Owens Rücken, als er in den Schuppen ging und die Schaufeln holte. Er fluchte, als er sie genauer in Augenschein nahm. »Wo ist denn die alte?«

Es war immer das gleiche. Er vermißte Dinge erst, wenn er sie brauchte, und tat dann so, als treffe ihn keine Schuld daran, daß sie verschwunden waren. Und immer, wenn Lucie gerade viel zu tun hatte. »Wir haben sie Magda geschenkt. Sie kannte jemanden, der dafür dankbar sein würde. *Du* hast sie ihr geschenkt.«

Lucie vermochte nicht zu erkennen, ob sein Knurren ihr galt oder sich selbst.

»Dann muß ich eine der besseren Schaufeln dafür nehmen.«

»Es wird dir nichts anderes übrigbleiben.« Aber Lucie wußte, daß Owen nicht wegen der Schaufel verärgert war. »Du erwartest, mehr zu finden als nur die Schätze des Mädchens«, sagte sie.

Owen nahm sich Zeit, eine passende Schaufel auszuwählen. Schließlich stellte er zwei zur Seite und hängte die übrigen wieder an ihre Haken.

»Dreh dich um, Mann. Ich will dein Gesicht sehen.«

Owen wandte sich um. Er hatte die Zähne grimmig zusammengebissen.

Lucie fuhr mit einem Finger über seine Lippen. »Was ist los? Ärgerst du dich, weil ich es erraten habe?«

Seine Verkrampfung löste sich ein wenig. Doch die Narbe unter seiner Augenklappe zuckte.

»Bist du wütend über Ravenser und seine Männer, weil sie Anneys und Alisoun entkommen ließen?«

»Über mich selbst bin ich wütend. Mir sind sie durch die Lappen gegangen. Ich war so blind.«

»Nein, Liebster. Du siehst ganz gut mit einem Auge. Sogar besser als mit zwei«, neckte Lucie ihn, um ihn aufzuheitern.

Owen lächelte nicht. »Anneys kam als eine der ersten zum brennenden Haus von Laurence.« Er ging zum Lindenbaum und kehrte wieder um. »Sie war anwesend, als Julian starb, war verantwortlich für seine Pflege – und hatte zweifellos auch die Kontrolle über seine Arzneien.« Er schritt auf das Haus zu, wobei seine langen Beine wie Scheren durch den spätsommerlichen Garten schnitten. Lucie folgte ihm, denn sie wollte den Rest seiner Ausführungen nicht verpassen. »Sie hatte Bruder Wulfstans Arzneibeutel und folgte mir, als ich Cuthbert dabei beobachtete, wie er ihn versteckte. Vielleicht hat sie auch gehört, wie ich mit dem Mädchen sprach.« Er blieb stehen und drehte seinen Kopf, damit er Lucie mit seinem gesunden Auge sehen konnte. »Was war ich doch für ein Dummkopf!«

»Vielleicht. Aber …« Lucie neigte den Kopf leicht zur Seite und wartete, daß er fortfuhr.

»Aber was?« Er stand mit verschränkten Armen in der Küchentür und funkelte sie an.

Lucie wählte ihre Worte sorgfältig, um ihn nicht noch mehr aufzubringen. »Jedesmal hatte Anneys einen Grund für ihre Anwesenheit. Man kann ihr allenfalls zum Vorwurf machen, daß sie bei dem Versuch, Alisoun zu schützen, sehr ungeschickt vorgangen ist.«

»Das glaube ich nicht.«

Lucie verlor die Geduld. »Glaubst du, sie ist für alles verantwortlich? Was ist mit Alisouns Geschichte über den Mann, der sie beobachtet hat? Und dem Überfall auf Wulfstan?«

»Es gibt zwei Schuldige, und Anneys ist eine davon.«

»Der Himmel möge der Frau helfen, falls sie unschuldig ist.«

»Hast du sie schon einmal gesehen?«

Lucie schloß die Augen und wünschte, sie hätte ihre Gedanken für sich behalten. »Meine Arbeit läßt mir für andere Dinge keine Zeit.«

»Anneys wirkt nicht gerade wie ein Unschuldslamm, darauf will ich hinaus. Sie hat kalte Augen, wie mir jetzt einfällt. Und ein zu forsches Auftreten für eine Laienschwester.«

»Und das macht sie schuldig?«

»Du wirst es schon sehen, Lucie.«

»Das werde ich, ja. Aber jetzt komm, du mußt mir helfen, die Krüge in den Arbeitsraum zu tragen.«

Sie betraten gerade den Saal, als Kate Bess hereinführte. Sobald sie das Gesicht ihrer Nachbarin sahen, vergaßen beide die Krüge. Bess berichtete ihnen von Wulfstan. Als sie fertig war, schwiegen Lucie und Owen eine Weile.

Kate stellte einen Becher vor Bess.

»Ich danke dir, Kind. Schlechte Nachrichten machen die Kehle trocken.«

Sie hatte den Becher geleert, bevor Lucie das Wort ergriff. »Das haben wir immer befürchtet. Vor allem Jasper.«

Bess drückte Lucies Hand. »Wir wissen noch nicht, ob es die Pest ist. Vielleicht ist er auch nur erschöpft.«

»Es sieht dir gar nicht ähnlich, die Wahrheit zu verheimlichen«, sagte Owen. »Ein Mann bekommt kein starkes Fieber, nur weil er übermüdet ist.«

»Auch andere Krankheiten können Fieber hervorrufen«, erwiderte Bess. »Aber es gibt noch etwas. Die Laienschwester Anneys ist verschwunden, ebenso Alisoun Ffulford.«

»Das weiß ich«, knurrte Owen.

»Und Barker sagt, Anneys und mein Oheim seien ein Liebespaar gewesen.«

»Was?«

Lucie rieb sich die Schulter, da sie eine plötzliche Müdigkeit verspürte. »Siehst du, Liebster? Es ist also sehr unwahrscheinlich, daß sie an seinem Tod interessiert war.«

Bess' Augen weiteten sich. »Du hast gedacht, sie wäre die Mörderin?«

»Ich weiß nichts«, erwiderte Owen. »Erzähl mir von Wulfstan. War er allein?«

»Er war bei einem Sterbenden, glaube ich. Er sagte immer, er müsse noch jemandem die Beichte abnehmen.«

»Wulfstan?« fragte Owen.

»Dem Mann, bei dem er gewesen war. In diesem Haus, vermute ich. Er bezeichnete ihn als den Mann, der ihn überfallen hatte.«

Owen stand auf. »Sag mir, wo das war.«

Lucie bemerkte eine gewisse Aufgeregtheit an ihm. »Was ist los?«

»Der Mann, der Wulfstan überfallen hat. Der Alisouns Pferd gestohlen hat. Ich bin schon so oft auf ihn gestoßen, daß es kein Zufall mehr sein kann. Ich hole Erkenwald und werde diesem Fremden einen Besuch abstatten.«

»Aber er liegt doch im Sterben«, wandte Bess ein.

»Dann nehmen wir eben eine Bahre mit.«

Lucie drückte ihre kühlen Hände an ihre heißen Wangen. »Ich weiß nicht, wie ich es Jasper beibringen soll.«

Lucie kehrte in die Apotheke zurück und nahm sich vor, mit Jasper zu sprechen, wenn sie einen Augenblick Zeit hatten. Es war schwierig, neben ihm zu arbeiten und ihre Gefühle zu verbergen. Plötzlich erschien Alice Baker im Laden, stieß den alten Jake beiseite, der vor ihr gestanden war, und lehnte sich über die Theke.

»Mistress Baker, ich bitte Euch, wartet doch, bis Ihr an die Reihe kommt«, sagte Lucie und bedeutete dem alten Mann, an die Theke heranzutreten.

Alice Baker packte Lucies Hand. Ihre Augen waren rotgerändert und von Angst erfüllt. »Ich flehe Euch an. Elena, meine Jüngste, sie hustet und hustet. Schon den ganzen Morgen. Das ist die Pest, ich weiß es. Was könnt Ihr mir geben, um sie zu schützen?«

Mehr brauchte der alte Jake nicht zu hören. Er bekreuzigte sich und schlurfte eilends aus dem Laden. Jene Form der Pest, die mit blutigem Husten begann und endete, verbreitete sich am schnellsten.

»Hustet sie Blut?« erkundigte Lucie sich.

Die verzweifelte Mutter verstärkte die Umklammerung von Lucies Hand. »Kommt das als nächstes?«

»Nicht notwendigerweise, Mistress Baker. Beruhigt Euch. Sie hustet also kein Blut?«

»Nein.«

»Läuft ihre Nase?«

»Ja, und ihre Augen tränen.«

»Dann ist es wahrscheinlich nicht die Pest.«

»Sie hat hohes Fieber.«

»Das weist nicht unbedingt auf die Pest hin.« Lucie bemühte sich, ruhig zu bleiben.

Jasper kam aus dem Arbeitsraum, wo er Krüge nachgefüllt hatte. »Bruder Wulfstan kann es Euch gleich sagen. Schickt eines Eurer Kinder zur Abtei. Dort wird man wissen, wohin er zuletzt gegangen ist.«

Lucie griff nach Jaspers Arm. »Nein, nicht heute, Jasper. Mach für Mistress Baker den Hustensirup für Kinder fertig, und mische Beinwell und Nesseln zusammen, die das Fieber herunterbringen und die Brust des Kindes austrocknen, so daß der Husten aufhört.«

Jasper blickte Lucie fragend an, tat aber, wie sie ihm geheißen hatte.

Alice Baker ließ Lucies Hand los und hieb auf den Tisch. »Das genügt nicht!«

»Mehr kann ich nicht tun«, erwiderte Lucie und rieb sich die Hand. Am liebsten hätte sie die Frau geohrfeigt. Jeden Tag kam sie mit ihren Theorien und Arzneien, aber nun, da ihr Kind wirklich krank geworden war, wirkte sie völlig hilflos. »Wenn Euer Kind an der Pest leidet, habt Ihr gewiß das ganze Haus voller Arzneien.«

Die Frau schreckte auf. »Aber meine Elena liegt im Sterben!«

»Sie hustet. Und wenn Ihr ihr den Sirup verabreicht und einen Löffel Beinwell und Nesseln in kochendem Wasser auflöst«, Lucie hob einen Löffel hoch, um die richtige Größe anzuzeigen, »dann wird sich Elenas Zustand rasch wieder bessern.«

»Und wenn es doch die Pest ist?«

Lucie ließ den Kopf sinken und massierte sich ihre Schläfen. Jasper reichte Alice Baker die Flasche und den Beutel. »Ich danke dir, mein Sohn«, murmelte die Frau, warf zwei Silbermünzen auf den Ladentisch und eilte hinaus.

Lucie sank auf den Stuhl hinter der Theke und drückte sich die Fingerspitzen auf ihre heißen Augenlider. Sie durfte nicht weinen. Das würde für Jasper alles nur noch schlimmer machen.

»Mistress Lucie?«

Sie holte tief Luft, hob den Kopf und wischte sich die Augen aus. »Ich muß dir etwas sagen, mein lieber Junge.«

»Es geht um Bruder Wulfstan, vermute ich«, erwiderte Jasper.

Lucie nahm seine Hand und erzählte ihm, was sie von Bess erfahren hatte. Tränen liefen über die sommersprossigen Wangen des Jungen. Sie drückte seine Hand. »Wir wissen noch nicht, ob es wirklich die Pest ist.«

»Was soll es denn sonst sein? Er ist mit so vielen Sterbenden in Berührung gekommen, hat ihre Luft eingeatmet, ihre Körper angefaßt, ihren Schweiß getrocknet, ihre ...« Jasper versagte die Stimme. Er entwand sich Lucies Griff und lief zur Tür.

»Wo willst du denn hin?« Eine törichte Frage.

»Ihn besuchen«, rief Jasper, als er auf die Straße hinaustrat. »Versucht nicht, mich aufzuhalten.«

Lucie wollte ihm nachlaufen – nicht um ihn zurückzuholen, sondern um sich ihm anzuschließen. Aber er hatte sie nicht dazu aufgefordert. Und sie mußte sich um die Apotheke kümmern.

Jasper marschierte grimmig entschlossen die Blake Street hinunter. Er bemühte sich, seine Wut am Kochen zu halten. Solange er über Bruder Wulfstans Krankheit wütend war, würde er nichts tun, was ihn in Verlegenheit bringen könnte. Um sich auf seine Wut zu konzentrieren, beschäftigte er sich mit jenen, die er verantwortlich machen konnte – Gott oder Abt Campion. Der Abt erschien ihm eine gute Wahl, denn er hätte Bruder Wulfstan daran hindern sollen, sich selbst aufzuopfern, und er besaß dafür auch die nötige Autorität. Aber Jasper hatte mittlerweile genug über die Kunst des Debattierens gelernt, um zu wissen, daß eine solide stichhaltige Beweisführung einer Verallgemeinerung standhalten mußte. Dieses Argument hätte aber auch Mistress Lucie dazu dienen können, ihre Autorität auszuspielen und ihm zu befehlen, nach Freythorpe Hadden zu den Kindern zu reisen. Und ihn dadurch von seiner augenblicklichen Aufgabe abhalten können. Gott auf der anderen Seite besaß Autorität über jedermann und hatte diesen Fluch über die Menschheit gebracht. Aber es war gefährlich und wahrscheinlich auch eine Sünde, sich mit Gott anzulegen.

Mit diesem Gedanken erreichte Jasper den hinteren Eingang von St. Mary. Er läutete.

»Jasper de Melton. *Benedicte*, mein Sohn«, sagte Bruder William, der Pförtner, dessen fleischiges Gesicht durch tiefe Furchen auf der Stirn entstellt wurde. »Du hast so energisch geläutet, daß ich schon fürchtete, der Strick würde abreißen.« Seine Gesichtszüge entspannten sich. »Willst du zu Bruder Wulfstan?«

Jasper nickte.

»Es dürfte dir schwerfallen, an Bruder Henry vorbeizukommen. Aber Gott hat dich hergeschickt, deswegen kann ich dich nicht abweisen. Und ich weiß, daß Bruder Wulfstan dich gern sehen möchte.«

Jaspers Ärger begann bei diesen freundlichen Worten bereits zu verfliegen und verschwand schließlich völlig, als er durch den Klostergarten lief, wo Erinnerungen auf ihn einstürmten. Bis er an der Krankenstation ankam, hatte er schon mehrmals mit dem Ärmel seine Augen ausgewischt.

Bruder Henry, der die Tür öffnete, schien sich in derselben Verfassung zu befinden wie Jasper. Nur daß er sich wahrscheinlich die Augen noch häufiger getrocknet hatte, vermutete der Junge.

Henry schob seine Hände in die Ärmel seiner Kutte und schüttelte den Kopf. »Es ist die Pest, Jasper. Ich kann dich nicht guten Gewissens zu ihm lassen.«

»Wenn Gott mich auserwählt hat, was könnt Ihr dagegen tun, Bruder Henry?« fragte Jasper. Der Stellvertreter des Klosterarztes bewegte sich nicht. »Du bist Lehrling in einer Apotheke. Du glaubst doch wohl nicht, daß wir nicht zu helfen versuchen, so gut wir können?«

Jasper ließ sich nicht beirren. »Ich muß ihn sehen, Bruder Henry. Meine Mutter hat mich auch nicht von meiner Schwester ferngehalten, als sie krank geworden war.«

»Warum hätte sie das auch tun sollen? Aber dies hier ist nicht dein Elternhaus. Es besteht keine Notwendigkeit für deine Anwesenheit.«

Jaspers Augen füllten sich erneut mit Tränen. »Ich flehe Euch an, laßt mich zu ihm.«

»Glaube mir, Junge, ich verstehe dich durchaus.« Bruder Henry hielt sich ein Tuch vor die Nase. »Weiß Mistress Wilton, daß du hier bist?«

»Ja.«

»Und sie hat nicht versucht, dich zurückzuhalten?«

Jasper schüttelte den Kopf.

Henry trat beiseite. »Meinetwegen. Der Geruch ist sehr unangenehm. Ich habe eine Beule an seiner Lende aufgestochen.«

Die Krankenstation wurde nur schwach erhellt durch Öllampen, die neben den Betten der Kranken standen. Es gab drei Patienten: Bruder Jonas mit einem Geschwür am Fuß, den pestkranken Bruder Oswald, der in den letzten Zügen lag und rasselnde Atemgeräusche von sich gab, und Bruder Wulfstan. Ihre Betten standen in den verschiedenen Ecken des Raumes. Als Jasper den Saal durchquerte, bedeutete Bruder Henry dem Novizen, der bei Bruder Wulfstan saß, er solle zur Seite treten. Jaspers Schritte wurden langsamer, als er den Pestgestank wahrnahm.

Wulfstan lag mit geschlossenen Augen da, die Hände über der Decke zum Gebet gefaltet. Sein Gesicht wirkte wie ein zusammengefaltetes Netz; kein Fleisch glättete die Furchen. Jasper kniete sich neben Wulfstans Lager, beugte den Kopf und begann flüsternd zu beten. Bald spürte er etwas auf seinem Kopf, das ihm wie eine Feder vorkam. Bruder Wulfstans Hand. Der Mönch blickte ihn an.

»Ich freue mich, dich zu sehen, mein Sohn. Aber Lucie – weiß sie, daß du hier bist?« Wulfstans Stimme war nur noch ein Flüstern.

Jasper küßte die Hand des alten Mönchs. »Sie hat mich nicht zurückgehalten.«

Wulfstan entzog ihm seine Hand. »Sei vorsichtig.« Seine Augenlider fielen zu.

Während Jasper darauf wartete, daß Wulfstan seiner wieder gewahr wurde, berichtete er ihm von den Ereignissen des Tages, von den Arzneien, die er zusammengemischt hatte und von dem seltsamen Auftritt Mistress Bakers. Er wußte nicht, ob Wulfstan ihn hören und verstehen konnte. Eigentlich redete er nicht in erster Linie wegen Wulfstan. Er tat es aus Angst, er könnte den rasselnden Atem des Todes in der Brust des alten Mönchs hören. Jasper hatte von seinen Tätigkeiten in den vergangenen drei Tagen berichtet, als Wulfstan wieder die Augen aufschlug.

»Ist jemand zu John gegangen?« fragte Wulfstan mit nun noch schwächerer Stimme.

»Wer ist dieser John?« fragte Jasper. »War er in dem Haus, wo Ihr krank geworden seid?« Er wußte, daß Owen dorthin aufgebrochen war.

Bruder Henry trat näher. »Das habe ich ihn auch schon gefragt. Immer und immer wieder hat er von diesem John gesprochen.« Er beugte sich zu Wulfstan hinunter, hob seinen Kopf an und half ihm beim Trinken. Er brachte nur wenig hinunter, denn seine Zunge war stark geschwollen.

»Vergeßt es nicht«, flüsterte Wulfstan, die Augen auf Henry gerichtet, der seine Kissen zurechtrückte.

»Was soll Bruder Henry nicht vergessen?« fragte Jasper und brachte seinen Kopf näher an die Lippen des alten Mönchs. »Sagt mir alles, was Ihr könnt, Bruder Wulfstan.«

Wulfstans Worte waren unzusammenhängend – er sprach vom Arzneibeutel, dem Überfall, der Spen Lane, daß er Beulen aufgestochen habe und zu schwach gewesen sei, um dem Mann die Beichte abzunehmen.

»Ich muß zu Hauptmann Archer und ihm davon berichten«, sagte Jasper zu Henry.

»Paß auf dich auf. Und komm morgen früh wieder, wenn du willst.«

»Wenn er …« Jasper holte tief Luft und suchte nach Worten. »Ich möchte nicht wiederkommen und feststellen, daß er gestorben ist.«

»Ich verpreche dir, daß ich einen Boten schicke, wenn es mit ihm zu Ende gehen sollte.«

25

Die Schuld eines Vaters

Die Familie Mawdeleyn wohnten in der Nähe des Königlichen Fischteichs. Die schlammigen Ufer, von denen sich im Hochsommer das Wasser zurückzog, stanken an heißen, sonnigen Tagen. Bess freute sich daher, daß sie durch den Duft von Mädesüß begrüßt wurde, als Mawdeleyns Tochter ihr die Tür öffnete. Der angenehme Duft wurde stärker, als Bess in das Haus ging und dabei mit den Füßen die Kräuter zertrat.

Felice, deren Wimpel und schneeweiße Schürze deutlich von ihrer dunklen Gesichtsfarbe und ihrem rostfarbenen Gewand abstachen, erhob sich von ihrem Spinnrad und begrüßte Bess mit einem freundlichen Lächeln. Sie war eine wohlgestaltete Frau, anmutig in ihren Bewegungen, mit ebenmäßigen Gesichtszügen und einem vielleicht etwas kräftigeren Teint, als es Männer üblicherweise liebten – außer ihr Oheim. »Ich habe diesen Besuch erwartet, seit Euer Oheim gestorben ist«, sagte Felice, nachdem ihre Tochter einen Krug Wein und zwei Kelche aus blauem italienischem Glas gebracht und sich zurückgezogen hatte.

Da sie sich bereits Sätze zurechtgelegt hatte, die Felice aus der Reserve locken hätten sollen, war Bess einen Augenblick sprachlos. Und außerdem erregten die Kelche ihre Aufmerksamkeit. Waren nicht auch die verschwundenen Kelche blau gewesen?

»Ihr kommt doch bestimmt wegen Julian?« fragte Felice, während sie Wein einschenkte.

»Allerdings, Mistress Mawdeleyn. Verzeiht mir. Ich war nicht darauf gefaßt, daß Ihr so …« Sie suchte nach dem passenden Ausdruck.

»Schamlos?«

»O Gott, nein! Ich dachte nur, Ihr würdet Schwierigkeiten befürchten, wenn Ihr so offen mit mir redet.«

»Schwierigkeiten? Nun, da er tot ist? Die Schwierigkeiten sind schon vor zehn Jahren aufgetreten.«

»Vor zehn Jahren. Eine lange Affäre. Wußte Euer Mann davon?«

Felice errötete, senkte aber nicht den Blick. »Ein Mann spürt es, wenn seine Gemahlin mit einem anderen das Bett geteilt hat, Mistress Merchet. Sofern er nicht in einem anderen Haus schläft und nie einen Blick auf seine Frau wirft.« Sie stand auf. »Ich hole seine Sachen.«

»Seine Sachen? Habt Ihr angenommen, daß ich deswegen kommen würde? Um seine Sachen mitzunehmen?« Bess schüttelte den Kopf. »Welche Sachen?«

»Die Geschenke, die er mir gemacht hat.« Felice hob einen der italienischen Kelche hoch. »Sie gehörten zu einer Garnitur. Den Rest schenkte er dem St.-Leonhard-Hospital, aber er sagte, er möchte mich mit schönen Dingen umgeben.«

Sie und Honoria de Staines. Bess hatte nicht gewußt, daß ihr Oheim so zärtlich hatte sein können. »Und da sollen sie auch bleiben. Ich bin nicht gekommen, um Euch etwas zu rauben, Mistress Mawdeleyn, weder Eure Erinnerungen noch Eure Geschenke. Was immer er Euch gegeben hat, es war für Euch bestimmt. Ich bin vielmehr gekommen, weil ich hoffte, Ihr könntet mir helfen. Offen gesagt, Oheim Julian glaubte, er sei vergiftet worden.«

Die üppigen Lippen rundeten sich überrascht, und die dunklen Augen schien noch schwärzer zu werden. Felice ließ sich auf ihren Stuhl sinken und griff sich mit einer Hand an den Hals. »Um Gottes willen!«

Bess erschien diese Reaktion ehrlich. »Verzeiht, daß ich Euch Ungemach bereite. Aber ich hoffte, er hätte Euch ins Vertrauen gezogen.«

»Ins Vertrauen gezogen?«

»Er hat in letzter Zeit nur noch wenig mit mir gesprochen. Ich habe keine Anhaltspunkte, die seinen Verdacht stützen könnten. Wißt Ihr etwas über Feinde, die er sich geschaffen haben könnte?«

Felice führte langsam ihren Kelch zu den Lippen, nahm einen kräftigen, entschlossenen Schluck und legte den Kopf zurück. Als sie den Kelch abstellte, sah Bess, daß er leer war. Aus einem Ärmel wurde ein sauberes Leintuch hervorgezogen, mit dem Felice sich die vollen Lippen abwischte. »Feinde. Es müßte sich wohl um Todfeinde gehandelt haben, wenn sie ihn vergiftet hätten.« Felice blicke stirnrunzelnd an die Decke. »Einmal hat er mir erzählt, er habe vor vielen Jahren für irgend etwas Buße getan. Aber er hat mich gebeten, darüber Stillschweigen zu bewahren. Und dieses Frühjahr erinnerte er mich noch einmal daran, sein Geheimnis für mich zu behalten.«

»Aber jetzt, da er tot ist ...«

Felice betrachtete ihre Hände. Sie hielt sie so, daß ein silbergoldener Ring im Licht funkelte. Zweifellos ebenfalls ein Geschenk von Julian. »Wenn er vergiftet wurde«, sagte Felice, »dann möchte ich, daß sein Mörder gefunden und bestraft wird.« Sie hob den Kopf und reckte das Kinn vor, aber ihre Augen blickten traurig. »Als er noch in Scarborough lebte, war Julian ein Schmuggler, jedenfalls bis zum Tod seiner Frau und seiner Tochter.«

»Davon habe ich gehört. Aber es war doch eher so, daß er andere Schmuggler bestahl.«

»Ich bin froh, daß Ihr wißt, daß Julian nicht immer ein ehrenhafter Mensch war. Ich wollte nicht diejenige sein, die es Euch erzählte.«

»Aber das ist alles schon sehr lange her. Warum sollte nach so langer Zeit noch einer von ihnen nach York kommen, um ihn zu ermorden, und ebenso Laurence de Warrene und Walter de Hotter?«

»Ich habe keine Ahnung. Und ich weiß auch nichts über

Master Hotter. Julian hat ihn nie erwähnt. Mir ist allerdings bekannt, daß Julian und Laurence de Warrene bisweilen mit anderen zusammengearbeitet hatten. Einer dieser Männer verfügte über Informationen aus den Familien, die sie bestahlen. Adam Carter. Und seines Todes wegen hat Euer Oheim viele, viele Jahre Buße getan. Er glaubte, seine Frau und seine Tochter hätten wegen seiner Sünden sterben müssen.«

»Ein Mann namens Carter? Von den Carters aus Scarborough? Die reinste Diebesbande. Dann hat er sich also selbst bestohlen. Aber warum?«

»Er nannte sich Carter, aber er war unehelich. Sein Vater wollte ihn nicht anerkennen – aber er sorgte für seine Zukunft, indem er ihm eine Beschäftigung gab. Was für einen stolzen Mann dasselbe war, als hätte man Essig in seine Wunden geträufelt.«

»Und deshalb hat er seinen Vater bestohlen?«

»Zusammen mit Julian und Laurence.«

»Was ist passiert?«

»Er ist immer größere Risken eingegangen. Julian und Laurence hatten beide Familie. Sie waren vorsichtiger. Eines Nachts überraschte sie die Flut, als sie unter den Klippen noch mit einem Faß beschäftigt waren. Julian und Laurence liefen weg und konnten sich noch retten. Adam folgte ihnen zuerst, kehrte dann aber um und versuchte, das Faß doch noch zu bergen. Er ertrank in der Flut. Erst als Adams Leichnam an den Strand gespült wurde, merkten Julian und Laurence, was geschehen war.«

»Wirklich eine schreckliche Geschichte. Aber ich begreife nicht, warum Adams Gier ihnen zur Last gelegt wurde.«

»Julian zuerst auch nicht. Aber als seine Frau und Tochter auf See umkamen, nahm er das als ein Zeichen Gottes. Deshalb kümmerte er sich später um die Pestkranken. Das war seine Buße.«

Bess schwieg eine Weile. Sie hatte gewußt, daß die beiden ertrunken waren und daß ihr Oheim Buße getan hatte, aber ihr war unklar geblieben, weshalb er sich Vorwürfe gemacht hatte. Felice schenkte Wein nach und drehte dann den Ring an ihrem Finger mehrmals hin und her. »Zu allem Überfluß hatte Laurence Adams Beute in seinem Haus gelagert. Die Carters wären mißtrauisch geworden, hätten sie bei Adam Dinge entdeckt, die er sich bei seinem bescheidenen Lohn nicht leisten konnte. Er hatte beabsichtigt, eines Tages Scarborough zu verlassen und all die schönen Sachen mitzunehmen, die Laurence für ihn aufgehoben hatte. Aber nachdem er tot war, teilten Julian und Laurence seine Beutestücke unter sich auf.« Felice hob ihren Kelch. »Soviel also zu Adam Carter. Als ich diese Geschichte zum ersten Mal hörte, drängte ich Julian, den Rest von Adams Beute dem St. Leonhard zu spenden.«

Bess beunruhigte diese Geschichte. »Und hat mein Oheim das getan?«

Ein trauriger Ausdruck trat in Felices Augen. »Ich glaube schon. Er war ein guter Mensch, Mistress Merchet.«

»Das dachte ich bisher auch.« In letzter Zeit war sie sich dessen aber nicht mehr so sicher. »Adam Carters Beute. Gehörten dazu auch Altartücher und Schachfiguren aus Marmor?«

»Warum? Haben diese Dinge etwas mit Julians Tod zu tun?«

»Vielleicht.«

Felice strich mit den Fingern über ihren Kelch und studierte ihn scheinbar mit großer Aufmerksamkeit. Nach einer langen Pause wandte sie sich wieder an Bess. »An ein Altartuch kann ich mich nicht erinnern. Aber Julian bot mir einmal eine Garnitur Schachfiguren an. Ich weiß nicht, ob sie aus Marmor waren. Oder ob sie zu Adams Beutegut gehörten. Ich sagte Julian, meine Familie habe nicht die nötige Muße, um solche Spiele zu erlernen.«

»Ich muß gestehen, es war eine Erleichterung für mich zu erfahren, daß Ihr es wart, die sich um meinen Oheim gekümmert hat und nicht Honoria de Staines.«

Die vollen Lippen zuckten und öffneten sich zu einem Lächeln. »Er hat für uns beide gesorgt, aber auf verschiedene Weise. Honoria betrachtete er gewissermaßen als seine Tochter. Und sie brach ihm schließlich das Herz.«

»Warum?«

»Er war entsetzt über ihre Affären – sie war mit einem großen Teil des Rates bekannt. Ich glaube, deswegen hat ihr Mann sie auch verlassen.«

»Davon wußte ich nichts.«

»Ihre Liebhaber hatten guten Grund, Diskretion zu wahren, Mistress Merchet.«

Bess stand auf, denn sie hatte das Gefühl, daß sie die Frau nun lange genug behelligt hatte. »Mistress Mawdeleyn, Ihr wart sehr geduldig mit mir. Ich bin froh, daß mein Oheim jemanden wie Euch hat, der um ihn trauert.«

»Ich trauere wirklich um ihn, Mistress Merchet.«

Nachdem Bess sich verabschiedet hatte, kehrte sie nach Hause zurück, ohne ihre Umgebung und die Leute auf den Straßen richtig wahrzunehmen. Ihre Gedanken kreisten um ihren Oheim. So viele Jahre hatte er in der Stadt gelebt, so oft hatten sie zusammen ein Bier getrunken und über alles mögliche geredet. Aber nie hatte er ihr von Honoria, Felice oder von Adam Carter erzählt oder ihr eine marmorne Schachfigur angeboten. Sie fragte sich, welch andere Kostbarkeiten er wohl mit seinen Frauen geteilt haben mochte.

26

Flutwellen

Anneys und Alisoun hielten sich im Schatten der Hütten am Ufer und musterten die kleine Felseninsel der Flußfrau. Aus dem Kamin stieg kein Rauch auf, die Tür war geschlossen und, das allerwichtigste, Magda Digbys Boot steckte im Schlamm neben dem Felsen. Doch das würde nicht mehr lange so bleiben. Die steigende Flut trieb die Ouse herauf, und ihre Ausläufer brachen sich bereits an dem Felsen, auf dem Magdas Hütte stand.

Anneys knurrte verächtlich. »Ein ausgezeichnetes Boot. Ist es überhaupt wasserdicht?«

»Die Flußfrau und der Hauptmann sind damit flußaufwärts gerudert, um meine Familie zu begraben«, sagte Alisoun. »Wartet hier. Ich schaue nach, ob sie wirklich weg ist.«

Anneys setzte sich auf ein Stück Treibholz und wischte sich über die Stirn. »Du wirst mich brauchen.«

»Und wenn sie doch da ist? Wie soll ich erklären, wer Ihr seid?«

»Und was willst du in diesem Fall tun?«

»Ein anderes Boot suchen.«

»Dazu haben wir keine Zeit!« Anneys' Stimme war ein müdes Wimmern.

»Dann warten wir bis zur nächsten Flut. Ihr klingt, als müßtet Ihr Euch ausruhen.«

Anneys schlug Alisoun ins Gesicht. »Du dumme, aufmüpfige Göre!«

Alisoun rieb sich die Wange. »Bleibt hier.«

Sie verfluchte insgeheim die Frau, als sie durch das Wasser ging. Anneys verhielt sich so, als bedauere sie es, ihr geholfen zu haben. Dabei hatte Anneys das Ganze ins

Rollen gebracht. Eher hätte Alisoun einen Grund gehabt, sich zu ärgern, daß sie Anneys' Hilfe angenommen hatte. Wäre sie auf die Idee gekommen, Magdas Boot vor deren Augen zu stehlen? Nein, Alisoun nicht. Sie mochte Magda Digby und beabsichtigte nicht, das Boot lange zu behalten. Ihr Plan sah vor, damit flußaufwärts zu rudern, die Schätze zu holen und dann das Boot Magda zurückzubringen. Sie mußten zurückfahren, um festzustellen, ob Finn noch lebte, und ihn mitnehmen, wenn dies der Fall war.

Alisoun umrundete die seltsame Hütte der Flußfrau. Als sie den umgedrehten Drachen musterte, blieb sie stehen; er schien jeden Augenblick zubeißen zu wollen. Aber sie war nicht so dumm, anzunehmen, daß er dazu wirklich in der Lage war. Nachdem sie an der Tür gelauscht und durch eines der kleinen Fenster gespäht hatte, stellte sie zufrieden fest, daß sie das Boot mitnehmen konnten, ohne Scherereien befürchten zu müssen. Der steigende Wasserspiegel hatte es bereits zum Schaukeln gebracht. Bald würde es auf dem Fluß dahintreiben.

Jasper raste zum St. Leonhard, aber Owen und Erkenwald hatten das Hospital bereits mit einer Tragebahre verlassen. Sein Herz klopfte wild, als er die Petergate hinunterlief nach St. Saviourgate. Kurz vor dem Haus in der Spen Lane holte er sie ein. Keuchend berichtete er ihnen, was er von Wulfstan über den kranken Mann erfahren hatte.

Don Erkenwald wandte sich an Owen. »Vielleicht braucht Ihr mich auch als Geistlichen und Leichenbestatter.«

»Und möglicherweise auch als Kämpfer. Der Tag ist ja noch jung.« Owen drückte Jaspers Schulter. »Geh nach Hause zu Lucie. Berichte ihr alles, was du erfahren hast.«

»Ich könnte Euch doch helfen.«

»Im Augenblick braucht sie dich mehr, Jasper.«

Jasper dachte an Lucie, die allein in der Apotheke war und sich um Wulfstan, um Owen und um ihn sorgte. »Einverstanden.«

Erkenwald richtete sich den Gürtel, der unterhalb seines Bauches verlief, und straffte seine Schultern. »Am besten gehe ich als erster hinein. Wenn er da ist, dürfte es ihn vermutlich erleichtern, einen Mann der Kirche zu sehen. Zumindest wird er einen Augenblick zögern, ehe er auf mich losgeht.«

Owen zog seinen Dolch aus der Scheide. »Wir warten vor der Tür.« Zwei Laienbrüder begleiteten sie mit einer Trage.

Auch Erkenwald zog seine Waffe und drehte sich um. »Es ist schon lange her, seit ich das letzte Mal meinen Mut auf diese Art unter Beweis stellen mußte, Hauptmann. Möge Gott geben, daß ich Euch nicht enttäusche.«

Ein schwaches Lächeln auf den Lippen des Mannes beruhigte Owen. »Davon bin ich überzeugt.«

Der Kanoniker öffnete leise die Haustür, schlüpfte hinein und ließ sie hinter sich offen.

Am schlimmsten war das Warten. Owen konzentrierte sich auf eventuelle Geräusche aus dem Haus, aber dann ratterte ein Karren über die Straße, und eine Frau rief nach ihrem Kind. Schließlich steckte Erkenwald seinen fast kahlen Schädel aus der Tür. »Ein Mann schläft oben im Söller. Im Haus stinkt es überall nach der Pest. Aber seine Tücher sind sauber, er hat zu essen und zu trinken. Anscheinend hat ihn jemand versorgt.«

Wulfstan war zu schwach gewesen, um so viel für diesen Mann zu tun. »Seid Ihr sicher, daß er allein ist?«

»Er ist allein«, sagte Erkenwald. »Aber die Küche hinter dem Haus habe ich noch nicht durchsucht. Wollt Ihr das übernehmen, während ich für den Mann bete?«

»Ihr wollt ihn wecken?«

»Wenn es geht. Wie soll er sonst seine Sünden beichten?«

»Vielleicht braucht Ihr meine Hilfe.«

»Wie ich schon sagte, ich halte es für das beste, ihn von meinen friedlichen Absichten zu überzeugen, bevor er Euer Narbengesicht zu sehen bekommt.«

Owen warf einen Blick auf das halbierte Ohrläppchen des Kanonikers und die Narbe an seinem Kinn. »Glaubt Ihr, daß Euer Gewand Eure Narben verbirgt?«

Erkenwald griff nach seinem Ohrläppchen. »Eine Augenklappe sieht man leichter.«

Das ließ sich nicht bestreiten. »Geht hinauf. Ist es eine Treppe oder eine Leiter?«

»Eine Leiter. Ich bringe ihn herunter.« Erkenwald stieß die Tür weit auf und ging zur Leiter.

Owen bedeutete den Laienbrüdern durch einen Wink, ihm in das Haus zu folgen. »Wartet unten. Ich schaue mich in der Küche um.«

Als er in den verstaubten Hauptraum trat, roch Owen den Pestgestank und zog seinen Duftbeutel, den er schon einige Zeit nicht mehr benötigt hate, aus dem Gürtel. Doch dadurch hatte er keine Hand mehr frei. Er legte den Beutel weg, nachdem er im stillen um Schutz gebetet hatte, und hörte, wie Erkenwald die Leiter hinaufstieg. Die Bodenbretter des oberen Stocks knirschten und ächzten, als der Kanoniker von der Leiter trat und über den Söller ging. Dann herrschte Stille.

Owen durchmaß den Raum, prägte sich die Lage der Fenster und Türen und die wenigen Möbelstücke ein. Dann öffnete er die Hintertür. Die Küche war ein konisches Gebäude mit zwei unverglasten Fenstern und einer stark ramponierten Tür. Sie wurde vom Haus getrennt durch einen Birnbaum, der üppig mit grünen Früchten beladen war. Owen zog die Schultern ein, lief über den harten Schlammboden zu einem der Fenster und spähte hindurch. Er sah nichts, was sich bewegt hätte. Er bückte sich abermals und schlich zum anderen Fenster. Wieder nichts. Er warf einen Blick auf dieTür. Sie hing so schief in den Angeln, daß es Mühe bereiten würde, sie zu öffnen. Er musterte eine lange Furche, die sich im Boden an einer Seite der Tür entlangzog – dort, wo die Tür aufschwang. Bis vor kurzem hatte sie vermutlich offengestanden.

Er entschloß sich, durch eines der Fenster einzusteigen, was weniger Lärm verursachen würde. Brotkörbe, die von den Dachsparren herunterhingen, strichen über seinen Kopf, als er sich hindurchzwängte, und irgend etwas Kleines huschte über den Boden. Im Raum lag eine ebenso dicke Staubschicht wie im Haus, und es roch süßlich nach verdorbenem Fleisch. Kein Platz, an dem er sich gern aufhalten würde. Er entdeckte nicht einen einzigen brauchbaren Gegenstand. In einer Ecke lag ein aufgerollter Strick. Er hob ihn auf, schüttelte eine Maus heraus und hängte ihn sich über die Schulter. In der Nähe eines auf Böcken stehenden Tisches gab es eine dunkle, feuchte Stelle im Bodenbelag, der nur in dem Licht zu sehen war, das durch eines der Fenster drang. Hier war offenbar in letzter Zeit etwas verschüttet worden. Aber die Feuerstelle war kalt, und es hing kein Rauch in der Luft. Zufrieden trat Owen den Rückzug an.

Als er ein Wiehern hörte, blieb er auf halbem Weg zum Haus stehen. Es kam von irgendwo hinter der Küche. Owen zog seinen Dolch und schlich zur Küche zurück, drückte sich an die Mauer und bewegte sich vorsichtig weiter, bis er das Pferd erblickte. Es war an einen dicken Rebstock angebunden, der sich an der rückwärtigen Mauer des Gebäudes nach oben rankte. Alisoun Ffulfords Stute. Owen bekreuzigte sich. Allmählich beschlich ihn das Gefühl, als verfolge ihn dieses Pferd. Im Augenblick jedoch schien es allein hierzusein. Er bemerkte eine Ausbuchtung im Blätterkleid des Rebstocks, an den das Pferd angebunden war. Als er das Laub teilte, entfuhr Owen ein überraschter Pfiff, denn er sah, was sich dahinter verbarg – ein Ledersattel und ein Beutel, der ein Schachbrett samt Figuren enthielt. Allmählich kam eins zum anderen. Er ließ die Gegenstände vorerst dort, wo er sie entdeckt hatte.

Als er zum Haus zurückkam, berichtete ihm einer der Laienbrüder, Don Erkenwald habe nach ihm verlangt.

Mit dem Dolch zwischen den Zähnen stieg Owen die Leiter hinauf. Der Gestank wurde immer schlimmer, je höher er kam. Als er oben angelangt war, pirschte er sich vorsichtig an die Trennwand heran. Erkenwald kniete auf dem Boden und hielt die Hand eines kranken, bleichen Mannes, der auf einem Tuch lag und von einem weiteren Tuch bedeckt war. Die Augen in dem abgemagerten Gesicht weiteten sich, als der Mann Owen erblickte.

»Wer ist das? Ich habe um Schutz gebeten.« Seine Stimme hatte den nörglerischen Unterton eines Kranken.

Erkenwald tätschelte dem Mann die Hand. »Hauptmann Archer ist Bruder Wulfstans Freund. Er hat mich hierhergeführt, um das Versprechen des Mönchs zu erfüllen.«

Der Mann schien förmlich zusammenzuschrumpfen, als Owen sich näherte, aber er wandte die Augen nicht ab. »Der Mönch ist krank?«

Ein Nicken. »Die Pest. Ich bete zu Gott, daß er ein Wunder vollbringt.«

»Gott gebe ihm seine Gesundheit zurück«, flüsterte der Mann. »Er hat mich gerettet.«

Owen betrachtete den Mann. Ein langes Gesicht, das durch die Tonsur noch mehr in die Länge gezogen werden zu schien. »Seid Ihr ein Geistlicher?«

Der Mann versuchte krampfhaft, seine Augenlider offenzuhalten. Er war immer noch sehr schwach. »Ich habe die Laiengelübde abgelegt. Ich möchte in das Kloster St. Mary eintreten.« Owen mußte sich weiter hinunterbeugen, um die schwache Stimme des Mannes zu verstehen.

Erkenwald warf Owen einen Blick zu und zog fragend die Augenbrauen hoch.

Owen schüttelte den Kopf.

Erkenwald beugte sich zu dem Kranken. »Der Hauptmann und ich haben nicht die Befugnis, eine solche Entscheidung zu treffen. Wir müssen Euch ins St.-Leonhard-Hospital bringen. Aber wir werden dem Kloster Euren Wunsch übermitteln.«

Der Mann klammerte sich an Erkenwalds Kutte. »Nein.«

»Das ist das beste für Euch. Dort können wir Euch versorgen.«

»Warum wollt Ihr lieber ins St. Mary?« fragte Owen. »Vielleicht weil Ihr im St. Leonhard etwas gestohlen habt?«

»Ich biete Euch einen Handel an. Ich weiß, wo Ihr die Frau und das Mädchen finden könnt.«

»Er hat Alisouns Ffulfords Pferd draußen im Hof angebunden«, berichtete Owen Erkenwald. »Und er hat dort auch eine Schachgarnitur aus Marmor und einen teuren Ledersattel versteckt, der einem König zur Ehre gereichen würde. »

»Aha.«

»Ich muß Euch einige Fragen stellen, John«, sagte Owen. »Es genügt nicht, wenn Ihr uns sagt, wo die Frau und das Mädchen sind. Ich dachte mir bereits, daß sie zum Gehöft der Ffulfords gehen würden.« Er nickte, als er die Enttäuschung in den Augen des Mannes sah.

»Er ist noch ziemlich schwach«, sagte Erkenwald.

»Aber immerhin kräftig genug, daß er über einen Handel nachdenken kann.«

»Schwört, daß Ihr mich nach St. Mary bringt.«

Erkenwald nickte.

»Wir sind zusammen unterwegs. Manchmal ist eine Frau hilfreich für mich, manchmal ein Geistlicher oder ein Mann für sie.«

»Ihr begeht gemeinsam Diebstähle?«

»Wir schlagen uns durch, so gut es geht.«

»Was will sie mit dem Kind?«

»Anneys sagt, sie sei ihr Enkelkind.«

»Und Ihr glaubt das?«

»Anneys belügt mich nicht.«

»Was wißt Ihr über die drei Pflegebewohner des St. Leonhard, die ermordet wurden?«

»Darüber weiß ich nichts.«

»Kommt schon, die Schachgarnitur lag lange Zeit in Walter de Hotters Garten.«

Der Mann wandte sich von ihnen ab.

Owen spürte, daß er sich schuldig fühlte. Das genügte ihm fürs erste. Er wollte sich zunächst nicht weiter mit dem Mann abgeben. Als er aufstand, streifte Owen den zusammengerollten Strick von der Schulter. »Damit können wir ihn hinunterlassen.« Er reichte Erkenwald das eine Ende.

Nachdem die Laienbrüder John auf die Trage gelegt hatten, kniete Erkenwald sich mit dem Strick neben ihn und band ihn fest. Der Mann wehrte sich nur schwach.

Owen grinste. »Traut Ihr ihm nicht?«

Erkenwald blickte auf, nachdem er einen Knoten gemacht hatte. »Einmal ein Dieb, immer ein Dieb, oder etwa nicht?«

Die Laienbrüder wirkten verwirrt.

»Wir begleiten Euch bis zum Ende der Lop Lane«, sagte Owen. »Ihr bringt ihn ins Hospital und erklärt Don Cuthbert und jedem, der es sonst noch wissen muß, daß er unter Bewachung zu stellen ist. Im Kerker des Hospitals ist er bestimmt gut aufgehoben.«

»Und wir?« fragte Erkenwald.

»Wir holen die Schaufeln und reiten zum Gehöft.«

An der Petergate begegneten sie Bailiff Gottfried. »Ich habe etwas, was Euch interessieren dürfte, Hauptmann.

Eine Frau und ein Mädchen haben das Boot der Flußfrau gestohlen.«

»Wie lange ist das her?«

Gottfried warf einen Blick hinauf zur Sonne. »Lange genug, daß sie inzwischen schon ein gutes Stück weg sein können.« Er deutete mit einem Nicken zu den Männern mit der Tragbahre. »Ein gefesselter Kranker?«

»Es könnte sich um einen unserer Mörder handeln. Und um einen Dieb.«

»Ihr habt schon viel geleistet heute.«

»Der Tag ist noch nicht zu Ende, Gottfried. Begleitet Ihr sie zum Hospital?«

»Gern, Hauptmann. Ihr könnt Euch auf mich verlassen.«

»Die Männer wissen, was sie mit ihm tun sollen.«

»Wollt Ihr jetzt seine Kumpane schnappen?«

»Genau. Und das Boot der Flußfrau zurückbringen, so Gott will.«

27

Schmerzliche Wahrheiten

Bess Merchet saß mit Lucie in der Küche, als Owen hereinkam, um die Schaufeln zu holen, die er zusammengepackt hatte.

»Du mußt dir anhören, was Bess erfahren hat«, sagte Lucie.

»Ich muß mich beeilen, um Anneys und das Kind einzuholen, bevor sie mir abermals entwischen. Ist Jasper schon zurück?«

»Ja. Er ist im Laden.«

»Gut.«

Bess sprang auf, um Owen zu folgen. Sie wollte nicht abseits stehen, nachdem sie sich so stark eingesetzt hatte. Aber sie versuchte, sich kurz zu fassen.

Owen blieb einen Augenblick lang neben den Schaufeln sitzen. »Das gibt mir viel Stoff zum Nachdenken.«

Bess glaubte jedoch nicht, daß er schon genug beeindruckt war. »Begreifst du? Honoria und Oheim Julian waren zerstritten. Sir Richards Schreiber sagte, daß mein Oheim ein neues Testament aufsetzen wollte. Vielleicht nahm sie sich vor, ihn zu ermorden, bevor er dazu kam.«

»Wann hat Douglas dir von dem Testament erzählt?«

»Als er mich über meinen Anteil informierte.«

»Weißt du, ob für Honoria in dem neuen Testament weniger vorgesehen war?«

Zur Hölle mit seinen Spitzfindigkeiten. »Nein.«

Owen nickte. »Im Augenblick interessiert mich mehr Julians Reue wegen Adam Carters Tod. Sie scheint tiefer gegangen zu sein, als dieser Halunke es verdient hatte.« Damit erhob er sich, warf sich das Bündel mit den Schaufeln über den Rücken und eilte hinaus.

»Das ist das letzte Mal, daß ich deinem Mann helfe«, verkündete Bess.

Alisoun hielt bei ihrer Suche nach Schaufeln inne und warf einen Blick auf Anneys, die im Türrahmen saß und sich abwechselnd die Stirn mit einem Tuch abwischte und aus einem Krug mit Quellwasser trank. Was hatte sie denn getan, daß ihr so heiß geworden war? Es war ein eher milder Sommertag, und die meiste Zeit war Alisoun gerudert. Sie wären schon wesentlich weiter vorangekommen, hätte sie Alisoun sie mehr unterstützt.

Es war mitten am Nachmittag und noch hell genug, um den Schatz auszugraben. Aber dann würde es zu spät werden, um noch nach York zurückzukehren. Als Alisoun dies Anneys gegenüber erwähnte, versicherte diese ihr, daß sie genügend Nahrung und Wasser für Finn zurückgelassen hätten.

»Aber was wird aus uns?«

»Wir können im Haus schlafen, mein Kind. Früher war es dir doch auch gut genug.«

»Ich schlafe in der Scheune.«

»Warum nicht im Haus?«

»Es ist voller Geister.«

Anneys bekreuzigte sich und forderte Alisoun auf, weiter nach Schaufeln zu suchen.

Der Lahme John und sein Sohn Rich lagen in dem hohen Gras am Rand der Wiese und beobachteten Alisoun und Anneys bei der Arbeit. Sie hatten sich wieder zurückgezogen, nachdem sie näher herangekrochen waren und die Schätze gesehen hatten, die die beiden ausbuddelten.

»Was ist denn das für eine Teufelei?« murmelte John. »Woher hat die Tochter meines Bruders solche Sachen?«

»Sie haben keine Pferde mitgebracht«, sagte Rich. Er robbte rückwärts, bis er sich hinter einem Baum aufrichten konnte. Sein Vater folgte ihm um einiges langsamer.

»Dann sind sie mit einem Boot gekommen?«

»Ja, das nehme ich auch an. Und wenn wir es finden, können wir sie so lange festhalten, bis sie uns erklärt haben, worum es hier geht.«

Da gerade keine Kunden kamen und er sich nicht auf seine Lektionen konzentrieren konnte, schloß Jasper den Laden für eine Weile und machte sich auf die Suche nach Lucie. Er fand sie oben im Söller, wo sie über eine kleine Truhe gebeugt war und verschiedene Gegenstände herausnahm: Spielzeuge, Kinderkleidung … Er wußte, daß diese Truhe ihrer Mutter gehört hatte und daß sie darin ihre Erinnerungsstücke aufbewahrte. Auch Jaspers Mutter hatte eine solche Truhe besessen.

»Ich habe nichts von ihm hier. Nichts«, flüsterte Lucie.

Jasper stellte sich neben sie. »Bruder Wulfstan bedeutet Euch genauso viel wie mir.«

Lucie sammelte die Gegenstände wieder ein, die auf dem Boden ausgebreitet hatte, und legte sie in die Truhe zurück. »Ich kenne keine gütigere Seele als Wulfstan. Ich kann nicht behaupten, daß ich immer gut zu ihm gewesen bin.« Sie trocknete ihre Augen mit dem Ärmel.

»Ich hätte Euch bitten sollen, mitzukommen.«

Lucie schlang die Arme um sich. »Ich habe Angst. Angst davor, was an die Stelle dieser Güte treten wird.«

Jasper wußte nicht, wie er sie trösten sollte. »Ich muß zurück in den Laden«, sagte er.

»Ich komme mit.«

Der Lahme John wandte sich ab und schüttelte den Kopf. »Ich kann es nicht.«

Sein Sohn hob die Hände über das Boot und war im Begriff, den schweren Stein auf den Bug hinunterkrachen zu lassen, als sein Vater ihm in den Arm fiel. Rich ließ den Felsbrocken fallen, als er sich dem Griff seinem Vaters entwand.

»Was ist denn los?« zischte Rich. »Hast du es dir anders überlegt?«

»Es ist das Boot der Flußfrau.«

»Und wenn schon? Sie war nicht bei ihnen. Glaubst du, sie hat es ihnen geliehen? Diesen beiden?« Rich spuckte ins Gras.

»Ich möchte mir nicht ihren Zorn zuziehen.«

»Wie soll sie es denn erfahren? Dieses kleine Biest Alisoun hat es ihr gestohlen. Und sie hat es kaputtgemacht. Wer sollte etwas anderes behaupten?«

»Die Flußfrau wird es bestimmt herausbekommen.«

»Eine Hebamme? Eine Kräutersammlerin?«

»Sie ist mehr als das.«

»Sie ist eine gute Frau. Sie würde glauben, daß wir im Recht waren. Alisoun ist mit uns verwandt. Wir müssen sie vor diesem Weib beschützen.«

Der Lahme John lachte. »Du bist doch nur auf das Gold und das Silber scharf.«

»Hast du es gesehen? Wann werden wir jemals wieder so etwas zu Gesicht bekommen, he?«

John reichte seinem Sohn den Stein.

Als der Bug genug ramponiert war, warf Rich den Stein beiseite und wischte sich die Hände ab.

»Du hast dir die Haut aufgerieben. Hinein in den Fluß, wasch dir die Hände.«

»Und was jetzt? Warten wir hier auf sie?«

»Nein. Wir müssen sehen, wo sie stecken.«

Lucie und Jasper fanden keine Kunden in Davygate, öffneten aber das Geschäft, weil sie auf ein wenig Zerstreuung hofften. Jasper saß auf der Fensterbank, Crowder kroch auf seinen Schoß, und während der Junge geistesabwesend den Kater streichelte, erzählte Lucie ihm von ihrem ersten Besuch im Garten von Bruder Wulfstan.

Der auf die Trage gefesselte Mann erregte großes Aufsehen im Hospital – bis sich die Kunde verbreitete, er habe den Pestgeruch an sich.

»In den Kerker? Und unter Bewachung stellen? Aber was hat er denn verbrochen?« Don Cuthbert erschien dieser Befehl seltsam.

»Hauptmann Archer hat es nicht gesagt«, erwiderte einer der Träger.

Cuthbert schob seine Hände in die Ärmel und dachte über andere Möglichkeiten nach. Bisher war es ihm gelungen, die Zahl der Pesttoten einigermaßen niedrig zu halten, indem er die Infizierten von den übrigen Kranken getrennt hatte. Das Hospital war nicht überfüllt, aber den Mann in einen bewachten Raum zu legen, würde größeren Aufwand verursachen.

»Also gut, in den Kerker mit ihm. Aber bringt ihn weit entfernt von Mistress Staines unter.« Er wollte eigentlich, daß sie bald wieder ins Haus der Laienschwestern entlassen wurde, aber dies durfte er nicht ohne Genehmigung des Hospitalmeisters anordnen. Er mußte für eine Weile etwas leiser auftreten.

28

Reich wie der Hospitalmeister

Alisoun starrte in eine der violetten Glocken des Fingerhuts. War die Pflanze an dieser Stelle gewachsen, nachdem sie hier ihre Schätze vergraben hatte? War schon soviel Zeit vergangen, seit sie dieses Fleckchen Erde aufgewühlt hatte, daß ein Gewächs sich hatte ansiedeln können? Vielleicht hatte sie das Wachstum der Pflanze beschleunigt, dadurch daß sie die Erde um sie herum aufgelockert hatte. Das war jeden Frühling ihre Hauptaufgabe gewesen: die Erde um die älteren Pflanzen im Kräutergarten ihrer Mutter aufzulockern.

Sie wollte Anneys nicht fragen, ob der Schatz möglicherweise unterhalb der Pflanze lag. Alisoun war nicht bereit, ihr gegenüber zuzugeben, daß sie das letzte Stück des Schatzes nicht finden konnte. Anneys duldete keine Mißerfolge. Sie hatten den Graben freigelegt, an den Alisoun sich erinnert hatte: vom zweiten Pfahl des Zaunes jenseits des Baums, von dem sie als kleines Mädchen einmal heruntergefallen war, bis zum alten Graben. Diese Pflanze wuchs am Rande des Grabens. Alisoun war vielleicht schon so weit gekommen, aber sie glaubte es eigentlich nicht. Es war ein Meßpunkt auf dem Grundstück. Sie hatte befürchtet, ihr Oheim würde merken, wenn sie ihn beschädigte. Aber sie war müde gewesen an jenem Abend, an dem sie die Gegenstände vergraben hatte. Vielleicht war sie schon weiter, als sie beabsichtigt hatte.

»Wir haben keine Zeit, Blumen anzustarren.« Anneys' Stimme war heiser vor Erschöpfung, obwohl sie kaum etwas von der Grabarbeit übernommen hatte. Sie hatte damit aufgehört, nachdem sie bereits zu Beginn der Arbeit das Gleichgewicht verloren hatte und in eines der Löcher gestürzt war. »Noch vor einem Augenblick hast du befürchtet, wir könnten gestört werden«, erinnerte Anneys sie.

Das stimmte. Alisoun hatte das Gefühl gehabt, daß jemand sie beobachtete, aber dann hatte es sich wieder verflüchtigt. Sie hatte mucksmäuschenstill gestanden und versucht, nicht zu atmen. Nur die Insekten und die Vögel störten die Nachmittagsruhe und, weiter entfernt, das Rauschen des Flusses.

Was immer Alisouns Aufmerksamkeit erregt hatte, sie hörte das Geräusch nicht wieder. Sie hatte sich mit gesteigerter Energie wieder ihrer Grabarbeit gewidmet, und nach kurzer Zeit hatte sie alles zutage befördert bis auf das Kreuz.

Lag es unter dem Fingerhut? Alisoun richtete sich auf, blickte auf jene Stelle zurück, an der sie zu graben angefangen hatten, kauerte sich über das Loch und grub noch ein bißchen tiefer, bis sie auf feste Erde stieß. Hier war der Graben in der Tat zu Ende.

»Wo ist das Kreuz?« fragte Anneys von oben.

Alisoun holte tief Luft. »Unter dem Fingerhut … glaube ich.«

»Du glaubst? Du weißt es also nicht?«

Alisoun fluchte im stillen über diesen Tonfall und den Fuß, der ungeduldig, vielleicht auch verärgert, neben ihr aufstampfte. »Das ist der einzige Teil des Grabens, in dem wir noch nicht gesucht haben.«

»Meinst du das im Ernst?«

Alisoun erhob sich und schaute die Fragestellerin an. Die hochgewachsene Frau lehnte auf ihrer Schaufel und funkelte Alisoun mit dunklen Augen an. Erde beschmutzte ihr Gesicht und ließ sie noch boshafter erscheinen. »Ich hoffe, wir finden es dort, denn wenn es nicht dort ist, muß es jemand vor uns geholt haben.«

Anneys straffte sich. »Du dummes Kind. Das war das wertvollste Stück.«

»Ich habe es nicht genommen.«

»Aber du hast zugelassen, daß jemand anderes es sich geholt hat.« Alisoun lief zurück zum Fingerhut, ging daneben in die Knie und begann mit den Händen in der rauhen, mit Steinen durchsetzten Erde zu graben.

Anneys kniete sich neben sie, packte sie an den Handgelenken, zog ihre Hände aus der Erde heraus und schüttelte den Kopf, als sie die abgebrochenen Fingernägel sah. »Du verletzt dich noch. Laß mich graben.«

Aber Alisoun hörte nicht auf sie. Anneys' Hände waren heiß und feucht. Alisoun zog ihre linke Hand zurück und legte sie auf die Stirn und dann auf die Wange der Frau. »Ihr seid krank.« Anneys' Augen waren blutunterlaufen. »Großmutter, Ihr seid krank!«

Anneys drückte Alisouns Hand. »Was spielt das für eine Rolle? Morgen fahren wir flußabwärts und sind so reich wie der Hospitalmeister von St. Leonhard. Komm, nimm die Schaufel. Versuch es an dieser Stelle.«

Und zu Alisouns Erleichterung fanden sie schließlich das perlenbesetzte Silberkreuz. Doch Anneys' Atem ging nun bereits keuchend.

»Heiliger Strohsack, das sind wirklich Reichtümer!« murmelte der Lahme John. »Ich habe dir gesagt, daß wir gut daran tun, den Hof zu beobachten.« Die beiden lagen in dem hohen Gras hinter dem alten Graben, versteckt hinter wildem Fingerhut, der auf der Wiese wuchs, und starrten auf die Gegenstände, die neben der Frau und Alisoun auf einem Tuch aufgeschichtet waren.

»Freu dich nicht zu früh«, warnte Rich seinen Vater. »Hör doch.«

Als John die Ohren spitzte, vernahm auch er das Getrappel von Pferdehufen, die sich näherten. Auf Händen und Knien kroch er zurück in das Gehölz, ein umständliches, mühevolles Unterfangen mit seinen unterschiedlich langen Beinen. Rich folgte ihm.

Auch Anneys und Alisoun hörten die Pferde. Sofort packten sie die Enden des Tuches, auf dem sie ihre Schätze ausgebreitet hatten, und legten es zusammen. Anneys warf es sich über die Schultern und stolperte. Alisoun legte einen Arm um sie und stützte sie, damit sie trotz ihrer Last vorwärts kam. Sie schleppten sich an der Scheune und dem Haus vorbei, über die Wiese mit ihren stechenden und kratzenden Gewächsen und gelangten schließlich ans Ufer und zu ihrem Boot. Anneys ließ das Bündel fallen und sank neben dem Boot zu Boden, um Atem zu holen.

Alisoun war besorgt. »Es ist jemand hiergewesen.«

Anneys wischte sich das Gesicht mit einem Tuch ab, das sie in das Flußwasser getaucht hatte. »Woher willst du das wissen?«

»Das Boot liegt jetzt auf der anderen Seite.«

Anneys drehte es um und legte das Bündel an den Bug. »Los, unsere Verfolger kommen mit ihren Pferden.«

Alisoun rührte sich nicht vom Fleck. »Nehmt das Bündel wieder heraus. Wir müssen feststellen, ob jemand das Boot beschädigt hat.«

Ohne auf Alisouns Bemerkung einzugehen, schob Anneys das Boot das Ufer hinunter. »Komm mit oder bleib hier, mir ist das gleich.«

Alisoun war es ganz und gar nicht egal. Widerwillig folgte sie der Frau. »Steigt ein. Ich ziehe Euch ins Wasser«, sagte sie, um Anneys' Wohlwollen zurückzugewinnen.

Mit einem zufriedenen Nicken griff Anneys nach einem Ruder, stieg in das Boot und setzte sich ans Heck. Alisoun zog das Boot hinunter zum Fluß. Sofort drang Wasser ein und brachte es gefährlich ins Schwanken. Alisoun griff nach dem Bündel. »Springt heraus!« rief sie Anneys zu.

Diese ignorierte die Aufforderung und versuchte, sich an einem überhängenden Zweig festzuhalten, während sie sich bemühte, Alisoun das Bündel zu entwinden. »Wo willst du denn damit hin? Komm wieder zurück ins Boot!«

»Seht Ihr denn das Loch nicht?« Wasser schoß gurgelnd ins Boot. »Um Himmels willen, setzt Euch, ich versuche, Euch ans Ufer zu ziehen, bevor das Boot sinkt.«

»Hältst du mich für dumm?« Anneys ließ den Ast los und griff mit beiden Händen nach dem Bündel. Das Boot drehte sich, als es von der Strömung erfaßt wurde, und begann vom Ufer wegzutreiben.

»Springt heraus, solange Ihr noch im seichten Bereich seid!« rief Alisoun. Sie schaute hilflos zu, wie die Strömung das torkelnde Boot mit sich fortriß und in tieferes Gewässer trieb. Anneys konnte nicht schwimmen, und wie sich herausgestellt hatte, als sie flußaufwärts gerudert waren, besaß sie auch kaum Erfahrung im Umgang mit einem Boot. Und zudem war sie vom Fieber geschwächt …

Alisoun ließ das Bündel zu Boden fallen und lief zum Hof zurück, in der Hoffnung, die Reiter seien inzwischen angekommen.

Als Owen das Ufer erreichte, konnte er keine Spur von Anneys und kein beschädigtes Boot entdecken. Und er hörte auch keine Hilferufe. Er vernahm nur das Geräusch der Wellen, die ans Ufer schlugen, und das Summen der Insekten, die ihn umschwirrten. Er hatte sich zum Narren halten lassen. Die Geschichte des Mädchens war eine Finte gewesen, um ihn und Erkenwald von dem Graben wegzulocken, wo vermutlich die Schätze verscharrt waren. Anneys versteckte sich wahrscheinlich mit einem weiteren Komplizen im Wald hinter der Scheune, und das Boot war irgendwo am Flußufer verborgen.

Als er sich zur Umkehr entschloß, vernahm Owen einen schwachen Schrei. Er drehte sich um, denn er glaubte, Alisoun käme ihm entgegengelaufen. Doch dann ertönte der Schrei abermals, nun eindeutig hinter ihm, vom Wasser her.

Erkenwald rief: »Da! An dem Felsen flußabwärts, in der Nähe des Ufers!«

Dort sah Owen ein Boot, das sich im Gestrüpp verfangen hatte.

Alisoun hatte mittlerweile auch das Ufer erreicht. »Helft ihr! Der Bug ist beschädigt worden, und Mistress Anneys kann nicht schwimmen!«

»Ist sie im Boot?« fragte Erkenwald.

»Ja, beeilt Euch!«

»Vielleicht ist sie schon in Sicherheit. Das Gestrüpp hält es fest.«

Alisoun packte Owens Fuß, der im Steigbügel steckte. »Sie ist vom Fieber geschwächt, Hauptmann. Bitte, beeilt Euch. Sie wird sterben!«

Owen stieg ab. »Komm mit, wir brauchen auch deine Hilfe, Kind.« Er führte sein Pferd am Ufer entlang. Erkenwald stieg ebenfalls ab und folgte ihm.

29

Mißglückte Pläne

Nach einem kurzen Andrang von Kunden kehrte wieder Ruhe in der Apotheke ein. Lucie verließ ihren Arbeitsplatz, stellte sich in den Türrahmen und blickte in Richtung Stonegate, denn sie hoffte, Owen über den St.-Helen's-Square kommen zu sehen. Als die Schatten länger wurden, dachte sie mit wachsender Sorge an Owen, an den kranken Wulfstan und an Jasper, der seltsam still war. Und unter diese Gedanken mischte sich die quälende Sehnsucht nach Hugh und Gwenllian. Jasper trat hinter sie, legte seine Arme um sie und drückte seinen Kopf an ihren Rücken. Lucie drehte sich um und umarmte ihn.

»Komm«, sagte sie, »wir schließen den Laden und gehen zu Bruder Wulfstan.«

Bess versuchte, sich in der Schenke zu beschäftigen, aber der Gedanke an den Mann im Kerker des St. Leonhard war unwiderstehlich. Sie ging zum Hospital und verlangte Sir Richard zu sprechen.

»Besser wäre es, wenn Ihr mit Don Cuthbert sprechen würdet«, meinte Douglas, der die Hände über seinem gutgepolsterten Bauch verschränkt hatte. Seine Mundwinkel versuchten, ein Lächeln zustande zu bringen, doch seinen Augen gelang es nicht so überzeugend, Ernsthaftigkeit vorzuspiegeln.

Unterdrücktes Lachen erzürnte Bess. Denn verborgene Fröhlichkeit ging immer auf Kosten irgendeines anderen. »Was belustigt Euch denn?«

»Was mich belustigt? Ich bin einfach nur froh darüber, daß ich York verlassen kann, Mistress Merchet.«

»Wieso könnt Ihr weg?«

»Anscheinend haben wir den Dieb gefaßt und werden bald auch den Mörder schnappen.«

»Ist Hauptmann Archer schon zurückgekehrt? Ich habe nichts davon gehört.«

»Nein, noch nicht. Aber Sir Richard ist zuversichtlich.«

»Sir Richard ist ein Narr, wenn er aufgrund von Erwartungen handelt.«

»Wir brechen nicht sofort auf. Seine Gnaden der Erzbischof kommt morgen und wird mit uns speisen. Aber bis zum Wochenende hoffen wir, abreisen zu können.«

»Aha. Erzbischof Thoresby kehrt zurück. Bringt er sein abgebautes Haus mit?«

»Einen Teil davon, ja. Er ist seiner Barkasse vorausgeritten, die nur langsam vorankommt.«

»Um ihn herum sterben die Leute, aber der Neffe amüsiert sich, und der Oheim spielt mit seinem Prunkgrab. Kein Wunder, daß Gott uns straft. Schade nur, daß es immer die Falschen trifft.«

»Mistress Merchet, Ihr redet Euch um Kopf und Kragen!«

»Ich überlasse Euch nun Eurer Packarbeit, Douglas. Wo finde ich Don Cuthbert?«

Bruder William führte Lucie und Jasper zu Abt Campians Haus. »Der Herr Abt hat Bruder Wulfstan in seine Unterkunft verlegt.«

Lucie hielt den Atem an. Natürlich hatte sie gewußt, daß nur wenig Hoffnung bestand, daß Bruder Wulfstan die Pest überstand, aber daß er Bruder Henrys Pflege entzogen worden war, schien ein frühes Eingeständnis der Niederlage zu sein. Lucie griff nach Jaspers Hand und drückte sie fest, während sie ihn über den Klosterhof zum Haus desAbtes führte.

An der Tür empfing sie Bruder Sebastian, Campians Schreiber, dessen bleiches, altersloses Gesicht ernst wirkte, als er sich verbeugte und sie in den Salon des Abtes geleitete. An dem Geruch, der in der Luft hing, erkannte Lucie, daß im Haus Wacholderholz verbrannt wurde. Als Sebastian die Tür zum Salon öffnete, zog Rauch heraus, dem ein aromatischer, aber ungesunder schwerer Nebel folgte. Im Raum war es außerdem zu heiß für diesen Sommerabend. Der Abt hatte Wulfstans Bett vor den Kamin stellen lassen, in dem ein munteres Feuer prasselte. Kein Wunder, daß der alte Klosterarzt nach Luft rang. »Führt ihm frische Luft zu, ich bitte Euch«, sagte Lucie und trat zum Fenster.

Sebastian hielt sie auf. »Bitte, Mistress Wilton, ich weiß, was Ihr denkt, aber Bruder Wulfstan hat schon in der Krankenstation so schwer geatmet. Es liegt weder am Rauch noch an der Hitze.«

Natürlich nicht. Es lag an der Pest. Lucie wandte sich wieder zum Bett.

»Bruder Henry meinte, kräftiges Schwitzen würde seine vergifteten Körpersäfte auflösen«, fügte Sebastian mit unsicherer Stimme hinzu.

Lucie berührte ihn am Arm. »Verzeiht. Ihr seid sehr gut zu ihm. Ich wollte mich nicht einmischen.«

Abt Campian kniete neben Wulfstans Bett und ließ einen Rosenkranz durch die Finger gleiten, während er leise murmelnd betete.

Lucie zögerte. Sie hatte schon so viele geliebte Menschen verloren, und jedesmal hatte sie den Schmerz noch genauso tief empfunden wie beim ersten Mal und den Wunsch, sich gegen den Tod aufzubäumen, noch genauso stark.

»Ist er wach?« fragte Jasper Sebastian.

Der Mönch nickte. »Sein Atem geht gleichmäßiger, wenn er schläft.«

Abt Campian wandte sich mit aschfahlem Gesicht zu den Besuchern. »Kommt näher, ich weiß, daß er mit Euch sprechen möchte, Mistress Wilton.«

Don Cuthbert wippte hin und her auf seinen sandalenbeschuhten Füßen. Er hatte die Hände in die Ärmel geschoben und hörte Bess' Ausführungen mit ausdruckslosem Gesicht zu.

»Ich weiß nichts von einem Plan des Hospitalmeisters, Mistress Merchet. Er hat mir aufgetragen, mit dem Gefangenen zu sprechen, herauszufinden, wer er ist und was er verbrochen hat, und das habe ich getan.«

»Ihr habt also mit ihm gesprochen?«

»Besser gesagt, er hat mit mir gesprochen. Die Drohung, ihn nackt und ohne Essen und Wasser auf dem Zellenboden liegenzulassen, hat seine Zunge gelöst.« Cuthbert schnaubte genüßlich.

Bess erschien seine Genugtuung befremdlich, aber sie mußte den kleinen Folterknecht bei Laune halten. »Was habt Ihr herausbekommen?«

»Sein Name ist Finn. Er hat zugegeben, bei den Diebstählen mitgewirkt zu haben, und – wie hat er es gleich beschrieben?« Cuthbert ließ den Kopf sinken und kramte in seinem Gedächtnis. Dann sah er plötzlich auf und lächelte. »Er hat gesagt, Walter de Hotter habe ihn erschreckt, und in seiner Angst habe er ihm die tödliche Verletzung beigebracht. Das Wort ›Mord‹ wollte ihm aber um keinen Preis über die Lippen.«

Vielleicht war sie zu freundlich gegenüber jenen, die sie befragte; der Kanoniker hatte in kurzer Zeit recht viel aus dem Gefangenen herausbekommen. »Was war mit meinem Oheim und Laurence de Warrene?«

»Diesbezüglich schlug er vor, uns an Anneys zu wenden, bis vor kurzem eine Laienschwester dieses Hospitals.«

»Ich weiß, wer sie ist.«

»Ich habe ihr nie vertraut, Gott ist mein Zeuge. Und ich habe Dame Constance davor gewarnt, ihr zuviel Verantwortung zu übertragen.«

»Was hat das mit dem Mord an meinem Oheim zu tun?«

»Niemand hat sie beobachtet.«

»Was habt Ihr mit ihm vor?«

»Er behauptet, unter kirchlichem Segen zu stehen, und bittet um Schutz im Kloster St. Mary.«

»Du lieber Himmel, wie kommt er dazu, eine solche Gnade zu erwarten?«

»Er glaubt, Gott habe einen bestimmten Zweck damit verfolgt, als er ihn von der Pest genesen ließ.«

»Das glaube ich auch. Dann kann man diesen Finn also gebührend bestrafen.«

»In der Tat. Aber das ist Aufgabe von Hauptmann Archer.«

»Ich muß mit dem Gefangenen reden.«

»Nein, Mistress Merchet.«

Nun, sie würde schon einen Weg finden.

Bei hohem Wasserstand war das Ufer tückisch wie ein Sumpf, weil kleine, wassergefüllte Löcher unter dem Gestrüpp verborgen waren. Owen glitt einmal aus und erschreckte dadurch sein Pferd. Danach bewegte er sich vorsichtiger.

Sein langsames Tempo machte Alisoun ungeduldig. »Sie wird ertrinken, bevor wir ankommen. Warum habt Ihr denn die Pferde nicht weiter oben zurückgelassen?«

»Sie ist vielleicht ein Stück weit vom Ufer entfernt, aber das Gestrüpp, an dem sie festsitzt, zeigt an, daß der Fluß dort noch seicht genug für Pferde ist. Ich kann sie dann auf das Pferd setzen.«

»Oh.«

»Hast du einen besseren Plan?«

»Nein.«

Abt Campian erhob sich und forderte Lucie und Jasper auf, seinen Platz an Wulfstans Bett einzunehmen.

Lucie griff nach Wulfstans Hand. Er zog sie zurück, aber Lucie hatte bereits gespürt, wie heiß sie war.

»Ich möchte nicht, daß Ihr auch erkrankt, werte Freundin«, flüsterte Wulfstan.

»Habt Ihr starke Schmerzen?«

Ein zitterndes Lächeln. »Sie sind schon wieder vergangen.«

»Aber Ihr seid heiß vom Fieber.«

»Gott reinigt mich.«

»Ich glaube nicht, daß er Euch zu sich rufen möchte. Wie kann er den Kranken die Zuwendung entziehen, die Ihr ihnen zuteil werden laßt?«

»Er offenbart seine Pläne niemandem, Lucie, nicht einmal unserem Herrn Abt.« Wieder dieses matte Lächeln.

»Verzeiht mir, Bruder Wulfstan.«

»Verzeihen?«

»Ich habe einmal um Eure Verschwiegenheit gebeten. Ihr wäret damals meinetwegen fast gestorben.«

Nun tastete er nach ihrer Hand und drückte sie mit der geringen Kraft, die er noch aufbringen konnte. »Daraus ist Gutes entstanden. Ich habe uns beiden schon vor langer Zeit verziehen.«

Erkenwald wandte den Kopf. »Da ist jemand auf der Lichtung.«

»Die Schätze!« schrie Alisoun. »Ich habe das Bündel mit den Schätzen zurückgelassen!«

»Wer ist hinter uns her?« fragte Owen.

Aber das Kind war bereits durch das Unterholz zurückgerannt.

Owen ging weiter flußabwärts; Erkenwald folgte ihm.

Owen sah nun das Boot und die Frau, die sich daran festklammerte. Sie befand sich halb im Boot, aber ihre

Beine wurden vom Wasser umspült. Owen konnte nicht erkennen, ob auch ihr Kopf im Wasser lag. Aber bestimmt war sie es gewesen, die vor wenigen Augenblicken um Hilfe gerufen hatte, so daß er hoffte, sie noch lebend anzutreffen.

Als sie, soweit es am Ufer möglich war, an Anneys herangekommen waren, holte Erkenwald einen Strick aus seiner Satteltasche, band ihn an einem Baumstumpf fest, und Owen zog ihn durch das Geschirr seines Pferdes. Dann wateten er und das Pferd in den Fluß hinaus.

Alisoun ließ sich zu Boden fallen und kroch auf allen vieren durch das hohe Gras zur Anlegestelle des Gehöfts. Sie sah niemanden. Vom Landesteg aus war es nicht leicht, flußaufwärts zu gehen, so daß derjenige, der hier den Schatz gestohlen hatte, wahrscheinlich weiter ins Landesinnere geflohen war.

Das Wasser umspülte Owens Beine. Sogar an dieser seichten Stelle war es ziemlich kalt. Als seine Füße auf einen unebenen, felsigen Untergrund trafen, erkannte er, weshalb es hier so seicht war. Er fürchtete um sein Pferd. Doch das Tier bahnte sich vorsichtig seinen Weg, bis es schließlich Anneys erreichte, die vor Kälte zitterte. Dann scheute das Pferd, beruhigte sich aber wieder und stand still, als Owen vorüberwatete und Anneys in das beschädigte Boot hob. Er fühlte den Puls der Frau. Anneys stöhnte.

»Keine Angst. Ich werde Euch auf mein Pferd setzen. Es bringt Euch ans Ufer zurück.«

Vor der Scheune standen Alisouns Oheim und ihr Vetter und stritten.

»Diese Last wird uns behindern«, sagte der Lahme John. »Ich schlage vor, wir verstecken es unter dem Heu und holen es morgen mit dem Karren.«

Rich lachte. »O ja. Sie reiten mit der Frau und dem Kind weg und machen sich nicht mehr die Mühe, nach uns zu suchen.«

John bekreuzigte sich. »Du hast das Mädchen gehört. Die Frau ist ertrunken. Ich habe dir gesagt, wir hätten das Boot nicht zerstören sollen. Wir haben sie umgebracht.«

Alisoun kroch in das Haus und holte ihren Bogen und die Pfeile.

Anneys klammerte sich an das Pferd. Sie zitterte. Erkenwald hatte sein Tuch von seinem Sattel genommen und auf trockenem Boden ausgebreitet. Sobald das Pferd das Ufer erreicht hatte, hob Erkenwald Anneys herunter, trug sie zu dem Tuch und wickelte sie darin ein.

»Gott hat Euch verschont«, sagte der Kanoniker und schüttelte den Kopf. »Ich weiß nicht, warum.«

Owen kauerte sich zu Anneys' Füßen nieder. »Kommt, wir heben sie auf das Pferd, kehren zum Hof zurück und holen das Kind.«

Alisoun saß im Hauseingang. »Ihr solltet Euch um meinen Oheim kümmern. Draußen bei der Scheune. Er ist verletzt. Und um meinen Vetter Rich. Ich habe auf sie geschossen, weil sie meinen Schatz stehlen wollten.«

»Du hast deine Leute absichtlich verletzt?« fragte Owen.

»Sie haben meine Henne und meine Kuh. Ich werde es ihnen nie verzeihen.«

Hatte es schon jemals ein solch verwünschtes Kind gegeben? überlegte Owen, als er sich in seinen triefnassen Kleidern zur Scheune aufmachte. Was hatte er Kindern angetan, daß er sich mit dieser Göre herumschlagen mußte? Er liebte seine Kinder, hatte Jasper aufgenommen, als dieser sich in Gefahr befand, und wies Kunden stets darauf hin, daß Kinder kleinere Dosierungen von Arzneien benötigten.

Ein alter Mann lehnte an der Mauer der Scheune. Seine Augen waren geschlossen, der Kopf hing herunter, und das Kinn lag auf der Brust. Ein zweiter Mann lag auf dem Bauch, stützte sich aber auf seine Ellbogen, so daß es ihm möglich war, Verwünschungen auszustoßen. Owen beugte sich zu dem zweiten Mann hinunter und entdeckte eine stark blutende Wunde an seinem linken Knie.

Fluchend hielt der Mann Owen einen kleinen, blutigen Pfeil unter die Nase. »Ich hab ihn herausgezogen, kann aber nicht aufstehen.«

Er würde es überleben. Und auch wieder gehen können. Der alte Mann war am linken Arm, in der Nähe der Schulter verwundet. Ein Kratzer, nicht mehr.

Der Lahme John hob seine Augen. »Das ist die Strafe Gottes dafür, daß wir das Boot der Flußfrau beschädigt haben.«

»Dann habt Ihr also Magda Digbys Boot zerstört. Sie wird Euch nicht gerade dankbar sein dafür. Viele Kranke werden auf ihre Hilfe verzichten müssen, bis sie wieder ein neues Boot hat.«

»Ich habe Rich gesagt, es nicht zu tun«, jammerte John.

»Hör auf zu winseln, Alter«, rief Rich. »Ich habe teurer dafür bezahlt als du. Reicht das nicht?«

»Was ist mit der Frau?« fragte John.

»Sie ist gerettet.«

Owen erhob sich, als sich Erkenwald näherte, der die Pferde mit sich führte und Alisoun fest an der Hand hielt. Anneys lag noch immer quer über Owens Pferd. »Gibt es hier einen Karren, den wir benutzen können?«

»Auf unserem Hof«, sagte der Lahme John.

»Ja«, murmelte Alisoun. »Auch den haben sie behalten.«

Bess fand Honoria in einer durch einen Vorhang abgetrennten Ecke des Barnhous, bei den kranken Kindern. Die junge Frau häkelte, während ihre drei Schutzbefohlenen schliefen.

»Ich zweifle nicht daran, daß Hauptmann Archer Euch erlauben wird, in Euer Haus in der Stadt zurückzukehren«, sagte Bess und setzte sich neben sie.

»Und warum?« fragte Honoria, ohne die Augen von ihrer Arbeit abzuwenden.

»Auch eine andere Frau, die meinem Oheim nahestand, besitzt ein paar italienische Glaskelche. Anscheinend habt Ihr die Wahrheit gesagt.«

»Das braucht Ihr mir nicht zu sagen.«

»Ich muß gestehen, es überraschte mich, zu erfahren, daß mein Oheim Anneys in sein Bett holte und nicht Euch.«

Jetzt hob Honoria den Kopf und richtete ihre dunklen Augen auf Bess. Sie lachte. »Anneys hat er ins Bett geholt? Oh, das glaube ich weniger, Mistress Merchet. Ich weiß nicht genau, was sie von Eurem Oheim wollte, aber sie legte es bestimmt nicht darauf an, ihn zu verführen. Sie machte ihm zwar schöne Augen, aber hinter seinem Rücken hatte sie nur Hohn und Spott für ihn übrig.«

»Hohn und Spott?«

»Ich weiß nicht, warum. Und auch nicht, weshalb sie ihn so ausgefragt hat. Als ob sie alles über ihn in Erfahrung bringen müsse. Aber über ihre eigene Vergangenheit hat sie nichts verlauten lassen.«

»Was wißt Ihr über sie?«

»Sie ist vor drei Jahren Witwe geworden. Hatte drei Kinder, von denen ihr aber keines ein Heim bieten konnte. Oder wollte, besser gesagt.«

»Sie hat meinem Oheim Fragen gestellt?«

»O ja, und er hat ihr alles erzählt. Über die Reichtümer, die er dem Hospital vermacht hatte, und seine Arbeit unter den Pestkranken, als der Schwarze Tod das erste Mal durchs Land zog.«

Eines der Kinder wachte auf und begann zu wimmern. Honoria legte ihre Arbeit beiseite, nahm das Kind auf den Schoß, strich ihm die feuchten Haare aus der Stirn und hielt es, bis es wieder einschlief.

»Ihr seid sehr gut zu den Kindern.«

»Das sagt auch Dame Beatrice. Habt Ihr noch weitere Fragen?«

»Was wißt Ihr über die Buße meines Oheims? Hauptmann Archer kam es seltsam vor – soviel Schuldgefühle nach dem Tod eines Diebes.«

Honoria schüttelte den Kopf. »Nicht für ihn tat er es, sondern für die Kinder. Master Taverner erfuhr, daß Carter von seiner Geliebten zwei Kinder hatte – von einer Frau, die Euer Oheim aber nie kennenlernte. Nach seinem Tod hatte sie nicht mehr die Mittel, sich um sie zu kümmern, und überließ sie der Familie.«

»Den Carters in Scarborough?«

»Diese schickten sie dann weit weg. So hieß es. Und Master Taverner schwor, daß er den Kindern, hätte er von ihnen gewußt, den Beuteanteil ihres Vaters ausgehändigt hätte.«

»Hat er nach den Kindern gesucht?«

»Wo hätte er denn suchen sollen? Er konnte doch nicht mit den Carters darüber sprechen. Er war kein Mann, der sich selbst zerstörte.«

»Die Buße, die er sich auferlegte, war aber ziemlich streng.«

Honoria küßte das Kind auf ihrem Arm. »Nicht strenger als das, was wir hier jeden Tag tun, Mistress Merchet. Macht Euch nicht vor, Euer Oheim sei ein Heiliger gewesen. Er war nicht besser oder schlechter als wir alle.«

»Ich werde ihn jedenfalls vermissen«, sagte Bess und stand auf. Sie wollte wieder hinaus an die frische Luft.

»Viele werden ihn vermissen«, erwiderte Honoria leise.

Bess hatte auf ihrem Heimweg viel nachzudenken. Dann war Anneys also nicht Julians Leman gewesen. Aber hatte sie ihn ermordet? Dieser Finn schien das andeuten zu wollen. Sie betete zu Gott, daß Owen die Frau finden und sie ihrer gerechten Strafe zuführen möge, wenn es stimmte. Die Stadt konnte wieder einmal eine schöne Hinrichtung brauchen.

Doch beim Gehen beschäftigte Bess mehr Honorias Geschichte über die Geliebte Adam Carters und dessen Kinder als der Gedanke an Rache. Der arme Oheim Julian. Es sprach für ihn, daß er von solch schweren Schuldgefühlen heimgesucht worden war, nachdem er die Familie seines Partners im Stich gelassen hatte. Nun konnte sie wieder stolz auf ihn sein.

30

Jaspers Verzweiflung und Wulfstans Bitte

Owen, der in seinen feuchten Kleidern auf dem Wagensitz saß, hatte alle Hände voll zu tun, da er zwei Pferde lenken mußte, die es nicht gewohnt waren, einen Karren zu ziehen. Neben ihm saß Alisoun; Erkenwald folgte ihnen mit Anneys. Owen fühlte sich verflucht. Die Pest hatte an diesem Tag ihre Hände nach seinem Haus ausgestreckt, denn er bezweifelte nicht, daß Jasper und Lucie Bruder Wulfstan aufgesucht hatten, und auch er selbst hatte die vergiftete Luft eingeatmet, die von diesem ›John‹ und Anneys, den beiden Opfern, ausgeströmt war. Damit nicht genug, hatte er auch noch die anstrengende Alisoun am Hals.

»Sie ist meine Großmutter, müßt Ihr wissen«, verkündete das Mädchen plötzlich und beugte sich zu ihm, damit er sie auch wirklich hören konnte. Ihr Atem roch schal, und ihre Haare stanken nach Schweiß und Pferden.

Aber sie erregte seine Aufmerksamkeit. »Deine Großmutter?« Dann hatte dieser ›John‹ also doch die Wahrheit gesagt.

»Sie ist nach York gekommen, um ihre Schätze zurückzuholen.«

»Wieso waren es denn ihre Schätze?«

»Weil sie ihrem Ehemann gehört hatten.«

War das möglich? War Carter verheiratet gewesen? »War Adam Carter dein Großvater?«

»Wenn Ihr die Geschichte schon kennt, warum fragt Ihr mich dann?«

»Weil ich mich vergewissern möchte.«

»Ah.«

»Was hat deine Großmutter sonst noch gesagt?«

»Warum sollte ich Euch das erzählen?«

»Du hast damit angefangen.«

Ein kurzes, verlegenes Schweigen. »Sie haben meinen Großvater ermordet, haben sein Eigentum genommen und sind verschwunden. Meine Großmutter mußte ihre Kinder weggeben, weil sie sie nicht mehr ernähren konnte. Dann hat sie einen Bauern geheiratet und noch einen Sohn bekommen, Finn – der Mann, von dem ich glaubte, er würde mich bestehlen wollen.«

»Der Mann, den du verwundet hast?« Er hieß also Finn, nicht John.

»Ich wußte nicht, wer er war. Meine Mutter hat es mir nie gesagt.«

»Und was geschah dann?«

»Sie wurde abermals Witwe und stand wieder mit leeren Händen da.«

»Warum?«

»Weil das Meer stieg und den Hof in einen Salzsumpf verwandelte.«

»Und dann?«

»Dann versuchten sie und Finn, die Männer zu finden, die ihren ersten Ehemann ermordet und seine Schätze gestohlen hatten.«

»Eine beeindruckende Geschichte.«

»Ihr habt mir nie geglaubt.«

»Ich bin ein vorsichtiger Mensch.«

Das Mädchen schwieg eine Weile. Owen versuchte, die Informationen zu ordnen, die er an diesem Tag erhalten hatte. Bess' Bericht von Bess zufolge war Anneys Julians Geliebte gewesen, aber das Mädchen hatte gesagt, sie habe ihn für ihre Armut verantwortlich gemacht und für einen Mörder gehalten. Alisouns Geschichte stützte seine ursprüngliche Vermutung, Anneys habe Julian ermordet, Bess' Aussagen widersprachen ihr. Und Honoria hatte die Mitglieder des Rates in ihr Bett gelockt, nicht aber die Pflegebewohner des Hospitals. Es war eine verworrene Geschichte, und er fühlte sich der Wahrheit noch kaum näher als dem Sonnenaufgang.

»Ein großer Zufall, daß sich deine Mutter und die Männer, die deine Großmutter suchte, alle in York oder in der näheren Umgebung aufhielten.«

»Meine Großmutter sagt, sie wußte nicht, daß meine Mutter hier war. Aber als sie davon erfuhr, nahm sie es als ein Zeichen des Himmels, daß sie ein Recht hatte.«

»Ein Recht worauf?«

»Den Tod meines Großvaters zu rächen.«

»Und wie hat sie das angestellt?«

»Sie hat die Schätze wieder zurückgeholt.«

»Und dabei Taverner und Warrene ermordet?«

»Nein! Sie sind an der Pest beziehungsweise bei dem Brand gestorben.«

»Aha. Warum hast du im Hospital niemandem erzählt, daß Anneys deine Großmutter ist?«

»Ich wußte es nicht.«

»Hat deine Mutter es dir nicht gesagt?«

»Nein.«

»Sehr seltsam.«

»Großmutter hat gesagt, Mutter habe sie dafür bestraft, daß sie sie in Scarborough zurückließ.«

Owen fragte sich, wer hier wohl mehr gestraft worden war – Anneys oder Alisoun. Für den Rest der Reise schwieg das Mädchen.

Der Torwächter an Bootham Bar hielt Owen auf. »Abt Campian bittet Euch, so schnell wie möglich zu seinem Haus zu kommen.«

»Bruder Wulfstan?«

Der Mann senkte den Kopf und bekreuzigte sich.

»Ich kann sie von hier ab übernehmen, Hauptmann«, sagte Erkenwald. »Sir Richards Knappe Topas wird mich bei der Bewachung unterstützen.«

»Ich danke Euch. Ihr wart mir eine große Hilfe.«

»Gott verzeihe mir, aber es war mir ein Vergnügen, Hauptmann. Jetzt reitet schnell zu Eurem Freund.«

Lucie versuchte, mit einer zeitraubenden Tätigkeit, die jedoch nicht unbedingt einen klaren Kopf verlangte, jenen schrecklichen Abend hinter sich zu bringen, an dem sie sich um Owen sorgte und ständig damit rechnete, von Wulfstans Tod verständigt zu werden. Ein Bauer hatte am Vortag Schweinsgalle geliefert. Lucie und Jasper hatten sie bereits in ihre eigenen Krüge umgefüllt, die nun noch mit Wachs versiegelt werden mußten, damit sich im Lagerraum kein fauliger Geruch ausbreitete. Als Lucie beim Wachsschmelzen einmal eine kurze Pause einlegen konnte, ging sie hinaus in den Garten.

Es war kühl geworden an diesem Abend, und es wehte ein erfrischender Wind. Nachdem sie sich auf eine Bank gesetzt hatte, mußte sie gegen den Schlaf ankämpfen und nickte kurz ein, bis Geräusche aus dem Laden sie aufschreckten. Sie hatte Jasper gebeten, aufzuräumen, aber damit mußte er inzwischen längst fertig sein. Da sie fürchtete, es könne sich um einen Einbrecher handeln, griff sie nach einem Messer und ging durch den Arbeitsraum zum Laden. Durch den Schnurvorhang sah sie Licht; eine Öllampe brannte auf der Theke. Das erleichterte sie. Ein Dieb wäre nicht so tollkühn gewesen – außer, er hätte sie im angrenzenden Raum nicht gehört. Wie lange mochte sie auf der Bank vor sich hin gedöst haben?

Sie stellte sich hinter den Vorhang und wartete darauf, daß der Eindringling sich zeigte. Gott sei Dank war es Jasper, der im Lichtschein auftauchte. Er hatte einen Lederbeutel bei sich. Lucie trat durch den Vorhang.

Jasper blickte überrascht auf und verbarg den Beutel schnell hinter seinem Rücken. »Mistress Lucie. Ich dachte, Ihr schlaft.«

Schweißperlen standen auf Jaspers Oberlippe und glitzerten an seinen Schläfen. Lag es an der Hitze im Arbeitsraum? Oder war er nervös?

»Ich muß eingeschlafen sein. Du hättest mich wecken sollen. Die Lampe im Arbeitsraum brennt.«

»Ich habe es gesehen.«

»Von hier drinnen?« Lucie ging ein paar Schritte nach links.

Jasper bewegte sich so, daß der Beutel nicht in Sicht kam.

»Was ist in dem Beutel?«

»Was für ein …?«

»Nein, Jasper. Versuch nicht, mich zum Narren zu halten. Ich habe gesehen, daß du einen Beutel in der Hand hattest. Was ist drin?«

Der Junge legte den Beutel auf den Ladentisch.

Lucie schaute ihn nicht an. Noch nicht. »Was tust du?«

Jasper warf den Kopf hin und her, um die Haare von den Augen zu schütteln. »Ich möchte Bruder Wulfstans Arbeit fortsetzen.«

»Du bist kein Arzt.«

»Er strenggenommen auch nicht.«

»Jasper.«

»Ich kann Salben auftragen, schmerzlindernde Tränke zubereiten, Beulen aufstechen.«

»Nein.«

Japser wollte nach dem Beutel greifen, aber Lucie hatte ihn bereits an sich genommen.

»Komm mit mir ins Haus«, sagte sie.

»Ich möchte diese Arbeit tun.«

»Du wirst mir gehorchen, Jasper de Melton. Du bist mein Lehrling und lebst unter meinem Dach wie mein eigener Sohn. Komm jetzt mit ins Haus.«

Er folgte ihr.

Die Wärme im Krankenraum trocknete rasch Owens Kleider und entspannte seine Gelenke, insbesondere seine Knie, nachdem er lange neben dem Krankenbett gekniet hatte. Bruder Wulfstan war dem Tode nahe, und sein Atem ging rasselnd in der tief eingesunkenen Brust. Aber er schlug die Augen auf und erkannte Owen.

»Ich bin froh. Lucie und Jasper stehen unter Eurem und Gottes Schutz, und auf beide ist Verlaß.« Wulfstan segnete Owen und schloß die Augen. »Laßt uns nun schweigen.« Er lächelte mild.

Owen senkte den Kopf und betete. Nicht so sehr für Wulfstans Seelenheil, denn er hatte keinen Zweifel, daß der alte Klosterarzt im Zustand der Gnade sterben würde. Er hatte bei ihm jenes Lächeln entdeckt, das er schon häufig bei tödlich verwundeten Soldaten gesehen hatte, die des Kämpfens müde waren und sich danach sehnten, in Frieden zu sterben. Owen betete daher darum, daß Wulfstans Leiden bald ein Ende nehmen möge.

Als Owen schließlich aufstand, bat Abt Campian ihn um eine Unterredung. Gütiger Himmel, warum denn gerade jetzt?

Der Abt sah aus, als würde er das nächste Opfer werden; sein Gesicht war bleich und eingefallen aus Mangel an Schlaf und Nahrung, seine Augen waren gerötet.

»Ihr müßt Euch ausruhen, Herr Abt.«

»Das kann ich früh genug. Solange mein alter Freund noch atmet, bleibe ich an seiner Seite. Ich bitte Euch seinetwegen um einen Gefallen, Hauptmann. Mir widerstrebt es, und Euch wahrscheinlich auch. Aber es ist Wulfstans Wunsch, daß ich mich um einen Mann namens John kümmere und sein Leben retten soll, damit er sein künftiges Leben Gott widmen kann. Bruder Wulfstan glaubt, daß dieser Mann die Pest nicht ohne Grund überstanden hat, daß er auserwählt ist, für die Opfer der Pest in York zu beten.«

Owen gefiel das nicht. Ganz und gar nicht. Aber als er in die von Gram gezeichneten Auges des Abtes blickte, sagte er nur: »Ich werde diesen Fall morgen Sir Richard vortragen, Herr Abt.«

»Jasper möchte bei Tagesanbruch zurückkehren. Ihr werdet ihn nicht daran hindern?«

»Ich werde es nicht versuchen.«

Etwas Wein und eine ruhige Unterhaltung mit Lucie, vielleicht noch Brot und Käse dazu. Mehr wollte Owen eigentlich gar nicht. Seine Stimmung trübte sich ein, als er in den Saal trat und von oben schon Bess' Stimme hörte. Er setzte sich auf eine Bank und rieb sich die Knie. »Worum geht es denn da oben, Kate?«

»Ich weiß nicht, wie ich es sagen soll, Hauptmann«, flüsterte das Mädchen mit besorgtem Blick. »Am besten, Ihr geht selbst hinauf.«

Langsam stieg Owen die Treppe hoch, nachdem er unten seine Schuhe ausgezogen hatte.

Bess sagte gerade: »Da gibt es so viele Kirchen, in der Span Lane und in der näheren Umgebung, aber kein Priester ist gekommen, um Bruder Wulfstan zu helfen. Ich sage dir, Lucie Wilton, ich ...«

»Um Himmels willen, halt den Mund!« rief Lucie.

Owen wünschte, er könnte wieder über die Treppe verschwinden und die beiden sich selbst überlassen, denn er wußte, es gab Ärger, wenn Lucie so reagierte. Aber er hätte es unten nicht ausgehalten. Er trat auf den Treppenabsatz. Lucie, die in einem Sessel saß, der vor den Eingang zur Kinderkammer gerückt worden war, blickte überrascht auf. Ihre Augen waren geschwollen. Hatte sie bereits um Wulfstan zu trauern begonnen? Bess lehnte mit verschränkten Armen am Treppengeländer. Sie hatte nicht geweint, wirkte aber grimmig. Owen nahm sich vor, die beiden etwas aufzuheitern.

»Das Glück ist mir hold an diesem Abend, daß es zwei so hübsche Frauen vor die Tür meiner Kammer führt.«

»Vor Jaspers Kammer«, korrigierte ihn Lucie.

»Das klingt nicht so poetisch.«

Keine der beiden Frauen lächelte.

»Warum sitzt ihr zusammen?«

»Die Tür hat kein Schloß, deshalb verriegle ich sie.«

»Wer ist da drin?«

»Jasper.«

»Was hat er angestellt?«

»Es geht mehr um das, was er beabsichtigt.« Lucie berichtete Owen, wie sie Jasper im Laden mit Wulfstans Arzneibeutel erwischt hatte.

Bess nickte. »Er ist ein guter Junge. Er meint es ehrlich. Aber sie hat recht, es ist nicht die richtige Aufgabe für einen Jungen, unter sterbenden Pestkranken zu arbeiten.«

Waren sie beide verrückt geworden? Glaubten sie allen Ernstes, der Junge würde sich Lucies Anordnungen widersetzen? »Warum bist du hier, Bess?«

»Um zu erfahren, was auf dem Hof der Ffulfords passiert ist.«

»Ich habe Anneys, das Mädchen und die gestohlenen Gegenstände zum St. Leonhard gebracht. Mehr erfährst du heute abend nicht, Bess.«

Bess, deren Gesicht mittlerweile genauso rot war wie ihre Haare, wandte sich mit einen leichten Schnauben von ihm ab und versuchte, Lucie zu einem mitfühlenden Blick zu bewegen.

»Ich bitte dich, laß uns jetzt allein«, sagte Lucie.

Nachdem Bess ihre Röcke gerafft und unter gehörigem Poltern die Treppe hinabgestiegen war, sagte Owen ruhig: »So etwas kannst du doch nicht tun, Lucie.«

Sie starrte ihn kalt an. »Verstehst du das nicht?«

»Du hast zugelassen, daß er so aufgewachsen ist, wie er wollte. Warum willst du ihm jetzt Steine in den Weg legen?«

»Willst du, daß er an der Pest stirbt?«

»Nein.«

»Willst du, daß er die Nächte draußen auf den Straßen verbringt und zwischen den Kranken umherirrt?«

»Du übertreibst …«

»Wirklich?«

»Geh zur Seite. Laß mich mit ihm reden.«

»Er hat *mich* bestohlen, er wollte sich *mir* widersetzen, seiner Herrin.«

»Es ist nicht die Apothekenmeisterin, die aus dir spricht, es ist die Mutter.«

Lucie verschränkte die Arme und wandte sich ab

Owen ging in den Saal hinunter, beruhigte sich mit ein paar Schlucken Wein und füllte seinen leeren Magen mit Brot und Käse. Als er schließlich abermals die Treppe hinaufstieg, sah er, daß der Sessel beiseite geschoben worden war und die Tür offenstand. In der Kammer schlief Jasper auf seiner Pritsche, vollständig angekleidet. Lucie saß neben Hughs Wiege und starrte ins Leere.

»Komm ins Bett, Liebste.«

Mitten in der Nacht wachte Owen auf und sah, daß Lucie in der Kammer auf und ab ging. Sein erster Gedanke galt Jasper. Er setzte sich ruckartig auf. »Was ist los? Ist der Junge verschwunden?«

Lucie drehte sich um und eilte zu ihm. »Nein, er schläft.« Sie setzte sich auf die Bettkante. »Die arme Bess. Sie hatte dir so viel zu erzählen.«

»Es schien keine Zeit zum Reden zu sein.«

»Nein.« Lucie spielte mit dem Saum des leichten Umhangs, den sie über ihrem Unterkleid trug. »Ich weiß, sie würde es dir lieber selbst sagen, aber …«

Owen nahm eine ihrer Hände in seine. »Geht es auch um Anneys?«

»Ich glaube schon.«

»Bitte, Liebste, erzähl es mir. Die Frau liegt im Sterben. Wenn es noch irgend etwas gibt, das ich sie fragen muß, dann sollte das bald geschehen.«

»Der Mann im Kerker des St. Leonhard heißt Finn. Er hat gestanden, Walter de Hotter umgebracht zu haben. Und er hat angedeutet, Anneys wisse, wer der Mörder von Julian Taverner und Laurence de Warrene ist.«

Owen hatte also richtig geraten. Anneys war die Mörderin. Sie mußte es sein. »Die Mutter und der Sohn sind Mörder. Das erklärt einiges bei diesem schwierigen Kind.«

»Finn ist Anneys' Sohn?«

»Ja. Und Alisoun ist Anneys' Enkelin. Eine nette Familie. Nach Aussage des Mädchens behauptet Anneys, eine Carter zu sein.«

Lucie drückte Owens Hand. »Das ist der Schlüssel! Adam Carter hatte zwei uneheliche Kinder. Als er starb, überließ seine Geliebte diese Kinder seiner Familie, die sie wegschickte.«

»Ins St. Leonhard.«

»So hat es den Anschein.«

Owen umarmte Lucie. »Ich bringe es Bess morgen irgendwie bei.«

»Beten wir darum, daß sich das Problem mit Jasper auch so einfach lösen läßt.«

31

Reue

Am Morgen entschuldigte Jasper sich und bat darum, nach St. Mary gehen zu dürfen, wie er es geplant hatte. Als Owen Lucies besorgten Blick sah, bot er an, den Jungen zu begleiten und der Obhut Abt Campians anzuvertrauen, bis er vom St.-Leonhard-Hospital zurückkehre. Lucie war einverstanden.

Bei ihrer Ankunft entdeckten sie, daß die Tür von Abt Campians Haus offenstand.

»Warte hier, Jasper.« Owen trat in den Saal und lauschte. Als er nichts hörte, ging er weiter in den Krankenraum. Dort kniete der Abt neben Wulfstans Bett, hatte den Kopf in die Hände gelegt und weinte. Owen zog sich zurück. Er mußte Jasper nichts erklären, denn die Glocken von St. Mary hatten bereits für Bruder Wulfstan zu läuten begonnen.

»Wir müssen zurück, Jasper, und es Lucie berichten.«

Mit weit geöffneten Augen, um gegen die Tränen anzukämpfen, nickte Jasper. Sein Gesicht war kreidebleich unter den dunklen Sommersprossen. »Ich sage es ihr. Ihr könnt zum St. Leonhard weitergehen. Ich verspreche, daß ich gleich zur Apotheke gehe, nirgendwo anders hin.«

»Dein Wort genügt mir.«

Diese Bemerkung rief bei Jasper zwar kein Lächeln hervor, aber er schien ein bißchen größer geworden zu sein, als sie sich zum Hintereingang begaben.

Als Owen Finns Zelle im Kerker des St. Leonhard betrat, saß der Mann gerade auf einem Stuhl und trank Bier aus einem Becher. Owen lehnte sich an die Tür und starrte den Mann an, der die Pest überstanden hatte. Warum er und nicht Bruder Wulfstan? Welchen Zweck Gott damit verfolgte, entzog sich Owens Verständnis.

»Vielleicht hat Gott ihn deswegen verschont, damit wir die Wahrheit erfahren«, hatte Don Cuthbert gemeint.

Owen hielt dies für einen armseligen Grund.

Finn wurde unruhig. »Was starrt Ihr mich so an?«

»Stimmt es, daß Anneys Eure Mutter ist?«

»Habt Ihr Euch deswegen geweigert, mir Schutz zu gewähren?«

»Ihr habt einen Mann ermordet, der Euch nichts getan hatte.«

»Ich habe das Laiengelübde abgelegt und verlange den kirchlichen Segen.«

»Und den werdet Ihr zweifellos auch erhalten, wenn Ihr eine Stelle aus der Bibel vorlesen könnt. Aber wenn Ihr glaubt, die Justiz der Kirche sei großzügiger als jene des Königs, dann irrt Ihr Euch.«

»Zumindest werde ich am Leben bleiben.«

»Möglicherweise. Aber vielleicht werdet Ihr das später bedauern. Also, ist Anneys Eure Mutter?«

»Sie ist meine leibliche Mutter, wenngleich sie nicht viel für mich empfindet.«

»Und dennoch habt Ihr ihr geholfen?«

»Was wißt Ihr?«

Owen betete zu Gott, er möge seine Familie nicht strafen für all die Lügen, die er hier auftischen mußte. »Eure Mutter ist krank, deshalb habe ich sie nicht allzu lange zum Reden gezwungen. Ich weiß, daß sie nach York kam, um Julian Taverner und Laurence de Warrene zu suchen und die Gegenstände, die diese beiden, wie sie glaubte, ihr gestohlen hätten. Und daß Ihr sie dabei unterstützt habt, was schließlich zum Tode von Walter de Hotter führte, der durch Eure Hand umkam.«

»Ist das alles?«

»Sonst habt Ihr dazu nicht zu sagen? Empfindet Ihr keine Reue?«

»Mehr hat sie Euch nicht mitgeteilt?«

»Was gibt es sonst noch zu erählen?«

»Was ist mit dem Tod von Taverner und Warrene?«

»Sie starben durch die Pest beziehungsweise den Brand. Lügt sie für Euch?«

Finn spuckte auf den Boden. »Der Tag, an dem sie für mich lügt oder für irgend jemand anderen, den möchte ich erleben … O ja, sie berichtet Euch von meinen Todsünden, verschweigt aber ihre eigenen. Eine Rabenmutter. Sie hat für niemanden ein Herz.«

»Sie hat im Norden nach ihrer Tochter gesucht.«

»Das, Hauptmann, war ein Werk Gottes, nicht meiner Mutter. Sie hat nach Schätzen gesucht, nicht nach ihrer Tochter.«

»Beschuldigt Ihr sie, Taverner und Warrene ermordet zu haben?«

»Dazu habe ich keinen Grund. Das weiß nur Gott.«

»Der Hospitalmeister von St. Leonhard möchte es wissen. Auf Anweisung Seiner Gnaden des Erzbischofs.«

»Ich verrate niemanden.«

»Dadurch würde es für sie schlimmer aussehen als für Euch. Aber es wäre eine törichte Lüge. Sie besaß die Gegenstände, warum hätte sie die beiden also umbringen sollen?«

»Weil sie sie haßte. Sie kam vielleicht nicht mit dieser Absicht hier an. Aber dann sah sie, in welchem Wohlstand sie lebten. Matilda de Warrene mußte nie erfahren, was Hungern heißt, und wurde verwöhnt von diesen Dieben. Noch schlimmer war Taverners Prahlerei mit seinen mildtätigen Werken unter den Kranken und mit den Reichtümern, die er dem Hospital geschenkt hatte.«

»Taverner glaubte, in Warrenes brennendem Haus einen Mann gesehen zu haben.«

»Meine Mutter ist doch ziemlich groß für eine Frau, nicht wahr? Ich hatte noch nie einen Fuß in den Bezirk des

Hospitals gesetzt, bis ich ihr dort den Arzneibeutel des Mönchs gab. Sie hat mich deswegen verflucht.«

»Dann hat sie also die Gegenstände gestohlen und sie zu Euch gebracht?«

»Ja.«

»Ihr habt sie anschließend zu Judith Ffulford befördert – zumindest alles, was Ihr nicht für Euch beiseite geschafft habt. Konntet Ihr nicht darauf vertrauen, daß Ihr Euren Anteil erhalten würdet?«

»Meinen Anteil? Mir stand die Hälfte zu. Warum sollte Judith etwas bekommen? Was hat sie getan, außer daß sie versuchte, sie vor uns zu verstecken?«

»Sie war immerhin Eure Schwester.«

»Meine Halbschwester. Was wußte ich denn von ihr? Sie stand mit den Gegenständen da, rührte sich nicht von der Stelle, bis ich ging, und grinste mich höhnisch an. *Du brauchst mich*, pflegte sie zu sagen. Dieses Mädchen wird einmal genauso werden wie sie.«

»Was wolltet Ihr in St. Mary? Für den Rest Eures Lebens den Haß in Euch wachhalten?«

»Ich habe das Laiengelübde abgelegt.«

»Darüber werden wir noch sprechen.«

Anneys lag auf Kissen gestützt im Bett, Schweiß glänzte auf ihrem Gesicht. Sie verströmte den Geruch der Pestilenz. Owen zog seinen Duftbeutel aus dem Gürtel und hielt ihn sich vor die Nase.

Eine Laienschwester gab Anneys einen Schluck Wein, wovon ihr jedoch der größte Teil über das Kinn lief. »Ihre Zunge und der Hals sind geschwollen, Hauptmann. Sie sollte nicht lange reden.«

»Was spielt das für eine Rolle?«

Mit mißbilligendem Stirnrunzeln verzog sich die junge Schwester sie in eine Ecke des Raumes. Owen setzte sich an Anneys' Bett.

»Ihr verurteilt mich, bevor Ihr mich angehört habt?«

»Ich dachte, Ihr liegt im Sterben.«

Anneys berührte seine Hand. »Versprecht mir, daß eine neue Schenkung gemacht wird, daß die Schätze dem St. Leonhard zurückgegeben werden, in *meinem* Namen.«

»Ich kann Euch gar nichts versprechen.« Owen wußte wirklich nicht, was Ravenser mit den Gegenständen vorhatte. Und es interessierte ihn auch nicht.

»Gönnt Ihr mir denn nicht einmal auf dem Sterbebett einen Trost?«

»Euch? Einer Frau, die zwei Menschen umgebracht hat, weil sie sich die Reichtümer aneignen wollte, die ihr Geliebter gestohlen hatte?«

»Wer hat Euch gesagt, ich hätte Leute umgebracht?«

»Finn.«

Anneys wandte sich ab. »Gott hat mich wirklich mit treuergebenen Kindern gesegnet.«

»Judith und Finn haben Euch geholfen.«

»Gier hat sie getrieben, nicht Liebe. Finn hat alles ruiniert, als er die Schachfiguren im Garten dieses Mannes versteckte. Hätte er das nicht getan, wäre niemand bei den Todesfällen im Hospital mißtrauisch geworden.«

»Warum mußten Julian und Laurence sterben? Ihr hattet doch schon, was Ihr wolltet.«

»Schickt Don Erkenwald zu mir. Ich möchte die Beichte ablegen.«

»Ich dachte, Gott habe Euch diesen Rachefeldzug gestattet.«

Ein Anflug von Unsicherheit in den geröteten Augen. »Es war tatsächlich ein Zeichen Gottes, daß Judith sich hier aufhielt.« Anneys hustete und drückte den Kopf in die Kissen. »Laßt mich allein.« Sie begann zu keuchen.

Owen beugte sich zu ihr hinunter. »Dieser Tod ist wesentlich angenehmer als die Hinrichtung, die Ihr verdient habt.«

Die Laienschwester, die Anneys den Wein verabreicht hatte, bat Owen zu gehen.

Er verließ sie gern. Sogar auf dem Schlachtfeld sah man in den Augen des Feindes Reue – aber bei dieser Frau und ihrem Sohn hatte er nichts dergleichen wahrnehmen können.

Don Erkenwald stand draußen und unterhielt sich mit Topas. Er brach dieses Gespräch rasch ab und gesellte sich zu Owen. »Hat sie gestanden?«

»Sie möchte, daß Ihr ihr die Beiche abnehmt.«

»Aber sie ist doch exkommuniziert. Sie hat innerhalb des Hospitals gemordet.«

»Das weiß sie anscheinend nicht.«

»Ich darf nicht offenbaren, was sie mir beichtet.«

»Sie ist schuldig, daran habe ich keinen Zweifel. Eine eiskalte Frau.«

»Ihr seid dieser Angelegenheit überdrüssig.«

»Ich bin angewidert. In solchen Augenblicken vermisse ich das Soldatenleben. Ein Hof zum Üben, das ist es, was ich brauche. Eine Strohpuppe, auf die ich schießen kann, bis mir die Pfeile ausgehen.«

»Stellt Seine Gnaden seinen Gefolgsleuten so etwas nicht zur Verfügung?«

»Doch, schon. Aber jetzt erwartet mich Sir Richard.«

»Und Seine Gnaden.«

»Auch das noch.«

32

Zu Ehren der Toten

Douglas öffnete Owen die Tür. »Sir Richard erwartet Euch im Salon.«

»Ich habe ihm einiges zu berichten. Stimmt es, daß auch Seine Gnaden anwesend ist?«

»Ja, und er ist ziemlich wütend.«

»Kennt Ihr den Grund dafür?«

»Eine Barkasse mit Steinen für die Marienkapelle legte am Kai von St. Mary an, wie es üblich ist bei Materiallieferungen für die Kathedrale. Aber die Erlaubnis zum Entladen wurde erst für übermorgen erteilt. Seine Gnaden und Abt Campian gerieten aneinander. Offensichtlich sagte der Abt, die Stadt habe keinen Bedarf an der ›eigennützigen Geste‹ Seiner Gnaden, und die Pest habe sich aufgrund der selbstlosen Arbeit von Bruder Wulfstan aus York zurückgezogen. Und daß Wulfstan sein Leben für das Volk gegeben habe – Ihr könnt ermessen, welche Beleidigung sich dahinter verbirgt.«

Owen wünschte, er wäre Zeuge dieser Auseinandersetzung geworden. »Morgen wird Wulfstan beerdigt. Ich verstehe, daß der Abt solche Arbeiten auf später verschieben will. Seine Gnaden nicht?«

»Gerechterweise muß man sagen, daß Seine Gnaden bereits in Trauer erschien. Königin Phillippa ist tot, Gott möge sie in Frieden ruhen lassen.« Douglas beugte den Kopf, Owen tat es ihm gleich. »Seine Gnaden hat gelobt, ihr zu Ehren die Marienkapelle bis Martini fertigzustellen.«

»Das war schon immer ein unerreichbares Ziel.« Owen holte tief Luft. »Dies ist mein Fegefeuer, Douglas. Kündigt mich an.«

Ravenser drehte sich herum, als Owen hereingeleitet

wurde. Der Hospitalmeister war heute nicht so pompös gekleidet wie sonst, und seine Augen wirkten müde. »Es stimmt also? Ihr habt das Pärchen geschnappt, das dieses Hospital zu vernichten versuchte?«

Owen verbeugte sich vor ihm, dann vor Thoresby, der mit dem Rücken zu dem Fenster stand, das auf den Garten hinausging. »Ich habe Euch einiges zu berichten, Sir Richard.«

»Habt Ihr Durst?«

»Einen Branntwein könnte ich durchaus vertragen.«

Ravenser nickte Douglas zu, der daraufhin den Raum verließ. Der Hospitalmeister bedeutete Owen, Platz zu nehmen. Owen warf Thoresby einen Blick zu, der noch immer am Fenster stand.

»Setzt Euch, Archer. Vergeßt, daß ich auch hier bin.«

Owen hielt dies für unmöglich, machte es sich aber auf einem gepolsterten Stuhl bequem; der Sitz auf dem Karren war unangenehmer gewesen als ein Sattel.

Ravenser setzte sich ihm gegenüber. »Ich habe erfahren, daß Judith Ffulford die Tochter dieser Anneys war. War es der Tod ihres Sohnes im Waisenhaus, der die beiden dazu brachte, gegen das St. Leonhard vorzugehen?«

»Ihre Ziele hatten nichts mit dem Hospital zu tun, Sir Richard.« Langsam und in allen Einzelheiten wiederholte Owen, was er über Anneys und Finn herausgefunden hatte.

Ravenser schüttelte den Kopf und trommelte während Owens Vortrag mit den Fingern auf die Tischplatte, enthielt sich aber eines Kommentars, bis Owen geendet hatte. »Nun, sie erweckte den Eindruck einer ehrbaren Witwe. Und er ist ein Schreiber, sagt Ihr? Er hätte doch auch ehrliche Arbeit finden können.«

»Manchen Leuten fällt eben das Stehlen leichter, Sir Richard.« Wollte er sich nicht zu der grimmigen Entschlossenheit Anneys' äußern, einer Frau, die zutiefst von Haß erfüllt war?

»Weshalb brachten sie die skandalösen Gerüchte über die Finanzen des Hospitals in Umlauf?«

Ravenser besaß wirklich große Ähnlichkeit mit seinem Oheim, dachte stets nur an seine eigene Karriere. »Damit hatten sie nichts zu tun. Ich glaube, daß vielmehr Honoria de Staines dafür verantwortlich war, die gegenüber ihren Verehrern einiges ausplauderte.«

Ein Schnauben aus Thoresbys Richtung erinnerte Owen daran, daß auch der Erzbischof zugegen war.

Dem Hospitalmeister war es offensichtlich peinlich, diese Angelegenheit in Anwesenheit seines Oheims zu besprechen, aber warum hatte er Owen dann nicht in privatem Rahmen empfangen? Rätselhaft, aber unbedeutend. Owen wünschte nur, seinen Bericht abzugeben und dann diese verfluchte Angelegenheit zu vergessen. Er erzählte Ravenser von Honorias Problemen mit dem verstorbenen Bürgermeister und von Cuthberts Mitleid.

»Dann hat sie also ihr Gelübde nicht gebrochen?«

»Das vermag ich nicht zu sagen, Sir Richard. Sie pflegte jedenfalls regen Umgang mit den Mitgliedern des Rates.«

Ravenser war tief in seinen Sessel gesunken und massierte sich die Schläfen. »Don Cuthbert sagte, sie wollte sich ändern, ihr Leben Gott widmen. Wie konnte ich das nur glauben?«

Thoresby nahm in einem bequemen Sessel neben Owen Platz, faltete seine Hände zu einer Pyramide und sah weiter seinen Neffen an.

Ravenser wandte sich ihm zu. »Ihr habt mich gewarnt. Diese Dirne hätte mich ruinieren können. Ich schicke sie zurück ins Haus ihres Vaters.«

»Und was geschieht mit Don Cuthbert?« fragte Thoresby.

Ravenser wirkte verblüfft. »Mit Cuthbert?«

»Er wird doch wohl in deiner Abwesenheit nicht länger als dein Stellvertreter fungieren?«

»Er ist ein guter Mensch.«

»Bist du denn von allen guten Geistern verlassen? Siehst du nicht, daß diese ganze Misere durch das mangelnde Urteilsvermögen deines Kanonikers heraufbeschworen wurde? Weder Mistress Staines noch Anneys hätten jemals in das Hospital aufgenommen werden dürfen.«

Ravenser starrte seinen Oheim lange an. Dann erwiderte er lediglich: »Wir reden später darüber. Cuthbert ist nicht das Problem des Hauptmanns.«

Thoresby grinste und lehnte sich zurück.

Owen hielt dies für einen deutlichen Sieg Ravensers.

»Wie geht es der Frau, Hauptmann?« fragte Ravenser. »Wird sie an der Pest sterben?«

»Ja, es besteht nur noch wenig Hoffnung für sie.«

»Gut. Und was tun wir mit diesem Finn? Hängen wir ihn am Galgen der Stadt oder an dem der Kathedrale auf?«

»Darüber muß ich mit Euch sprechen«, sagte Owen und brachte Wulfstans Bitte vor.

Ravenser schüttelte den Kopf. »Unmöglich. Der Mann ist exkommuniziert, ebenso die Frau. Dieses Schicksal blüht all jenen, die in den Bezirk des Hospitals eindringen, um dort Gewalt anzuwenden, zu plündern oder zu rauben.« Er lächelte beinahe bei diesen Worten.

Doch Owen konnte Ravensers bequeme Antwort so nicht gelten lassen, auch wenn er ihm helfen wollte, vor seinem Oheim das Gesicht zu wahren. »Das glaube ich nicht, Sir Richard. Anscheinend hat er den Bezirk des Hospitals nur betreten, um Wulfstans Arzneibeutel Anneys zu übergeben.«

»Er hat Hotter in dessen Haus ermordet, das uns übertragen wurde, als dieser sich in die Pflegschaft begab.«

»Aha. Dann habt Ihr natürlich recht, es ist unmöglich.«

»Vielleicht auch nicht«, mischte Thoresby sich ein. »Es hängt davon ab, wie die Übertragung formuliert war Möglicherweise verblieb das Haus bis zum Tode des Pflegebewohners in dessen Besitz.«

Ravenser ging auf den Einwurf seines Oheims nicht ein. »Mir gefällt dieser Plan nicht, Hauptmann. Auch Walter de Hotters Familie wird nicht begeistert davon sein.« Er holte tief Luft, stand auf und ging zum Fenster.

Owen nutzte die Unterbrechung, um nachzudenken. Der Branntwein linderte seine Schmerzen, und die Auseinandersetzung, die sich zwischen Ravenser und Thoresby abspielte, hob seine Stimmung.

Schließlich kehrte Ravenser an seinen Platz zurück. »Angesichts der langjährigen, uneigennützigen Arbeit Bruder Wulfstans für die Stadt kann ich seinen Wunsch nicht übergehen. Aber es genügt nicht, daß Finn lesen kann; ich vertraue dieser Prüfung nicht. Ich werde mich persönlich um die Angelegenheit kümmern und sehen, ob sich jemand meldet, der seinen Anspruch unterstützt. Wenn dies der Fall sein sollte und die Abfassung der Übertragung sich zu seinen Gunsten auslegen läßt« – er nickte in die Richtung seines Oheims – »wird Bruder Wulfstans Wunsch erfüllt werden. Aber wenn der Mann jemals das Gelände von St. Mary verläßt, hat er sein Leben verwirkt.« Er schwieg einen Augenblick. »Und wenn es keinen Beweis gibt, daß er das Gelübde abgelegt hat oder wenn die Übertragung für ihn ungünstig formuliert ist, dann wird er hängen, weil er den Frieden des Königs gebrochen hat. Douglas wird meine Entscheidung niederschreiben.«

Owen hielt diese Regelung für gerecht und teilte Ravenser seine Zustimmung mit.

»Ihr habt gute Arbeit geleistet, Hauptmann Archer, dafür danke ich Euch.«

Aber Thoresby konnte offenbar nicht glauben, was er gehört hatte. »Du bist also bereit, diesem Mann ein komfortables Leben in St. Mary zu ermöglichen, wenn er dafür nur fleißig betet? Du bist nicht mehr mein Neffe. Welchen Nutzen haben denn die Gebete eines Diebes und Mörders? Das ist genauso verabscheuungswürdig wie die Tatsache, daß du einer Dirne gestattet hast, unter deinen

Laienschwestern zu leben. Es ist unerträglich, daß dieser Mann allein wegen einer schlecht abgefaßten Übertragungsurkunde nicht exkommuniziert werden soll.«

Ravenser ließ sich nicht beirren. »Ich habe den Frieden im St. Leonhard wiederhergestellt.«

»Owen Archer hat das zuwege gebracht.«

»Sehr gut sogar. Und ich bin dankbar für seine Hilfe. Aber ich werde Bruder Wulfstans Wunsch nicht entsprechen, wenn ich keinen Beweis dafür finde, daß Finn den kirchlichen Segen beanspruchen kann.«

»Den kirchlichen Segen. Jeder jämmerliche Feigling kann jene Zeilen aufsagen, die wir als Beweis anerkennen.«

»Ich habe gesagt, daß ich mich damit nicht zufriedengeben werde.«

Thoresby brachte ihn durch einen Wink zum Schweigen. »Welche Rolle spielt das Mädchen in dieser Angelegenheit?«

»Sie ist noch ein Kind, Oheim. Sie soll zu ihren Verwandten zurückkehren, aber nicht zu der Familie, die sie vor kurzem verlassen hat.«

»Was für ein großzügiger Mensch du doch bist. Anneys wird vielleicht die Güte haben, zu sterben, bevor du sie für ihre Sünden auch noch belohnst.« Thoresby erhob sich. »Kommt, Archer. Begeben wir uns zu Euch nach Hause und überlassen Sir Richard seinen Kopfschmerzen.«

Ravenser streckte Owen eine Hand entgegen. »Ich danke Euch, Hauptmann. Eure Mühe soll nicht umsonst gewesen sein.« Er wandte sich an seinen Oheim, der bereits an der Tür stand. »Seid Ihr zum Abendessen zurück?«

»Nein, heute speise ich bei Archer und Mistress Wilton.«

Er wollte bei ihnen zu Abend essen? Das war neu für Owen. Als er dem Erzbischof folgte, überlegte er, ob er taktvoll fragen sollte: *Wer hat Euch eingeladen? Was wünscht*

Ihr zu speisen? Vieles verwirrte ihn hier. Es widersprach Thoresbys Gewohnheiten, Owen Zeuge einer familiären Auseinandersetzung werden zu lassen. Noch mehr sorgte er sich darüber, daß Thoresby bei ihnen essen wollte. Kate würde wahnsinnig werden. Und außerdem herrschte Trauer im Haushalt. Welche Art von Erheiterung konnten sie Seiner Gnaden bieten?

Er war ein wenig erleichtert, als Thoresby sich beim East Gate an ihn wandte und sagte: »Ich wünsche Euch einen guten Heimweg, Archer. Ich habe in der Stadt noch etwas zu erledigen und komme bald nach.«

Lucie ließ sich auf den Stuhl im Laden sinken. »Er hätte keinen unpassenderen Zeitpunkt wählen können.«

»Das habe ich mir auch gedacht. Aber können wir dem berühmten Erzbischof John Thoresby unsere Gastfreundschaft verweigern?«

»Natürlich nicht.«

Jasper, der noch immer bleich war, wandte sich von seinem Kunden ab. »Helft Kate, Mistress Lucie. Heute ist nicht viel los, so daß ich allein im Laden zurechtkomme.«

Lucie drückte ihm die Hand und verließ mit Owen das Geschäft. Aber sie begab sich nicht gleich zu ihrem Küchenmädchen, sondern zog Owen zu einer Bank am Weg zu den Rosenbeeten. »Erzähl mir, was du herausgefunden hast. Ich möchte wissen, wie das alles ausgegangen ist. Thoresbys Festessen kann warten.«

Owen verspürte wenig Lust, alles zu wiederholen, was er Ravenser berichtet hatte, aber Lucie hatte sich immer so geduldig seine Sorgen angehört. Und es würde sie vielleicht ablenken. Ihm gefielen die Schatten unter ihren Augen und das Zittern ihrer Hände nicht. Also erzählte er, was er von Anneys und Finn erfahren hatte, und amüsierte sie mit dem kleinen Schlagabtausch zwischen Ravenser und Thoresby.

»Daran kannst du ermessen, um wieviel größer die Belastung ist, Thoresbys Neffe zu sein, statt nur sein Haushofmeister und Späher.« Lucie stand auf und stemmte die Fäuste auf den unteren Teil ihres Rückens. Sie wirkte noch immer müde, aber sie lächelte. »Damit kannst du dich trösten.«

»Aber nur ein wenig. Immerhin, es war schön, einmal mitzuerleben, wie er jemand anderen drangsalierte.«

Lucies Lächeln erlosch. »›Wie kann jemand unwissentlich eine Sünde begehen? Wenn niemandem außer den Schuldigen ein Leid zugefügt wird, ist dann ein Unrecht geschehen?‹ Ich verstehe jetzt, was der erste Teil bedeutet. Sie konnten nicht wissen, daß Adam Carter zurückkehren würde. Oder daß er Bastarde in die Welt gesetzt hatte. Wie kamen Julian Taverner und Laurence de Warrene in Verbindung mit einem solchen Mann?«

Owen legte Lucie einen Arm um die Schultern. »Sie waren damals noch jünger und hungriger als zu der Zeit, in der wir sie kennenlernten.«

Sie gingen langsam zum Haus. »Seltsam, daß gerade Laurence dieses Rätsel formulierte und nicht Julian, den stärkere Schuldgefühle geplagt zu haben scheinen.«

»Uns erscheint es so, aber wir kennen nur Julians Aussagen. Laurence mag vielleicht die Krankheit seiner Frau als eine fürchterliche Strafe erschienen sein; Matildas Sterben zog sich lange hin.« Lucies Stimme klang traurig. Sie und Matilda hatten häufig Samen und Setzlinge aus ihren Gärten untereinander getauscht.

Owen suchte nach einer Möglichkeit, seine Frau ein wenig aufzuheitern. »Matildas Garten wird vom Hospital weitergeführt. Sie wäre stolz darauf.«

»Das freut mich.« Lucie schwieg einen Augenblick. »Der zweite Teil des Rätsels war falsch. Nicht nur die Schuldigen mußten leiden. Denk nur daran, was diese Frau beinahe dem Hospital angetan hätte, das die von ihr vernachläßigte Tochter aufgezogen hat.«

»Und was hatte es mit der Buße auf sich? Waren die beiden verantwortlich für Adam Carters Tod? Oder für das Schicksal seiner Geliebten und seiner Kinder?«

»Das, Liebster, ist eine Frage für unseren heutigen Ehrengast.«

»Ich glaube, ich hebe sie mir besser für einen anderen Tag auf.«

Epilog

Seit dem frühen Morgen bekamen die Beschäftigten der York Tavern die geballte Wucht von Bess' Zorn zu spüren. Falls es überhaupt vollkommene Sauberkeit geben sollte, dann an diesem Tag. Sie schrubbten, wischten Staub, kehrten Abfall zusammen und polierten die Möbel, und Bess selbst erledigte die Arbeit von drei Leuten. Sie konnte die Undankbarkeit nicht begreifen, die ihr am vorigen Abend bei Lucie und Owen entgegengeschlagen war. Sie hatten sie aus dem Haus gewiesen, als sei sie irgendeine alte Klatschtante. Immerhing hatte der Tod ihres Oheims und seine Aussagen über Laurences Hinscheiden die Leute darauf aufmerksam gemacht, daß hier etwas nicht stimmte. Und sie hatte so viel Zeit geopfert, um Owen bei seinen Ermittlungen zu helfen. Undank war der Welt Lohn.

Gegen Mittag war sie erschöpft. »Ich werde mich jetzt ein wenig ausruhen, Tom. Paß auf, daß alle bei der Arbeit bleiben.«

Oben in ihrer Schlafkammer angelangt, stieß sie die Fensterläden auf, um frische Luft hereinzulassen. Hier hatte alles begonnen, als sie das Feuer gerochen hatte. Heute war der Himmel blau, und bis auf das Glockengeläut von St. Mary herrschte draußen Stille. Daß Bruder Wulfstan trotz all ihrer Bemühungen gestorben war, hatte ebenfalls zu ihrer Enttäuschung beigetragen. Wo steckte Gott in diesen Tagen?

Aber was war das? Sie lehnte sich weiter aus dem Fenster. Heilige Muttergottes, Seine Gnaden der Erzbischof von York kam die Stonegate entlang, ein dunkelhaariges Kind an seiner linken Hand, ein Baby auf seinem rechten Arm. Bruder Michaelo folgte ihm mit einem großen Korb. Bess blinzelte. Das Baby hatte flammendrote Haare. Sie drehte sich um und eilte die Treppe hinunter.

»Tom! Du wirst es nicht glauben, aber der Erzbischof ist zurückgekehrt! Hör auf mit diesem Lärm.«

Tom wollte gerade zum Schlag mit seinem Holzhammer ausholen; er versuchte, eine verbogene Zinnplatte zu glätten. »Was ist denn los, Weib?«

»Gwenllian und Hugh. Seine Gnaden hat sie vom Land mit zurückgebracht.«

»Das hat bestimmt etwas zu bedeuten.«

»Ich muß sie besuchen. Nachschauen, ob sie genug zu essen zu Hause haben.«

»Warte doch lieber, bis du gerufen wirst.«

Aber Bess lief bereits die Treppe hinauf. Sie wusch sich schnell das Gesicht, den Hals und die Hände, riß sich die Schürze vom Leib, setzte eine ihrer schleifengeschmückten Hauben auf, und schon konnte sie sich sehen lassen, sogar vor einem Erzbischof.

Sie erreichte das Haus rechtzeitig, um eine tränenreiche Begrüßung mitzuerleben. Lucie vergoß nicht nur Tränen der Freude, als sie Hugh an sich drückte.

»Sir Robert ist krank«, sagte Thoresby, »daher hielten Eure Tante und ich es für das beste, die Kinder wieder in die Stadt zu bringen.«

»Die Pest?« fragte Lucie flüsternd.

»Nein. Eine Erkältung, nachdem er in einen Teich gefallen war. Anscheinend hatte er mit Gwenllian herumgetollt.«

Das dunkelhaarige, zweijährige Mädchen saß auf dem Schoß seines Vaters und lauschte aufmerksam. Owen strich ihm über das Haar, das gelockt und borstig war wie sein eigenes. »Das heißt nicht, daß man dir die Schuld gibt, Gwenllian.«

Sie sagte nichts, suchte aber Owens Hand und hielt sie fest.

»Ist er sehr krank?« fragte Lucie.

Thoresby bedeutete Michaelo, den Korb in die Küche zu bringen. »In seinem Alter ist jede Krankheit gefährlich,

Mistress Wilton. Dame Phillippa machte einen besorgten Eindruck, aber ich glaube, sie hatte eher Angst um die Kinder.«

Vielleicht war dies nicht gerade der richtige Augenblick, um sich einzumischen, dachte Bess. Sie wollte sich schon wieder zurückziehen, als Owen sie bemerkte.

»Komm herein, Bess.«

»Euer Gnaden.« Bess machte einen Knicks. »Ich mußte mich überzeugen, ob meine Augen mir einen Streich gespielt hatten.« Sie umarmte die Kinder und warf einen Blick auf den reichlich gedeckten Tisch. Hier sollte wohl ein Festmahl stattfinden.

»Sie hat scharfe Augen, Euer Gnaden«, bemerkte Owen. »Und sie hat mir sehr dabei geholfen, die Wahrheit über den Tod ihres Oheims herauszufinden.«

»Die ich immer noch nicht kenne, Nachbar«, erinnerte Bess ihn.

»Ihr seid eine Frau mit vielen Talenten, Mistress Merchet«, sagte Thoresby. »Ich werde daran denken, wenn ich einen neuen Späher brauche.«

Bess schüttelte den Kopf, so daß ihre Schleifen wackelten. Das war das letzte, was sie sich wünschte. »Ich bitte Euch, mutet mir nicht eine solche Arbeit zu, Euer Gnaden. Eine Gastwirtschaft zu führen, liegt mir mehr.« Doch es schmeichelte ihr, auch für etwas anderes als für ihre haushälterische Arbeit gelobt zu werden. »Aber ich muß gestehen, ich habe eine gewisse Neigung dafür.«

ENDE

Nachwort

Das Bild des Hospitals im England des 14 Jahrhunderts unterschied sich deutlich von jenem des modernen Krankenhauses. Am treffendsten brachte Rotha Mary Clark dies in ihrem aufschlußreichen Werk von 1909 zum Ausdruck: ›Das Hospital … war eine kirchliche, keine medizinische Einrichtung. Es diente der Pflege, weniger der Heilung: der Entspannung des Körpers, wann immer möglich, aber in erster Linie der Erfrischung der Seele … Das Personal … bemühte sich, die Seele zu kräftigen und auf das Leben im Jenseits vorzubereiten.‹ Doch viele Kranke überlebten auch. Nach den Richtlinien des St. Leonhard durften Patienten, die im Hospital gepflegt wurden, erst entlassen werden, wenn sie genesen und wieder arbeitsfähig waren.

Nicht nur das Bild, auch die Bedeutung der Bezeichnung ›Hospital‹ hat sich im Laufe der Zeit gewandelt, man könnte fast sagen, verdichtet. Das St. Leonhard in York entsprach im wesentlichen der Definition, die sich im *Oxford English Dictionary* findet: ›Ein Haus oder eine Herberge, die Pilger, Reisende und Fremde aufnimmt und unterhält; ein Hospiz. Eine wohltätige Einrichtung zur Unterbringung und Versorgung Bedürftiger; ein Asyl für Arme, Gebrechliche oder Alte. Eine wohltätige Institution zur Erziehung und Versorgung Jugendlicher. Eine Einrichtung zur Pflege von Kranken und Verwundeten und anderen Personen, die medizinischer Betreuung bedürfen.‹ Das St.-Leonhard-Hospital war außerdem ein klösterliches Haus und verteilte täglich Almosen an die Bedürftigen in York und speiste die Insassen des Gefängnisses im York Castle. Daher war es von enormer Bedeutung für die Stadt. Es gab noch weitere Hospitäler in York, doch keines erfüllte solch vielfältige Funktionen, keines beeinflußte das Leben der Menschen auf so mannigfache

Weise. Die meisten waren stärker spezialisiert, kümmerten sich zum Beispiel um Leprakranke, Reisende oder Arme; zunehmend sorgten auch die Gilden und Zünfte für die Kranken und Alten. Nicht abgedeckt wurde jedoch die Versorgung von Pestkranken.

Die Pestepidemie von 1369 war die dritte Heimsuchung durch die Seuche. Es gibt nur sehr spärliche Berichte über diese Epidemie. Diese sagen jedoch übereinstimmend aus, daß ihr vor allem Alte, Gebrechliche und Kinder zum Opfer fielen, was unsere heutigen Vorstellungen über den Aufbau eines Immunsystems beim Menschen bestätigt. Rosemary Horrox faßte die Theorien zusammen, die im 14. Jahrhundert über das Entstehen der Pest kursierten: ›Die Wissenschaftler stimmten darin überein, daß die physikalische Ursache der Seuche in der Verderbnis der Luft bestand – beziehungsweise, da die Luft ein Element ist und ihre Substanz nicht verändern kann, in der Vermischung der Luft mit giftigen Dämpfen –, die eine schädliche Wirkung auf den menschlichen Körper ausübten, wenn man sie einatmete. Sie fanden jedoch unterschiedliche Erklärungen für die Verseuchung der Luft. Einige Ursachen waren offensichtlich. Einmütigkeit herrschte darüber, daß die Luft durch faulende Stoffe, auch durch Leichen, durch Exkremente oder abgestandenes Wasser vergiftet werden konnte. Verständlicherweise wurden bald alle Stoffe verdächtigt, die unangenehm rochen … Daher empfahl man als Vorbeugungsmaßnahme gegen die Pest, sich mit wohlriechenden Düften zu umgeben.‹ Doch das Alltagsleben mußte weitergehen, und die Leute erfanden daher tragbare Vorrichtungen, denen angenehme Gerüche entströmten. Einige dieser Schutzmittel hatten den Effekt, Fliegen zu verscheuchen oder eine für Ratten unangenehme Umgebung zu schaffen, was durchaus einige Menschen gerettet haben dürfte.

Die Opfer der Seuche in einer Krankenstation zusammenzufassen, widersprach dem damaligen medizinischen Erkenntnisstand. Die Kranken wurden vielmehr isoliert, den Gesunden riet man, größere Menschenansammlungen zu meiden. Mir erschien dies als eine interessante Situation, in der man das St. Leonhard studieren und zeigen konnte, wie sich die Rolle eines Hospitals in einer sozialen Gemeinschaft gewandelt hat. Richard de Ravenser reist nicht nach York, um seinem Personal, das die Pestopfer versorgt, den Rücken zu stärken, sondern um sich um die Finanzen des Hospitals zu kümmern und dessen beschädigten Ruf wiederherzustellen. Die Pest hatte keine besondere Bedeutung für den Hospitalmeister des St. Leonhard.

Das St.-Leonhard-Hospital, das zu den wenigen Wohlfahrtseinrichtungen gehörte, die die Eroberung durch die Normannen überstanden, soll im Jahre 936 von König Athelstan als Hospiz oder Gästehaus für Wandersleute gegründet worden sein. Bis zum 12. Jahrhundert war es unter dem Namen St.-Leonhard-Hospital bekannt, da es die Kanoniker der Kathedrale von York, die St. Peter hieß, verwalteten. Schätzungsweise zweihundert Menschen lebten damals in diesem Bezirk, der sich von der Footless Lane fast bis nach Petergate und von der Lop Lane bis zur südlichen Mauer des Klosters St. Mary erstreckte. Zum Personal eines Hospitals gehörten ein Hospitalmeister, mindestens dreizehn Ordensbrüder, acht Schwestern sowie Schreiber, Diener und Laienschwestern. Im 14. Jahrhundert stand das Hospital, das nun den Namen St. Leonhard trug, unter dem Patronat des Königs, der auch seinen Vorsteher ernannte, wenngleich Richard de Ravenser als Einnehmer der Königin seine Position wohl in erster Linie ihr verdankte. Außerdem war er der Neffe von John Thoresby, des Erzbischofs von York.

Die Arbeit des Hospitals wurde finanziert durch das Petercorn, eine Getreideabgabe (ungefähr vierundzwanzig Garben), die pro Pflug (oder für jeweils hundertzwanzig Acres) in der Diözese York erhoben wurde. Nach der ersten Heimsuchung durch den Schwarzen Tod konnten die Einnahmen aus dem Petercorn nicht mehr Schritt halten mit den Ausgaben des Hospitals; Mißernten wie im Jahre 1368 verschärften dieses Problem. Das Hospital erhielt Schenkungen von Ländereien, Kirchen und Mühlen, die zusätzliche Einkünfte bedeuteten, doch der Rückgang der Erträge aus dem Petercorn hatte einige Hospitalmeister ermutigt, Pflegschaften zu verkaufen, um die Kasse aufzubessern. Eine Pflegschaft ähnelte einer Investition in einen Altersruhesitz: Man zahlte einen größeren Geldbetrag und erhielt dafür nicht nur Unterkunft und Verpflegung, sondern auch medizinische und geistliche Betreuung. Schwierigkeiten konnten auftreten, wenn Pflegschaften für Pauschalbeträge verkauft wurden; viele Pflegebewohner lebten länger als erwartet und verursachten dem Hospital dadurch zusätzliche Kosten, die nicht abgedeckt waren. Auch der König, der Schutzherr des Hospitals, nutzte das St. Leonhard und andere Einrichtungen als Ruhesitz für alternde Höflinge, bezahlte dafür jedoch nichts.

Als Kassenverwahrer und Einnehmer der Königin hatte Ravenser bereits sein Geschick im Umgang mit Geld unter Beweis gestellt. 1363 erhob der König das Amt des Kassenverwahrers in den Status eines Schreibers ersten Grades. Im selben Jahr übertrug der König Ravenser die Aufgabe, die beträchtliche Schuldenlast der Königin abzubauen. Daher überrascht es nicht, daß Ravenser sich in seiner Zeit als Hospitalvorsteher (1363–84) in erster Linie um die Verbesserung der finanziellen Situation des St. Leonhard bemühte. Er weigerte sich, Pflegschaften gegen Pauschalbeträge zu verkaufen. Statt dessen versuchte er, den Immobilienbesitz des Hospitals in der Stadt zu vergrößern, indem er Wohnhäuser übernahm und deren Vorbesitzern dafür Pflegschaften und Gedenkmessen gewährte.

Die Thematik der Pflegebewohner, die für das Hospital

zu teuer wurden, erschien mir als ideale Ausgangssituation für einen Kriminalroman. Und wäre Ravenser nicht eine reale Person gewesen, hätte ich wohl nicht der Versuchung widerstehen können, ihn in einige Tosdesfälle zu verstricken. Aber je mehr ich über Ravenser las, desto mehr gelangte ich zu der Überzeugung, daß sein Fehler in seiner Obsession für ausgeglichene Geschäftsbücher und die Wahrung eines guten Rufes bestand und in seinem Mangel an Einfühlungsvermögen in die Menschen, die ihm unterstellt waren.

Doch eines Abends 1995, bei einem Essen in York, erwähnte Patricia Cullum die Laienschwestern, die wahrscheinlich gegen Ende des 14. Jahrhunderts im St.-Leonhard-Hospital auftauchten. Und allmählich begann die Figur der Anneys in meiner Vorstellung Gestalt anzunehmen: eine Witwe, die sich als Laienschwester verdingte, um sich in der Stadt und im Hospital frei bewegen zu können, ohne aufzufallen. Es traf sich gut (für mich), daß die Laienschwestern außerhalb des Hospitals wohnten, in der Stadt. Und da sie im Grunde kaum mehr als Dienerinnen waren, hielt ich es für unwahrscheinlich, daß sich jemand sonderlich für ihre Vergangenheit interessierte oder dafür, was sie in ihrer dienstfreien Zeit taten.

Die Pest und der Tod der Königin bildeten interessante Komplikationen. Es ist unklar, wann John Thoresby Sherburne abreißen ließ, um die Steine anderweitig zu nutzen, doch ich hielt es für plausibel, daß er in dieser Zeit, in der sich die Stadt in Aufruhr befand und die Königin auf dem Sterbett lag, etwas derart Einschneidendes tat.

Königin Phillippa starb nicht an der Pest; sie kränkelte seit Jahren, und im Sommer 1369 verschlimmerte sich ihr Zustand zusehends. Vielfach sagte man, Edward III. habe durch den Tod Phillippas seine Hauptstütze verloren. Sofern man natürlich Alice Perrers nicht als einen guten Ersatz betrachtete. Froissart berichtet, Phillippa habe, als sie im Sterben lag, den König gebeten, ihr drei Wünsche zu erfüllen: sich um ihre Schulden und um ihren Nachlaß zu kümmern und sich später selbst neben ihr in Westminster beerdigen zu lassen. Der König versprach es unter Tränen. Traditionsgemäß wurde das Sterbebett der Königin den Geistlichen übergeben. Aus den Vorhängen und Decken fertigte man Gewänder für die Geistlichen der Kathedrale von York an, zur Erinnerung an die Trauung der Königin in der Kathedrale. Ihre Untertanen hatten sie aufrichtig geliebt und trauerten sehr um sie. Ihr Leichnam wurde über die Themse zum Tower gebracht, so daß eine große Menschenmenge den Trauerzug nach Westminster beobachten konnte. Sie wurde in Erde begraben, die aus dem Heiligen Land stammte.

Vielen Berichten zufolge gebar die berüchtigte Alice Perrers in diesem Jahr tatsächlich eine Tochter, die auf den Namen Blanche getauft wurde. Ein Tribut an John von Gaunts verstorbene Ehefrau? Interessanterweise wird nicht in allen Berichten über das Leben der Alice Perrers eine Tochter dieses Namens erwähnt. Sie bleibt daher für immer ein Rätsel.

Band 13 654

Candace M. Robb

Die Kapelle des Erzbischofs

Deutsche Erstveröffentlichung

England im Jahre 1365. Es ist Sommer in York, und Owen Archer, einst Hauptmann der Bogenschützen, wird von Erzbischof Thoresby dringend ersucht, einen grausamen Mord aufzuklären:
Nachdem die gesamte Stadt mit der traditionellen Prozession das Fronleichnamsfest zelebriert hat, wird in der Nacht darauf ein Mann aus der Gilde der Wollhändler im Park des Münsters brutal niedergestochen. Kurze Zeit danach findet man seine abgehackte Hand in einem Herbergszimmer wieder, das von Gilbert Ridley bewohnt wurde, einem weiteren Mitglied der Gilde . . .
Schnell erhält Owen Einblick in ein komplexes Netz aus Intrigen und Verrat, das sich immer enger um Ridley und seine Gefährten legt. Schmuggel und andere Betrügereien hatten den Wollhändlern erbitterte Feinde eingebracht, und als noch ein Mord geschieht – und eine weitere abgehackte Hand gefunden wird –, ist Owen unschlüssig, welchen Weg er einschlagen soll. Denn auch er und seine Frau Lucie finden sich schon bald inmitten einer finsteren Verschwörung wieder: kaltblütige Gegner, die keine Gnade kennen, bedrohen ihr Leben . . .

BASTEI LÜBBE

Sie erhalten diesen Band im Buchhandel, bei Ihrem Zeitschriftenhändler sowie im Bahnhofsbuchhandel.

Band 13 763

Georgia Angelis

Des Königs Gespielin

Deutsche Erstveröffentlichung

Bella Arrows, mit siebzehn Jahren Witwe, mit achtzehn Jahren Schauspielerin an der berühmten Londoner Drury Lane, mit neunzehn Jahren Mätresse des Königs Charles Stuart, der ihr jeden Wunsch von den Augen abliest. Aber dann wendet sich der liebestolle Monarch einer anderen Gespielin zu, und Bella, inzwischen geadelt als Countess of Hawksley, will in der Karibik ein neues Leben beginnen. Auf der Reise dorthin gerät sie in die Fänge von Piraten – eine lange Irrfahrt beginnt, die in den Armen eines Mannes endet . . .

Ein erotischer Roman vor den Kulissen des historischen London.

BASTEI LÜBBE

Sie erhalten diesen Band im Buchhandel, bei Ihrem Zeitschriftenhändler sowie im Bahnhofsbuchhandel.